실명대협

실명대협 2
서효원 장편 소설

초판 1쇄 찍은 날 § 2009년 11월 13일
초판 1쇄 펴낸 날 § 2009년 11월 20일

지은이 § 서효원
펴낸이 § 서경석

편집장 § 문혜영
편집 § 서지현

펴낸곳 § 도서출판 청어람
등록번호 § 제1081-1-89호
등록일자 § 1999. 5. 31

주소 § 경기도 부천시 원미구 심곡2동 163-2 서경B/D 3F (우) 420-822
전화 § 032-656-4452 팩스 § 032-656-4453
http://www.chungeoram.com
E-mail § eoram99@chollian.net

ⓒ 서효원, 2009

ISBN 978-89-251-1994-6 04810
ISBN 978-89-251-1992-2 (세트)

※ 파본은 구입하신 서점에서 교환하여 드립니다.
※ 저자와 협의하여 인지를 붙이지 않습니다.
※ 이 책은 도서출판 청어람과 저작자의 계약에 의해 출판된 것이므로,
   무단 전재 및 유포·공유를 금합니다.

서효원 장편 소설

CHUNGBORAM ROYALTY ORIENTAL NOVEL

②

[전2권]

실명대협

마왕을 부르는 자 7

악마는 지옥으로 22

일천번 동패 44

비운의 여인 74

실명대협 95

대변절 116

마의 그림자 132

천룡, 그리고 풍운 152

핏빛 날개를 달다 169

천룡십구웅 184

풍운의 황성 196

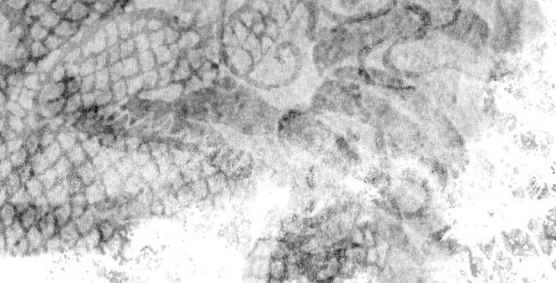

요화의 순정	217
이마제마(以魔制魔)	244
천 년을 잠잔 저주의 검	266
천외신궁	280
검이 말해준다!	301
밝혀진 진면목	323
정의 그늘 아래	342
대장부	364
일생일대의 실수	387
마궁의 지존	408
내 이름은 능설비	428

마왕을 부르는 자

군방기루의 위층.

능설비는 금색 면구로 얼굴을 가린 채 모여 있는 마도무사들을 내다보고 있었다. 머리를 조아린 사람들은 금색 면구를 감히 바라볼 수 없다는 듯 시선을 내리깔고 있다.

숨통마저 조여오는 정적.

얼음 굴에 던져진 듯 실내는 능설비가 만들어내는 냉기에 사로잡혔다.

'이들이 두려워하는 건 구마령주이지 내가 아니다. 혈수광마옹이 만든 껍데기를 두려워할 뿐이다. 하지만… 나는 나일 뿐이다. 내 식대로 백도를 멸하고 마도천하를 이룩한다. 그 어떤 자도 내 앞을 가로막지 못한다.'

냉월의 암습으로 지옥의 문턱까지 갔다 온 건 한순간의 방심일 뿐이다. 구마루의 혹독한 시련에도 살아남은 건 강했기 때문이지 다른 이유는 없다.

'혈루대호법, 마지막 교훈을 감사히 받겠다. 절대 마음을 놓지 말라는 마지막 충고라 여기지. 하지만 여기까지다. 앞으로는… 그대에게 기회가 없을 것이야, 다시는.'

그가 마도 수뇌부를 집결시킨 건 혹시 있을지 모를 혈수광마웅의 끈을 색출하기 위해서였다. 그러나 도중에 마음을 바꿔야 했다. 그것 역시 혈수광마웅이 친 덫에 걸려드는 일이라 생각했기 때문이다.

부상을 핑계로 웅크린다면 그 교활한 자가 모습을 드러낼지도 모른다. 감춰두었던 하부 조직을 이용해 내부를 흔들지도.

대대적인 색출 작업을 하건 혈수광마웅의 세력이 스스로 나타나건, 마도가 약해지는 결과는 동일하다.

'내가 건재함을 보여야 한다. 미꾸라지 한 마리가 만드는 흙탕물을 피해 길을 바꾸지는 않는다.'

어느덧 냉기가 사라지며 가공할 기세가 번져 나간다.

마도무사들은 은연중에 다가온 대기도를 느끼며 몸을 더욱 조아렸다.

"모두 고개를 들라!"

능설비의 말이 떨어지자 마도무사들은 일제히 고개를 들었다.

"잠깐의 방심으로 많은 것을 잃었다. 십구비위를 잃었고 이십팔수를 잃었다. 그러나 내가 건재한 이상 마도는 건재하다. 달라진 건 아무것도 없다. 암습 따윈 잊어도 좋다."

고막을 뒤흔드는 음성.

구마령주의 질책을 두려워했는데 잊으라는 말에 마도무사들은 안도의 표정이 된다.

능설비는 수하들을 둘러보다가 옆에 시립해 있는 만리총관에게 말했다.

"만리총관, 그것을 갖고 오시오."

"예, 영주!"

만리총관이 힘차게 대답했다. 그는 허리 숙여 인사를 한 후 밖으로 나갔다. 잠시 후 돌아온 만리총관의 손에는 크기가 비둘기 알만한 옥구슬이 담긴 쟁반이 들려 있었다.

광채가 황홀한 유백색 구슬.

구슬에서 뿜어지는 빛은 장내의 모든 사람을 유혹할 만했다. 그러나 구슬의 유혹에 흔들리는 사람은 없었다.

"이것은 태극백룡신주라는 것이다. 세상에 단 하나밖에 없는 물건으로, 그 값은 이루 헤아릴 수 없다고 들었다."

능설비의 목소리는 멀리 있는 사람이나 가까이 있는 사람이나 바로 옆에서 하는 말처럼 아주 또렷이 들렸다.

"내가 누워 있는 동안 그대들의 고생이 많았다 하더군. 하여 밤잠을 못 자고 나를 지켜준 보답을 할까 한다. 누구든 좋다. 일 장 거리에서 장력으로 나를 쓰러뜨리는 사람이 있다면 신주의 임자가 될 수 있다. 그리고 덤으로… 한 권의 무공 비급을 주겠다. 그러니 주저하지 말고 운을 시험하도록 하라."

능설비가 말을 마치기를 기다렸다는 듯이 만리총관이 품 안에서 한 권의 책을 꺼내 들었다.

마마대불비경(魔魔大佛秘經).

귀퉁이가 너덜너덜한 책의 표면에 적힌 글이 사람들의 마음을 일순 흔들었다.

그것은 이미 절전되었다고 알려진 천축의 마공 비급이었다. 그 안의 것을 익히면 시시한 무사라 할지라도 일 년 안에 무림계의 절정고수로 두각을 나타낼 수 있을 것이다.
그러나 동요는 소리없는 움직임에 지나지 않았다.
누가 감히 구마령주에게 장력을 시험해 볼 수 있단 말인가.
"불가합니다, 영주."
"속, 속하들이 어떻게 감히 영주께 손을……."
"명을 거두어주십시오, 영주!"
사람들이 일제히 한쪽 무릎을 꿇으며 외쳤다.
"그리 심각하게 생각지들 말게. 아직도 내가 부상에서 벗어나지 못했다고 생각한다면 오히려 서운한 건 나야. 개의치 말고 나서게."
능설비의 음성이 한결 부드러워졌다. 사람들은 그래도 움직이지 않았다.
"허헛, 이리도 마도에 용자들이 없단 말인가?"
그의 음성이 조금 커졌고, 그때서야 줄 뒤쪽에서 한 사람이 일어났다.
"속하 섬서성 분타주 능천비룡(凌天飛龍)이 무엄하게도 그것을 시험하겠습니다. 무례를 용서하여 주십시오."
능천비룡이라는 사람. 그는 최근 들어 마종지하(魔宗之下)에 든 사람이었다. 무공은 강하나 마도에 쌓은 공이 적고 나이가 어려 높은 지위에 오르지 못했다.
그는 사람들 가운데 만들어진 통로로 나섰다.
"하핫, 호기가 좋다. 자, 어서 오라!"
능설비는 웃음으로 그를 마중했다.
능천비룡은 젊은이답게 패기만만한 모습으로 능설비에게 다가섰다. 그의 손은 솥뚜껑만 했고 검은빛을 띠었다.
 능천비룡의 우장에는 묵철신장(墨鐵神掌)이라는 실로 악독한 마공이 수련되어 있었다. 도검으로 쳐도 피가 나오지 않을 정도의 외공이고, 손을 흔들면 내공을 쓰지 않아도 피가 썩어버릴 정도로 지독한 삭철마공(削鐵魔功)이 발출된다.
 그때였다.
 "능천비룡, 무엄하다!"
 "감히 영주께 나서다니!"
 여기저기서 창노한 음성이 터져 나왔다. 나이가 많은 마도인들이 능천비룡을 꾸짖었다.
 '내가 괜히 일어난 것일까?'
 능천비룡이 찔끔해하자,
 "두려워하지 말고 와서 시험하라!"
 능설비의 일갈이 모든 소리를 제압시켰다.
 잠시 주저하던 능천비룡은 얼굴을 붉게 물들이며 태사의 앞으로 다가섰다.
 "죄, 죄송합니다, 영주!"
 "죄송할 것이 무어 있는가? 자아, 어서 시험해 보게. 자네의 손을 보니 오른손에다가 뼈를 깎는 고련이 있어야만 익힐 수 있는 묵철신장을 익힌 듯하군."
 능설비는 한눈에 능천비룡이 익힌 무공의 종류를 간파했다. 그가 자리에서 일어나자 만리총관이 비켜서며 공간을 만들었다.
 "어서 시작하게. 단, 혼신의 공력을 다해야 하네."
 "속하, 잠시 무례를 범하겠습니다."
 포권을 취하여 인사를 한 다음, 능천비룡은 공력을 끌어올렸다.

우두둑!

뼈마디 부러지는 소리가 나며 놀랍게도 그의 오른손이 두 배 길이로 늘어났다. 그 손에서 검은 기류가 물씬물씬 일어나더니 한순간 요란한 소리를 내며 시커먼 기류가 파도치듯 능설비의 가슴으로 짓쳐들어갔다.

능설비는 여전히 꼼짝도 않았다. 그리고 한순간, 혼신의 공력이 실린 묵철신장이 그대로 가슴에 격중하였다.

펑!

둔탁한 소리와 함께 답답한 신음 소리가 터져 나왔다.

"크윽!"

능천비룡이 오만상을 찡그리며 오 장이나 튕겨 나갔고, 손목을 타고 흘러든 반탄강기에 내장이 뒤틀리는 고통을 느끼며 혼절했다. 그는 정신을 잃은 상태에서 허공을 날아가다 이름 모를 노고수의 팔 위로 떨어져 내렸다.

도검으로 쳐도 베어지지 않을 정도로 단단했던 그의 손바닥에는 거북이 등가죽 같은 균열이 나 있었고, 그곳에서는 검붉은 핏물이 뚝뚝 흐르고 있었다.

능설비는 미동도 하지 않았다. 능천비룡은 그를 휘청하게 하지 못했을 뿐 아니라 오히려 자신이 당한 꼴이 된 것이다.

능천비룡은 마도에서 백 번째 정도에 끼는 고수였다. 그런 그가 능설비의 호신강기를 이기지 못하고 중상을 입었다는 것은 능설비가 아직 건재함을 가장 확실히 밝히는 일이 되었다.

"영주께서는 역시 마도의 하늘이시다!"

"마도천하가 머지않았다! 영주께 충성을!"

사람들은 능설비가 건재한 모습을 보이자 환호성을 질렀다.

능설비는 사람들을 보며 말했다.
"능천비룡은 용자다. 비록 신주를 얻을 실력은 모자라나 그 용기만으로 비급을 가질 자격은 충분하다. 총관은 비급을 능천비룡에게 주고, 신주는 그의 아낙이나 연인에게 전하라."
"명대로 시행하겠습니다, 영주."
만리총관이 황망히 허리를 숙였다.
금색 면구에 가려진 구마령주에 대해 알려진 것은 절대적인 무공이 전부였다. 기괴한 금색 면구 뒤에 가려진 사내. 나이며 얼굴이며 이름까지도 알려진 것은 없다. 마도의 전대 거물들이 내공을 물려주었기에 강하다는 소문도 있었고, 심지어 반로환동한 노마두(老魔頭)란 얘기도 심심치 않게 떠돌았었다.
그리고 지금, 하나의 신화가 더해졌다.
백이면 백 죽어야 하는 암습에도 살아남았다. 수하들에게 어떠한 책임도 묻지 않은 채 오히려 아량까지 베풀었다.
"영주께 영원한 충성을!"
누가 시키지도 않았는데 마도인들은 일제히 무릎을 꿇으며 구마령주를 연호했다. 만리총관도 무릎을 꿇은 채 함성을 질러댔다.
마도의 하늘로 군림한 구마령주.
그러나 정작 금색 면구 뒤에 있는 얼굴은 웃는 얼굴이 아니었다. 능설비는 몹시 고통스러운 표정을 짓고 있었다.
능천비룡을 호신강기로 물리쳤으나 아직은 정상이 아니었다. 무리하게 내공을 끌어올렸기에 내상이 도졌다. 입가에 가는 선혈이 묻어났다.
굳이 호기를 부린 건 내부에 있을지 모를 혈수광마옹의 눈을 의식한 행동이었다.

그 건재함은 어떤 경로를 통하든 혈수광마옹의 귀로 전해질 것이리라.

그리고 그날 오후, 만화지에 동의맹에서 보낸 동의배첩(同義拜帖)이 도착했다.
주설루가 보낸 배첩에는 다음과 같은 글이 적혀 있었다.

〈구마령주에게 전하노라. 너를 척살함은 곧 천의를 따름이라! 암살극에서 운 좋게 벗어났음을 몹시 애통하게 여긴다. 아마도 마신(魔神)이 아직 너를 돕고 있기 때문이리라. 그러나 명심하거라. 강호는 아직 너의 것이 아니다. 네가 흘려야 할 피는 아직도 많다. 천하 장악을 바란다면 우리 백도고수들을 하나도 남김없이 죽여야 할 것이다. 백도의 혼은 아직도 타오르고 있다. 지금은 네가 승리한 것도, 우리가 패한 것도 아니다. 백도의 힘이 살아남았음을 천명하기 위해 혈적곡에서 제전을 거행할 것이다. 자신이 있다면 와서 너의 수하들의 수급이 제물로 바쳐지고 백도 명숙들이 동심결의하는 것을 막아봐라!〉

능설비는 글자 하나하나를 유심히 살폈다. 그의 표정은 몹시 무정했다. 그는 웃지도 않았고 노여워하지도 않았다.
'천기선자 주설루… 나에 대한 복수심 때문에 본래의 빼어남을 잃어버렸어. 쌍뇌천기자라면 이런 식으로 나를 자극하지 않았겠지. 이건 백도의 방식이 아니다. 너무 서두르고 있어. 분명 혈수광마옹의 입김이 가미된 거야. 그자가 나를 떠보려는 거야.'
그는 백도에 숨어든 혈수광마옹을 떠올렸다.
―어찌하겠느냐? 이번에도 나를 피할 수 있다고 보느냐?
'후후, 도전을 해왔는데 어찌 피하겠는가. 이번에는 무엇으로

나를 놀라게 하려는지 궁금할 뿐이야.'

 혈수광마옹이 그를 잘 아는 것처럼, 그 역시 혈수광마옹을 잘 알고 있다. 그리고 지금 두려워하는 쪽은 그가 아니라 혈수광마옹이었다.

 '이번에 내 앞에 나타난다면… 진짜 지옥 구경을 시켜주지.'

 능설비는 배첩을 와락 움켜쥐었다.

 "영주, 꼭 가시렵니까?"

 곁에서 시립하고 있던 만리총관이 능설비의 심기를 건드리지 않으려는 듯 조심스럽게 물었다.

 능설비는 아주 간단히 잘라 대답했다.

 "물론이오."

 "조심하셔야 합니다. 생각 같아서는 두 다리를 붙잡아서라도 만류하고 싶습니다만 영주님께서는 속하가 간곡히 권한다고 들으실 분도 아니고……."

 만리총관의 노안에서 눈물이 떨어졌다. 그것은 진정으로 구마령주 능설비에게 보내는 충정의 표시이리라.

 능설비는 말없이 응시하다가 입을 열었다.

 "후훗, 내 신상에 변화가 생긴다면 이것을 노총관에게 주는 것으로 하리다."

 능설비는 말과 함께 불쑥 한 가지 물건을 내밀었다. 그것은 다름 아닌 그가 착용하던 금색 면구가 아닌가!

 "이, 이것을 왜 속하에게……?"

 만리총관이 깜짝 놀라 바라보자,

 "무슨 일이 있어도 천외신궁의 축성은 완성시키시오. 아시겠소?"

능설비가 신비스런 미소를 입가에 지으며 말꼬리를 돌렸다.
"속하의 명예를 걸고서라도 꼭 이행할 것입니다."
"물론이오. 천외신궁의 완성은 고금 마도계의 숙원이오. 누가 영주이건 태산에 마궁을 세워 천하 모든 사람이 높이 우러러보도록 해야 하는 것이오."
능설비는 눈길을 돌렸다. 그의 시선이 만화총관에게로 향했다. 만화총관은 능설비가 전수한 새로운 주안공을 익혀 이제는 중년의 나이 정도로밖에 보이지 않았다.
능설비가 그녀를 향해 질문을 던졌다.
"화빙염은 어찌 되었소?"
"외상이 거의 다 나았습니다."
"그녀는 내가 떠난 다음에 떠나보내도록 하시오."
"미리 보내는 것이 더 낫지 않을까요? 그렇게 하면 백도인들이 영주의 대범하심을 알고 사기를 잃을 텐데요?"
만화총관이 조심스럽게 자신의 생각을 밝히자 능설비는 나직한 웃음소리를 냈다.
"그렇게 한다면 그녀는 개봉부를 떠나자마자 암살당하오."
"예에?"
만화총관의 두 눈이 동그래졌다.
"지금 도처에는 적의 첩자들이 즐비하게 깔려 있소. 그들은 백도를 위해 몸을 불사르는 데 주저하지 않는 자들이오. 만약 화빙염이 살아나갈 경우 무슨 일이 벌어질지는 그대들이 더욱 잘 알고 있을 것이오."
"......!"
만화총관이 할 말을 잃고 바라만 보자 능설비가 자세한 설명을 덧붙였다.
 "화빙염은 무공을 잃었소. 이용당할 대로 이용당하고 이제는 쓸모없는 여인이 되었으니 돌려보내자마자 운리신군이 그 여인을 죽일 것이오. 나는 그것을 알기에 그녀를 내가 떠난 후에 보내고자 하는 것이라오."
 "아아!"
 만화총관은 능설비에 대해 또 한 번의 의혹을 느꼈다.
 약관의 젊은이, 이제껏 백도의 고수들을 무참히 처단했던 젊은 마왕 능설비, 그런 그의 마음속에 인간을 사랑하는 마음이 있는 것이다. 그것은 아무도 부정하지 못할 일이었다.
 능설비는 총관들에게 세세한 것까지 자세히 지시했다. 그리고 그가 마지막으로 한 말, 그것은 정말 놀라운 것이었다.
 "만약 내가 죽는다면 사자(死者)가 살아나 나의 자리를 대신할 것이오. 나는 죽을지 모르나 마도가 백도를 이긴다는 데에는 변함이 없을 것이오."
 "죽은 자가 살아나다니요?"
 "무슨 말씀이신지……?"
 노총관들은 도무지 이해가 가지 않았다.
 능설비는 대답을 하지 않고 몸을 일으켰다.
 "가겠소."
 그는 무뚝뚝하게 말한 다음 밖으로 나갔다. 그의 뒷모습, 모든 사람이 두려워하는 구마령주의 뒷모습이 오늘은 이상하게도 조금은 왜소하고 쓸쓸하게 느껴졌다.
 한바탕 일이 벌어질 듯한 분위기가 만들어졌다.

태화산(太和山).
 중원의 명산으로 불리는 태화산으로 천하의 이목이 집중되었다. 백도는 죽지 않는다는 기치를 내어걸고 구마령주와의 필사의 대결을 준비하고 있는 천하 백도고수들의 모임이 혈적곡에서 열리기 때문이었다.
 곧 피바람이 불리라. 살아남는 자는 승자이고, 죽는 자는 영원한 패자로 낙인찍힐 것이다.
 사실 승산은 이미 구마령주 쪽으로 기울어졌다. 자객의 암습을 받고도 불사신같이 살아난 구마령주. 소문은 날개가 달린 듯 강호 전역으로 퍼져 나가 백도를 전율시켰다. 백도가 이긴다고 장담하는 사람은 천기석부의 영광을 기억하는 사람들 정도였다.
 쌍뇌천기자의 빈자리를 메운 무림대부 운리신군.
 "백도는 승리할 것이오. 마도의 검은 구름이 거세다고 어찌 하늘을 가릴 수 있겠소."
 과연 그의 호언장담대로 혈적곡에서 구마령주를 제압할 것인지, 그것은 두고 볼 일이었다.

 혈적곡에 쓸쓸한 바람이 불어가고, 핏빛 안개가 스멀스멀 일어났다. 그 깊은 곳, 두 사람이 바위 위에 앉아 한가롭게 장기를 두고 있었다.
 한 사람은 술 호로를 든 노도사였고, 한 사람은 온화하게 생긴 문사였다.
 "어젯밤 하늘을 봤는가, 현제?"
 술 호로를 든 노도사가 맞은편의 문사에게 질문을 던졌다.
 문사가 대답을 했다.

"천기가 기이했습니다. 천마성이 혈마성에 가려지더군요. 이 아둔한 머리로는 도무지 해석할 수가 없었습니다."

"허허, 자네도 보았단 말인가. 나 역시 마찬가지일세. 도무지 모르겠어, 도무지. 하늘이 무엇을 알리려 하는지를."

"천마성이 꺾이는 것보다 중요한 게 어디에 있겠습니까."

"허허, 자네의 신복학이 이제는 노부를 능가하는 정도가 되었구먼. 이러다가는 무공을 포함한 모든 것을 자네에게 놀림당하겠는데……?"

노도사는 말꼬리를 흐렸다. 잠시 두 사람 사이에 침묵이 흘렀다. 한가롭게 두어지는 장기 소리만이 공허할 뿐이었다.

어느 사이 계절이 바뀌어갔다.

봄이 가고 산야의 신록은 녹음으로 울창해졌고, 강물 소리는 점점 커지고 있다. 상류 쪽에서 폭우가 있었기 때문일까? 불어난 물로 도도히 흘러가는 대하는 우렛소리를 내고 있었다.

어느 순간 갑자기 끼우욱! 새 울음소리가 나며 금조가 허공에서 훌훌 떨어져 내렸다. 그것은 거대한 금빛 수리였다. 수리의 등에서 흑삼서생(黑衫書生)이 사뿐하게 내려섰다.

"너는 여기까지야. 네가 그자의 지시를 받고 하늘에서 곤두박질치면 내가 곤란해지거든.'

흑삼서생의 눈빛은 별빛을 닮았다. 밤하늘에는 무수한 성광이 흩어져 있다. 그믐이기 때문인지 별빛은 유독 가슴 저미는 아름다움을 선사하고 있었다.

흑삼서생은 타고 온 수리를 되돌려 보냈다. 수리의 모습이 시야에서 사라지자 그는 허리에 매달려 있는 패검을 쓰다듬었다.

'훗훗, 광혈패검을 굳이 취한 이유는 하나… 바로 그자의 검으로 그자를 쳐죽이기 위함이다!'

그는 능설비였다.

혈수광마옹을 떠올리자 살기가 끓어오르는 듯 눈에서 혈광이 번득였다. 그 잔혹한 기운에 별빛이 숨을 죽였다.

'혈수광마옹… 절대 용서하지 않는다!'

가까운 하늘 아래 혈수광마옹이 도사리고 있다는 게 참을 수 없다는 듯 능설비는 검을 빼들었다.

차아앙!

날카로운 금속성이 울리며 광혈패검이 허공으로 솟구쳤다.

"등천일정도!"

산천을 떨쳐 울리는 일갈이 터지며 파파팍! 검기가 벼락 치는 기세로 뿌려졌다. 섬전과도 같은 검기가 뻗어나가며 이십 장 앞에 있던 거목의 허리가 싹둑 잘렸다.

"으으음… 아직 멀었어."

능설비는 검기를 발출하고 난 후 몸을 휘청거렸다. 급격한 내공 저하를 느꼈기 때문이다.

그는 아직 내상에서 벗어나지 못했다. 구마절기를 완벽하게 끌어올리기에 아직은 부족하다. 하지만 불완전한 구마절기를 막을 사람이 당금 강호에 없다는 것도 사실이었다.

"만나기만 하면 일 초에 쳐죽이리라! 내게 그 정도 힘은 남아 있다."

능설비는 이를 갈며 시선을 위로 쳐들었다. 그의 시선이 닿는 검은 구름 위, 검푸른 빛으로 도도한 자태를 과시하는 산봉우리가 있었다.

태화산이라 불리는 곳이다.

능설비는 산세를 보고 차가운 미소를 지었다. 날카롭고 장엄해 당장 허물어질 듯 위험한 산세, 그것이 그의 가슴에 동질감을 심어 주었다.

'나란 놈을 닮았군.'

능설비는 이를 드러내 보이며 하얗게 웃었다.

그가 자연을 보고 친하게 여긴다면 백도인들은 몹시 의아해할 것이다. 그러나 능설비는 누구보다도 자연의 느낌을 잘 알고 있는 사람이었다.

그가 성취하고 있는 대마성이란 것도 따지고 보면 결국 인심의 한 중요 부분이 아니겠는가?

능설비는 산세를 바라보다가 어풍비행술로 날아올랐다. 눈 깜짝할 사이 그의 모습은 어둠이 짙게 드리워진 산자락 속으로 사라져 갔다.

악마는 지옥으로

이경(二更).

혈적곡에서는 제사 준비가 한창이었다. 곡 내에는 스물여덟 개의 장대가 준비되었고, 장대마다에는 수급이 하나씩 걸려 있었다.

〈보라! 마의 최후를!〉
〈이곳에서 마도가 멸하고 백도가 부활한다.〉
〈마의 주구는 지옥으로!〉

그런 글귀가 적힌 깃발이 도처에 걸렸다. 마도이십팔수의 수급이 소금에 절여 부패되지 않게 처리되어 장대에 걸린 채 하늘 아래 속죄하고 있는 것이다.

제주는 주설루였다. 그녀는 무림대부로 추앙받는 운리신군과 선사인 쌍뇌천기자의 후광 덕분에 동의대호법이 된 상태였다.

그녀는 몹시 분주했다. 모든 지시는 그녀의 입을 통해 나갔으며, 모든 첩보는 그녀의 귀로 들어왔다.
"구마령주란 놈은 꼭 나타날 것이니 진세를 보다 철저히 해주세요."
그녀는 이곳저곳 다니며 호법들과 의견을 나눴다.
그녀가 주관하는 대복수제는 구마령주에게 죽은 사람들의 망령을 위로하는 제전이었다. 대복수제는 만약의 사태에 대비하여 열 가지 겸진에 의해 철저히 보호되고 있었다.
"구마령주는 수만 명의 기라성 같은 수하를 거느리고 있어요. 그가 수하들을 모조리 끌고 올 것에 대비하여 필사의 대전을 치를 준비를 해야 합니다!"
주설루는 낭랑한 목소리로 노명숙들을 독려했다.
제단은 길이가 이십 장에 달했지만 텅 빈 상태이다. 밤이 지나고 아침이면 그 위에 수많은 마도의 수급으로 제수가 놓여질 것이다. 사람들은 거기에 절을 하고 백도의 복수가 달성되기를 빌어 마지 않을 것이다.
밤은 점점 더 이슥해져 갔다.
삼경 무렵, 혈적곡 어귀로 괴영 하나가 모습을 나타냈다.
언제 다가섰는지 모르게 다가선 괴영. 얼굴이 흰 흑삼청년이 낙락장송 아래에 선다. 그는 번득이는 안광으로 혈적곡 어귀를 유심히 바라보았다.
겹겹으로 둘러쳐진 매복과 겸진.
능설비는 한동안 진세를 살피다가 고개를 끄덕인다.
'그렇군. 바로 흑살윤회겁진(黑煞輪廻劫陣)이야.'
그것은 마도 병법서 말미를 장식한 차륜진식으로 한 사람을 가

두는 최후의 진식이었다. 누구든 갇히면 빠져나갈 수 없다. 한 사람이 죽든지 진세를 펼친 사람 모두가 죽든지 반드시 피를 봐야만 멈춰지는 진세였다.

'역시 나를 가장 잘 아는 자는 그자밖에 없어. 내가 혼자 올 것을 알고 성대한 환영식을 준비해 두었어.'

능설비는 조소를 흘렸다.

'헛수고를 한 거야. 저런 시시한 진세로 어찌 구마령주를 잡겠다고!'

능설비는 청각을 곤두세우며 사방을 두리번거렸다.

제사에 가서 이십팔수의 복수를 하기 이전 한 가지 일을 해야 했다. 구마령주로서가 아닌 능설비로서 해야 할 일. 그것은 한 사람을 처단하는 일이었다.

문득 그의 눈빛이 흔들렸다.

"아니야. 어쩌면 자신이 있음을 나에게 과시하고 있을지도 모른다."

구마령주를 잡기 위해 마도진식을 펼쳤다는 건 개가 웃을 일이다. 승산을 높이려면 그가 모르는 백도진식을 펼쳐야 했다.

함정이 분명하다.

능설비는 그렇게 생각했다.

'천하를 속이는 자, 그자는 뛰어난 모사가임이 틀림없으나 죽음만은 피하지 못한다.'

능설비는 끓어오르는 분노를 삭이며 발에 힘을 가했다.

딱! 하는 소리와 함께 자갈 하나가 그의 발에 밟혀 박살이 났다. 그 순간에 능설비의 모습은 어둠 속으로 물이 스며들 듯 사라져 버렸다.

그가 모습을 감추자마자 밤공기를 가르는 가벼운 파공성이 일며

네 군데에서 각기 네 명씩이 나타났다. 열여섯 명은 찰나지간에 십여 장을 가로질러 소나무 아래 이르렀다. 그들은 혈적곡 주위를 경계하고 있던 무사들이었다.

"돌이 깨져 있군."

"흠, 아무도 보지 못했으니 잠입자라고는 여길 수 없지만… 아무래도 기분이 좋지 않은데?"

열여섯 명은 부서진 돌을 보며 중얼대다가 근처를 자세히 살피기 시작했다.

"흩어져 찾아봅시다."

"나는 저쪽으로 가겠소."

"위급한 일이 있으면 신호를 하시오."

그들은 서로 약속을 나누며 사방으로 흩어져 갔다.

열여섯 명의 무사 중에는 철대협(鐵大俠) 감우(甘羽)란 자가 있다. 그는 키가 후리후리하고 체격이 당당한 사람으로 흑삼을 걸치고 있었다.

그가 어둠 속을 면밀히 살피고 있을 때, 누군가의 손이 소리없이 뻗어 나오며 그의 마혈을 찍어버렸다. 그는 소리도 지르지 못하고 의식을 잃고 쓰러져야 했다.

이각 후, 주위를 살피기 위해 사방으로 흩어졌던 열여섯 명이 다시 한자리에 모였다.

"잠입자는 없는 것 같소."

"나도 발견하지 못했소."

"일단 곡으로 돌아갑시다. 조금 후면 진세가 더욱 강해질 것이니 미리 안으로 들어가야 하오."

열여섯 명은 그러한 말을 주고받은 다음 혈적곡 쪽으로 돌아갔다.

그들 중에는 방금 전 누구에겐가 점혈당했던 철대협 감우도 버젓이 끼어 있었다. 그는 분명 의식을 잃고 쓰러지지 않았던가? 그렇다면 지금 철대협 감우의 행세를 하고 있는 자는 과연 누구란 말인가?

사경 초(四更初)가 되자 진세를 강화하기 위해 무사들의 숫자가 몇 배로 불어났다. 요소요소에 매복한 사람들의 수를 다 헤아리기 위해서는 백 사람의 손가락, 발가락이 모두 필요할 것이다.

철대협 감우는 자신의 거처로 가지 않았다. 그는 슬쩍 위사들의 무리에서 빠진 상태였다. 그의 지위는 부호법이었다. 그는 느릿느릿 제전이 거행되는 곳으로 다가갔다.

휘이이잉!

바람이 불며 진한 피안개가 흩어졌다.

혈적곡은 본시 사람이 살 수 없는 곳이다. 얼마 전 해독제가 뿌려져 독이 다 제거되기는 했으나 땅바닥의 황량함을 본다면 누구라도 질겁하여 얼른 나가 버릴 것이다.

곡의 내부는 습기를 잃어 푸석푸석한 마른땅으로 대부분이 울퉁불퉁한 돌바닥이었다. 붉은빛 암벽에 갇힌 혈적곡은 거대한 면적이었다. 동서로 칠 리, 남북으로 오 리에 달하는데 초목은 어디에서도 찾아볼 수 없었다.

'땅이 뜨거운데? 흠, 어디엔가 분화구가 있다. 그래서 땅이 항상 뜨겁고 메마른 것이다.'

철대협 감우는 바닥을 살피며 천천히 걷다가 결국 무시무시한 장면을 목격하고 말았다. 그는 그 자리에 멈춰 서서 전신을 부들부들 떨기 시작했다.

스물여덟 개의 기둥에 수급 하나씩을 매달고 있는 참수대.

"……!"

그의 눈빛이 갑자기 섬뜩한 독광을 폭사했다. 턱이 덜덜 떨리며 딱딱 소리를 냈다.
'철저히 그대들의 복수를 해주겠다!'
잔혹한 혈광을 흘리는 철대협 감우, 그는 바로 능설비가 아닌가! 능설비는 감쪽같이 모습을 바꿔 혈적곡 안에 잠입한 것이다. 그는 자신을 위해 충절을 바친 마도이십팔수의 수급이 효시된 것을 목격하고 더욱 비장해졌다.
마도이십팔수는 마도천하의 건설을 위해 젊음과 영혼을 불사른 사람들이었다. 그들은 매우 중요한 역할을 했다. 그들은 거미줄 같은 마도의 조직에 있어 맥을 잇는 역할을 했던 것이다.
'마도는 이들의 희생으로 인해 절대로 허물어지지 않을 것이다.'
능설비는 주먹을 으스러지게 거머쥐었다.
'비록 내가 죽는 한이 있더라도 이들의 복수는 단념하지 않으리라!'
그는 터지려는 울분을 애써 눌러 참았다.
'마도를 배반한 혈루대호법… 그자를 찾아가 쳐죽이고 나서 백도인들과 결전을 벌이겠다.'
그는 이십팔수의 수급에서 눈길을 돌렸다. 그는 미리 보아둔 금지 쪽이라 여겨지는 곳을 향해 걸음을 옮기기 시작했다.
혈적곡의 내부에는 혈동(血洞)이 있었다. 말이 동굴이지, 사실은 협도를 말한다. 곡 전체를 자욱하게 뒤덮고 있는 혈무는 거기서 흘러나왔다. 혈무는 십이 시진 내내 위력적으로 뿜어졌다. 혈무가 뿜어지는 협도의 앞에는 입가에 약사건을 대고 있는 고수 백팔 명이 지키고 있었다.

이름하여 소림백팔나한(少林百八羅漢). 그들은 피독단을 세 알씩 먹고도 혈무의 독기를 이길 수 없어 해독약이 뿌려진 사건으로 입을 막으며 협도 앞을 지키고 있는 것이었다.
협도 안에는 대체 무엇이 있는 것일까?
영부를 소지하지 않은 자에게는 아예 출입을 금하고 있어 소림백팔나한의 이목을 속이고 협도의 안으로 들어간다는 것은 정말 힘든 일이다.
능설비는 일각 전부터 협도를 숨어서 지켜보았다. 누구도 그의 접근을 알아챈 사람은 없다. 귀식대법보다 절묘한 단호잠종술(斷呼潛踪術) 덕분에 그는 정체를 숨길 수 있었다. 그의 얼굴도 철대협 감우에서 자신의 얼굴로 돌아온 상태였다.
'모조리 쳐죽여 버릴까?'
그는 지독한 살의를 느끼며 검 자루에 손을 댔다.
'아무리 소림백팔나한이라 할지라도 나를 막지는 못한다.'
능설비가 칼을 빼내려 할 때 삐익! 가벼운 호각 소리가 나더니 백팔나한진이 뒤쪽으로 물러났다.
능설비가 조금 의아해할 때, 절벽 위쪽으로부터 많은 수의 그림자가 일제히 떨어져 내리는 것이 아닌가?
그들은 바로 무당의 삼십육천강검대와 칠십이지살검대의 무사들이었다. 무당고수 백팔 명이 소림백팔나한진이 물러난 자리로 훌훌 떨어져 내리는 동시에 거대한 검진 하나가 펼쳐졌다.
협도의 입구를 지키는 검진은 세 시진을 주기로 교대가 되고 있었다. 그 이유는 협도에서 이는 암경이 매우 지독하기 때문이었다.
하여간 협도 앞은 여전히 천라지망에 휘감긴 상태였다.
'저 안에는 그놈이 있기 쉽다. 놈은 내가 미리 올까 두려워 백도

고수들로 하여금 자신을 지키게 하고 있는 것이다.'

능설비는 그렇게 단정 지으며 안으로 들어가겠다는 마음을 굳혔다. 그는 입술을 깨물고 발아래를 살폈다. 굳은 돌바닥이었다. 협도의 안으로 들어가는 길은 그곳밖에 없는 듯했다.

'지둔행(地遁行)을 쓰자. 내공의 소모가 클 것이나 그 길밖에 없다.'

그는 눈을 지그시 감았다. 그가 무공의 구결을 암송하며 기력을 집중시키자 아주 경미한 소리가 나며 그의 몸이 땅속으로 가라앉기 시작했다. 마공이 힘을 발휘해 땅속으로 파고드는 것이었다. 역시 구마루에서 배운 솜씨는 훌륭했다. 눈을 부라리며 천라지망을 펼치고 있는 무당의 백팔고수들조차 능설비가 자신들의 발밑을 통과해 협도 안으로 잠입해 드는 것을 까맣게 모르고 있었다.

일각이 채 지나지 않아서 능설비는 검진의 뒤쪽 협도 안에서 몸을 일으켰다. 그의 코에서는 핏물이 줄줄 나왔다. 부상을 당한 터에 내공을 과도하게 소모한 탓이었다.

'내상이 도졌다.'

그는 미간을 찌푸리며 아랫배를 쓰다듬었다. 배에는 아직도 복상비탄에 당했던 상처가 남아 있었다.

'그놈은 나의 허점을 너무나도 잘 알고 있다. 그래서 내가 당했던 것이나, 이제 나는 과거의 내가 아니다. 오히려 그 일로 인해 좀 더 많은 것을 깨달은 것이다.'

능설비는 소리없이 걷기 시작했다. 그는 걸으면서도 운기행공을 할 수 있었다. 지둔행을 쓰느라 소모되었던 내공이 점차 회복되었다.

얼마를 갔을까? 돌연 능설비의 눈앞으로 거대한 석벽이 나타났다. 분지의 한 벽이 되는 석벽인데 높이가 실로 엄청났다.

능설비와 절벽 사이에는 이상한 곳이 있었다. 다른 곳에 비해 지대가 한결 낮은 곳이었다.

절벽 아래의 단애, 그곳이 바로 혈적곡의 심장부였다. 피안개는 낭떠러지 아래서 스멀스멀 기어오르고 있었다.

사람들은 그곳을 혈마잔혼애(血魔殘魂崖)라 불렀다.

―오래전에 세상을 피로 씻은 혈마가 있었다. 혈마는 정의를 신봉하는 천신에게 죽었다. 천신은 혈마를 혈적곡의 깊고 깊은 웅덩이에 내던졌다. 바로 그곳에 피 웅덩이가 생겼으니, 아아, 그곳을 바로 혈마잔혼애라 한다. 혈마의 저주가 피안개로 피어오르는 곳, 누가 감히 그곳을 건너겠는가!

혈마잔혼애는 그러한 전설이 있었다.

움푹 파인 부분의 폭은 십 장 정도였다. 절벽 아래까지 가려면 그 피안개의 수렁을 넘어야만 했다.

절벽 바로 아래, 누런 도복을 걸친 사람이 절벽을 보는 자세로 서 있었다. 능설비는 그 뒷모습을 보는 순간 이를 갈지 않을 수 없었다.

'역시 내 생각대로군.'

그는 한 사람의 얼굴을 떠올리며 지체없이 신형을 뽑아 날아올랐다. 그는 혼신 공력을 다해 떠올랐다.

우르르르릉!

웅덩이 밑에서부터 불어오는 혈풍이 그를 휘감았다. 능설비는 내공의 힘으로 그것을 뚫고 날아가다가 손을 쳐들었다.

어느새 뽑아 든 광혈패검에서 빗살 같은 검기가 폭사되었고, 혈풍을 가르며 그대로 절벽 아래에 서 있는 자의 허리께를 쓸어갔다.
파팟!
황색 도복을 걸친 자는 일순간에 두 토막으로 잘려 나갔다.
그리고, 능설비는 검을 거두며 절벽 아래쪽으로 내려서다가 흠칫 놀라고 말았다.
"이럴 수가… 밀랍 인형이라니?"
능설비는 아차 하는 심정이 되었다. 그의 칼날 아래 허리가 끊어진 것은 정교하게 만들어진 인형이었던 것이다.
'혈수광마옹인 줄 알았는데 허수아비라니!'
그가 인형을 보고 허탈해할 때, 느닷없이 둥둥둥! 어둠을 진동시키는 북소리와 함께 외침이 터져 나왔다.
"환영한다, 구마령주!"
"역시 운리신군이시군. 너를 여기서 보게 된다는 예언이 적중되었으니!"
도처에서 함성이 일어나며 고수들이 쏟아져 나오기 시작했다. 능설비는 꼼짝없이 걸려들고 만 것이었다.
그를 가장 잘 알고 있는 자, 그에게 모든 것을 가르쳐 준 자, 마음씨마저 만들어준 자가 모든 것을 짐작하고 능설비를 이곳까지 끌어들였던 것이다.
'훗훗, 나를 가장 잘 아는 사람은 역시 그다.'
능설비는 웃음을 터뜨렸다.
놀라워하기는커녕 웃는다는 것은 구마령주로서 부끄럽지 않은 모습이었다. 혈무 가운데 서 있는 그의 모습은 마치 살아 있는 마왕의 모습이 그렇듯 위대하고 광포해 보였다.

'내가 마공에서 자신을 능가하는 것조차 너무나도 잘 알고 있는 자!'

능설비는 주위를 둘러봤다.

눈앞에는 피안개가 스멀거리는 구덩이가 있고, 그 뒤쪽에는 세 갈래로 나뉘어 다가서는 고수들이, 그리고 맞은편 벼랑 위에는 두 사람이 우뚝 서 있었다.

한 사람은 상복을 걸친 여인이었다. 바로 천기미인 주설루였다. 그녀는 눈에 핏발을 세운 채 이를 갈고 있었다.

"역시 네놈이었어. 나를 속이고 천기석부에 들어온 간악한 자! 이번에는 절대 놓치지 않는다, 구마령주!"

그녀는 원한에 사무쳐 잔혹한 어조로 말을 내뱉었다.

그녀의 뒤쪽에는 왜소한 체구의 노도장이 약간의 간격을 두고 서 있었다. 두 사람과 능설비 사이의 거리는 백오십여 장 정도 되었다.

그러나 능설비는 그의 모든 것을 알아볼 수 있었다.

노도장의 눈빛과 능설비의 눈빛이 마주쳤다.

"역시 거기 있었군."

능설비가 천리전음으로 말했다.

노도사 역시 가느다란 미소를 입가에 피워 올리며 남이 알아듣지 못하게 전음으로 말했다.

"네가 노부의 존재를 알 줄 짐작했다."

천기미인 주설루의 곁에 있는 자는 운리신군이었다. 그는 능설비가 생각했듯 혈루대호법 혈수광마옹의 분신이었다. 그는 미소 지으며 말을 이었다.

"나는 너를 너무도 잘 알고 있다."

"……!"

능설비가 말없이 쏘아보자 운리신군, 아니, 혈수광마옹이 비릿한 조소를 지으며 말했다.

"훗훗, 너는 대동귀어진세(大同歸於盡勢)에 휘말렸다."

"동귀어진?"

"여기에 있는 사람들은 모두 너와 함께 죽을 작정을 하고 있다. 내가 깃발을 흔들기만 하면 너는 반 시진 안에 혈마잔혼애 속으로 떨어져 죽는다."

그것은 사실이었다. 그를 에워싸고 있는 사람들은 모두 원한에 사무친 눈빛으로 능설비를 단칼에 쳐죽일 듯 노려보고 있었다.

능설비는 사위를 쓸어보다가 혈수광마옹에게 시선을 돌렸다.

"뭘 바라고 이런 일을 저지르는가?"

능설비가 묻자,

"네가 항복하는 것, 너의 잘못을 스스로 인정하고 나의 발바닥을 핥는 것, 그리고 나의 수족이 되는 것이다."

혈수광마옹은 능설비의 심기를 건드리는 말만을 골라 했다.

능설비가 퉤! 침을 뱉으며 살기가 뻗쳐 나오는 눈빛을 폭사시켰다.

"마종 위에 군림할 사람은 아무도 없다!"

두 사람의 대화는 전음으로 이루어졌기에 주위의 사람들은 두 사람의 대화를 듣지 못했다.

휘이이이!

혈마잔혼애 아래에서는 끊임없이 피안개가 피어오르고 있었다.

능설비의 몸에서도 짙은 혈무가 일어나 그의 전신을 휘감고 있었다. 어느 누구도 감히 범접치 못할 대단한 기세였다.

혈수광마웅이 능설비의 그런 위압적인 모습을 바라보다 입을 열었다.

"너는 과연 뛰어난 살수다. 그러나 네게는 모든 것이 있으되 단 하나가 없다."

혈수광마웅은 뒷짐 진 손을 풀어 팔짱을 꼈다.

"그것은 욕심이다. 너는 지략과 무공에서 당세제일인 마종답지 않게 욕심이 없다. 그래서 결국 이런 꼴이 된 것이다."

그는 이를 드러내 보이며 웃었다.

능설비는 소름이 돋는 거부감을 느꼈다.

'찢어 죽일 놈… 마도마저 자신을 위해 이용하는 진짜 비열한 놈이다!'

능설비의 두 눈에서 짙은 혈광이 무서운 기세로 일어날 때,

"대답하라! 최후의 물음이다!"

혈수광마웅의 목소리가 바로 능설비의 고막에 와 닿았다.

"죽겠느냐, 아니면 나의 종이 되겠느냐. 둘 중의 하나를 선택하라!"

"대답은 이것이다."

혈수광마웅의 말이 끝나기도 전에 능설비의 몸이 위로 날아올랐다. 그는 날아오르는 순간에 광혈패검을 뽑아 들었다. 차디찬 검광이 뿌려지는 순간, 어느새 검은 한줄기 빛살이 되어 허공으로 폭사되었다.

피이이잉!

날카로운 파공성이 일며 광혈패검은 긴 무지개가 되어 절벽 위의 혈수광마웅 쪽으로 날아올랐다.

"네놈이 어검술(馭劍術)을?"

"감히 무림의 아버지이신 삼뇌선생을 암살하려 하다니!"

검이 날아가자 모두 사색이 되어 경악성을 토했다.

검은 찰나지간에 백오십 장 정도를 가로질러 혈수광마옹의 면전으로 날아들었다.

"아아, 엄청난 마의 수법이다!"

운리신군은 검이 자신을 향해 날아오자 나지막한 탄성과 함께 막을 수 없다는 듯 눈을 감아버렸다. 과연 그는 실력이 없어 피하지 못하는 것일까?

광혈패검이 섬전같이 혈수광마옹의 몸을 파고들 즈음,

"몸을 바쳐 삼뇌선생을 지키는 것이 우리의 할 일이다!"

사방에서 창노한 외침이 터져 나오며 세 사람의 그림자가 날아올랐다.

세 사람은 운학철지객(雲鶴鐵指客), 농산이자(籠山二子), 육지혈룡자(陸地血龍子)라 불리는 백도의 고수들이었다.

세 명의 무림고수가 날아올라 능설비가 쏘아낸 이기어검(以氣馭劍)을 가로막았다. 순간, 콰쾅! 엄청난 파열음이 일더니,

"캐애액!"

"크윽, 후회는 없다!"

허공에서 자욱한 피보라가 일며 처참한 비명이 터져 나왔다. 눈으로 보고도 믿지 못할 일이었다. 백도의 세 고수가 한 자루의 검에 관통당해 떨어져 내리는 것이 아닌가!

광혈패검은 그러고도 속도를 잃지 않았다. 그러나 그 기세는 처음보다 상당히 감소된 상태였다.

"아아, 무림의 협사님들이시여, 부디 극락왕생하소서."

주설루는 피눈물을 뿌리다가 일지를 쳐냈다.

"주사혈강지!"

따당! 하는 쇳소리가 나며 주설루가 쳐낸 지력이 광혈패검을 때렸다. 광혈패검은 처음 떠올랐을 때의 기세에 비해 십분지 일도 안 되는 기세인지라 그녀의 지력 아래 산산조각이 나고 말았다. 흩어지는 검편, 그리고 세 명의 시체.

싸움은 이제 시작되지 않을 수 없으리라.

둥둥둥!

세 번의 북소리가 들렸다.

"우우, 천(天)을 막으라!"

북소리가 울려오는 곳에서 외팔이 노도사 하나가 호령했다.

바로 건곤금령자였다.

그는 백도육지주 중 하나로 불렸던 사람이 아닌가? 건곤금령자는 전진파의 고수들을 이끌고 삼재진의 한 부분을 형성하고 있었다. 그의 호령이 떨어지자 진을 이루고 있는 무사의 무리가 일사불란한 움직임을 보이기 시작했다.

상취 도장은 지(地)의 방위에 있었다. 그의 뒤쪽에는 곤륜파 고수들이 질서정연하게 도열해 서서 진을 이루고 있었다.

또 한 사람, 신품소요객은 천기수호대를 이끌었다.

세 방향의 막강한 진세는 능설비 한 사람을 초점으로 펼쳐져 있었다.

능설비는 외떨어진 곳에 있었다. 그의 등 뒤에는 절벽이 있고, 발 앞에는 혈마잔혼애가 아가리를 벌리고 있었다. 혈마잔혼애의 폭은 십 장 정도였다.

세 사람의 백도고수가 이끄는 삼재항마진은 혈마잔혼애 뒤쪽을 완전히 에워쌌다. 낭떠러지를 넘어 다가서는 사람은 아직 없었다.

그러나 능설비는 진세를 보는 찰나 이 싸움이 어떤 것인지 짐작했다.
'장기전을 각오하고 있다.'
그는 삼재항마진이 무엇을 노리고 펼쳐진 것인지를 잘 알고 있었다. 그것 역시 백도의 진세가 아니었다. 그렇게 위장만 했을 뿐, 그것은 혈수광마옹이 비장의 수단으로 알고 있던 삼마포월대진(三魔抱月大陣)이라는 것이었다.

―천마(天魔)가 하늘을 찢고,
지마(地魔)가 땅을 가른다.
인마의 그 위대한 마수가 우주를 으스러뜨리리라.

삼재항마진은 가공할 진법이었다. 안에 갇힌 사람이 쓰러져야 거둬진다는 것이 첫째의 무서움이었다. 둘째의 무서움은 그 안에서 십팔반병기가 자유롭게 사용되고, 온갖 암기가 사용된다는 것이었다.
문득 삼뇌선생 운리신군의 손에 들린 깃발이 흔들렸다. 그것을 신호로 세 방향의 진세가 일사불란하게 움직이기 시작했다.
"쳐라!"
"놈을 상대로 해서는 비겁한 것이 있을 수 없다!"
능설비를 향해 점차 거리를 좁혀오는 삼재항마진 속에서 분노에 찬 외침이 터졌다. 그리고 맨 먼저 암기가 발출되었다.
"만천호접표!"
"구혼탈천침!"
츳츳츳!

공기를 찢으며 수없이 많은 독침이 날아올랐다. 독침들은 허공을 완전히 가리며 능설비에게로 날아들었다.

능설비는 돌을 디디고 섰다가 이를 악물며 우수를 비스듬히 흔들었다.

"이화접목, 대천마이물진기……!"

그의 손이 흔들리자 검은 기류가 혈무와 더불어 일어나 그의 몸 주위를 가렸다. 능설비의 몸에서 흑혈강이 발출되자 무수히 날아들던 암기가 덩어리로 뭉치며 방향을 틀었다.

"돌아가라!"

능설비가 일갈을 터뜨리며 우수를 휙 뿌리자 수천 개의 암기가 허공에서 방향을 바꾸며 암기를 발출했던 백도고수들 쪽으로 뿌려졌다.

'대단한 놈!'

능설비를 덮쳐 가던 독침이 일제히 방향을 바꾸며 되돌아오는 것을 바라보고는 운리신군이 고개를 끄덕였다. 그는 그리 놀라워하지는 않았다. 능설비가 그 정도의 솜씨를 보일 줄 이미 알고 있었다는 듯한 태도였다.

삼재진은 황망히 뒤로 퇴각했다. 암기는 텅 빈 곳에 뿌려졌다. 능설비는 내상을 당한 상태인지라 적의 암기를 돌려보내 적을 죽일 정도는 되지 못했던 것이다.

'도망갈 수는 없다, 내게 날개가 있다 해도.'

그는 마음을 다잡아먹으며 주먹을 불끈 쥐었다.

'그리고 기다릴 수도 없다!'

그는 낭떠러지를 굽어보았다. 거기에는 자욱한 피안개를 쉼없이 뿜어내는 악마의 구덩이가 아가리를 딱 벌리고 있다.

백도고수들은 그 뒤쪽에 포진해 있었다. 능설비가 있는 곳은 조금 오목하게 들어간 곳이어서 그 탓에 시야가 탁 트이지 못했다.
능설비는 사면초가 상태였다.
'단단히 걸려들었다. 저놈은 나보다도 나를 더 잘 알고 있다.'
그는 운리신군을 보았다. 운리신군은 깃발을 흔들어대며 진세를 지휘하고 있었다.
'저놈은 나를 만든 놈이다. 그리고 나는 저놈의 뜻에 따라 태어나지 않은 상태로 돌아가게 되는 것이다. 그러나 혼자서는 절대 돌아가지 않을 것이다.'
능설비는 이상한 기분을 맛보았다.
의미도 알 수 없는 슬픔 비슷한 것, 그가 전혀 느껴보지 못했던 어떠한 정서가 만들어지고 있었다.
"흥!"
그는 코웃음 소리로 자신의 마음을 부정해 버렸다.
'나를 꺾을 것은 없다. 저놈의 환상… 백도인들의 오만함을 나의 두 손바닥으로 천지에 알리는 것만이 남아 있다.'
능설비는 부딪칠 작정을 하고 허공으로 걸어나갔다. 그는 피안개 위로 걸어 올라갔다.
"역시 놈이 위로 걸어온다!"
"삼뇌선생의 예언이 또다시 맞았다!"
"자아, 죽음보다 중요한 대의를 생각하자!"
천지인의 세 방위에 진을 치고 있는 고수들은 능설비가 혈마잔혼애를 건너오기를 기다렸다.
능설비는 허공답보를 쓰며 머릿속으로는 전술을 구상했다.
'구마절기를 연환식으로 쓰면 희망이 있다.'

능설비는 혈마잔혼애의 한가운데에서 극히 짧은 순간 사방을 살펴보았다.

'길은 아직 있다.'

그는 한곳의 출구를 알아볼 수 있었다.

시야가 훨씬 넓어진 탓일까? 그가 지금 있는 곳을 중궁(中宮)으로 볼 때, 건(乾)의 방향으로 나간다면 빠져나갈 수 있다는 확신이 들었다. 아주 순간적인 발견이었다.

능설비는 주저없이 건의 방향으로 날아오르며 일갈을 터뜨렸다.

"천마인!"

그는 무시무시한 강기를 아래쪽으로 쳐내 그 탄력을 이용해 흑마충소의 수법을 써서 또다시 몸을 뽑아 올렸다. 그는 곧바로 이십오 장을 표표히 날아올랐다. 그리고는 광소를 터뜨렸다.

"으핫하하하!"

그는 최대한의 공력을 실은 군림마후로 아래에 있는 사람들의 내력을 흩뜨리며 다시 허공에서 방향을 틀어 건향으로 폭사해 나갔다. 그의 몸은 하나의 긴 핏빛 무지개가 되어 날아올랐다.

그러나 이상하게도 아래에서는 반응이 없었다. 백도인들의 놀라는 기세가 전혀 없었다. 하지만 능설비는 그것을 살필 겨를조차 갖고 있지 못했다.

'조금만 더 가면 진세에서 나설 수 있다.'

그의 옷이 땀에 물들었다. 그도 사람인 듯, 이 상황을 긴장으로 받아들인 탓일까, 아니면 자신의 무공에 대한 희열 때문에 흥분하는 것일까?

휘획!

가벼운 파공성을 일으키며 그가 더 높이 날아오를 때,

"시작하시오, 영웅이시여!"

운리신군의 중후한 외침 소리가 계곡 안을 쩌렁쩌렁하게 울렸다. 그의 외침이 채 사라지기 전에 한소리 호통이 터져 나왔다.

"천!"

그리고는 갑자기 능설비의 정면으로 날아오르는 사람이 있었다. 건곤금령자, 그가 한 손을 앞으로 쭉 내미는 자세로 날아올라 능설비의 진로를 방해하는 것이었다.

"쳐죽일 놈!"

능설비는 이를 빠드득 갈며 쌍권을 교차하여 건곤금령자를 향해 휘저었다.

"허공뇌정권!"

기합 소리와 함께 막강한 권풍이 일어났다. 바람 소리도 나지 않은 권세였다.

건곤금령자는 오 장 밖에 이르러 그 막강한 힘에 휘감겼다. 그러나 그는 피하지 않고 오히려 자신의 몸을 그 안으로 내던졌다. 직후 폭음이 터지며 건곤금령자가 몸을 휘청했다.

"크으윽!"

그의 칠공에서 피가 쏟아져 나왔다. 다른 사람이라면 몸이 박살나 죽었을 것이나 그는 금강불괴지신에 가까운 내공을 지니고 있어 아직 살아 있는 것이었다.

"에잇, 백도를 위해!"

건곤금령자는 악을 쓰며 더 달려들었다. 두 사람 사이의 거리가 이 장여 정도로 좁혀졌다.

능설비는 이를 갈며 다시 십지를 쳐냈다.

츠츳츳!

섬뜩한 파공성이 나더니 건곤금령자의 머리통이 두부같이 으스러지고 가슴에 큰 구멍이 파였다.

바로 그 순간이었다. 천지간을 진동시키는 폭음이 터지며 건곤금령자의 몸뚱이가 화약에 의해 박살이 나는 것이 아닌가? 건곤금령자의 육신이 고기 조각처럼 분해되며 허공을 덮었다.

"으으……!"

능설비는 뜨거움을 느끼며 몸을 휘청했다.

"폭약을 옷 속에 넣고 있었다니!"

그가 분분히 뒤로 물러나는데,

"지!"

"인!"

상취 도장과 신품소요객이 동시에 두 방향에서 호통 소리와 함께 날아올랐다.

"천마삭(天魔索)!"

상취 도장의 손에서 긴 천이 뿌려져 능설비의 두 다리를 휘감았다.

"천마편(天魔鞭)!"

신품소요객은 낭아곤같이 생긴 십 장 길이의 연편을 흔들어 화상 입은 능설비의 몸을 꽁꽁 묶었다.

능설비는 강기를 일으켜 그것을 뿌리치려 했다. 그러나 그것은 부질없는 몸부림이었다. 그가 두 백도고수의 손속에서 벗어나기는 이미 늦은 일이었다. 몸을 움직일수록 천마삭과 천마편은 능설비를 더욱 옥죄어왔다. 울컥 내상이 발작하며 모든 것이 희미해졌다. 폭음이 들리며 몸이 으스러지는 듯한 고통이 느껴졌다.

그리고 무저갱으로 떨어지는 아득한 느낌이 전부였다.

"핫하, 모두 잘 있게!"

"악마와 더불어 지옥으로 놀러 가는 것이니 우리를 위해 눈물을 흘리지 말게!"

상취 도장과 신품소요객은 능설비와 함께 혈마잔혼애로 떨어져 내렸다. 악마의 아가리 같은 혈마잔혼애의 피안개 속으로 세 사람의 모습이 사라져 버렸다, 마치 아무런 일도 벌어지지 않았던 듯.

일천번 동패

깊이를 모르는 곳.

그러나 혈마잔혼애에도 바닥은 있었다.

끝이 없어 보이는 악몽에도 끝이 있듯, 영원히 죽지 않을 듯 기고만장하여 살아가는 제왕에게도 결국 죽음의 순간이 닥쳐오듯 모든 것에는 끝이 있는 것이다. 그러나 시간에는 한계가 없다.

휘이이잉!

황량한 곳, 바람이 불 때마다 핏빛 안개가 뿌려진다.

사람이 들어와 살지 못할 곳, 진짜 지옥보다도 더욱 쓸쓸하고 공포스러운 죽음의 장소가 바로 혈마잔혼애였다.

혈마잔혼애의 바닥은 돌투성이였다. 그 돌투성이의 바닥 한곳에 피투성이가 된 세 사람이 뒤엉킨 듯 누워 있었다.

피투성이가 된 흑삼인의 다리에는 천잠사를 겹으로 꼬아 만든 천이 휘감겨 있었고, 그의 허리에는 가죽 끈이 묶여 있었다.

천마삭과 천마편을 쥐고 있는 사람들은 노도장과 중년의 문사였다. 그들은 천마삭과 천마편이 풀릴 것을 염려해 손목에 칭칭 휘감아놓은 상태였다. 손목이 끊어지지 않는 이상 그것도 풀리지 않을 것이다.

세 사람이 한 덩어리가 된 이유는 그 탓이었다.

어둠과 고요, 모든 것이 죽어버린 듯했다. 살아 있는 것은 없는 듯, 움직이는 것은 칙칙하게 흐르는 피안개뿐이였다.

시간이 얼마나 지났을까.

"으으음… 술, 술이 그립다."

묵직한 신음 소리와도 같은 음성이 들리며 정신을 잃고 쓰러져 있던 노도장이 겨우겨우 몸을 일으켰다. 그는 만신창이였다.

쓰러진 흑삼인, 바로 능설비의 몸 가까이 다가갈 때 호신강기에 당해 오장육부가 자리를 바꾼 것이다. 그러나 그는 근골이 강하고 아직 동자신이기에 끄떡없이 살아 있었다.

그가 휘청거리며 일어날 때,

"으으음……!"

온화한 인상의 문사가 신음 소리를 내며 눈을 떴다. 그가 눈을 뜨자 앞서 깨어난 상취 도장이 빙긋 웃으며 말을 던진다.

"핫핫, 신품 현제(神品賢弟), 이제 이 노형의 내공이 자네보다 낫다는 것을 확실히 알았겠지?"

상취 도장은 지금 자신이 처해 있는 상황은 아랑곳하지 않고 박수를 쳤다. 그는 무서운 것이 없는 사람 같았다.

"정말 그렇군요. 노형이 먼저 깨어나셨으니 항상 내공 자랑을 하는 제가 노형보다 내공이 약하다는 것이 증명된 것이 아닙니까?"

신품소요객도 마주 보며 멋쩍게 웃었다.

그는 세상에서 가장 멋있는 낭인이었다. 그는 천하에 의풍을 뿌리고 다닌 사람이었다. 그가 세력을 모으고자 마음만 먹는다면 열흘 안에 일만 명의 목숨 바쳐 충성할 무사가 모여들어 그를 주공으로 떠받들 것이다.

그가 빙그레 웃자 상취 도장이 웃음을 거두며 다소 침중한 표정으로 입을 열었다.

"하지만 나는 자네가 강하다는 것을 알아. 자네는 구마령주에게 일격을 가하느라 내공이 흐트러졌지. 그래서 나보다 늦게 깨어난 것이야."

상취 도장과 신품소요객. 두 사람은 천하가 알아주는 망년지형제였다. 우정의 본보기랄까? 두 사람이 세상에 알려준 것은 아주 많았다.

두 사람은 몇 마디 나눈 다음 구마령주를 바라봤다.

능설비도 그들처럼 살아 있었다. 탈진되어 정신을 잃고 쓰러져 있었지만 맥만은 분명히 뛰고 있었다. 그러나 그는 눈을 뜨지 못했다. 모든 것이 허물어진 상태였다. 그는 이제 구마령주라 불리기에는 부족한 병색이 완연한 일개 청년에 불과했다.

"우리 내기하세."

상취 도장이 불쑥 말을 꺼냈다.

"뭘요?"

신품소요객이 의아해하자 상취 도장이 들뜬 모습으로 대답했다.

"누가 저 악마의 목을 자를 수 있는가를 장기 한 판으로 내기하세. 이기는 사람이 저놈의 목을 자르기로 말일세. 어떤가?"

"좋습니다."

신품소요객도 흔쾌히 대답했다.
"으핫핫, 역시 자네는 나와 뜻이 맞아!"
상취 도장은 너털웃음을 짓다가 품 안에서 작은 나무판을 꺼냈다. 네 겹으로 접혀 있던 나무판을 펴자 장기판이 되었다. 천하에서 유명한 장기광답게 상취 도장은 항시 장기판과 장기 알을 소지하고 다녔다.
술과 장기, 그리고 신품소요객.
그것이 바로 상취 도장의 삼우(三友)였다.
장기 알이 놓이자 곧바로 대국이 시작되었다.
딱! 딱!
쾌한 소리를 내며 장기 알이 두어졌다. 장기는 대단한 접전이 되었다. 몰리는 쪽은 상취 도장이었다. 그는 결국 꼼짝 못하는 처지가 되고 말았다. 장기판의 형세로 보아 한 수 후면 그의 패배가 밝혀지리라.
그런데 아주 갑자기 훈수 두는 소리가 두 사람의 귀에 들려오는 것이 아닌가?
"궁을 올리시오. 잘 보면 상대가 마를 옮기지 못하는 이유를 알게 될 것이오. 피하는 길은 그것 하나요."
아주 청아한 목소리였다.
"어엇?"
"누, 누구지?"
두 사람은 장기를 두다가 흠칫 놀라며 고개를 돌려 소리가 들린 쪽을 바라보았다.
능설비, 그가 모로 누워 장기를 보고 있을 줄이야.
그의 눈빛은 아주 흐릿했다. 그는 코와 귀에서 피를 흘리고 있었다. 아주 엄중한 부상을 당한 듯 핏빛은 시꺼멨다. 그의 몸 안에 스물다섯 가지의 독물이 들어 있기 때문이었다.

"고약한 놈, 살았으면 살았다고 진작 이야기할 것이지 능청을 떨고 있었군."

상취 도장이 자리를 박차며 벌떡 일어났다.

"후훗, 장기를 다 두지 않다니… 장기의 광이 되기에는 틀린 것 같소."

능설비는 한마디 내뱉고는 힘에 겨운 듯 하늘을 보며 드러누웠다. 혈무에 가려 하늘빛이 보이지 않는다.

'어차피 내가 택한 길은 아니었지. 그리고 혈수광마옹이라면 나보다도 훨씬 더 잘 해나갈 것이다.'

그는 이상하게도 편안한 상태였다. 그는 눈앞에서 어른거리는 핏빛 안개를 바라보았다.

'나는 졌으나… 하여간 마도는 이긴 것이다.'

그는 눈을 감지 않았다. 잠시 후면 싫든 좋든 죽음이 닥칠 것이다. 이 순간만큼은 그는 아무것도 생각하고 싶지 않았다. 이 세상에 태어나 그가 정을 준 것이 무엇이겠는가?

그는 여전히 냉막하기만 했다.

그런 능설비를 내려다보며 상취 도장이 주먹을 쥐고 부르르 떨었다.

"악귀 같은 놈! 내가 너의 숨통을 끊어주마!"

그가 끓어오르는 분노를 이기지 못하고 치를 떨며 이를 가는데,

"노형, 장기는 마저 둬야 되지 않습니까?"

신품소요객의 목소리가 조금 이상했다. 상취 도장이 돌아보자 그도 몸을 떨고 있었다. 죽음 앞에서도 초연한 천하의 신품소요객

이 몸을 떨다니…….

그러나 신품소요객이 몸을 떠는 까닭은 상취 도장과는 달랐다.

'이상한데?'

상취 도장은 신품소요객의 모습에 다소 의아해했다.

장기를 두자던 신품소요객의 시선이 능설비에게 머물러 움직이지 않았다.

절정의 순간에서 나락으로 떨어진 젊은 마도종사. 간헐적으로 다가오는 고통에 얼굴이 일그러졌지만 거기에 어떠한 분노나 좌절의 감정은 엿보이지 않았다. 체념이 아닌 무아의 경지에 이른 듯 눈빛은 담담하다.

'으음!'

신품소요객은 식은땀을 흘렸다. 왜일까? 그가 왜 능설비를 바라보며 전율하는 것일까?

"이, 이보게, 신품 현제!"

상취 도장이 불러도 신품소요객은 대답을 안 했다. 아니, 그는 청각 신경마저 마비된 듯했다.

'모를 일이군.'

상취 도장은 고개를 가로저었다. 그러나 얼마 지나지 않아 그도 그 이유를 확연히 알게 되었다.

'그렇군!'

그의 눈빛에 번쩍 신광이 흘렀다. 능설비를 보는 순간 한 가지 생각이 번뜩 뇌리를 스쳤기 때문이다.

"이제 보았더니 저놈의 눈빛 때문이로군. 신기를 알아보는 자네에게 충격을 주는 눈빛. 과거 비조평에서도 저런 눈빛 덕에 혈수광마옹이란 놈을 놓친 일이 있었지."

상취 도장은 중얼거리듯 말하다가 신품소요객을 보며 혀를 끌끌 찼다.
"쯧쯧, 자네는 엉뚱한 데가 있단 말이야."
상취 도장은 고개를 저었다.
그는 신품소요객이 어떤 사람인지 누구보다 잘 알고 있다. 신품소요객은 평판으로 따지는 사람이 아니었다. 그는 진실을 추구하는 사람이었다.
'천하의 악종인 구마령주를 좋게 보다니 그것은 말도 안 돼! 아무리 신품 현제의 취향이 남달라도 이건 용납할 수 없는 일이야.'
상취 도장은 느슨해지려는 마음을 다잡으며 주먹을 꾹 쥐었다. 그의 눈에서 다시 복수심으로 이글거리는 불꽃이 타오르기 시작했다.
'이러다가는 저놈을 그냥 놔두자는 말이 나올지도 모른다. 그런 일은 결코 있어서는 안 된다. 내가 처리하자, 방랑아 신품 동생이 이상한 말을 하기 전에!'
상취 도장은 살기를 끌어올리며 한 걸음 내디뎠다.
그 순간에 신품소요객은 능설비의 눈빛에 빨려들었다. 그는 인간의 장점만을 본다. 단점을 들춰내는 것을 피하며 그 사람의 좋은 점만을 기억한다. 그는 사람의 내면을 살피는 혜안을 지녔다고 알려진 사람이었다.
대체 무엇이 그를 끌어당기고 있는 것일까.
그는 능설비의 눈빛에 멍해진 상태였다.
능설비는 눈을 뜨고 있으나 아무것도 보지 않았다. 그의 망막에 비치는 것은 무엇일까? 그의 뇌리에 생각이라는 것이 있을까? 그의 눈빛은 한마디로 공허했다.
상취 도장은 신품소요객이 죽어가는 젊은 마왕의 눈에서 무엇을 찾아냈는지 알고 싶지 않았다.

상취 도장이 우수를 들어 힘껏 내려치며 외쳤다.

"너는 내가 죽인다, 구마령주!"

꽝!

상취 도장의 손이 능설비의 목을 후려쳤다. 목 부위의 급소 천돌혈에 그의 우수가 떨어지자 능설비는 튕기듯 밀려나며 바위에 부딪쳤다. 능설비는 그대로 죽어버린 듯 꼼짝도 하지 않았다.

상취 도장이 모든 것이 끝났다는 허탈한 심정으로 돌아서려는데 죽었다 여긴 능설비의 몸이 꿈틀거렸다.

"정말… 끔찍한 놈이로군. 너는 죽지도 않는단 말이냐."

비틀거리며 몸을 일으키는 능설비를 보며 상취 도장은 질린 표정이 되었다.

능설비는 고통스런 얼굴로 상취 도장에게 말했다.

"나는… 강한 놈이오. 나를 죽이려면, 후훗, 아주 잘 드는 보검이 있어야 할 것이오. 그러니 귀찮게 하지 말고 내가 피를 다 흘리고 죽을 때를 기다리시오."

그는 여전히 오만했다.

"나는 남의 손에 죽지 않소. 아시겠소?"

그 말을 끝으로 그는 눈을 스르르 감았다. 눈을 뜨고 있기조차 힘이 들었던 것이다.

'귀찮은 자들… 나의 상념을 방해하다니.'

정말 모든 것이 귀찮았다. 손가락 하나 꼼짝하는 것조차 귀찮았고, 오로지 달콤한 잠의 나락으로 떨어지고 싶은 마음뿐이었다.

그가 눈을 감고 있을 때,

"저, 저것은?"

신품소요객이 떨리는 손길로 한곳을 가리켰다.
"왜 그러는가?"
상취 도장이 정말 알 수 없다는 듯 그를 바라보았다.
신품소요객은 홀린 표정이었다. 그의 손끝이 머무는 곳, 은사에 매달린 작은 패 하나가 바위틈에 걸려 있는 게 보였다.
일천번(一千番)이란 글이 새겨져 있는 동패.
"저, 저것은……!"
무엇에 홀린 듯 동패를 바라보는 신품소요객의 어깨가 차츰 들썩였고, 상반신마저 격하게 흔들거렸다.
"흠, 그것이… 끊어졌군."
능설비가 힘겹게 눈을 떠서 바위틈에 걸린 동패를 보며 손을 내밀었다.
"그것은 내 것이오. 내게 주시오."
그는 손을 쳐들 힘조차 갖고 있지 못했다. 툭! 그는 쳐들었던 손을 툭 떨어뜨렸다. 이상하게도 눈꺼풀이 무거웠다. 아주 깊이 잠들고 싶은 심정이랄까. 참기 힘든 졸음이 덮쳤다.
"다, 다른 것은 모르나… 그것은 내가 아끼는 것이오. 그, 그것은 내 것이라오."
능설비는 극심한 고통을 느꼈다. 비명 지르지 않는 것만 해도 신기한 일이었다. 다른 사람이라면 아파 펄펄 뛰었을 것이다.
그때, 상취 도장의 손이 능설비의 천령개에 닿았다. 그는 술을 마시지도 않았는데도 얼굴을 시뻘겋게 물들이고 있었다.
"이 동패가 네, 네 것이라고?"
능설비는 대답하지 않았다. 만사가 귀찮았기 때문이다.
"으으, 어서 말해라!"

상취 도장이 꽥 소리치자 그제야 능설비가 힘겹게 입술을 달싹였다.
"귀찮은 늙은이……. 말을 하면 나를 빨리 죽여주겠는가? 내가 나를 죽이는 지력 한 가지를 전수해 줄 테니."
"어, 어서 말해라! 동패가 네 것이란 말이냐!"
상취 도장의 눈에서 당장 능설비를 한손에 쳐죽일 듯 살광이 와르르 쏟아져 나왔다. 능설비는 잠시 상취 도장을 물끄러미 쳐다보다가 입을 열었다.
"그것은 나의 것이다. 아주 어릴 때부터 나의 것이었지. 과거 나는 일천호라 불렸다. 지금은 구마령주이나."
"어, 어릴 때부터?"
상취 도장은 손을 떨었다. 그의 표정은 정말 보기 흉하게 일그러졌다.
'설마 이 악마가 바로 비조평에서의 그 아이……?'
그는 자지러지게 놀라다가 떨리는 손길을 뻗어 능설비의 머리카락을 위로 쓸어 올렸다.
능설비의 이마 위에는 자세히 보지 않으면 알아볼 수 없는 상처 자국이 있었다.
"으으음!"
상취 도장은 그것을 보는 순간 다리에 힘이 풀려 서 있을 수가 없었다.
"무량수불… 이, 이것도 천지조화란 말인가?"
그는 털썩 자리에 주저앉고 말았다.
신품소요객도 다리를 후들후들 떨었다. 그는 능설비를 다시 한 번 살펴보며,

"네, 네가 바로 그 아이란 말이냐?"
"무슨… 말이오?"
능설비가 알 수 없다는 표정을 지으며 묻자,
"오오, 이럴 수가… 전 무림을 피로 씻은 광마 구마령주가 바로, 바로 내 덕에 살아간 그 어린아이일 줄이야. 이건 운명의 장난임이 분명하다."
소요신품객의 얼굴색이 백지장처럼 하얗게 질렸다. 그는 지금 벼락을 맞은 듯 머릿속이 텅 빈 느낌이었다.
"동패가 무엇이기에 그리 놀라시오?"
"……!"
능설비가 상황이 심상치 않음을 깨닫고 물었으나 두 사람은 마치 돌부처가 된 듯 입을 다물었다. 영원히 입을 열고 싶지 않다는 듯, 두 사람은 서로를 멍하니 바라만 볼 뿐이었다.
"으으… 대체 무슨 일이오? 내가 모르는 무슨 일이 있기라도 한 것이오?"
능설비는 악을 버럭 썼다. 그 순간 그는 아찔한 현기증을 느끼며 스르르 정신을 잃어야 했다.
휘이이이…….
피안개는 무저갱에서 피어오르는 것처럼 혈마잔혼애를 스멀스멀 기어다녔다.
얼마의 시간이 흘렀을까.
능설비는 등 뒤에서 서늘한 진기가 흘러듦을 느끼며 아득하나마 정신을 차릴 수 있었다. 그가 겨우 눈을 뜨는 순간 명문혈을 통해 흘러들던 진기가 뚝 끊어지고 말았다.
"네가 말을 할 정도의 진기만 주겠다."

무뚝뚝한 목소리가 그의 귀를 파고들었다. 신품소요객의 목소리였다. 능설비를 바라보는 그의 시선은 아직도 충격이 가시지 않은 듯 흔들거렸다.

"뭘 묻고 싶소?"

능설비가 모든 것을 체념한 듯 무심히 말하자,

"너에 대한 것 모두!"

신품소요객이 간단히 잘라 말했다.

"나에 대한 것은 잘 알 텐데? 내가 설산 구마루에서 나온 구마령주이고 마도의 태상마종임을."

"그 이전의 일들 말이다."

신품소요객의 눈빛이 삼엄해졌다.

"후훗, 신기하군. 내게도 과거라는 것이 있다니… 나는 한 번도 나의 과거를 생각해 본 적이 없소."

"어물쩍 넘기려 하지 말고 말해라!"

신품소요객이 호통을 치자 능설비도 코웃음으로 응대했다.

"흥! 나는 명령을 받는 사람이 아니라 명령을 내리는 사람이오. 나의 말을 듣고 싶다면 먼저 그 이유를 이야기해 보시오."

능설비가 의외로 완강하게 나오자 신품소요객은 잠시 그를 바라보다 회한에 찬 어조로 말을 내뱉었다.

"나는 인간을 믿는 마음으로 평생을 살아왔다. 그런데 지금 그것이 너무도 원망스럽구나. 인간을 믿은 것이 너무도 원통할 따름이다. 과거 네놈을 위해 반 뿌리의 인형설삼을 쓴 것이 이렇게 참담할 줄이야……!"

신품소요객은 통한의 눈물을 흘렸다.

비조평에서 차마 인정을 떨치지 못하고 어린 능설비에게 인형설삼 반 뿌리를 먹였는데, 그 온정의 손길이 오늘날 강호에 피바람을 부른 화근이 되어 돌아올 줄이야.

머리에 연신 천둥 벼락이 떨어져 내린다. 모든 것이 캄캄해졌다. 이 순간, 그가 이룩한 모든 것이 한순간에 부서져 내렸다.

"나, 나를 위해 인형설삼을……?"

능설비가 눈을 동그랗게 뜨며 반문했다.

"크으으… 너를 구하지만 않았어도 오늘의 이런 비참한 꼴은 없었을 것이다!"

신품소요객이 발악하며 손으로 자신의 머리를 후려치려 했다. 그러자 재빨리 곁에서 지켜보고 있던 상취 도장이 나서며 신품소요객의 손목을 잡았다.

"참게. 어차피 이곳은 살아 나갈 수 없는 곳이니까."

"아아, 이 죄를 어찌해야 씻을 수 있을지……."

신품소요객은 통한의 눈물을 흘리며 고개를 떨어뜨려 외면했다. 그것은 상취 도장도 마찬가지였다.

"……!"

능설비, 그는 이 세상에 나온 이후 가장 멍한 상태가 되었다. 아무런 생각도 할 수 없었다.

구마루에서 핍박을 받으며 무공을 수련할 때 살아남은 이유는 누구보다 강한 근골을 지녔기 때문이다. 부모에게 물려받은 것이라 막연히 생각했는데 그게 자신에게 반 뿌리 인형설삼을 먹여준 백도인 때문이라니…….

'이렇게 어처구니없는 일이!'

능설비는 머릿속에서 우렛소리를 들었다.

"아아, 윤회의 업이네그려. 우리가 살려놓은 이 아이를 또다시 우리 손으로 벌했다는 것은."
 상취 도장의 중얼거리는 소리가 공허하게 들렸다.
 지금 눈앞의 모든 것이 꿈결 속에서 일어나는 일들처럼 아련하게만 느껴졌다.
 오랜 정적이 시작되었다. 능설비는 바보가 된 듯했다. 그는 간간이 히죽히죽 웃곤 했다.
 "후후, 내게도 어린 시절이 있었더란 말인가? 금조 하나가 나를 태우고 가다가 떨어졌고, 그때 나의 이마에 상처가 났단 말인가? 그럴 리가 없다. 모두 지어낸 이야기이다. 나는 믿을 수가 없어."
 그는 고개를 내저으며 단호하게 부정해 버린다.
 그를 둘러싼 모든 것, 그는 언제부턴가 모든 것을 꿈이라 여겼다.
 태상마종이 가야 할 길. 구마루가 능설비에게 가르쳐 준 것은 너무도 강렬했다. 능설비는 그것들을 떨쳐 버릴 수가 없었다.
 반면에 신품소요객과 상취 도장은 지난 이야기를 하며 간혹 눈물을 뿌리곤 했다. 예전의 이야기들, 특히 이십 년 전의 일들을.
 "혈수광마옹의 짓이야. 그놈이 저 아이를 못되게 기른 것이야."
 "아아, 비조평에서 아이들이 새 등에 태워져 구마루로 날아가 저렇게 무서운 자가 되어 나타난 것이야."
 두 사람의 눈에서는 회한의 눈물이 끊이지 않았다.
 세 사람이 혈마잔혼애 아래로 떨어진 지 닷새째 되는 날, 능설비는 의식이 흐릿해짐을 느꼈다.
 '이게 끝인가. 이제 이 세상에서 초라한 내 육신이 없어지는 일만 남았다.'
 그는 자신에게 한 걸음, 한 걸음 다가오는 죽음의 그림자를 느꼈다. 상취 도장과 신품소요객은 힘없이 늘어진 능설비를 바라보며 눈물을 뿌렸다.

"불쌍한 놈, 너를 살리는 것이 아니었는데… 과거 비조평에서 네놈을 죽게 내버려 두었어야 했는데……."

"아아, 모두 우리 늙은이들의 잘못이다!"

두 사람은 능설비를 위해 울었다. 구마령주 능설비를 위해 진정으로 뜨거운 눈물을 흘려준 사람은 아마도 그들이 첫 번째일 것이다.

능설비가 갈라진 입술을 벌려 힘없는 어조로 말했다.

"진짜를… 알고 싶소."

"뭘 말이냐?"

신품소요객은 흐르는 눈물을 닦을 생각도 하지 않고 능설비를 바라보았다.

능설비가 힘없는 음성으로 물었다.

"내가 정말로 당신 덕에 인형설삼 반 뿌리를 먹었는지를."

"평생을 속고만 살아왔느냐? 죽어가는 너를 두고 어이해 내가 거짓말을 하겠느냐."

"으음!"

능설비는 눈을 스르르 감았다. 신품소요객의 표정으로 보아 그의 말은 사실인 듯했다.

그는 마른침을 삼키다가 다시 입을 열었다.

"백도인들은 참 약하오."

"왜 그런 말을 하지?"

신품소요객이 의아한 표정을 지으며 물었다.

능설비는 힘없이 미소 지었다.

"후훗, 강호에 나가보면 재미있을 것이오."
"강호는 네가 없는 이상 이제 태평할 것이다."
"그렇게 생각하다니… 너무도 어리석소."
"무슨 뜻으로 하는 말이냐?"
신품소요객이 흠칫 놀라며 물었다.
"강호에는 아직 나를 구마령주로 키운 자가 버젓이 살아 있소."
"혈수광마옹 말이냐?"
"그렇소."
"그렇다 해도 겁은 안 난다. 백도에는 삼뇌선생 운리신군이 있다. 그라면 충분히 혈수광마옹의 발호를 막아낼 것이다."
신품소요객이 자신있게 말하자,
"당신들 모두가 존경해 마지않는 운리신군이란 자가 어찌해서 나를 이토록 쉽게 이길 수 있었는지 아시오?"
능설비는 여전히 눈을 감은 상태였다. 그가 조소를 띤 채 묻자,
"왜, 죽어서라도 그를 비웃고 싶으냐, 이 건방진 애송이 놈아?"
상취 도장이 가소롭다는 듯 소리쳤다.
"잘 생각하란 말이오, 내가 어떻게 당했는지를."
능설비는 다시 웃으며 천천히 말을 이었다.
"운리신군은 나를 키운 자요. 그러기에 나를 제거할 수 있었던 것이라오. 아시겠소?"
"뭐, 뭐라고?"
"당치도 않은 말!"
신품소요객과 상취 도장이 동시에 얼굴을 벌겋게 물들이며 소리쳤다.

"후훗, 그가 바로 혈수광마옹이라오. 나를 길러내고… 나를 제거한 자……."

능설비는 웃으며 의식을 잃었다. 이제는 다시 깨어나지 못할 것이다. 그러나 그가 마지막으로 남긴 말은 그와 양패공사(兩敗共死)할 작정을 한 신품소요객과 상취 도장을 경악시키기에 충분했다.

두 사람은 망연자실한 모습이었다.

"그럴 수가……?"

"이 녀석이 거짓말을 하는 것입니다. 형님, 놀라지 마십시오."

두 사람은 얼굴을 마주했다. 둘은 한동안 말을 하지 못했다. 그들은 심각하게 염두를 굴리기 시작했다.

'만에 하나 이놈의 말이 사실이라면……?'

'으으, 사실은 바로 그랬던가?'

'그것인가? 천마성이 진 자리에 혈마성이 떠오른 이유가!'

'도저히 믿을 수가 없구나. 도저히…….'

두 사람은 진땀을 주르르 흘렸다. 만약 능설비의 말대로 운리신군의 진정한 실체가 혈수광마옹이라면 문제는 심각해지는 것이다. 아니, 무림 전체가 위험해진다.

오랜만에 상취 도장이 무겁게 입을 열었다.

"우리가 차도살인계에 이용당한 것에 지나지 않는단 말인가?"

침중하기는 신품소요객도 마찬가지였다.

"운리신군, 그가 바로 혈루회주 혈수광마옹이란 말입니까?"

두 사람은 극심한 혼동을 일으켰다. 능설비가 마지막으로 남긴 말을 곰곰이 되씹어보면 사실인 듯도 했다.

능설비는 죽음의 잠에 빠져들기 직전이었다. 그의 표정은 아주 순수해 보였다. 어머니의 품에 안겨 잠이 든 갓난아이의 얼굴이 그의 얼굴에 고스란히 남아 있었다. 상처 도장과 신품소요객은 한참 동안 서로 이야기를 주고받았다. 아주 작은 목소리로, 혹은 능설비를 바라보며.

한 시진이 지난 후에야 상처 도장이 땅이 꺼질 듯한 한숨을 내쉬며 결론을 내렸다.

"우리가 할 수 있는 길은 그 길뿐이네."

"그렇게밖에 할 수 없습니다."

두 사람은 탄식하며 얼굴을 마주 바라보았다. 그들의 얼굴 가득 깊은 수심의 골이 파여 있었다.

"아아, 인간 세상이 너무도 추악하네그려."

상처 도장이 탄식하며 말하자,

"노형, 결국 우리가 저지른 일입니다. 그리고 풀어야 할 사람 또한 우리입니다. 결자해지란 말이 있질 않습니까?"

신품소요객은 말과 함께 두 손을 내밀었다. 그는 능설비의 양쪽 발바닥을 거머쥐었다. 그의 쌍 장심이 능설비의 용천혈에 닿는 순간,

"대천강공!"

상처 도장도 지체하지 않고 두 손을 능설비의 백회혈에 댔다.

"쌍기합벽(雙氣合劈)!"

두 사람은 동시에 외침을 터뜨리며 체내의 진기를 십이성 끌어올렸다. 두 사람의 얼굴이 터질 듯 붉게 상기될 즈음 우렛소리가 나며 두 줄기의 기류가 피어오르기 시작했다. 기류가 점차 짙어지며 세 사람의 주위를 감싸기 시작했다. 푸른 기류와 흰 기류의 덩어리가 점점 커지며 세 사람의 모습을 삼켜 버리고 말았다.

스멀스멀 피어오르던 피안개도 두 종류의 기류와는 섞이지 못하

는 듯 비껴 흘렀다.

얼마나 시간이 흘렀을까?

능설비는 몸이 가뿐해지는 가운데 이상한 상태를 경험했다. 전에는 느낄 수 없었던 온화하고 시원한 바람이 몸을 휘감는 기분, 청량한 느낌이 사지백해로 뻗어나가는 상쾌함. 무거웠던 몸과 마음이 시간이 지날수록 가볍게 느껴진다.

'아, 이런 편한 느낌은 처음이다.'

오랫동안 그를 지배했던 마성이 사라지는 느낌이었다.

온몸을 휘감는 청량감에 고통은 씻겨 나가며 아늑한 느낌마저 주었다.

그리고 어느 순간, 그의 눈이 번쩍 떠졌다. 그러나 몸을 휘감는 기이한 느낌은 여전했다.

그가 몸을 일으키려는데,

"의검방(義劍幇)에 갈 정도의 힘만 주겠다."

신품소요객의 말이 그의 고막을 파고들었다.

"우리가 너를 살리는 이유는 과거 너를 살린 죄인들이기 때문이다."

상취 도장도 간절한 시선으로 능설비를 내려다보며 당부했다.

"다시 한 번 너를 믿어보는 것이다. 다시는… 다시는 인간을 배반하지 마라."

두 사람의 말이 끝남과 동시에 능설비의 몸 안에서 급격한 변화가 일기 시작했다.

우르릉, 꽝!

벼락 치는 듯한 소리가 나며 능설비의 단해에서 움직임이 시작된 것이다. 격한 기류의 흐름이 능설비의 사지백해를 누비며 흐트러졌던 진원지기가 하나로 모이기 시작했다.
"으으음!"
능설비는 신음 소리를 내며 정신을 잃었다.

이 주야 후.
능설비는 잠들었다 깨어나는 사람처럼 정신을 되찾았다. 그는 주위를 두리번거리다가 놀라운 광경을 목격했다.
"아, 아니? 이들이 나를 구하고 죽다니?"
능설비는 두 구의 시신을 볼 수 있었다. 상취 도장과 신품소요객, 그 두 사람이 능설비의 곁에 앉아 죽어 있었다. 그들의 표정은 잠을 자는 듯 아주 편안했다.
신품소요객의 무릎 아래로 땅에 써놓은 글이 보였다.

〈너를 양자로 삼는다.〉

첫 구절에 능설비는 심한 거부감을 느꼈다.
능설비는 격한 마음을 힘겹게 누르며 신품소요객이 남겨놓은 글을 읽어 내려갔다.

〈다시 한 번 하늘을 시험하는 것이다. 사실 우리 두 사람은 무슨 짓을 해서도 이곳을 나갈 수 없다. 혈수광마옹을 막지 못한다는 말이기도 하다. 그를 막을 사람은 너 한 사람뿐이다. 너는 지극히 강하다. 너의 마성을 없애려 했으나 실패했다.
그러나 너도 인간이라고 믿기에 너를 통해 하늘의 뜻을 시험하려는 것이다.

물론 너라고 해서 이곳을 쉽게 빠져나갈 수는 없다. 오직 하나, 우리가 사는 것보다 네가 사는 것이 낫다 여겼기에 네 몸에다가 모든 진원지기를 불어 넣은 것이다.

너를 믿는다. 부디 네가 사람들을 이끌어주기를… 백도에 들어주기를 빌 뿐이다. 의검방이란 곳에 가서 길을 찾기 바란다. 죽어 혼령이 되어서나마 너를 지켜보겠다. 우리가 살린 네가 다시는 악마가 되지 않도록 너를 살피겠다, 나의 아들아.〉

신품소요객의 글귀는 비장했다. 그러나 그것을 보는 능설비의 눈은 조롱의 빛으로 가득 찼다.

"제멋대로군. 누구 멋대로 나를 양자로 삼아? 게다가 이곳을 빠져나갈 수 있다고 믿다니 어리석은 일이다. 이곳은 뼈를 묻어야만 겨우 혼백이 빠져나갈 수 있는 곳이거늘."

능설비는 위를 올려다본다. 하늘은 보이지 않았다. 치솟아오른 붉은 암벽과 구름처럼 피어난 붉은 안개가 있을 뿐이다. 벽을 타고 올라가면 삭풍이 막아서고, 내공이 달려 자칫 숨을 한 모금만 들이켜도 독기에 폐부가 썩어버리게 된다.

내공이 온전하다면 도전해 보겠지만 지금은 고작 내공을 운용하는 정도에 불과하다. 아무런 장구도 갖추지 못한 채 혈마단혼애를 기어오른다는 건 어설픈 망상이었다.

"나를 그냥 죽게 내버려 둘 것이지. 내가 고마워할 것 같은가. 어리석은 것들! 아무것도 모르는 주제에 설교를 해? 너희들이 진짜 세상을 알기나 하는 거야?"

문득 가슴 깊은 곳에서 무엇인가 치밀어 올랐다.

분노와 좌절, 그리고 씻을 수 없는 패배감. 혈수광마옹의 교활한 술책에 어처구니없이 당했다는 굴욕감이 한데 엉키며 가라앉았던 살성을 자극했다.

혈수광마옹의 꼬임에 빠져 대자살계의 도구로 이용됐던 두 사람의 시신조차 마주하는 것이 역겨웠다.

"모조리 없애 버린다!"

능설비의 쌍수가 뻗어나갔다.

무지막지한 장력이 쏟아져 나가며 유서와 두 구의 시신을 산산이 허물어뜨렸다. 상취 도장의 시신과 신품소요객의 시신은 한 줌의 가루로 화해 안개 속으로 날아가 버리고 말았다.

그래도 화를 참을 수 없다는 듯 능설비는 발작적으로 사방에 장력을 뿌려댔다.

돌가루가 산산조각이 나 사방에 흩어졌다. 구덩이가 파이고 돌가루가 날리고, 황량하던 곳이 더욱 황량하게 변했다.

'내가 살아 나간다 해도 마찬가지야. 혈수광마옹은 며칠 사이에 모든 것을 장악했을 것이고… 내게 충성을 보이던 삼총관은 그를 영주로 섬길 것이다. 모든 것을 잃었는데… 나가서 무엇을 한단 말이냐. 나는 여기서 죽을 수밖에 없어. 그것이 진실이라는 것이다.'

그는 모든 것을 저주했다.

과거 설산의 구마루에서 일천호로 살면서 자신이 일천호인 것을 증오했듯.

시간이 지나자 그의 증오심도 점차 가라앉았다. 어느 사이엔가 그의 심성은 몰라보게 순화되어 있었다. 아마 상취 도장과 신품소요객의 진기를 받아 마성이 둔화된 때문인 듯했다.

문득 두 사람의 시신이 남긴 흔적이 그를 움찔하게 했다.

"으으… 나도 모르게 이들의 시신을 파괴하다니……!"

그는 자신의 두 손을 들어 올려 떨리는 시선으로 바라보았다. 혈수(血手). 그의 두 손은 피에 물들어 있었다.

"그렇다. 이 손은 진짜 나의 손이 아니야. 이 손은 혈수광마옹이 만들어준 혈수에 지나지 않아!"

능설비는 자신의 손을 잘라 버리고 싶다는 충동이 들었다. 갑자기 스스로를 벌하고 싶은 마음이 들었다.

―이제 알았느냐. 네 손은 원래 없었다. 구마령주는 허울일 뿐이야. 너는 마도의 도구에 불과한 놈이지.

―억울해하지 말거라. 내가 준 모든 것을 거둬갔을 뿐이니까.

―네놈을 키우기 위해 능은한과 난유향을 죽였지. 널 강하게 만들었으니… 오히려 고마워해야 할 사람은 너다.

득의한 표정을 짓는 혈수광마옹의 환영이 눈앞에 어른거렸다. 오른쪽으로 고개를 돌리면 오른쪽에, 왼쪽으로 돌리면 왼쪽에, 이제는 등 뒤에도 나타나 그를 조롱했다. 눈을 감아도 환영은 사라지지 않았다.

"그래, 네가 이겼다. 그러니 제발 사라져 버려!"

능설비의 눈에 핏발이 곤두섰다. 악귀같이 나타나 괴롭히던 혈수광마옹의 환영이 사라지더니 상처 도장과 신품소요객의 망령이 어른거리기 시작했다.

'끝까지 날 물고 늘어지는 물귀신들!'

능설비의 눈은 아예 혈지에 담갔다 꺼낸 듯 핏물이 뚝뚝 떨어졌다.

"으핫핫핫!"

느닷없이 광기에 찬 웃음을 터뜨리며 미친 듯이 달리기 시작했다.

"나는 나가지 않는다. 여기가 내 무덤이다. 으핫핫!"
 그는 미친 듯 달리며 닥치는 대로 쌍장을 휘둘러 댔다. 바닥이 파이고 바윗덩이들이 장풍에 맞아 가루로 변했다. 그래도 그의 손은 멈추어지지 않았다. 그 기세로 피안개가 진저리를 치며 흩어지고 능설비는 방향도 생각하지 않고 제멋대로 달렸다.

"너를 믿는다!"
"너를 통해 하늘을 시험하겠다!"

 죽은 상취 도장과 신품소요객이 가까이서 떠들어대는 것 같았다.
"물러가라!"
 능설비는 악을 쓰며 쌍장을 흔들어댔다.
 "나를 더 이상 괴롭히지 마라, 저주스러운 자들이여!"
 그는 처절하게 외쳤다. 그것은 차라리 절규였다. 그의 눈 아래로 뜨거운 눈물이 묻어 있었다.
 설마 태상마종이었던 그가 눈물을 갖고 있단 말인가?
 능설비는 미친 듯이 달렸다.
 얼마를 갔을까? 갑자기 발밑이 허전해짐을 느꼈다.
 "엇?"
 그는 깊은 동혈 위의 허공에 있는 셈이었다. 몸이 밑으로 떨어지기 시작했다. 번뜩 냉정을 되찾은 능설비는 구결을 외우며 날아오르려 했다. 한데 이상하게도 혈수광마옹이 준 무공을 쓰고 싶지 않았다. 그는 아래를 힐끗 봤다. 검은빛 외에 아무것도 보이지 않았다.
 검은빛 공간이 문득 지옥으로 통하는 입구로 다가왔다.
 "차라리 죽어버리리라!"

능설비는 마성의 발작을 일으키고 아예 천근추 공력을 일으켰다. 납덩이를 단 듯 몸뚱이가 무거워지며 떨어져 내리는 속도에 가속이 붙었다. 그의 몸은 유성이 되어 떨어져 내렸다.

얼마를 떨어져 내렸을까?

풍덩!

동혈의 바닥은 거대한 수로였다. 물은 얼음을 녹인 듯 차가웠다. 차가운 물속에 빠지며 능설비는 정신을 되찾았다.

그는 본능적으로 숨을 멈췄다. 그는 모공으로 숨 쉬기를 시작하며 팔다리를 허우적거렸다. 물줄기는 생각보다 아주 급했다. 게다가 수로 벽도 아주 거칠었다. 삐죽삐죽 튀어나온 돌덩어리들은 스치기만 해도 뼈가 으스러질 정도였다.

그러나 능설비는 어떠한 역경 속에서도 살아남도록 훈련받은 사람이었다. 그는 본능적으로 손발을 교묘히 놀리며 물살의 흐름을 이용해 몸을 움직였다.

그곳은 지하의 거대한 동부였다.

오래전 용암이 쓸고 지나가며 만들어진 곳, 세월의 무게를 견디지 못하고 천장의 암석이 떨어져 내려 자연적으로 형성된 장소였다.

물길은 동부의 한가운데를 가로지르며 흘렀다. 갑자기 넓어진 지형적인 특성으로 물길의 흐름은 빠르지 않았다.

툭 튀어나온 바위로 인해 물살이 거의 흐르지 않은 곳. 능설비는 가까스로 그곳으로 헤엄쳐 나왔다. 그는 기진맥진한 상태였다. 게다가 내상을 입은 자리가 다시 쑤시고 아팠다. 손가락 하나 까딱거릴 힘조차 남아 있지 않았기에 바위에 누워 멍하니 천장을 바라보는 게 그가 할 수 있는 전부였다.

밤하늘의 별 무리를 퍼다 옮긴 듯 동부의 천장은 밝은 빛을 뿌리고 있었다. 스스로 빛을 내는 야명주가 천장 가득 박혀 있었기 때문이다. 더욱이 벽면의 한쪽은 수정의 산이었다.

지하 석부에서 생활했던 그에게 모든 것은 너무도 친숙한 느낌이었다.

'구마루와 같은 곳이 또 있었군.'

능설비는 설산의 구마루를 떠올렸다.

천 명의 아이들 속에서 살아남기 위해 죽이고 또 죽여야만 했던 그 지옥의 세월. 끝내 정점에 도달했으나 그 결과는 배반으로 돌아왔다.

그 끝을 보았다면 그렇게 치열하게 살아왔을까.

'후회란 없을 줄 알았는데… 혈수광마옹의 말대로 나는 마종의 재목이 아니었을지도 모른다.'

'아니다. 나는 구마령주다. 나를 배신한 놈을 이대로 내버려 둘 수 없다. 당장 놈을 쳐죽여야 한다.'

'빌어먹을! 될 대로 돼버려! 어차피 백도는 무너졌는데… 내가 없어도 마도천하는 바뀌지 않아.'

'후후… 모든 게 다 부질없는 짓이야. 천하의 주인이 누가 된들 무슨 상관이란 말이냐.'

온갖 상념이 꼬리를 물고 나타났으나 능설비를 머물게 하지 못했다. 주마등처럼 스쳐 지나가는 기억 속에서 문득 하나의 얼굴이 떠올랐다. 너무도 아름다운 여인. 그 촉촉이 젖은 눈망울이 이상하게 가슴에 와 닿는다. 그리고 그 얼굴은 사라지지 않고 더 가까이 다가오고 있었다.

'소로 공주… 그 여자가 보고 싶군.'
능설비는 스르르 잠에 빠져들었다.

그렇게 얼마의 시간이 지났는지 모른다. 능설비는 코끝을 감도는 향기를 느끼며 잠에서 깨어났다.
'이게 무슨 향기지?'
그는 취한 듯 향기를 음미했다.
향기에 취할수록 기분이 좋아졌다. 내상이 나은 듯 아픈 데도 없었다. 시장기도 느껴지지 않았다.
능설비는 무작정 향기의 출처를 따라 걸었다. 동부의 끝부분에 이르자 향기가 더욱 강해졌다.
'승천하는 용을 닮았군.'
능설비는 용의 형상으로 솟아난 바위를 보며 걸음을 멈췄다. 대부분의 바위들은 천장에서 떨어진 것들이었는데, 용을 닮은 바위는 달랐다. 바닥에서 솟구쳐 올라와 용의 형상으로 굳어진 것이었다.
표면의 균열은 용의 비늘을 만들었고, 일정하게 돌출된 작은 바위는 등지느러미와 꼭 같았다. 머리에 솟아오른 뿔이며 날아오르려는 듯 허공을 움켜쥔 발톱, 바닥에 묻힌 꼬리를 파내면 그대로 비상할 것처럼 보였다.
용의 주둥이 부분에 여의주 대신 샘이 있었고, 향기는 거기서 흘러나오고 있었다.
능설비는 호기심에 바위 위로 올라갔다.
주둥이 부분에 고인 샘물은 붉은빛을 띠었다.
"설마 이것은……!"

능설비는 향기를 뿜어내는 샘물을 보며 두 눈을 동그랗게 떴다. 눈에 보이는 것이 믿을 수 없다는 듯.

〈혈룡연혼보액(血龍煉魂寶液)은 지령(地靈)을 받은 액체로 땅의 정화가 담긴 기사회생의 영약이다. 어떤 상처라도 복용하면 치유할 수 있다. 그러나 기대하지 말아야 한다. 땅속 깊은 곳에서 만들어지기에 인간 세상으로 나오는 경우는 극히 드물다.〉

용의 입에 고인 붉은빛 액체.
구마루에서 읽었던 의서의 한 부분이 눈앞에 펼쳐져 있다니……. 능설비는 이 순간이 꿈이라 여겨졌다.
"내게 운이란 게 남아 있었단 말인가!"
흥분은 너무도 빨리 사라졌다. 이상하게도 마음이 차분해졌다. 그는 조심스럽게 허리를 숙이며 혈룡연혼보액을 몇 모금 들이마셨다.
'혈수광마옹을 처단할 힘만 찾으면 충분해.'
샘물이 입안에 닿을 때의 느낌은 차가웠으나 목젖을 타고 흐르며 뜨거운 기운으로 바뀌었다. 영약의 기운을 얻으려면 구결에 따라 내공을 끌어올려야 한다. 능설비는 용암에서 내려와 평편한 바위를 찾아 정좌를 했다.
그는 백 개가 넘는 강호 문파의 운기법을 외우고 있다. 그가 알고 있는 무공 중 가장 강한 것은 구마령주가 익혀야 하는 구마진경 안의 마공 구결이었다. 하나, 능설비는 구마진경 안의 마공 대신 백도의 내공 심결에 따라 운기행공에 들었다.
혈수광마옹과 연관된 그 어떤 것도 쓰고 싶지 않았기 때문이다.

어쩌면 진원진기를 물려준 상취 도장과 신품소요객의 정성이 그의 마성을 조금이라도 씻어냈기 때문일지도.

운기에 들어간 지 하루가 지난 후, 마침내 능설비는 내상에서 벗어날 수 있었다.

'혈수광마옹만 잡으면 된다. 다른 것은 생각하고 싶지도 않다.'

그는 이제껏 혈수광마옹의 뜻에 따라 살아왔다. 자신의 의지를 시험할 기회조차 없었다. 구마령주가 되어 백도를 파멸로 몰아넣었으나 그것 또한 마성에 의한 것이지 본성과는 거리가 멀었다.

능설비는 마음을 가다듬으며 품 안에서 때 묻은 동패를 꺼내 들었다.

일천번 숫자가 새겨진 동패.

마지막으로 발탁되어 그에게 붙여진 번호 일천번. 이름이며 출신은 번호 뒤에 내팽개쳐지지 않았던가.

그리고 그것만이 오직 그를 나타내는 기호였었다.

번호를 떼어내면 어린 시절의 추억조차 없다.

'이제 알았다. 이게 나의 전부가 아니었어. 나는 나일 뿐… 일천호는 혈수광마옹이 만들어준 굴레에 불과할 뿐이야.'

이상하게도 일천호가 다른 사람으로 여겨졌다. 그의 입가에 조소가 만들어진다.

동패를 움켜쥔 손에 와락 힘이 들어갔다.

'일천호… 이제 사라져 버려!'

파삭—!

동패가 한순간 가루로 변해 사라졌다.

능설비는 홀가분한 마음이 되어 물로 뛰어들었다. 광기로 휩쓸려 온 물길을 빠르게 헤엄쳐 나가며 떨어졌던 곳으로 되돌아갔다.

그리고 얼마 후, 능설비는 혈마잔혼애의 매끄러운 벽면을 타고 올랐다. 그를 막을 그 어떠한 것도 혈마잔혼애에 존재하지 않았다. 그는 헐렁한 옷자락을 바람에 날리며 빠른 속도로 사라져 갔다.

비운의 여인

 세상이 발칵 뒤집어졌다.
 태산 일관봉에 세워진 거대한 건축물로 인해 강호가 벌집 쑤신 듯 시끄러워졌다.
 천외신궁(天外神宮).
 신기루처럼 산의 정상에 건물이 세워졌다. 인부들이 석재를 이고 태산으로 올라가는 모습이 간혹 보이기는 했지만 이렇게 빨리 건축물이 완공되리라 여긴 사람은 없었다. 눈을 비비고 보니 정상에 건물이 들어섰다. 이렇게 말하는 편이 옳을 것이다.
 천외신궁이 혈적곡에서 죽은 구마령주의 뜻에 의해 세워졌다는 소문까지 겹치면서 천하에서 가장 유명한 건축물로 자리매김하였다.

 〈천외신궁은 마도의 성지. 태상마종의 영령이 여기 계시다. 전 마도인은 이

곳을 경배하라. 따르지 않는 자는 백도와 마찬가지로 사자의 방문을 받아 응분의 대가를 치를 것이다.〉

궁의 입구에 걸린 거대한 포고문이 천하를 겁먹게 했다.
그리고 그것을 증명이라도 하듯 천외신궁의 사자들이 강호 도처에 모습을 나타냈다. 입궁를 거부하는 마도 문파는 시산혈해 속에 사라졌고, 대항하는 백도 문파들은 무자비한 공세를 받아 피눈물을 흘리며 패퇴했다.
"비겁한 백도인의 암습으로 돌아가신 구마령주의 복수가 달성될 때까지 피바람이 멈추지 않을 것이다."
모든 것은 구마령주의 뜻이라 했다.
구마령주가 죽었다는 말에 움찔했던 마도의 무리는 때를 만난 듯 태산으로 몰려들었다. 정체를 숨기지도 않았으며 자신들의 명호를 밝히며 천외신궁에 속함을 오히려 자랑스럽게 떠들었다.
백도는 여전히 침묵했다. 구마령주를 혈적곡에서 제거하며 영광을 되찾는 듯했으나 그것뿐이었다. 과거로의 회귀는 아직 요원하다. 천기석부를 중심으로 몰려든 백도의 문파는 그나마 세력을 지키고 있을 뿐 많은 문파들이 더욱 문을 걸어 잠갔다. 마도를 일통한 천외신궁의 마수가 들이닥칠 것을 염려하며.
그러나 천하는 역시 넓었다.
천외신궁의 독주에 반발하는 마도 문파가 하나둘씩 나타났고, 은거했던 백도의 기인이사들이 속속 모습을 드러냈다.
분명한 것은 하나였다.
이제부터가 혼란의 시작이라는 것이었다.
구마령주는 강호의 평화를 깨뜨렸다. 비록 활약한 기간은 짧았지만 철저하게 무림의 질서를 파괴했다. 그로 인해 혼돈의 시대가 열린 것이다. 마도는 천외신궁을 통해 존재감을 드러냈으며, 백도는 백도대로 또 다른 질서를 만들기 위해 암중으로 바삐 움직였다. 구마령주가 만든 힘의 공백이 그들에겐 더없는 기회가 될 테니까.

'천외신궁이 결국 완성되었군. 만리총관, 일 처리 하나는 똑 부러지는 사람이지.'

능설비는 관도 위를 걸으며 만리총관 구만리를 떠올렸다.

혈마잔혼애를 나와 강호에서 가장 먼저 들은 소문은 천외신궁에 관한 것이었다. 구마령주의 죽음도 천외신궁의 등장에 묻혀 가려질 정도였다.

'마도에 동요가 없고 천외신궁이 모든 걸 장악했다면… 혈수광마옹이 전면에 나선 게 틀림없다.'

능설비는 강호의 추이를 파악해 혈수광마옹의 움직임을 짐작해 냈다.

—새로운 구마령주가 나타났다.

—위대한 마도의 복수가 시작된다.

—천외신궁의 뜻이 바로 구마령주의 뜻이다.

바람이 들려주는 말들은 한결같았다. 눈으로 확인하지 않아도 뻔했다.

능설비는 이제야 사실을 알 수 있었다. 혈수광마옹은 그를 철저하게 이용했던 것이다. 모든 것은 계획대로 되었다 할 수 있었다. 어쩌면 능설비 손에 죽은 금면마종사도 혈수광마옹에게 속았을지 모르는 일이었다.

'나를 제거한 자가 나를 위해 혈루를 흘리며 복수를 다짐해? 진짜 피눈물이 어떤 건지 그자가 알지 모르겠군. 난 숨어서 기회를 엿보는 그런 구질구질한 짓거리는 하지 않아. 단숨에 네놈의 목을 잘라 버릴 테니까.'

능설비의 눈에서 돌연 살광이 치솟았다. 혈수광마옹을 생각하자 억눌렸던 마성이 들끓어 올랐다.

소림에서 전해진 금강부동심공으로 운기하자 이내 마음이 가벼워졌다.

'되도록 마공을 자제하자. 평정심을 잃는다면 과거로 돌아갈 수밖에 없어.'

능설비는 스스로에 만족했다.

일천호 구마령주였다면 당장이라도 천외신궁으로 쳐들어가 모든 것을 때려 부쉈을 것이다. 그러나 지금은 능설비일 뿐이다. 피를 부르는 자는 이미 죽었다. 다시 그러한 자는 나타나지 않을 것이다, 다시는.

관도는 숲으로 길게 이어졌다.

그의 움직임은 한적한 관도에 이르면서 놀랍도록 빨라졌다. 휘어지는 관도를 무시한 채 그는 곧장 뻗어나갔다. 야트막한 구릉과 빽빽한 수림 정도는 그에게 있어 평지에 불과했다.

'일단 개봉으로 가자. 만화지에 가면 그자가 어디에 있는지 알 수 있겠지.'

만화지의 그 무수한 요녀들의 환대는 기대하지 않는다. 혈수광마옹의 흔적을 찾으려면 만화총관의 입이 절대적이었다.

능설비는 속도를 빨리했다.

구릉지대를 벗어날 즈음이었다. 돌연,

차창! 날카로운 쇳소리가 그의 신경을 건드렸다. 그의 움직임이 느려질 때, 숲 왼쪽에서 큰 목소리가 터져 나왔다.

"그것을 내려놔라!"

"후후, 목이 잘리고 싶지 않거든 물건을 놔두고 떠나라!"

잔혹한 목소리들. 반면 애걸하는 음성은 금방이라도 울음을 터뜨릴 것만 같았다.

"이, 이것은 나인촌(癩人村)에 가는 은자요. 이것이 없으면 문둥이들이 죽소. 이것만은 안 되오."

늙수그레한 목소리였다.

낙엽송 사이로 닦여진 으슥한 관도를 막아선 두 사내가 보였다. 체구가 곰처럼 큰 그들의 어깨에는 날이 선 귀두도(鬼頭刀)가 걸려 있다. 그들은 탐욕스런 눈빛을 띠며 바퀴가 하나인 외륜 수레를 쏘아보고 있었다.

여러 개의 상자가 실린 외륜 수레를 끄는 사람은 백포를 걸친 노인이었다. 백포노인은 진땀을 흘리며 연신 손을 모아 허리를 굽혔다.

"어떤 용도로 쓰여지는지 당신들도 잘 알고 있지 않소, 녹의쌍마(綠依雙魔)?"

"알다마다! 그것뿐이 아니다. 의검방에 재물이 많다는 것도 잘 알고 있지. 우리는 너희들의 창고를 가볍게 해주고 싶을 뿐이야."

"얼마 전이라면 너희들의 세력이 무서워 피했겠으나 이제는 달라. 방주 의검협(義劍俠)조차 마종께 굴복한 지금이 아니더냐? 후후, 우리는 곧 이곳의 타주(舵主)가 된다. 그 은자는 마땅히 우리의 목을 축이는 자금으로 쓰여져야 할 것이다."

녹의쌍마. 두 사람은 녹림도에서조차 배척을 받는 파락호들이었다.

독안귀(獨眼鬼).

육지신마(六指神魔).

두 사람은 숲에 숨어 행인의 짐을 터는 강도였다. 탐욕과 만행은 짐승에 가까웠고, 한동안 무림의 공적으로 쫓기는 자들이었다. 하나, 지금은 처지가 판이하게 달랐다.

그들은 천외신궁에 복종함을 혈서로 써서 남긴 다음 마치 염라대왕이라도 된 듯 행세하기 시작한 것이다. 유부녀들을 납치, 겁탈함은 물론 어린 소녀들까지 육욕의 제물로 삼았다. 지역 백 리 이내에 떨치는 악명은 요귀보다 더했다. 그들에게 사정을 구하느니 지옥사자에게 목숨을 애걸하는 편이 나을 것이다.

분위기는 험악해졌다.

노인은 비장한 결의로 수레를 지켜 섰다.

"비켜주시오. 의검방은 무림 일에 끼지 않는 문파라는 것을 잘 알지 않소?"

"크크, 비킬 사람은 너다."

독안귀가 참지 못하고 칼을 흔들었다. 거친 파공성과 함께 귀두도가 노인의 얼굴을 향해 뻗어나갔다. 상대에 대한 배려는 털끝만치도 없는 독사출동의 초식이었다.

노인은 흠칫 옆으로 한 걸음 물러서며 적수도룡(赤手屠龍)의 일장으로 맞받아 쳐나갔다. 유려하며 매서운 공세였다. 넓적한 도신에 장력이 격중하자 독안귀는 손아귀에 통증을 느끼며 한 걸음 뒤로 물러났다.

"이놈의 영감탱이가! 실력을 감추고 나를 속여! 녹의쌍마가 그렇게 허술한 사람들로 보이냐?"

독안귀의 호통에 기다렸다는 듯 육지신마가 귀두도를 휘두르며 달려들었다. 앞뒤 협공을 받게 된 노인은 십여 초를 버티다가 수세에 몰렸다. 노인이 주춤거리며 뒤로 물러날 때,
"횡단무산!"
독안귀가 귀두도를 옆으로 뉘며 노인의 허리께를 쓸어갔다.
"직도황룡!"
동시에 등 뒤에서 육지신마가 곧추세웠던 귀두도를 내려치며 머리를 노렸다.
노인은 등골이 오싹해졌다. 이미 균형을 잃었기에 땅을 박차고 오를 여유는 없다. 동시에 전후로 쌍장을 날려 귀두도를 막아내야 하지만 그것조차 뜻대로 되지 않았다.
질풍처럼 달려드는 도세는 당장이라도 노인을 댓가지처럼 쪼갤 듯 날아들었다.
'틀렸다.'
노인은 눈을 질끈 감았다. 죽음에 대한 두려움보다는 임무를 수행하지 못한 죄책감이 더욱 가슴 아팠다. 당당한 의검방의 제자가 한낱 파락호 따위한테 격살당하다니……. 사문에 불명예를 남긴다는 사실이 천추의 한으로 남으리라.
바로 그 순간, 한줄기 검은 바람이 환상처럼 그들의 주변을 휘감았다.
따당―!
귀두도가 동강이 나며 튀어 올랐고,
"캐애액!"
"으아… 악!"
단말마의 비명 소리가 터져 나왔다.
육지신마와 독안귀의 두부가 몸통과 분리된 채 떠오르는 것이

아닌가? 그토록 득의만만해하던 녹의쌍마가 한순간에 고혼이 되고 만 것이다. 구역질나는 피비린내가 관도 위에 물씬 풍겨났다.
 "이, 이럴 수가?"
 노인은 입을 딱 벌렸다. 검은 그림자 하나가 날아오르는 것이 언뜻 보였다.
 "뉘, 뉘시오? 은공의 존함이라도 알려주십시오, 대협!"
 노인은 크게 소리쳤다. 그러나 흑영은 상상도 할 수 없는 속도로 사라져 버렸다. 노인은 놀라움과 안도에 젖어 가슴을 내리쓸었다.
 "아아, 세상에는 아직 의인이 남아 있다. 이대로 암흑의 세계가 되지는 않으리라."

 능설비는 은빛 폭포가 흘러내리는 계곡 옆 평석 위에 서 있었다. 요란한 폭포 소리도 지금 그의 머릿속에 울리는 어떤 충격음보다 못할 것이다.
 "내가 대협이라 불리다니… 나 능설비가. 후후."
 너무도 생경한 단어에 실소가 절로 나온다.
 위기에 처한 사람을 그냥 지나칠 수 없어 무공을 사용한 것도 그렇고, 노인 앞에 차마 나타나지 못한 것도 도무지 납득이 가지 않았다.
 일천번 동패를 부수며 과거를 던져 버렸으나 마공의 기질은 여전하다. 녹의쌍마를 일 초에 척결한 것은 살성을 억누르지 못한 결과였다.
 '더 이상의 피를 보지 않으려 했는데… 그것만은 뜻대로 되지 않는군.'
 능설비의 입가에 쓸쓸한 미소가 만들어졌다.

꽤 오랫동안 그는 폭포를 바라보며 상념에 잠겼다.

해가 기울어갈 때, 능설비는 관도를 벗어나 오솔길을 따라 걷고 있었다. 괜한 시빗거리에 휘말리기 싫어서였다.

비탈길을 내려오자 길이 두 갈래로 갈라졌다. 왼쪽으로 난 길은 작은 골짜기로 통하는 길이었다.

그곳은 다른 곳과 달리 지저분했다. 나무로 엮은 담장이 입구를 따라 길게 세워져 있었고, 군졸 넷이 주변을 지켜서 있었다.

얼기설기 엮은 나무 문 위에 작은 팻말이 걸려 있었다.

나인촌(癩人村).

그곳은 바로 문둥이 마을이었다. 문둥이는 본시 발견되는 대로 죽임을 당하는 것이 국법이었다. 죽을병이 걸린 것도 서러운 일인데 나환자라 하여 추살까지 당한다는 것은 너무도 억울한 일이었다. 다행히 이곳 청수현에는 어떤 의인의 힘으로 나환자들을 수용할 수 있는 금역이 마련됐다. 그랬기에 청수현을 중심으로 삼백 리 이내의 나환자들은 목숨을 부지하는 대신 이곳에 격리 수용된 삶을 살 수 있었다. 비록 내일을 기약할 수 없는 천형을 받고 있는 몸이지만 그들은 이곳을 터전 삼아 여생을 보낼 수 있게 되었다.

'흠, 수레에 은자를 싣고 가던 노인은 바로 이곳에 자금을 대는 사람이었군? 그가 곧 올 것이니 어서 가자.'

능설비는 힐끗 바라보며 합류점을 지나 오른쪽 길로 들어섰다.

몇 걸음 갔을까? 병졸 하나가 멀어지는 그를 발견하고 소리쳐 물었다.

"이보시오, 말 좀 물읍시다!"

능설비는 문득 걸음을 멈췄다. 과거였다면 있을 수 없는 행동이었다.

"이 길로 왔다면 혹 한 사람을 봤는지 모르겠구려."

병졸은 무엇을 묻는 것일까? 능설비는 의검방에서 오기로 한 사람의 행방을 묻는다고 생각했다.

그러나 병졸의 물음은 전혀 뜻밖이었다.

"광녀(狂女)를 못 봤소? 어젯밤 이곳을 도망쳐 나간 계집인데."

"못 봤소."

능설비는 그대로 걸음을 옮기며 짤막하게 응수했다.

"젠장, 곱상하게 생긴 놈이 까칠하긴!"

병졸은 그의 뒷모습에 침을 뱉었다.

나인촌이 보이지 않는 곳에 이르자 길이 넓어졌다. 야트막한 구릉은 울창한 숲에 휘감겨 보기 좋았다. 폭우에 파여진 길이 군데군데 붉은 속살을 내놓고 있었다.

구릉을 넘자 완만한 평지였다. 널따란 들녘에는 곡식이 익어가고 있었다. 멀리 마을이 보였다. 시장기가 느껴졌기에 능설비는 마을 쪽으로 걸음을 재촉했다.

마을 입구.

사람들이 웅성거리며 모여 있었다.

"이 계집의 속살이 이리 고울 줄은 몰랐는데?"

"내 뭐랬나. 저 계집의 몸매가 춘월각의 탄월이에 비할 바 아니라고 그랬잖아."

"호호호호!"

음탕한 사내들의 음성과 자지러지는 여인의 웃음소리가 요란하다.

"호호호!"

자지러지는 웃음소리와 함께 머리를 풀어 흐트러뜨린 여인 하나가 미친 듯이 춤을 추고 있었다. 계집의 머리카락은 아주 길었다. 한데 너울거리는 머리카락 사이로 보이는 얼굴은 짓뭉개진 듯 흉악하기만 했다. 한밤중에 그 얼굴을 대했다면 무덤을 뒤지는 야차로 여겨질 정도였다. 본래는 아름다웠을 용모이겠지만 문둥병으로 인해 이렇게 참담하게 변모됐던 것이다.

  문둥이여인 주변으로는 장사꾼 차림의 젊은이들이 둘러서서 박수를 치며 그녀의 광기 어린 몸동작을 즐기고 있었다.
  "오냐. 홀랑 벗어봐라!"
  "헤헤, 분명히 나인촌에서 도망 나온 계집일 것이오."
  "생긴 것은 저래도 속살은 참 보드랍지 않은가?"
  젊은이들은 광녀의 춤사위에 혀를 내둘렀다.
  조화옹(造化翁)의 장난인가? 용모는 역겨웠고 복장은 오물로 더럽혀졌지만 몸매 하나는 뭇 사내를 매료시킬 만큼 뇌쇄적이었다. 옷자락 사이에서 삐져나와 출렁거리는 젖가슴과 선홍빛 유두가 꽃처럼 예뻤다. 문둥이만 아니었다면 벌써 윤간당했을 것이다.
  "오호호!"
  광녀는 주위에는 아랑곳없이 덩실덩실 춤을 추었다. 손발이 어지러이 흔들리는데 발바닥은 벌써 뾰족한 돌에 의해 찢어져 피가 줄줄 흘러나왔다. 속없는 젊은이들은 그것을 좋아하고, 하늘에는 무심한 구름만 흘러갔다.
  그녀의 옷차림이 흐트러질수록 저주스런 나병의 벽이 허물어지며 장사치들의 눈에 묘한 음욕마저 서려졌다. 그중 하나는 마른 입술을 혀로 핥으면서 슬금슬금 앞으로 나섰다.
  "그냥 보기에 너무나 아깝구나. 삼수갑산을 가는 한이 있더라도 널 내 것으로 만들어야겠다."

욕정에 사로잡힌 젊은이는 광녀의 곁으로 바짝 다가섰다.

그러는 가운데 광녀의 춤사위는 더욱 선정적으로 변해갔다. 윗도리가 반쯤 벗겨지며 한쪽 가슴이 드러났고, 치맛자락이 들춰지며 허벅지가 나타났다.

"으으… 너무 예쁜 것!"

젊은이가 욕정을 참지 못하고 광녀를 껴안으려 하는데,

"짐승 같은 놈!"

벼락과 같은 호통이 터져 나오며 검은 그림자가 젊은이의 곁으로 떨어져 내렸다.

능설비가 불쑥 나타나자 젊은이의 눈이 살벌해졌다.

"네놈은 뭐냐? 네가 저 계집의 오라비라도 된단 말이냐?"

"네놈을 죽이자니 내 손이 더럽혀질 뿐이로다."

"이놈이!"

욕정이 식어버린 젊은이는 더욱 험상궂은 표정이 된다. 볼거리를 잃고 싶지 않은 듯 구경하던 자들의 태도도 험악해졌다.

"당장 꺼지지 않는 놈들은 이렇게 해주지."

파팟!

능설비가 근처의 돌덩이를 지그시 밟자 돌덩이가 수박처럼 부서졌다.

"으으, 강호고수다!"

"아이구우!"

젊은이들은 사색이 되어 짐을 내팽개치고 줄행랑을 쳤다.

"어리석은 자들."

능설비는 달아나는 청년들을 바라보다가 눈길을 광녀에게 돌렸다. 덩실덩실 춤을 추던 광녀가 그와 눈이 마주치자 춤사위를 멈추었다. 썩어버린 얼굴. 그 가운데에서 광기에 찬 눈만이 빛을 발하고 있었다. 그녀의 시선은 능설비의 얼굴에 고정됐다.

"너, 너는? 호호, 너냐?"

광녀는 능설비를 보자 갑자기 발작을 일으켰다.

'나독(癩毒)이 피 속으로 들어가기 직전의 상태다. 며칠 더 있으면 온몸이 다 썩어버릴 것이다.'

저주 어린 역병을 치유해 줄 방법이 없기에 능설비는 안쓰러움을 느꼈다. 광녀의 느닷없는 발작에는 무관심했다.

'다행히 이곳에서 나인촌이 멀지 않으니 얼마 후면 누군가 그곳으로 데리고 가겠지.'

그는 광기 어린 한광을 발하는 광녀 앞을 지나쳤다. 왜 갑자기 자신을 쏘아보는지 이해할 수 없었다. 광녀의 눈은 계속해서 능설비를 따라 움직였다.

서너 걸음 걸었을까?

능설비는 기이한 느낌에 걸음을 멈추고 광녀 쪽으로 고개를 돌렸다. 여전히 광녀의 눈은 그를 보고 있었다.

추악한 몰골 사이로 광기에 빛나는 눈.

갑자기 능설비는 심장이 멎는 충격을 느꼈다.

'설마……?'

피가 곤두섰다. 머리카락이 일어나고 온몸의 솜털마저 일어나는 그 충격이란.

광녀의 문드러진 얼굴 속에서 능설비는 한 여인의 형상을 떠올렸다. 과거에 대한 기억이 선명하게 그려졌다.

"이, 이럴 수가! 너는?"

능설비는 땀을 쭈욱 흘렸다. 그녀는 그가 아는 여인이었다.
설옥경.
상처 도장의 전인. 자신 탓에 죄를 짓고 파문당한 여인. 그녀가 아니던가?
"으으, 그럼 이 여인은 바로 내가 쓴 마법의 후유증으로 이런 몰골이 되었단 말인가?"
능설비는 영혼이 허물어지는 고통에 사로잡혔다.
"호호호!"
설옥경은 까르르 웃다가 그대로 뒤로 넘어졌다. 현실과 과거를 오르내리는 혼미함 속에서 혈맥이 역류한 탓이었다. 능설비는 자신도 모르게 그녀를 사뿐히 받아 안았다.
"네가 이토록 참혹하게 변할 줄이야……. 아아, 내가 못할 짓을 했구나!"
그는 탄식하며 혼절한 설옥경을 내려다보았다. 그토록 아름답던 옥용의 흔적은 어디에도 없었다. 그는 가슴이 찢어지는 아픔을 느꼈다.
설옥경의 얼굴이 문드러진 건 나병 때문이 아니었다. 골수까지 파고든 제혼마령술을 제때 풀어주지 않았기에 살이 썩고 정신이 파괴되어 버린 것이었다.
'무슨 짓을 해서든 고쳐 주겠다. 내 목숨을 바치는 한이 있더라도… 너만은 원래대로 돌려놓으마.'
그것으로 과거의 마업을 조금이나마 씻을 수 있다면…….
그는 설옥경을 따뜻하게 감싸 안았다. 이렇게 이 여인을 만났다는 것은 묘한 인연이기도 했다. 그는 살신의 은공을 베풀어준 두 기인을 떠올렸다.

'상처 도장과 신품소요객에게 진 빚을 너를 통해 갚을 수 있게 됐다. 삶이란 참으로 헤아리기 어렵구나. 널 치유할 수 있다면 난 조금이나마 홀가분해질 수 있을 것 같다.'

그의 몸은 마음보다 빨리 허공을 가로질렀다.

이름없는 계곡.

야트막한 능선을 따라 늘어진 칡넝쿨이 거미줄처럼 얽혀져 있는 곳. 울창한 수풀 사이로 넝쿨에 가려진 동굴이 보였다.

"으으, 음……"

여인의 가녀린 신음 소리가 흘러나왔다.

동굴 바닥에는 알몸의 여인이 뉘어져 있었다. 여인이 걸치고 있던 누더기는 아무렇게나 한쪽에 내팽개쳐져 있었다. 다소 여윈 몸이었지만 봉긋한 육봉과 가녀린 세류는 예전의 아름다움을 그대로 보여줬다.

능설비는 좌정한 채 손 끝으로 진맥을 해나갔다.

한참을 살핀 후 굳어졌던 그의 얼굴이 조금 펴졌다.

"음, 정말 심한 상태다. 그러나 추궁과혈(推宮過穴)로 혈맥을 바로잡고 골수까지 파고든 마독를 태울 수만 있다면 회복의 가능성은 있다."

능설비는 손을 한데 합했다. 그의 두 손이 금빛으로 물들었다.

설옥경. 그녀는 진정 기구한 여인이었다. 그녀는 신녀곡주를 죽인 죄로 곤륜분원(崑崙分院)에 연금을 당했었다. 그녀는 갇혀 살다가 갑자기 광기에 사로잡혀 그곳을 도망쳐 나왔다. 자살로까지 이어지지 못한 그녀의 상심과 죄책감, 그리고 원한과 회의는 그녀의 심지를 파탄으로 이끌어갔다. 결국 마독의 발작으로 이토록 참혹한 지경에까지 이른 것이다.
　그녀는 멍하니 눈을 뜨고 있었다.
　"……."
　그녀의 눈에는 생기가 없었다. 언뜻언뜻 피어오르는 광기마저 없었다면 이미 죽음이 깃든 눈이었다. 능설비는 두 손에 회생지기(回生之氣)를 일으킨 다음 손바닥을 펼쳤다. 설옥경의 몸은 아주 더러웠다. 오래전부터 달라붙은 오물과 흙먼지가 파충류의 비늘처럼 보였다. 하지만 능설비의 눈에는 그녀의 이런 모습조차 곱게만 느껴졌다.
　"이제 편해질 테니 염려 마라."
　그는 친누이에게 하듯 다정하게 말하며 손바닥을 설옥경의 유근혈에 댔다. 그녀의 가슴은 아주 부드러웠다. 질 좋은 비단을 어루만지는 기분이었다. 따뜻함도 있었다.
　여인의 가슴 거기에는 사내들이 모르는 것이 있다. 아득함이랄까? 동경을 자아내는 모성이 거기에 있다.
　능설비는 이상한 동요를 느꼈다. 만화지의 요화들을 초개같이 보았던 그가 아닌가? 그리고 냉월로 위장한 화빙염에게도 여색 이상의 무엇은 느끼지 못했던 능설비.
　"아름답다."
　그는 이상하게도 포근한 기분을 느꼈다.
　이 세상에서 가장 추악하게 변한 설옥경이 아름답게 여겨졌다. 그녀의 더러운 가슴에 입을 맞추고 싶은 충동마저 들었다.
　그는 추궁과혈에 앞서 그녀의 가슴에 입술을 댔다.
　"나를 용서하기 바라오. 용서한다는 말은, 아아, 나의 평생을 통해 이번이 처음이오."

그는 회색빛 눈의 설옥경을 응시하며 추궁과혈을 시작했다. 봉긋한 앞가슴에 손이 닿았다. 능설비의 손은 낚싯줄에 걸린 물고기같이 파르르 떨곤 했다. 설옥경의 몸에 온기가 일어났다. 오랜 유랑과 병고 속에서 쇠퇴할 대로 쇠퇴했던 생명지기가 서서히 되살아나기 시작했다.

얼마 후, 능설비는 설옥경의 회음부에 손을 댔다. 그는 지극히 막대한 진원지기를 쏟아 부었다. 무인으로서 진원지기의 소실은 내공의 감퇴나 다름없었다. 하지만 능설비는 공력의 퇴보 따위는 생각지 않았다. 마독에 걸린 그녀를 회생시킬 수 있다면 자신의 내공이 탈진한다 해도 두렵지 않았다.

'마공을 쓰면 안 된다.'

제혼마령술로 인생을 망친 그녀에게 마공을 쓴다는 게 어쩐지 부담스러웠다. 마공을 일으키면 가까스로 억누른 마성이 되살아날지도 모르는 일이었다.

능설비는 현문강기를 발휘했다.

그의 손에서는 무당 진전 수법이 시전되었다.

파사쇄마의 태청신공(太淸神功)!

능설비는 그것을 강호의 어떤 백도 명숙보다도 능숙하게 시전할 수 있었다.

"으으, 음……."

설옥경은 다소 고통스런 신음성을 토해냈다. 그녀는 더운 듯 몸을 자꾸 보챘다. 능설비의 입가에는 미소가 드리워졌다. 그녀의 피부는 우윳빛으로 변색되며 희뿌연 김을 모락모락 피워냈다.

쓰라린 과거는 재로 태워지고 그녀는 새롭게 탄생되는 중이었다.

마른 장작이 피워내는 향은 독특했다.
 타닥, 탁. 모닥불은 낮은 비명을 지르며 동굴 안을 훈훈하게 데웠다. 계곡의 싸늘한 밤공기는 전혀 느껴지지 않았다.
 모닥불 위로는 진흙에 싸인 꿩 세 마리가 구워지고 있었다. 특별한 조리 기구가 없는 사냥꾼이나 유랑인들이 흔히 쓰는 구이법이었다. 장작불에 벌겋게 구워진 진흙을 벗겨내면 꿩의 털이 고스란히 빠지고 기름기가 자르르 흐르는 살덩이가 먹음직스럽게 나타난다.
 능설비는 나뭇가지로 꿩을 싼 진흙덩이를 뒤적였다. 한쪽만 구워지면 진흙이 터진다. 그는 가는 숨을 토해내는 설옥경 쪽으로 시선을 돌렸다.
 고운 비단옷으로 갈아입은 그녀는 너무도 아름다웠다. 새근새근 잠자는 모습이 흡사 갈 곳을 잃은 선녀 같았다.
 사실 지난 몇 시진 동안 능설비는 눈코 뜰 새 없이 바쁘게 움직였다. 그녀를 깨끗이 씻기고, 마을로 내려가 옷을 장만하려 했지만 돈이 부족하여 멧돼지 두 마리를 사냥해야 했다.
 꿩이 다 익어갈 즈음 설옥경의 눈이 스르르 떠졌다.
 "여… 여기가 어디지?"
 설옥경은 몸을 일으켜 앉으며 몽롱한 시선으로 주위를 두리번거렸다. 그녀의 시선이 불가에 앉아 있는 능설비 쪽에 멈춰졌다. 그녀는 두통을 느낀 듯 손끝으로 정수리를 짚었다. 아미가 곱게 찌푸려졌다.
 "아아, 머리가 아파."
 능설비는 조심스런 눈빛으로 그녀를 살폈다. 알 수 없는 불길함이 느껴졌다.
 광기가 사라진 설옥경의 눈은 보석처럼 아름다웠다. 천진무구한 소녀의 눈이었다. 하지만 지혜로운 이성과 굳건한 의지의 빛은 어디에도 없었다.

"내가… 누구지? 흐음, 그리고 씩씩하게 생긴 무부(武夫)께서는 어떠한 이름을 갖고 계신지요?"

능설비는 몹시 착잡했다. 설옥경의 놀라운 변화가 어찌 된 영문인지 그는 알 수 있었다.

'내 백도 무공이 오래도록 수련해 온 마공의 수위에 훨씬 미치지 못했기 때문이다. 그래서 설옥경의 몸은 살릴 수 있었지만 정신은 회복시키지 못한 거야.'

백치여인 설옥경.

달리 생각한다면 그녀에게 있어 과거를 상실한 것은 다행일 수도 있었다. 다시금 그녀의 기억이 되살아난다면 그녀는 평생 죽음보다 더한 고통에 시달려야 할지도 모른다. 어쩌면 이것은 하늘이 그녀에게 준 작은 선물일지도.

능설비는 기분을 환기시키며 꿩 다리 한쪽을 떼어내 그녀에게 건넸다.

"넌 내 사촌 누이다. 이름은… 설화(雪花)라고 하지."

"호호, 눈꽃이오? 좋은 이름인데요?"

그녀는 까르르 웃는다.

설옥경은 자신의 본명을 잊은 채 이제부터는 설화라는 이름으로 살아가야 한다. 그녀는 다시 두통을 느낀 듯 이마를 짚으며 고개를 내저었다.

"으음, 한데… 당신을 보고 있으면 왜 이렇게 가슴이 울렁거리는지 모르겠어요."

"……?"

능설비는 뒤적이던 나뭇가지를 불 속에 던져 넣었다. 그녀의 잠재의식 속에 자리 잡은 그의 존재는 여전히 악령의 앙금으로 남아 있는 것 같았다.

'나는 여전히 구마령주인가?'

그는 자신에게 물었다. 하지만 자신의 존재에 대한 명확한 결론은 낼 수가 없었다.

"나는 눈꽃… 그럼 당신의 이름은 뭔가요?"

"내 이름이 뭐였더라?"

능설비는 이름을 쉽게 말하지 못했다.

"호호, 자기 이름도 모르나 봐. 아무리 바보라도 자기 이름은 아는 법인데."

설화는 도톰한 딸기 입술을 벌리고 웃는다. 그녀는 십 세 소녀같이 명랑했다. 의식 수준이 십 세 소녀 정도로 퇴조된 탓이었다. 뇌호혈에 상처를 준 마독이 해소되지 않는 한 치유될 수 없는 상황이었다. 본래의 정신으로 되돌아오기 위해서는 능설비가 구마절기를 사용하거나, 구마절기를 능가하는 백도 신공을 알고 있는 누군가의 손이 필요했다.

"그래, 설화. 나는 바보같이 이름을 잃었다. 잊은 것은 아니나 본래의 이름을 버린 사람이니까."

"호호, 그럼 실명(失名)이군요?"

"핫핫!"

능설비는 따라 웃었다. 그녀의 순진하면서도 단순한 답변에 동화되어 가는 느낌이었다. 실명이라……. 그것을 이름 삼아 갖는 것도 괜찮겠다는 생각이 들었다.

계곡은 먹물처럼 짙은 밤으로 뒤덮였다. 하지만 자신을 잃은 두 남녀의 도란거리는 속삭임은 끊임이 없었다. 능설비는 한적한 산동(山洞) 속에서 이전에 맛보지 못했던 행복감을 만끽했다. 그 어떤 화려함도 그에게 주지 못했던 따뜻한 무엇이 그를 일대마종에서 탈바꿈시켜 가고 있었다.

 인간의 정이란 실로 위대했다. 혹독한 지옥 수련을 통해 인간 병기로 키워진 그가 서서히 다정함을 지닌 정의로운 사람의 아들로 변모할 수 있었던 것은 물리적인 힘이 아닌 정신의 순화였다. 허무와 회의에서 깨어난 능설비가 원하는 것도 인간 사이의 정일 수밖에 없었을 것이다.

실명대협

 정오가 되자 구름이 옅어지며 관도 위로 햇살이 떨어져 내렸다. 살에 닿는 바람에 한낮의 열기가 묻어온다. 가을의 문턱을 지났으나 여전히 대기는 뜨겁다. 능설비는 죽립을 눌러쓴 채 느린 걸음으로 관도를 걸었다. 설화의 무의식에는 아직도 설옥경의 기억이 남아 있기에 되도록 얼굴을 보여주지 않기 위함이었다.
 설화는 떨어지기 싫은 듯 곁에 바싹 붙은 채 걸었다.
 "네게 쉴 곳을 찾아주겠다. 그다음 나는 떠나야 해."
 능설비가 설화의 손을 잡으며 말했다.
 "쉴 곳은 없어도 돼요, 실명 가가(失名哥哥). 나를 떼어놓지만 않으면 됩니다. 나는 혼자 있는 게 무서워요."
 설화는 금방이라도 눈물을 쏟아낼 듯 눈시울을 붉혔다.
 '개봉까지 설화를 데리고 갈 수도 없고… 아무 데나 맡기고 갈 수도 없으니…….'

한번 망친 그녀의 인생을 또다시 팽개칠 수는 없는 노릇이었다. 명을 내리면 무엇이든 이루어지던 시절도 있었으나 지금은 모든 것을 혼자 해결해야 한다. 설화를 보살피는 것도, 혈수광마옹을 찾아 없애는 것도 모두 그의 몫이었다.

'일정을 늦추자. 설화를 안전한 곳에 맡기는 것보다 중요한 건 없어.'

둘은 다정한 한 쌍으로 보였다.

이따금씩 지나가는 행인들은 설화의 뛰어난 미모에 혹해 시선을 떼어놓지 못한다.

'정말 미끈한 낭자로군.'

'팔자가 늘어진 놈이로세. 어떻게 저런 선녀 같은 아가씨를 데리고 다니는 거지?'

시샘과 부러움의 대상이 된 쪽은 능설비였다.

허름한 옷차림에 죽립을 눌러쓴 모습은 영락없는 낭인이었다. 설화가 없다면 누구의 관심도 받지 않을 그런 차림이었다.

그렇게 이십여 리를 가자 울창한 죽림이 나타났다.

죽림 초입에 관도를 오가는 행인을 위한 작은 주점이 있었다. 능설비는 시장기를 메울 겸 귀퉁이 한구석을 차지했다.

주문할 수 있는 음식은 돼지고기를 얹은 면밖에 없다.

능설비는 게 눈 감추듯 한 그릇을 뚝딱 비웠다. 설향은 고작 몇 젓가락을 들다 입맛이 없는 듯 그릇을 물렸다.

"으음… 머리가 터질 것처럼 아파요. 악마가 나를 노려보는 것 같아요. 자꾸 무서운 것이 나타나요."

갑자기 설화의 얼굴이 일그러졌다. 지독한 두통 때문인지 이마에는 식은땀까지 송골송골 맺혔다. 제거되지 않은 마독의 후유증이었다.
'내가 곁에 있기에 더 심해진 건가?'
어쩌면 설화가 무의식 속에 자신을 느끼고 있을지도 모른다는 생각에 능설비는 마음이 착잡해졌다.
'구마루의 마공을 써야 한다면······.'
방법이 그것밖에 없다면 그렇게 해야 한다.
능설비가 망설일 때, 주점 주인이 다가와 슬쩍 한마디를 던진다.
"의검방에 가보시지요. 거기에 훌륭한 의원이 있다 들었소. 외지 사람이라도 박대하지 않으니 거기 가면 좋은 결과를 얻을 수 있을 것이오."
"의검방이 근처에 있습니까?"
"죽림을 따라 곧장 가면 쉽게 찾을 수 있을 것이오."
"고맙소이다."
능설비는 포권을 취해 보인 다음 설화를 안아 들었다. 가볍게 혼혈을 점하자 설화는 아이처럼 금방 잠이 들었다.
'쯧쯧, 저렇게 예쁜 아가씨가 괴질에 걸려 고생이라니······.'
주인이 혀를 차며 식탁 위의 그릇을 치우기 위해 고개를 숙였다. 그리고 고개를 들었을 때는 능설비의 모습은 보이지 않았다.
주인의 얼굴이 하얗게 질렸다.
'무림고수를 몰라보다니··· 하마터면 쥐도 새도 모르게 죽을 뻔했어.'
그는 겨우 떨리는 가슴을 진정시켰다.
강호가 어수선할수록 무사들은 정체를 감추며 다닌다. 천외신궁이 등장하면서 강호는 더 복잡하고 어지러워졌다. 이럴 때일수록 절대 남의 일에 상관 말아야 한다. 재수없게 마도고수라도 만나면 눈이 마주쳤다는 이유만으로도 죽을 수 있는 것이다.
'마도의 괴수라는 구마령주가 죽었다는데 어찌 이리도 천하가 불안한 거야.'
그는 애써 능설비와 마주쳤다는 사실을 잊으려 했다.
그가 어찌 짐작이나 하겠는가? 스쳐 지나간 그 청년이 강호에 혈겁을 몰고 온 구마령주라는 사실을 말이다.

의검방은 죽림 한가운데 자리 잡고 있었다.
관도 옆으로 난 샛길을 따라 가면 죽림 속에 거대한 규모를 자랑하는 장원을 만나게 된다. 담장의 대부분이 죽림에 가려져 있었으며, 담장 위로 여러 채의 건물 지붕이 드러나 보였다.
설화를 안은 채 능설비는 빠르게 의검방 앞으로 다가갔다.
설화는 여전히 품에 안겨 새근거리며 자고 있었다.
'평범한 곳이 아니군. 조금만 손질을 가한다면 요새로 화할 수 있는 곳이야.'
담장 너머로 보이는 건물들이 오행 방위에 따라 지어진 것을 보며 능설비는 예사 장원이 아님을 짐작하였다.

〈대의검방(大義劍幇).〉

굳게 닫힌 정문 위로 걸린 편액이 돋보였다.
용사비등한 글자 아래 작은 글씨가 첨부된 게 보였다.

〈의숙 신품이 장천을 위해 붓을 들어 적도다.〉

능설비는 신품이란 글자에 주목했다.

신품이라면 신품소요객을 뜻하는 것이리라. 당금 천하에 신품이라 불린 사람은 오직 그 한 사람이었으니까.

〈너는 나의 아들… 의검방을 찾아가라!〉

신품소요객은 오만하게도 능설비를 아들로 불렀다. 능설비는 그것을 마이동풍으로 흘려보냈으나, 그가 어떤 사람인지는 정확히 파악하고 있다.

신품소요객은 인망이 두텁고 허튼소리를 하지 않으며 나름대로 믿고 의지하는 추종자들을 거느린 사람이었다. 의검방의 주인 의검협 사마장천도 그들 중 한 사람이었다.

의검방은 무력으로 알려진 문파가 아닌, 상권을 장악한 문파였다. 황하를 오가는 범선(帆船), 기마(騎馬) 중 반 정도가 의검방의 허락하에 움직이는 상태였다. 하지만 의검방은 분명 무림계가 아니었다. 사마장천 역시 강호무림계와는 어느 정도 거리를 두고 활동해 왔다.

'신품소요객의 의질이라면 설향을 맡길 만하다.'

능설비가 의검방을 찾은 이유는 믿을 수 있는 사람이 필요했기 때문이다.

문득 그의 얼굴에 고소가 만들어진다.

외톨이가 된 지금, 믿을 수 있는 곳이 부수려 했던 백도의 문파라는 사실이 낯설게 여겨졌기 때문일 것이다.

'세월이 나를 농락해도 어쩔 수 없다. 내가 저지른 일… 마무리

도 내 손으로 해야 한다.'

능설비의 결심은 확고했다.

그가 잠시 생각에 잠겨 있을 때, 문 안쪽에서 걸쭉한 음성이 들려왔다.

"돌아가시게. 의검방은 객을 받지 않네."

이제껏 닫힌 문 뒤에서 능설비의 행동을 지켜본 누군가의 음성이었다.

"소생의 여동생이 괴질에 걸려 부득불 찾아오게 되었소이다. 어떤 사정인지 모르나 문을 열어주시오. 한시가 급하오."

"사정이 딱하네만 어쩔 수 없네. 있던 객도 모두 돌려보냈네. 여동생이 괴질에 걸렸다면 의원을 찾을 것이지 장소를 잘못 찾아왔네."

"의검방에 신의가 있다는 말을 듣고 왔소이다."

"허허, 고집불통이로군. 안 된다고 하지 않았나. 누구라도 안으로 들어올 수 없네."

"의검방이 어려운 사람을 홀대했다는 얘기는 들어본 적이 없소. 그러지 말고 열어주시오."

문전박대에도 능설비는 물러나려 하지 않았다.

문 뒤에서 말하는 사람의 음성이 커졌다.

"이거 참! 정말 말귀를 못 알아듣는구먼. 그럴 만한 사정이 있다니까. 귀찮게 굴지 말고 썩 물러나게."

"혹시 그 사정이란 게 천외신궁 때문이오? 그것 때문에 의검방의 문이 닫힌 것이오?"

문 뒤에서 들려오던 음성이 돌연 사라졌다.

그러나 격한 숨소리는 예민한 능설비의 청력을 피해가지 못했다.

'틀림없군. 천외신궁의 입김이 개입된 거야.'

나인촌으로 향하는 금품을 노리던 녹의쌍마가 했던 말을 떠올리며 능설비는 생각을 굳혔다.

"천외신궁이라면 소생에게 대처할 방도가 있소이다. 그러니 문을 열어주시오."

"이제 보니 강호인이로군. 더 말하지 않아도 사정을 알 터이니 그만 가보시게."

침묵하고 있던 문 뒤의 사람이 어렵게 입을 열었다.

"사해무림인으로 어찌 어려운 사정에 처한 사람을 방관한단 말이오. 나의 여동생이 신품소요객과 밀접한 관계에 있으니 더더욱 모른 척 지나갈 수 없소."

"자, 자네 여동생이 그분과 어떤 사인가?"

"하하, 그건 말할 수 없으나… 나 역시 눈동냥으로 몇 수 가르침을 받은 바 있소."

능설비는 능청을 떤다. 그러나 그렇게 틀린 말은 아니었다. 설옥경은 상취 도장의 전인이니 신품소요객과는 숙질 관계였으며, 능설비 또한 백도기인들의 무공을 대부분 알고 있는 상태였다.

"그래도 믿지 못한다면 내 소요무공으로 입증하리다."

어느 순간 그의 손이 허공에서 어지럽게 흔들리며 무수한 손그림자를 그려냈다.

소요선무장력(逍遙仙舞掌力).

그는 강호에 소문이 자자한 신품소요객의 절기를 당사자보다 더욱 능숙한 솜씨로 시전했다.

"총관, 내가 기다리던 사람이네. 어서 문을 열게."

전혀 새로운 목소리가 들렸다.

"하오나… 정체를 감춘 낭인을 들일 수는 없습니다, 방주."

"천외신궁의 철면사자가 곧 들이닥치네. 꾸물거릴 시간이 없어. 소요 숙부에게 무공을 배웠다면 우리에게 큰 도움이 되어줄 사람이 아닌가."

이윽고 문이 열리며 두 사람이 나타났다.

늙은 꼽추, 그리고 그 뒤에 청포노인이 서 있었다. 청포노인은 바로 의검협 사마장천이었다. 꼽추노인은 의검방 총관으로 대의신타자(大義神駝子)라 불리는 추량(鄒亮)이었다.

사마장천이 신중히 능설비를 바라보다 입을 연다.

"그대가… 신품 숙부께서 보내신 사람이란 말인가?"

"그런 셈이오."

능설비는 다소 켕기는 감이 있었지만 시치미를 뗐다.

사마장천은 죽립으로 얼굴을 감춘 능설비가 미심쩍은 듯 잠시 머뭇거렸다. 그러나 무공 초식으로 관계를 입증한 능설비였기에 이내 말문을 열어간다.

"그럼 그분이 과거 내게 부탁한 것을 찾으러 왔단 말인가?"

"하여간 의검방으로 가라 하였소."

―의검방을 찾아가라!

신품소요객의 유서에 그렇게 적혀 있었으니 속이는 말은 아니었다.

의검협은 감격에 겨운 표정을 지었다.

"그분은 내게 큰 것을 맡기셨네. 나는 의검방을 세워 그것을 이뤘고, 언제고 그분이나 그분의 부탁을 받은 사람이 그것을 찾으러 올 날을 학수고대하고 있었네. 한데, 그분이 혈적곡에서 구마령주와 함께 죽었다는 이상한 소문이 나돌아 울적함을 감추지 못하고 있었네. 하지만 난 믿지 않았지."
 그는 자신의 예상이 맞았다는 듯 힘있게 고개를 끄덕였다.
 능설비로서는 생각지도 않게 깊이 연관되는 기분이었다. 신품소요객은 대체 무엇을 맡겼단 말인가.
 "아아, 들어가세, 어서!"
 의검협은 능설비의 팔을 잡아끌었다.
 능설비는 움직이지 않았다. 죽림을 뚫고 빠르게 다가서는 한 무리가 있음을 느꼈기 때문이다.
 '오는군. 천외신궁의 무리가.'
 동시에 억눌렀던 살기가 일어났다. 냉기가 일어나자 사마장천은 흠칫 놀랐다.
 '살기가 너무도 강하다.'
 같은 순간, 붉은 구름이 다가오듯 한 떼의 적의인들이 의검방 앞으로 들이닥쳤다.
 그중 하나는 철면(鐵面)을 쓴 외팔이이고, 나머지는 귀면(鬼面)을 쓴 검수들이었다. 번쩍이는 가면들은 햇살에 번들거리며 흉험한 기운을 발했다.
 "헷헷, 잘 나왔다!"
 철면구를 쓴 자는 웃으며 손을 쳐들었다.
 "와아아!"
 "우우, 어서 장원을 바쳐라!"
 구리로 만든 귀면을 쓴 자들은 아귀처럼 함성을 질렀다. 가면을 통해 드러난 눈빛은 탐욕과 파괴 본능으로 번뜩였다. 펄럭이는 옷자락마다 핏빛 수실로 '천외신궁(天外神宮)'이란 글씨가 선명했다.

철면사자(鐵面使者) 하나, 그리고 귀면사자 오십칠 명.

도합 오십팔 인의 천외신궁 마졸이었다.

철면사자는 은면사자(銀面使者) 아래이다. 은면사자는 금면마종(金面魔宗) 휘하의 사자단주(使者團主)이고, 그 수는 백에 달한다. 은면사자 하나는 철면사자 백 명을 거느린다. 그리고 한 명의 철면사자는 수십 명씩의 동면(銅面), 다른 말로 불릴 때에는 귀면사자(鬼面使者)라 하는 자들을 부린다.

"저, 저놈들이?"

의검협의 송충이 같은 눈썹이 심하게 꿈틀거렸다. 퍼런 힘줄이 돋은 손이 어느샌가 검 자루에 닿았다.

"훗훗, 저항은 않는 게 좋아. 강남대협이자 인심대협(仁心大俠)인 의검협께서 비명횡사했다는 소문을 내고 싶지는 않으니까."

철면사자는 빈정대듯 내뱉으며 거만스레 손을 쳐들었다. 그의 손이 숯보다 시꺼멓게 변했다.

'묵옥혈기공이다.'

능설비는 즉시 그의 마공을 간파했다. 철면사자는 그가 아는 인물은 아니었으나 마공의 수준은 상당했다.

능설비는 한 가지를 짐작할 수 있었다.

혈루지회(血淚之會).

고금 무림계를 통해 가장 번성했던 단일 마방!

철면사자는 그곳 출신임이 분명하리라. 벌써 마의 뿌리는 무림을 뒤덮고 있다.

'예상대로다. 천외신궁은 놈의 하부 조직에 불과해.'

능설비는 혈수광마옹의 힘을 느꼈다.

그는 설화를 왼손으로 받쳐 안으며 오른손에 진력을 모았다. 여차하면 손을 쓰려 했는데, 검 자루를 움켜쥐었던 의검협의 손이 스르르 풀어지는 게 아닌가.

 사실 그는 의검방에 대한 미련 때문에 봉문까지 하면서 버틴 것은 아니었다. 기다릴 사람이 있기에 떠나지 않았을 뿐이다. 그가 기다리는 사람은 바로 신품소요객이나 그의 후예였다. 그렇다면 구태여 피를 흘려야 할 필요가 없었다.

 "으핫핫, 항복인가?"
 철면사자는 광소를 터뜨리며 득의에 찬 눈빛을 발했다.
 "간단한 짐만 꾸려서 떠나겠소. 싸움은 하지 않겠소."
 의검협은 차분히 말했다.
 "좋아, 그 정도의 아량은 있다. 자아, 어서 짐을 꾸려 떠나라. 으핫핫!"
 철면사자는 소매를 저으며 여유를 부렸다. 의검협은 탄식 어린 한숨을 내쉬며 대의신타자와 함께 장원 안으로 들어갔다.
 '왜 기를 꺾을까?'
 능설비는 조금 섭섭했다. 하지만 그가 과히 서운해하지 않아도 될 일이 생겼다.
 "헤헤, 저 계집 좀 봐라."
 "크흐… 한번 품어봤으면 소원이 없겠군."
 귀면사자 중 몇 놈이 능설비의 품에 안겨 있는 설화를 보고 군침을 삼켰다. 능설비는 자신도 모르게 설화의 풍성한 둔부를 받쳐 안고 있는 상태였다. 그 모습이 색마들의 욕심을 자아내게 한 것이다.
 "헤헤… 쳐죽이자."
 "아까 보니 이놈은 여기 사람이 아니었다."
 "여기 사람이건 아니건 상관없다. 저놈을 죽이고 저 계집을 천외신궁 분타의 노예로 부리자."
 그들의 말투는 거침이 없었다. 상대는 아랑곳하지 않았다. 그들이 원하는 것이라면 무슨 짓이든 할 수 있는 세상이 아니던가?
 귀면사자들은 재빨리 능설비를 포위했다.
 능설비는 아주 천천히 내뱉었다.
 "더 이상 다가서지 마라."
 그것은 경고였다. 아니, 명령에 가까웠다. 하지만 경고든 명령이든 귀면사자들의 행동에는 아무런 영향을 주지 못했다.
 "홋홋, 용렬한 놈!"
 "이놈, 그 계집이 네 계집일 것이나, 헤헤, 이제부터는 우리의 계집이다."
 귀면사자들이 겁없이 다가섰다. 하지만 이들을 지켜보던 철면사자는 갑자기 모골이 송연해졌다. 그의 안목은 그래도 귀면사자들보다는 나은 편이었다.
 '이상한 기도(氣度)가 느껴진다.'
 그는 바싹 긴장했다. 생애 처음으로 강적을 대하는 기분이었다. 그의 걸음이 저절로 뒤로 이동됐다.
 "잠, 잠깐 멈춰라!"
 그는 일갈하여 부하들을 저지시켰다. 순간, 능설비의 몸이 깃털처럼 가볍게 떠올랐다. 귀면사자들은 아찔한 환영에 사로잡혀 돌처럼 딱딱하게 굳어졌다.
 하늘을 가득 뒤덮은 일백팔 개의 검은 그림자.
 정확히 일백팔 개의 흑영은 삽시간에 귀면사자들을 에워쌌다. 운룡대팔식에 이어지는 소요선무장력은 신품소요객이 시전했을 때보다 위력이 열 배나 강했다.

"이, 이럴 수가!"

"흐윽!"

철면사자를 비롯한 모든 귀면사자들은 전율에 심장마저 멎을 지경이었다. 하늘과 땅을 휘감은 흑영 속에서 천신의 음성인 양 준엄한 외침이 터졌다.

"참(斬)!"

꽈르르릉!

하늘의 노여움인가? 고막을 찢는 뇌성 속에 손 그림자가 폭풍처럼 뿌려졌다. 수천, 수만 개의 손바닥. 그 하나하나의 위력은 태산이라도 무너뜨릴 정도였다. 가공할 위력 앞에 귀면사자들은 물론 철면사자까지 속수무책이었다. 동시에 터지는 폭음 속에 비명이 난무했다.

"으아악!"

"아아, 악! 하늘을 모르고 시비를 걸었다니!"

"캐애… 액!"

수십 군데에서 피바람이 일어났다. 철면사자는 머리가 으스러져 죽었다. 다른 자들은 시체조차 남기지 못했다. 능설비는 단 일 초로 모든 사람을 격살한 것이다.

"눈꽃, 나를 믿어도 된다고 하지 않았더냐?"

능설비는 잠든 설화의 보드라운 볼을 다독였다. 이때, 장원 안으로 들어갔던 의검협과 대의신타자가 부리나케 뛰어나왔다. 물씬 풍기는 피비린내가 난무할 뿐 기세등등하던 천외신궁의 고수들은 이미 어디에도 없었다.

"오오, 무신(武神)."

"역시 신품소요객 그분이 보내신 분은 다르군요?"

능설비는 담담히 미소 지을 뿐이었다.
"아아, 하늘을 이제야 알았습니다."
"대체 의협께서는 어떤 분이십니까?"
능설비를 바라보는 두 쌍의 눈은 경외심으로 가득 차 있었다.
"내 이름은… 나는 이름을 묻은 사람이오."
능설비는 얼른 등을 돌렸다. 의검협이 고개를 들었다.
"그러시다면… 실명대협(失名大俠)이란 말씀이십니까?"
"실명대협이오? 그런 이름은 처음인데?"
두 사람이 어찌 능설비를 알겠는가!
실명대협.
무림사의 일장을 장식하게 되는 이름은 이렇게 만들어졌다.

아득한 거실은 마치 학자의 거처인 양 묵향이 물씬 풍겨졌다. 고금에 이름 높은 명가의 서필과 묵화가 거실 가득히 둘러져 있었다.
붉은 비단이 덮인 목탁 위로 작은 나무 상자가 하나 놓여졌다. 다소 고풍스럽게 느껴지는 목궤(木櫃)였다. 목궤를 내려놓고 사마장천은 공손히 허리를 굽혔다.
"바로 이것입니다."
"무엇이오?"
능설비는 받으려 하지 않았다. 설화는 호피가 둘러진 의자 한쪽에 기대 뉘어져 있었다.
"천인명부(千人名簿)지요."
의검협 사마장천은 목궤를 열었다. 그 안에는 장부책 열 권이 들어 있었다.

〈산서성(山西省)〉
〈호남성열사(湖南省烈士)〉
〈호북성(湖北省)〉
〈섬서성(陝西省)〉
〈산동성(山東省)〉
〈하북하남성(河北河南省)〉
……

각 장부책마다 일성의 이름이 적혀 있었다.
"무엇을 뜻하는 것이오?"
능설비는 책명을 훑으며 의아한 표정으로 물었다.
"제가 의검방을 세워 이룩한 것은 오직 하나뿐입니다."
의검협은 목궤를 바쳤다.
"이 안에는 천 명의 이름과 그들의 사는 곳이 적혀 있습니다. 제가 십 년간 물심양면으로 보살핀 인재들입니다."
"무슨 목적으로 그들을……?"
"모두 그분이 시키신 일이었습니다."
"신품소요객?"
"그렇습니다."
"……?"
능설비는 회상에 젖어가는 사마장천을 응시했다. 그는 두 손을 마주 모은 채 천천히 거실을 거닐었다.
"십 년 전이었습니다. 당시 그분은 소림사에서 열리는 동의지회에 참가하고 고향으로 돌아가시는 중이었지요."
"흐음."

"저는 그때 화적에게 당해 다 죽어가는 상태였습니다. 그분의 자비로운 손길이 없었다면 벌써 이 세상 목숨이 아니었지요. 그분은 저를 구해주셨고 무공까지 가르쳐 주셨지요. 그런 후 한 가지를 명하셨습니다."

능설비는 눈에 이채를 발했다.

"한 가지 명이라면?"

"언제고 쓰일 것이니 일천 명의 영재를 모으라는 것이었습니다."

"일천 명의 영재라……."

능설비는 목궤의 명부로 다시 시선을 돌렸다. 뭔가 느껴지는 게 있었다.

"예, 그분은 그렇게만 말씀하셨지요. 그리고 언제고 무림에 환란이 닥칠 것이고 그때 그들이 일어날 것이라 하셨습니다."

능설비는 가볍게 고개를 끄덕였다.

"그리고 이것을 적어주셨습니다."

사마장천은 목궤 바닥에서 작은 봉서를 집어 들었다.

"때가 되면 펴보라 하신 것입니다."

능설비는 봉서를 받아 들자 가벼운 설렘에 젖었다. 그는 봉서에서 서찰을 꺼내 펴보았다.

〈언제고 천 명의 준걸이 꼭 필요하다는 것이 동의대호법이신 쌍뇌천기자의 말씀이시었다.〉

첫 구절이 몹시 놀라웠다. 의검방의 일에도 쌍뇌천기자의 입김이 작용되었을 줄이야. 글이 이어졌다.

〈그 일 뒤에는 무서운 사연이 있다. 마도(魔道)는 무엇인가를 준비하고 있다. 그들은 최소한 천 명의 아이들을 금조에 태워 어디론가 보냈다. 언제고 그들이 마도의 부흥을 위해 나설지 모른다. 십 년간 주도면밀한 조사를 해봤지만, 그 아이들이 어디 갔는지 알지 못했다.

동의대호법은 나와 각별한 교분이 있어 자주 사사로운 술자리를 마련하곤 했다. 그분은 이렇게 말했다.

―탕마금강(盪魔金剛)이 있어야 하오.

그분은 천 개의 영단을 준비하실 것이다. 나는 소림사를 떠나며 생각해 봤다. 그러다가 언제고 사람이 필요할지 모른다고 여기게 되었다. 그래서 여기 사는 장천(長天)에게 그것을 부탁했다.

장차 일은 어찌 될지 모른다. 장천이 일을 잘할지도, 마도가 과연 일어날지도 모른다. 하나, 유비무환이 아니겠는가? 항상 한가롭게만 살아왔던 나 신품소요객이다. 그러나 나도 정의가 무엇인지는 알고, 그것이 목숨 바쳐 지켜야 할 것임을 안다.〉

글은 아주 길었다. 신품소요객은 능설비를 다시 한 번 착잡하게 했다.

'나와는 다른 분이다. 그분은 자신을 위해 사는 척했으나, 사실은 모든 것을 백도에 희생한 것이다.'

능설비는 목궤가 아주 무겁다 여겼다.

천 명의 영재, 그들은 의검협이 누구인지 몰랐다. 하나, 의검협이 그들과 약속한 한 가지 신호를 하면 그들은 모든 것을 집어던지고 한데 모일 것이다. 의검협은 그들에게 돈을 대고, 그들이 재간을 익힐 수 있는 터전을 마련하기 위해 의검방을 세웠다 할 수 있었다. 신품소요객이 뿌린 한 알의 씨앗이 그도 모르는 사이 아주 거대한 황금벌판으로 변화한 셈이었다.

능설비는 손을 떨었다. 그는 봉서를 목궤에 넣었다.

"나란 인간은 이것을 받을 수 있는 위인이 못 되오."

"무슨 말씀이십니까? 말도 아니 됩니다."

의검협은 얼른 뒤로 물러났다. 그는 계면쩍은 듯 얼굴을 붉혔다.

"이제부터 주인으로 섬기고 싶습니다. 실명대협, 부디 저와 대의신타자를 속하로 거둬주십시오. 그럼 그것을 받아 등에 지고 다니겠습니다."

"아니 되오."

"핫핫, 제 마음은 이미 정해졌습니다. 지금 거절하신다 하더라도 저와 대의신타자는 실명대협의 속하임을 떠벌리고 다닐 것입니다."

의검협은 능설비의 일초신위(一招神威)에 홀딱 반하고 말았다. 그가 가장 높이 사는 것은 능설비의 겸손함이었다. 수수한 옷차림, 그리고 가공할 무위를 지녔음에도 자신을 내세우지 않는 점 등이 존경심을 품게 했다.

'이분이야말로 당세를 구할 영웅이다.'

의검협은 그런 인물을 모시게 된다는 사실에 스스로 감격했다.

'나는 이럴 수 없다.'

능설비는 착잡한 마음에 이대로 서 있을 수 없다고 여겼다.

"마음대로 해도 좋소. 하나 나는 그 누구의 윗사람도 아니 될 것이오."
 능설비는 급히 설화를 안아 들었다.
 "저는 지옥 끝까지라도 따라갈 것입니다."
 의검협은 능설비의 의도를 눈치챈 듯 목궤를 둘러메었다. 하나, 그는 능설비가 한 걸음 내딛는 순간 능설비의 뒷모습을 놓치고 말았다.
 "축지성촌(縮地成寸)이다!"
 의검협은 입을 딱 벌렸다. 능설비는 찰나지간에 모습을 감췄다.
 "아아, 빠르기가 유성 같다. 그러나 해산시킨 수하들의 이목을 이용한다면 실명대협을 달포 안에 만날 수 있을 것이다."
 의검협은 목궤를 지고 달리기 시작했다. 대의신타자도 그 뒤를 따라갔다. 그들의 의욕은 대단했다. 십 년의 세월 속에 영화를 누리던 의검방은 그 할 일을 마치고 커다란 문을 열어놓은 채 다른 주인을 기다리게 됐다.
 피에 젖은 대문 앞은 바람에 흩뿌려지는 죽엽(竹葉)들로 덮여져 갔다.

 능선에 걸린 달은 황금빛으로 고왔다. 산속은 이미 어둠에 젖어들고 어디선가 구슬픈 들개의 울음소리가 메아리쳐 들려왔다. 능설비는 설화를 업은 채 계수가 흐르는 계곡을 따라 걸어가고 있었다.
 "실명 가가, 배가 고파요."
 설화는 한기를 느낀 듯 능설비의 널찍한 등판에 볼을 기대며 아이처럼 보챘다.
 "걱정 마라. 어디엔가 인가(人家)가 있겠지."

"실명 가가는 왜 사람이 많이 다니는 길을 피해 외진 곳으로만 가지요? 그 탓에 저만 배가 텅 비게 되었잖아요."

"설화야, 너는 정말 모를 것이 세상에는 많단다."

능설비는 늦은 산책을 나온 사람처럼 산길을 걸어 올라갔다. 딱히 이 길을 택할 이유는 없었다. 괜히 산속을 걷고 싶어 배회하는 중이었다. 그는 개봉부로 가는 것을 잠정적으로 포기한 상태였다.

'지금 이 상태로 가봤자 피바람만 불러올 뿐이다.'

혈수광마옹만 제거하고 조용히 강호를 떠나려 했는데, 혈루회가 나타났다면 상황은 더 복잡해진 것이다.

능설비는 태사의를 기억했다. 출도 이래 천하를 뒤덮었던 그의 명성, 지옥의 수련을 함께 헤쳐와 자신의 수하가 됐던 십구비위, 그에게 오체복지하던 무수한 마도의 거물들, 그리고 만화지의 정경을 떠올렸다.

그다지 오래전 일이 아니었음에도 불구하고 마치 아득한 과거처럼 느껴졌다.

'정녕 피할 수 없다면…….'

피가 두려운 건 아니다. 다만 더 이상 피를 흘리고 싶지 않을 뿐이다. 하지만 의검방에서 일어났던 혈풍은 마음먹은 대로 손이 멈춰지지 않음을 증명하지 않았던가.

그의 의식은 점점 깊은 늪 속으로 침잠해 들어갔다.

얼마를 갔을까? 땅만을 보고 가던 능설비의 고막에 설화의 목소리가 비수같이 파고들었다.

"저기 인가가 있어요, 실명 가가!"

"으응?"

능설비는 고개를 들었다.

무성한 수림이 병풍처럼 둘러진 산기슭에 한 채의 모옥(茅屋)이 우두커니 서 있었다. 창에서 불빛 한줄기가 가늘게 흘러나오고 있었다. 이토록 외진 산속에 인가가 있다니…….

대변절

그는 마치 평생토록 세수 한 번 하지 않은 사람처럼 보였다. 야간 위장이라도 한 듯 숯검댕을 짙게 칠한 모습은 본래의 생김새를 분간하기조차 힘들 정도였다.

그는 누구를 기다리는 듯 모옥 앞에서 서성이고 있었다.

"클룩쿨룩… 돌아올 때가 되었는데……."

그는 기침을 하며 피를 토했다. 그의 쇠약한 몸은 약한 비바람에도 쓰러질 것만 같았다.

'어디서 들어본 음성인데…….'

능설비는 야릇한 심정으로 천천히 다가갔다. 죽립을 눌러쓴 정체불명의 괴인이 다가서자 노인은 흠칫 놀라며 잔뜩 경계의 빛을 띠었다.

"뉘, 뉘인가?"

"놀라지 마십시오. 과객입니다. 제 누이가 시장기를 느껴 염치

불구하고 얼굴을 들이밀었습니다."

"흠, 과객이라?"

노인은 능설비의 위아래를 유심히 살폈다. 설화는 능설비의 어깨 뒤에서 빠끔히 고개를 내밀며 해맑게 미소 지었다.

"호호, 저의 가가는 실명 가가예요, 할아버지."

노인은 설화를 보자 다소 경계심을 풀며 공허한 웃음을 흘렸다.

"이름을 잃었어? 허헛, 나와 비슷한 데가 있군."

"할아버지는 왜 얼굴을 씻지 않지요?"

설화가 매우 맹랑하게 물었다. 노인은 대답없이 설화와 능설비를 번갈아 살폈다.

"흠, 두 사람이 다정히 있는 모습이 보기 좋군."

노인은 갑자기 말꼬리를 흐렸다. 그는 얼굴빛보다 어두운 시선을 들어 달을 응시하며 탄식했다.

"아아……."

"무슨 걱정이지요?"

설화는 섬세한 아미를 살짝 찌푸렸다.

"딸아이를 데리러 간 종 녀석이 오지 않아 걱정하는 중이란다."

"딸이요?"

"지금 괴로운 처지에 있지."

"무슨 처지인데요?"

설화는 꼬치꼬치 캐물었다. 하지만 외모와 달리 노인의 심성은 차분했다. 다소 수심에 찬 설화의 모습이 그다지 밉지는 않은 듯했다.

"헛헛, 이러다가는 뱃속의 비밀을 모두 털어놓겠군. 자아, 일단 안으로 들어오게. 노부가 무엇이건 먹을 것이 있는지 찾아보겠네."

그는 허리를 구부정히 하고 주방 쪽으로 갔다.

'낯익은 뒷모습이다.'

능설비는 그의 뒷모습에서 과거의 누군가를 더듬어갔다. 하나, 아무리 생각을 해도 떠오르는 사람이 없었다.

허름한 살림살이는 너무도 구차해 보였다. 남루한 탁자는 앉아 있기가 불안할 정도였다. 노인은 삶은 감자 몇 개를 나무 소반에 받쳐 들고 왔다. 삶은 지 오래된 듯 감자는 돌덩이처럼 굳어 있었다. 하지만 이런 궁색한 살림 속에서의 스스럼없는 대접은 성찬보다 푸짐했다. 또한 남루한 복장 속에서도 노인에게는 알 수 없는 기품이 풍겼다.

"쿨럭……"

노인이 다시 기침을 했다. 기침을 할 때마다 피가 흘러 옷자락이 축축이 젖었다.

"그 녀석을 보고 죽어야 하는데. 아아, 길은 없는 듯하니."

"따님이 먼 곳에 있나 보군요."

능설비가 오랜만에 입을 열었다. 그는 식사를 하면서도 죽립을 벗지 않았다. 그랬건만 노인은 시시콜콜 왜 그러느냐 따위는 절대 묻지 않았다. 노인은 세상의 어두운 구석에 대해 잘 아는 사람 같았다.

"딸아이는 임신 중이야. 그래서 난리 때 도망치지 못했네."

"……"

"나는 죽다 살았지. 쿨럭… 얼마 후 죽을 것이나… 아아, 외손자를 배고 있는 딸아이를 한 번만이라도 보고 죽는 것이 소원이라네."

노인의 얼굴에서 눈물이 떨어졌다. 그러자 숯검댕 칠해진 얼굴로 자국이 생겼다. 놀랍게도 드러난 노인의 피부는 몹시 희었다.

"여기 수건 있습니다."

설화가 얼른 손수건을 전했다.

"고맙네, 낭자."

"호호, 저는 낭자가 아니라 눈꽃[雪花]이에요."

설화는 입술을 샐쭉이 내밀었다. 그녀에게는 세상 모든 것이 즐겁게만 여겨지는 모양이었다. 노인은 수건으로 얼굴을 닦았다. 설화의 하얀 손수건이 먹물처럼 새까맣게 더럽혀졌다.

"......?"

능설비는 땀을 주르르 흘렸다. 검댕이 사라지며 나타나는 노인의 얼굴. 능설비는 그제야 눈앞에 있는 사람이 누구인지 알 수 있었다.

'이럴 수가!'

능설비는 눈을 의심했다. 도저히 있을 수 없는 일을 발견했기 때문이다.

"낭자, 수건이 더러워졌네그려."

수건을 설화에게 건네주는 노인, 그는 바로 천자(天子)였다.

황제(皇帝).

광대한 대륙을 다스리며 하늘 아래 가장 존귀한 존재였던 당금의 황제가 아닌가? 그가 촌노가 되어 있다니. 너무도 믿기 어려운 사실에 능설비는 가슴을 진정시키며 다시금 노인을 살폈다. 분명했다. 몇 번을 봐도 황제였다.

'이럴 수가! 식은 감자를 부엌에서 내온 노인이 바로 천자라니, 이런 일이 있을 수 있단 말인가?'

능설비가 넋을 잃을 때 경미한 파공성이 전해졌다. 백여 장 밖에서 들리던 파공성은 순식간에 창가로 다가왔다.

"엇? 누가 왔단 말인가?"

황제는 삐걱거리는 문을 밀치며 밖으로 나섰다.

"복아냐?"

뜨락 아래로 피투성이가 된 노인 하나가 서 있었다.

땅딸한 키에 다부진 체격의 노인.

황궁의 대내시위장이었던 무상인마였다.

그는 열려진 문을 통해 탁자에 앉아 있는 둘을 보았다. 그의 시선이 죽립을 쓰고 있는 능설비에게 고정됐다. 한순간 그는 숨이 막혀왔다. 그는 막강한 내공에 의한 안력으로 죽립을 꿰뚫고 능설비의 진면목을 발견해 낸 것이다.

"……."

"……."

두 사람은 서로를 알아봤다. 짧은 정적이 오갔다. 순간, 능설비가 갑자기 쌍지(雙指)를 튕겼다.

"으으… 음, 졸립군."

"하압……."

황제와 설화는 거의 동시에 잠에 빠져들었다. 능설비는 쓰러지는 황제를 안고 허름한 나무 침상에 눕혔다.

"들어오시오."

"아아, 부마시여."

무상인마는 넙죽 절을 했다. 그는 피 묻은 옷을 걸치고 있었으나 전혀 다치지는 않았다. 그의 몸에 묻은 피는 남의 피였다.

그을음을 피워내는 유등에 벽 한쪽은 꺼멓게 변색돼 있었다. 희미한 불빛 아래 능설비는 부복해 있는 무상인마를 내려다보았다. 무상인마는 고개를 떨어뜨리며 울분에 찬 음성을 토해냈다.

"소광 태자가 제위를 찬탈했습니다. 일전에 공자께서 보내주신 신의 덕에 고독에서 벗어나 건강을 회복하셨는데, 태자가 천외신궁을 등에 업고 반란을 일으키는 바람에 저렇듯 비참한 신세가 되시고 말았습니다. 놈들을 다 때려죽이고 싶었으나 중과부적으로 간신히 주상만을 모시고 나올 수 있었습니다."

'혈수광마옹이 황제의 지위까지 넘본단 말인가.'

능설비의 눈꼬리가 치켜 올라갔다.

황궁과 무림계는 철저히 분리돼야 하고, 서로의 영역을 침범하지 않은 채로 지내왔다. 혈수광마옹이 그 불문율을 깨어버렸다면, 혈풍은 강호계를 넘어 천하로 파급될 것이 불 보듯 훤한 일이었다.

능설비는 살기를 참으며 짧게 입을 열었다.

"공주는?"

"소로 공주는 흑룡동부에 연금되셨습니다. 금면마종이란 자가 그분의 미색에 눈독을 들였기 때문입니다."

무상인마의 목소리가 흔들렸다.

"뭐라고?"

"그분은 지금 아기씨를 뱃속에 지니고 계십니다. 바로 부마의 아기씨입니다."

"나, 나의 아이를?"

능설비는 정신이 아득해졌다. 이마로 진득하게 땀이 배어 나왔다. 이제껏 받은 모든 충격보다 더한 충격. 생사의 고비에서도 느끼지 못했던 충격이 그를 엄습했다.

'그 여인이 나의 아이를 가졌다니?'

능설비는 아름다운 소로 공주의 모습을 떠올렸다.

"사흘 전 이곳을 떠나 그분을 구하러 갔으나, 부하들만 모조리 잃고 말았습니다."

무상인마는 분루를 뿌리며 머리를 조아렸다.

"놈들을 많이 쳐죽이기는 했으나, 그분 계신 곳까지 가지도 못했습니다."

능설비는 일언반구 대꾸 없이 창문 쪽으로 돌아섰다. 흐트러짐 하나 없는 그의 뒷모습에서 냉기가 느껴졌다. 무상인마는 그 냉막함에 혀를 내둘렀다.

설산공자(雪山公子).

그는 정말 무정한 자란 말인가? 무정인마는 고개를 슬쩍 들었다. 부서지는 달빛을 올려다보는 능설비의 얼굴은 다소 들려 있었다. 그의 반듯한 턱 선을 타고 물방울이 똑똑 떨어졌다.

뺨을 타고 흐르는 두 줄기 눈물.

그가 울고 있는 것이다. 이것은 그 스스로조차 예기치 못한 엄청난 변화였다.

'이럴 수가! 마치 다른 분 같지 않은가?'

무상인마는 입을 다물지 못했다. 무정하던 설산공자의 눈에서 흐르는 눈물이라니……

"나의 아이를 위해서는 악을 없애야 한다. 그 아이에게 내가 겪은 겁(劫)을 다시 겪게 하지는 않는다."

능설비는 가슴 저미는 아픔을 최초로 경험했다. 빛이 뇌리를 씻는 기분이었다. 가슴 깊숙한 곳에서 뜨거운 불길이 치솟아올랐다. 번뇌가 일시에 타버리는 느낌.

그것은 웅혼(雄魂)이었다.

천하를 가르는 의풍(義風)이 뭉게뭉게 일어난 것이었다.

"몇 가지 부탁이 있네."

능설비는 무상인마를 정면으로 봤다.

"무엇이든 명해주십시오."

무상인마는 신나서 크게 외쳤다.

"무엇이든!"

과거 마도인들이 능설비에게 그렇게 말했었다. 하나, 그때와 지금은 완전히 달랐다. 지금 두 사람을 묶고 있는 것은 의(義)였다. 그러기에 마도계의 서열과는 완전히 다른 것이었다.

"첫째, 의검방주 되는 사람을 찾게."

"……?"

능설비는 미리 생각해 둔 듯 낭랑한 어조로 말을 이어갔다.

"근처에 있을 것이니 쉽게 찾을 것이네. 그를 찾아 황제와 설화낭자를 위해 거처를 마련하고 일단 숨어 지내도록 하게."

"예."

"얼마 후 소로 공주를 구해 신호하겠네. 그때 나를 찾게."

"그럼 곧 흑룡동부로 가시렵니까?"

"그래야지. 내가 할 일이 아니던가?"

능설비는 갑자기 어른이 된 듯했다. 그는 천천히 밖으로 나갔다. 무상인마가 뒤를 따랐다.

"후후, 실명대협!"
"예?"
무상인마의 고개가 갸우뚱해진다.
"둘째 부탁이 바로 그것이네. 귀찮게 나에 대해 묻지 말라는 그것!"
능설비는 허공에 떠서 스르르 미끄러져 갔다.
"냉막하기는 과거나 지금이나 마찬가지십니다."
무상인마가 머리를 긁었다.
"나는 본시 그런 놈일세. 핫핫."
능설비는 웃으며 교교한 달빛을 뿌려대는 밤하늘로 치솟았다. 그는 순간적으로 자취를 감췄다.
"잘하면 부마 덕에 무림에 다시 들어가겠는데?"
무상인마는 매우 흡족해했다. 그는 실내로 시선을 돌렸다. 황제와 설화는 여전히 깊은 잠에 빠져 있었다.

태원(太原) 근처.
줄지어 일어난 산봉우리 가운데 유독 눈에 띄는 하나의 봉우리가 있다. 가파른 산세가 주변을 압도하고, 칼같이 일어난 암벽들이 하늘을 향해 솟아오른 산. 그 형상이 하늘을 향해 울부짖는다 하여 천후봉(天吼峰)이라 불렸다.
밤이 되자 어김없이 달이 떠올랐다. 소리없이 흘러가는 달빛 속을 흑선 하나가 빠르게 날고 있었다. 두건을 쓴 흑의인이었다. 그는 울창한 수림 위를 그대로 가로질러 갔다.
'소로 공주, 나의 핏줄을 잉태한 여인. 그 여인을 위해 내가 바꾸어놓은 세상을 다시 돌려놓으리라.'

능설비의 두 눈에 신광이 번득였다.

그는 더 이상 권좌에서 쫓겨난 마도의 영웅이 아니었다. 아직 태어나지 않은 한 아이의 아버지이며, 위험에 처한 한 여인의 남자였다.

그 순수한 의무감은 그를 다른 사람으로 변모시켰다.

혈수광마옹 하나만을 잡으려던 생각은 이미 사라진 지 오래였다. 그가 바라는 건 하나, 아이가 평화롭게 자랄 강호였다.

원치 않았던 하룻밤의 인연이 강호의 운명을 뒤바꾸어놓은 것이다.

능설비는 천후봉의 남서면을 따라 올랐다. 어느덧 울창한 숲이 사라지고 촘촘하게 박힌 암석 지대가 눈앞에 펼쳐졌다.

그는 숨소리를 느끼며 속도를 줄였다.

줄줄이 일어선 암석 가운데 군림하듯 솟아오른 암봉 하나가 눈에 들어왔다. 그 둘레에는 스무 겹의 포진(布陣) 매복(埋伏)이 있었다.

'마마항세대진(魔魔降世大陣)이다.'

바위틈마다 몸을 숨긴 자들. 그들이 만든 대형은 나는 새라도 들어오지 못할 마도의 천라지망이었다.

능설비는 우희에서 암봉을 향해 다가갔다. 수많은 이목이 있으나 아무도 그를 알아보지 못했다. 능설비는 구마루에서 배운 잠입을 능숙하게 발휘했다. 얼마 후, 그의 시야에 빠끔히 뚫린 동부가 들어왔다.

흑룡동부(黑龍東府).

그곳은 본시 혈루회가 일어난 곳이었다. 수십 년간 혈루회의 비밀 은신처로 마도천하가 획책된 마의 진원지였다. 하지만 백도의 피습에 분루를 흘리며 봉문의 수모를 겪어야 했던 곳이기도 하다. 이후 오랜 세월 폐허로 남아 있다가 최근 들어 사람 사는 곳이 되었다. 머물러 사는 사람의 수는 수백에 달했다.

동굴 옆 능선 위로 돌로 만든 무덤들이 보였다. 만들어진 지 얼마 되지 않은 무덤이었다. 그리고 입구에는 아직도 닦여지지 않은 핏물이 군데군데 보였다. 무상인마가 만들어놓은 혈겁의 흔적이었다.

매복이 보다 엄밀해진 건 그 때문이리라.

'복 노인 덕에 잠입하기가 꽤 힘들겠다. 하나, 마도의 무엇이 나를 막겠는가?'

능설비는 입술을 가볍게 오므렸다.

휘이이, 익.

그의 입술 사이에서 종달새 울음소리가 흘러나갔다. 기이한 것은 소리가 오십 장 서쪽에서 시작된다는 것이었다.

"무슨 일이냐?"

"어느 녀석이 위급 신호를 보냈느냐?"

십여 명이 떠올라 소리가 난 곳으로 다가갔다. 그 순간 능설비는 진세의 허점을 찾아내고 섬전같이 동부를 향해 날아올랐다. 그는 탄지지간에 사십 장을 가로질러 동부 안으로 잠입해 들어갔다. 삼엄한 천라지망도 그에게는 한갓 아이들의 병정놀이에 지나지 않았다. 그는 보초들을 눈뜬장님으로 만들었다.

동굴 안은 밖에서 보는 것보다 깊고 넓었다. 벽에 박혀 있는 유등의 불빛으로 인해 꽤나 밝았다. 안으로 조금 들어가자 백여 명이 들어가도 됨 직한 널찍한 공간이 나타났다. 정면으로 뻥 뚫린 석도가 보였으며 좌우로 두 개씩, 도합 네 개의 석실이 있었다.

다른 석실의 문은 닫혀 있었지만 왼편의 첫 번째 석실 문은 반쯤 열려 있었다.

능설비는 거침없는 동작으로 열려진 석실 안으로 들어갔다. 방 안은 요지경이었다. 원색의 살 내음이 물씬 풍겨왔다.

"흐으으윽!"

"흐훗… 이년아, 잠시만 참아라."

털북숭이사내 하나가 아주 왜소한 여인 하나를 침상에 찍어 누른 채 유린하는 중이었다. 그는 솥뚜껑 같은 손으로 여인의 젖가슴을 거칠게 주물렀다. 그는 고통스러워하는 여인의 표정 속에서 더욱 희열을 느꼈다. 여인의 신음성과 사내의 거친 숨소리가 침상을 뒤덮었다.

여인의 간드러진 비명 소리는 사내의 욕정을 더욱 자극했다. 사내는 여인의 가슴과 복부를 핥아갔다. 육욕에 탐닉해 있는 그로서는 불의의 방문객조차 간파하지 못했다.

능설비는 남의 정사를 방해하고 싶지 않은 듯 의자에 앉아 기다렸다. 사내와 여인의 숨 가쁜 공방전이 전개됐다. 밀고 당기는 그들의 몸놀림은 두 마리 뱀이 엉킨 듯 현란하게 꿈틀거렸다.

"헉!"

"으으, 음."

허탈감에 의한 신음 소리.

털북숭이 대한(大漢)은 기분이 좋은 듯 벌렁 드러누웠다. 나른한 쾌감에 젖어 세상이 돈짝만 하게 보였다. 그에게 있어 욕정의 발산은 가장 감미로운 순간이었다. 설사 지옥사자가 곁에 있다 해도 그는 본능의 욕구를 먼저 해결할 그런 위인이었다. 그는 여전히 남은 욕정의 찌꺼기를 태우기 위해 곁에 퍼드러진 여인의 가슴에 손을 얹었다.

'펄펄 날뛰던 계집이 오늘따라 잠잠하네.'

여인이 반응을 보이지 않자 사내는 멋쩍은 표정이 된다.

'한 번으로 끝낼 부용이가 아닌데…….'

그는 아쉬운 듯 여인을 흔들었고, 그러다가 여인이 혼수혈이 찍혀 기절했다는 것을 알게 되었다.

그리고 누군가 침상 곁에 서 있다는 것을 느꼈다.

비로소 불청객을 발견한 사내의 표정이 절로 일그러졌다. 수치와 분노가 동시에 그의 혈관을 자극했다.

"누, 누구냐?"

불청객을 향해 주먹이 뻗어나가는데, 복면을 쓴 괴인의 눈에서 잔광(殘光)이 토해졌다. 그 잔혹한 마광에 접하는 순간 대한의 머리카락이 창끝처럼 빳빳하게 곤두섰다.

'마마신안(魔魔神眼)? 상전이시다.'

대한은 벼락처럼 일어서며 주섬주섬 옷을 걸쳤다. 쾌감은 구만리로 날아갔고, 은근한 공포가 가슴 밑바닥서부터 치밀어 올라왔다.

"으으, 어… 어르신네입니까?"

"궁에서 왔다. 비밀 호법이다."

능설비의 음성은 지옥의 얼음 굴에서 흐르는 냉기보다 차갑게 다가왔다.

대한은 바닥에 머리를 찧었다. 귀빈을 영접하기는커녕 추한 꼴을 보였으니 그의 목숨은 파리 모가지처럼 떨어져 나갈 판국이었다.

"소로 공주를 잘 지키고 있는가 알아보기 위해 왔다."

생각과는 달리 불호령이 떨어지지 않았다는 사실에 사내는 다소 안도했다.

"안… 안심하십시오. 아무도 발견하지 못할 곳에 계십니다. 게다가 신임 동주가 십이 시진 내내 가까이서 지키고 있습니다."

능설비는 고개를 끄덕였다. 사내는 마른침을 삼키며 한껏 자신 있게 덧붙였다.

"아무도 접근 못합니다."

"흠, 그럼 하나를 빌려야겠다."

"예, 무엇을?"

"네 얼굴!"

능설비는 냉혹하게 내뱉으며 손가락을 튕겼다. 무음의 격공탄지였다. 대한의 심장이 파열됐다. 겉으로 보면 멀쩡하지만 그는 이미 이 세상 사람이 아니었다. 그는 자신이 왜 죽는지도 모르고 죽었다. 그러나 고통없이 죽을 수 있었다는 것이 오히려 행운일 수도 있었다. 상대는 수백 가지 독형을 펼쳐 낼 수 있는 전 구마령주가 아닌가?

석도는 꽤나 길었다.

일정한 간격을 두고 유등이 길게 뻗어나갔다. 질 좋은 기름등잔으로 인해 석도는 불야성(不夜城)이었다. 체격이 큰 사람 하나가 석도를 따라 바삐 걷고 있었다. 침상에서 여인과 어울렸던 그 사내의 얼굴이었다. 털북숭이의 모습은 사람보다 짐승에 가까울 정도였다. 그의 흉포한 모습에 석도를 경비하던 수하들은 급히 허리를 굽혔다.

"부동주(副洞主), 어이해 부용이를 혼자 두고 밤에 나오십니까?"

"헤헤, 오늘은 제이부동주이신 마마서생(魔魔書生)께서 당직이지 않습니까요?"

부동주는 거만하게 고개만 끄덕이며 수하들 사이를 지나갔다. 수하들은 다시 허리를 펴며 경비 태세로 돌아섰다.

얼마 후 그는 지하 계단 어귀에 설 수 있었다. 다섯 명의 검수가 서 있다가 그를 보고 허리를 숙였다.

오행마마검사(五行魔魔劍士).

천외신궁에 투신한 지 얼마 되지 않은 자들이었다. 그들의 허리에는 강철 면구 하나씩이 달려 있었다. 반면, 부동주의 허리에는 은 면구가 매달려 있었다.

"부동주, 어인 일이십니까?"

오행마마검사가 이구동성으로 물었다.

"동주를 뵙고자 한다. 비켜라!"

부동주는 욕지거리하듯 말하며 걸음을 내디뎠다. 매우 퉁명스러운 자세에 오행마검은 질겁해 길을 터주었다. 그들은 살인에 있어 피아를 가리지 않는 부동주의 흉포성을 익히 알고 있었다. 그는 나선형 계단을 따라 내려갔다.

"우라질 놈!"

오행마마검사 중 하나가 제 귀에도 들리지 않을 정도로 아주 작게 내뱉었다. 그리고 계단을 따라 내려가던 부동주의 입가에 웃음이 걸렸다.

'훗훗, 그래도 네 녀석은 간(肝)에 뼈가 있구나!'
피식 웃는 부동주. 그의 진짜 얼굴은 완전히 다른 것이었다.
실명대협 능설비.
그가 소로 공주 곁으로 가는 중이었다.

마의 그림자

 사향 냄새 물씬한 침실이었다. 망사 휘장을 통해 여인의 음성이 흘러나왔다.
 "으으, 음. 이, 이러시면 아니 됩니다."
 여인의 목소리는 고혹적이면서도 어딘가 모르게 힘이 빠져 있었다.
 "움직이지 마라."
 신비한 목소리에 여인은 점점 깊은 늪 속으로 빠져들었다.
 침상에 누운 전라의 미녀. 그녀는 대리석으로 깎은 조각보다 아름다웠다. 여인의 가슴은 아주 높았다. 구름이라도 그 산은 넘지 못할 것이다. 젖꼭지를 만지는 손가락이 있었다. 주름진 손가락으로 보아 상대는 노인인 듯했다. 손가락은 살구 빛 유두를 가볍게 비틀었다.
 "으으, 음."

여인은 몸을 떨었다.

"훗훗, 네게 모든 것을 줄 것이니 하라는 대로 하거라. 네게 진짜 좋은 것을 심어주겠다. 네가 상상도 못했던 것을. 후후, 오래지 않아 너는 제왕의 애첩이 될 것이다."

손가락에 걸린 유두는 침공당하는 꽃송이처럼 아우성을 쳤다. 팽팽히 튀어나오는 젖꼭지에서는 즙(汁)이 묻어 나왔다.

"흐으윽!"

여인은 가벼운 애무에도 몸을 떨었다.

노인의 손길은 쉼없이 여체의 구석구석을 유린했다.

그리고 차츰 뽀얀 우윳빛으로 빛나던 여인의 살결이 붉은빛을 띠어갔다.

적신마공(赤身魔功)!

여인은 절전된 지 오래된 마공에 사로잡혀 가는 중이었다.

능설비는 일부러 큰 발걸음 소리를 내며 걸었다. 그는 석문 하나를 보며 걸음을 멈췄다.

〈접근 엄금.

오 장 밖에서 암호를 말하고 다가서라. 그렇지 않으면 기관에 의해 죽으리라.〉

능설비는 엄중한 경고문을 보고 실소를 지었다.

그는 암호를 아주 많이 기억하고 있었다. 암호에는 종류가 여러 가지였다. 그중 한 가지를 말해야 잠입이 완벽해질 것이다.

'이런 종류의 장소에는 필히 암호책의 열일곱 번째 암호가 쓰일

것이다. 나의 목을 걸고 장담할 수 있는 일이다.'

그는 남에게 묻지 않아도 마도에 대해서는 모르는 것이 없는 사람이었다. 그는 발을 멈춘 상태에서 말했다.

"녹수무영(綠水無影)이다."

흐르는 물에는 그림자가 없다. 그 말이 떨어지기가 무섭게 석문 안에서 화답이 흘러나왔다.

"청운무정(靑雲無情)하다."

푸른 구름에는 정이 없다. 마도의 암호치고는 제법 운치가 있는 글귀였다.

'됐다.'

능설비는 자신의 짐작이 맞았음을 확인할 수 있었다. 그것은 그에게 다행한 일이 아니라 안에 있는 자에게 다행한 일일 것이다. 암호가 틀렸다면 그자는 반응을 보였을 것이고, 그러면 벌써 죽었을 테니까.

능설비는 석문 앞에 서며 큰 소리로 외쳤다.

"마종(魔宗) 마종(魔宗) 천만세!"

"무슨 일인가?"

석문 안에서 창노한 목소리가 들렸다.

'들은 목소리다.'

능설비는 눈빛을 가늘게 빛냈다. 불현듯 떠오르는 얼굴이 하나 있었다.

"볼일이 있소이다, 동주."

능설비는 석문을 밀 듯한 자세를 취했다.

"거기서 말하게. 문을 함부로 열 수는 없으니까. 황제의 비밀 호위고수가 다시 올지 모르는 일이 아닌가?"

"문을 열어주시오. 바로 그 일 때문에 온 것이외다."

"그 일 때문이라니?"

"밤새 궁리하다가 한 가지 일을 알게 되었소. 그래서 동주와 급히 상의하러 온 것이오."

"흐으음."

고민하는 침음성이 흘러나왔다. 이어 요란한 음향과 함께 거대한 석문이 진동됐다.

그르르릉!

기관 돌아가는 소리가 나며 불빛이 문 사이로 흘러나왔다. 문은 활짝 열렸다. 그 뒤에는 장방형 석실이 있었다.

능설비를 노려보는 사람은 몹시 불쾌한 표정을 하고 있었다. 나이는 육십 정도로 그의 허리춤에는 곰방대 하나가 매달려 있었다.

'역시 이자였다.'

능설비의 눈빛이 잠깐 흐트러졌다.

'순찰호법이었던 무정신마(無情神魔). 이자가 이곳의 동주로 있을 줄이야.'

능설비는 아무 말도 하지 않았다. 무정신마는 의아한 표정으로 그를 보다가 안광을 폭사했다.

"가, 가짜군. 진짜의 눈빛은 너와 같이 담담하지 않다!"

그는 소리치며 손을 앞으로 내밀었다. 장영이 어지럽게 뿌려졌다. 강력한 마기가 싸늘하게 엄습해 왔다. 능설비는 장이 바로 앞까지 다가설 때에야 걸음을 내디뎠다. 그는 흐르는 연기처럼 장세를 빠져나갔다.

'죽여야 하는가?'

그가 가볍게 일장을 피하자 무정신마는 위기를 느꼈다.

"공주를 지켜라!"

그는 악을 쓰며 이장을 가했다. 첫 번째 공격보다 배는 강했다. 은은한 뇌성과 함께 벽에 깊은 장인(掌印)이 찍혔으나 능설비는 옷자락 하나 찢기지 않았다.

'마종으로서의 나를 버려야 하는가? 그 일을 영원히 숨겨야 하는가?'

능설비는 고민하며 장력을 피해 나갔다. 무정신마는 급기야 곰방대를 무기로 삼아 덤비기 시작했다. 연룡십팔해(煙龍十八解)의 독랄한 살초가 능설비를 휘감았다. 돌 벽에서 모래가 튀었다. 능설비는 여전히 피해 다니기만 했다.

'무정신마는 내게 지극히 충성스러웠지. 아무 말 없이 죽이자니… 아아, 이상하게 답답하구나.'

무정신마는 자신의 최고 무공으로도 상대의 옷자락 하나 건드리지 못하자 절로 오금이 저려왔다. 너무도 엄청난 격차에 조롱당하고 있다는 생각마저 갖지 못했다.

"으으, 무서운 자. 보법 하나는 타의 추종을 불허하는군."

무정신마는 식은땀을 흘리며 석벽의 한 부분으로 물러났다. 그는 싸울 뜻을 버린 듯했다. 능설비도 조용히 멈춰 섰다.

"……."

잠시 동안의 침묵이 흘렀다. 무정신마는 그를 쏘아보다가 손을 쳐들었다. 석실 뒤편에 둘러진 병풍을 향해 보내는 수신호였다.

"예엣!"

힘찬 응대와 함께 네 명의 무사가 병풍 뒤에서 나왔다. 둘은 이인용 교자를 메고 있었고, 둘은 교자의 좌우를 호위하듯 장도를 움켜쥔 상태였다.

작은 가마 위에는 아랫배가 불룩한 여인 하나가 잠자듯 앉아 있었다.

여인의 잠자는 얼굴이 너무도 아름다웠다. 아쉽다면 수심의 그늘이 드리워져 있다는 것이고, 몸에 맞지 않은 헐렁한 옷차림이 매우 유감이었다.

'소로 공주… 내가 구리거울에서 본 얼굴은 착각이 아니라 사실이었어.'

마성을 잃은 탓일까? 과거 헌신짝 버리듯 내팽개치고 떠난 소로 공주가 이제는 여신 같은 자태로 다가오고 있는 것이다.

능설비가 홀린 듯 소로 공주의 얼굴에 시선을 고정할 때, 장도를 쥔 무사들의 손이 빠르게 움직였다. 한 자루는 소로 공주의 배에 닿았고, 또 한 자루는 목에 닿았다.

무정신마는 능설비의 눈빛이 흔들리는 것을 보며 쾌재를 불렀다.

"크훗, 항복하실까? 귀하는 얼마 전 이곳을 다녀간 고수와 한패 같군."

그러자 능설비의 시선이 무정신마에게 향했다.

"셋을 세겠다. 하나, 둘······."

무정신마는 수를 헤아리다가 몸서리치는 암경을 느꼈다.

"으으음, 이, 이런 기도를 다시 느끼게 되다니."

그는 조여드는 심장을 안정시키며 능설비를 뚫어져라 응시했다. 상대의 얼굴은 그가 조석으로 마주했던 부동주의 얼굴과 똑같았다. 어디를 봐도 역용한 흔적은 없었다. 인피면구(人皮面具) 따위를 쓴 흔적은 찾을 수 없었다.

"그, 그렇다!"

무정신마의 옷이 갑자기 부풀어 올랐다.
"태상(太上)이시다. 이런 역용과 잠입은, 오오, 돌아가셨다는 우리들의 구마령주께만 있는 것이다!"
무정신마가 갑자기 무릎을 꿇었다. 가마를 들고 있던 사람들은 그 말에 질겁했다.
"구, 구마령주시라고요?"
"그분은 혈적곡에서 백도인들에게 살해당하지 않았습니까?"
네 사람이 얼떨떨한 마음을 금할 수 없었다. 능설비는 냉소를 흘렸다.
"훗훗, 나는 실명대협이라 한다. 갑자기 내게 절을 하다니 마도에는 미친놈들뿐이구나."
능설비는 가볍게 소매를 저었다. 둔탁한 음향과 함께 가마를 메고 있던 무사 둘의 얼굴이 뭉그러졌다. 그는 계속해서 대수금강인(大手金剛印)을 써서 칼을 들이대고 있던 두 사람의 얼굴을 산산이 박살 냈다.
소로 공주가 앉아 있던 교자는 기우뚱거리는가 싶더니 무형의 진기에 떠받들어지며 사뿐하게 바닥에 내려앉았다.
넷이 죽고 가마가 바닥에 내려앉는 데 걸린 시간은 거의 찰나에 불과했다.
"대담한 놈!"
무정인마는 이를 갈며 손을 쳐들었다. 곰방대가 능설비의 가슴을 향해 쏘아졌다. 능설비는 기다렸다는 듯 우회금룡수(迂廻擒龍手)를 발휘했다. 곰방대는 그의 검지와 중지 사이에 잡혔다.
"으으, 정파 고수군. 정파에 이런 고수가 있다니. 도망친 운리신군과 관련이 있는 자가 아니냐?"

무정신마는 이마에 맺히는 땀을 훔치며 한 걸음 물러섰다.
"네 것이니 네게 돌려준다."
곰방대가 다시 한 번 허공을 갈랐다.
무정신마가 몸을 비틀어 피하려 했으나 곰방대가 날아오는 속도는 가히 섬전이었다.
"크으윽!"
무정신마의 가슴에 구멍이 하나 뚫렸다. 그는 두 손으로 곰방대를 움켜쥐고 비틀거렸다. 그는 급격히 눈빛을 잃어갔다. 그의 코와 입에서 핏물이 주루루 흘러나왔다.
"역, 역시 영주시군요?"
"……."
"으으, 어이해 속하를 벌하십니까?"
무정신마는 천천히 앞으로 쓰러졌다. 능설비는 무표정하게 그를 응시하기만 했다.
"속, 속하가 신마종(新魔宗)에게 복종한 것은 영주를 배반하기 위함이 아닙니다. 그것만은 밝히고 싶습니다."
능설비의 눈에 이채가 발해졌다.
"신마종?"
"천외신궁주, 으으… 마도를 장악한 신비고수… 그를 따른 이유는 바로 영주를 죽인 백도인들에게 복수를 하기 위함일 뿐입니다."
그는 진실했다. 능설비는 그의 충성심에 가슴이 아파왔다.
"속하는 영주에게 모든 것을 바쳤습니다. 잠깐만이나마 새로운 사람을 따른 것은 영주가 살아 계심을 몰랐기 때문일 뿐입니다."
"구마령주는 죽었다."

능설비는 애써 시선을 회피하며 담담히 대꾸했다.
"어, 어이해 마도를 버리십니까?"
무정신마의 무릎이 땅에 닿았다. 그의 입에서 피가 뿜어졌다. 그는 다시 한 번 간절한 눈빛으로 능설비를 올려다봤다.
"영, 영주, 속하들을 꾸짖지 마십시오. 영주를 따를 뿐입니다. 영주가 나타나시면 다시 이전같이 될 것입니다. 총관(總官)들이 이 일을 빨리 알아야 하는데… 으윽!"
무정신마는 결국 숨을 거뒀다.
능설비는 눈시울을 붉혔다.
'미안하네. 이것은 진심이야. 하나 나는 다시 마의 그물에 걸리지 않을 작정이네. 그것도 진심이네.'
능설비는 속으로 외쳤다.
'영주는 아니야. 마성을 잃은 탓이네. 그리고 그와 함께 이름도 묻었다네.'
그는 소로 공주 곁으로 다가갔다. 소로 공주는 아직도 의식을 차리지 못했다. 그녀의 얼굴은 지극히 창백했다. 그녀를 위해 진상된 모든 영약을 거절한 탓이었다. 능설비는 그녀를 따뜻이 감싸 안았다. 그가 출구로 갈 때 문 안으로 다섯 사람이 들이닥쳤다.
"흉수!"
"찢어 죽일 가짜!"
오행마마검이 들이닥치며 검을 흔들어댔다. 각 방위를 차지하며 내뻗는 그들의 검세는 독랄하기 짝이 없었다. 허공 가득히 뿌려지는 검화는 대오행 이십오 개 방위 속에서 일시에 쏟아져 내렸다. 무당의 오행검진이 상생의 조화를 일으킨다면 이들의 오행검진은 상극의 기운을 창출했다.

그러나 상대는 마의 무학에 정통한 능설비였다. 그는 약간의 내공을 운집했다. 그의 몸 주위로 푸르스름한 기운이 피어올랐다. 현문선천강기였다. 순간 고막을 찢는 뇌성이 터지며 그들의 철검이 녹슨 쇠붙이처럼 절단돼 날아갔다.

"으윽!"

"세, 세상에 이런 고수가 있다니!"

오행마마검은 피를 토하며 바닥으로 나뒹굴었다. 단 일 초의 교환만으로 그들은 무공의 무한한 세계를 절감했고, 그것은 그들에게 있어 최후의 깨달음이 되었다.

"우!"

능설비는 사자후(獅子吼)를 터뜨리며 밖으로 나갔다. 엄청난 음공에 그가 지나간 석로의 천장과 좌우 석벽은 모래성처럼 부서져 내렸다. 집채만 한 돌덩이들이 내려앉고 매캐한 돌가루들이 뽀얗게 피어올랐다. 삽시간에 흑룡동부는 폐허로 변해갔다.

능설비는 밤하늘로 치솟으며 분노에 찬 장소음을 발했다.

"나는 실명대협이란 사람일 뿐이다! 실명대협!"

아득한 하늘 끝으로 날아가는 그의 뒤로 긴 장소음이 메아리처럼 여운을 남겼다.

피어오르는 향연은 더욱 짙어졌다. 망사 휘장이 드리워진 침실 속으로 죽음의 그림자가 소리없이 깃들어가고 있었다.

"으음."

벌거벗은 여인의 신음 소리는 극에 달했다. 주름진 손 하나가 그녀의 회음부 속에 들어갔기 때문이다. 혈수(血手)였다. 핏빛의 시뻘건 손은 마치 악의 근원처럼 저주를 담고 있었다.

여인은 자신의 옥문이 파괴되는 고통 속에서 비명에 찬 신음을 토해냈다. 적신마공에 의해 붉게 물들여진 그녀의 몸이 터질 듯이 팽창해 올랐다. 이어 그녀의 전신을 물들인 붉은 기운이 얼굴, 손끝, 발끝에서부터 회색빛으로 변색돼 갔다.

그것은 죽음의 빛이었다.

여인의 전신에 퍼진 핏빛 기운은 점차 축소되며 여인의 하복부로 응집됐다. 영혼이 부서지는 아픔 속에서 여인은 비단 폭이 찢어지는 비명을 질렀다. 순간 회색빛으로 변한 여인의 몸이 바람 빠진 공처럼 쭈글쭈글하게 수축돼 갔다. 가벼운 폭음 속에 신비인은 여인의 음기를 모두 흡수한 후 손을 떼었다. 그의 손은 투명한 핏빛 기운을 눈부시게 품어냈다. 혈수의 주인공은 흡족한 듯 웃음을 터뜨렸다.

고엽처럼 바싹 말라붙은 여인의 몸은 한 줌 재로 부서져 가고, 이날따라 밤은 너무도 깊어만 갔다.

청명한 아침 햇살이 내리쬐는 산기슭은 생명의 기운으로 가득했다. 산의 푸름은 이제 곧 시작되는 단풍의 침입으로 붉어지리라. 이미 탈바꿈을 시작한 곳도 간간이 보였다.

한 생명을 잉태한 느슨한 옷차림의 여인이 금잔디 위에 자는 듯이 누워 있었다.

새벽을 살라 버리는 해보다 아름다운 얼굴을 가진 여인. 그녀는 다름 아닌 소로 공주였다. 그녀는 서늘한 기운을 느끼며 스르르 눈을 떴다. 순간 그녀는 자신이 다른 장소로 이동됐다는 생각에 벌떡 몸을 일으켰다.

"갑자기 몸을 움직이면 태아에게 나쁩니다."

누군가 그녀를 지켜보고 있다가 말했다.

소로 공주는 손으로 가슴을 누르며 시선을 돌렸다. 죽립을 쓴 사람 하나가 풀잎을 물고 바위 위에 앉아 있었다. 풀잎을 질겅질겅 씹는 그의 모습은 다소 공허해 보였다.

"누, 누구십니까?"

소로 공주는 가벼운 두려움을 느끼며 몸을 움츠렸다.

"실명(失名)이라 하오."

능설비는 죽립을 더 비스듬히 눌러썼다.

"몹시 기괴하신 분이군요. 한데 여기는 어디인지요?"

"공주께서 갇혀 있던 곳에서 오백 리 떨어진 곳입니다."

"예에? 그럼 제, 제가 구함을 받았단 말씀이십니까?"

놀라워하는 소로 공주의 모습은 너무도 아름다웠다. 악의 소굴에서 벗어났다는 안도감 때문인지 눈망울이 보석처럼 빛을 발했다.

'내 곁에 있기에는 너무도 아름답고 고결한 여인이다.'

능설비는 할 말을 잃었다. 죽립 사이에서 두 줄기 혜광이 흘러나왔다.

"그 눈빛은……?"

소로 공주는 소스라치게 놀랐다. 그녀는 억제할 수 없는 확신 속에 피가 뜨거워지는 희열을 느꼈다.

'그분이시다! 바로 내가 목 놓아 찾아 헤맸던 그분이다.'

감출 수 있는 것이 있고, 반면 감출 수 없는 것이 있다. 무정신마가 봤던 대기도가 그러했다. 그리고 여인들에게는 사내들을 알아보는 신비한 영감이 있게 마련이다. 죽립을 썼다고 모든 것이 가려지는 것은 아니다. 특히 소로 공주같이 감각이 발달한 여인에게는 감추어도 소용없는 일이었다.

'나를 알아봤군.'

능설비 또한 그것을 느낄 수 있었다. 그는 재빨리 딴청을 부렸다.

"사실 나는 설산공자의 청을 받은 사람이외다."

"아……."

"여기저기 신호를 남겼으니 빠르면 오늘 중으로 복 노인이 올 것이오. 그러니 안심하십시오."

소로 공주는 자신의 기대감이 산산이 부서지는 느낌이었다. 그랬던가. 그처럼 무정한 사람이 날 구해주러 왔다는 생각은 너무 자신만의 생각이었나.

'아니야. 말은 그렇게 해도 그분이 틀림없어.'

그녀는 흥분과 비감이 교차되는 혼란에 젖어들었다.

"편히 지내시기만 하면 되오."

능설비는 일부러 무뚝뚝하게 말했다.

사실 꽤나 다정하게 이야기를 하고 싶었다. 하나, 그는 그렇게 하는 방법을 알지 못했다. 냉막해지는 데에는 재간이 있는 능설비이나, 다정하게 말을 거는 데에는 도통 재주가 없었다. 능설비는 풀잎을 뱉었다. 일부러 그런 것인지 무의식적인지 행동은 거칠어 보였다. 그는 이어 손을 품 안에 넣었다.

"공주가 깨어나기 전에 적은 것이 있소."

그는 수건 한 장을 꺼내 들었다. 수건 위에는 무엇으로 썼는지 모를 흑서(黑書)가 가득했다. 삼매진화를 누에 실보다 가늘게 뽑아 내 수건에다가 글을 적은 솜씨. 그것은 능설비만이 할 수 있는 것이었다.

"그게 무슨 글입니까?"

소로 공주는 허물어지는 실망 속에서 다시 한 가닥 기대감에 젖었다.

"보시오."

능설비는 수건을 소로 공주에게 건네주었다. 두 사람의 손이 살짝 부딪쳤다.

'역시 그분이시다. 과거 그분이 주는 느낌이 이러했었지. 무정하신 분.'

소로 공주의 손끝이 가늘게 떨렸다. 그녀는 명주 수건 위의 글씨로 시선을 옮겼다.

〈청명보심단방문(淸明補心丹方文)〉
〈건곤신단〉

수건 위에 적힌 것은 의외로 약방문이었다.

"이것이 무엇인지요?"

공주가 묻자 능설비는 건성으로 대답한다.

"청명보심단은 황제를 위해 적은 것이오. 건곤신단은 태중에 자라는 아기를 위한 약방문이외다."

"신의시군요?"

"의술을 조금 알고 있을 뿐이외다."

능설비는 애써 딴청을 부렸다.

'무상인마가 빨리 와야 하는데. 우선 석부(石府)로 가서 그 물건이 아직 남아 있는지 알아본 다음 천외신궁으로 가보자.'

능설비는 소로 공주 쪽으로 향해지려는 시선을 돌리며 앞일을 궁리했다. 매우 무심해 보이는 태도였다.

"아아……."

소로 공주는 술에 취한 사람같이 되었다.

'야속하신 분!'

그녀는 능설비가 바로 설산공자라는 것을 알아봤다. 하나 능설비 자신이 부정하는 바에야 그의 소매 끝을 부여잡고 울고 싶지는 않았다. 그녀는 능설비를 힐끗힐끗 보다가 갑자기 큰 신음 소리를 냈다.

"흐으윽!"

그녀는 오만상을 찌푸리며 생명이 깃든 부푼 배를 끌어안았다.

"공주, 무슨 일이시오?"

능설비가 깜짝 놀라 그녀를 바라봤다. 소로 공주는 괴로운 듯 뒤로 스르르 누웠다.

"배, 배가 뒤틀립니다."

"그럴 리가?"

"으윽, 아, 아무래도 태아가……."

소로 공주는 뒷머리를 이슬 묻은 풀잎에 댔다. 능설비는 크게 당황했다.

소로 공주는 정말 괴로운 듯 울음소리를 냈다. 능설비는 참을 수 없는 격정을 느꼈다. 무심으로 애써 묶어놓은 감정이 용솟음치듯 솟구쳤다.

"걱정 마시오. 내가 있소."

그는 장부답게 외치며 소로 공주 곁으로 다가갔다. 소로 공주는 정신을 잃은 듯 눈을 감았다. 그녀의 볼은 아주 붉었다. 그리고 심장이 두방망이질 치고 있었다.

'큰일이군. 산기가 있다면 급히 조산부를 찾아가야 하는데 이를 어쩌지?'

능설비는 마음이 찢어지는 듯한 괴로움을 느꼈다. 백도 명숙들을 파리 죽이듯 하던 능설비에게 이러한 동정심이 남아 있을 줄이야. 인간의 본성을 말살한 지옥 수련도 혈육에 대한 잠재의식만큼은 어쩌지 못한 것이다.

"모를 일이다. 산기가 일 때가 아니거늘."

그가 진맥을 하려 하자 소로 공주는 몸을 뒤틀며 비명 소리를 냈다.

"조금만 참으시오. 내가 산기를 진정시켜 주겠소."

능설비는 급히 소로 공주의 배에 손을 댔다. 부드러웠다. 솜털 같은 포근함이 손바닥 가득히 전해졌다. 하지만 우려되던 산기는 전혀 느껴지지 않았다. 그는 그제야 자신이 속았다는 것을 알게 되었다. 소로 공주는 자신이 그녀의 몸을 만지도록 꾀를 쓴 것이었다.

갑자기 소로 공주가 귀엽게 느껴졌다.

"흠, 이럴 때에는 말똥을 먹어야 하는데, 어디 가서 말똥을 구할까?"

능설비는 그답지 않게 능청을 떨었다.

"말똥이요?"

소로 공주가 깜짝 놀라 눈을 떴다.

"핫핫, 이제 다 나았구려?"

능설비는 크게 웃으며 원래 있던 곳으로 되돌아가 앉았다.

'바보같이……'

소로 공주는 오히려 자신이 속임수에 당했다는 사실에 얼굴은 더욱 빨개졌다.

가벼운 바람에도 산야의 풀과 잎새는 속삭임을 거듭했고, 이름 모를 야생화들은 저마다 다투어 싱그러운 향기를 품어냈다. 탁 트인 정경이 가져다주는 정경 속에 두 남녀는 말없이 서로를 향하고만 있었다. 하지만 혀의 달콤한 놀림보다 이대로 같이 있다는 사실이 둘에겐 더 소중했다.
 '이런 느낌에 빠져들다니… 이것이야말로 내가 어릴 때부터 꿈꾸던 그런 기분 좋은 것이거늘 나는 들어가기를 주저하고 있다.'
 그는 가슴이 무거워져만 갔다.
 마성을 잃은 마제(魔帝). 그에게 남은 것은 큰 빚 덩어리뿐이었다.
 '나의 손아래 쓰러진 백도 세계를 나의 손으로 일으켜야 한다. 그 길만이 백도에 진 빚을 갚는 길이다.'
 그는 몇 가지 중대한 결심을 하게 되었다.

 ―백도구절기를 파괴하라.
 ―백도지주들을 살해하라.

 그것은 모두 달성된 상태였다. 지금 능설비는 스스로에게 명을 하고 있었다.
 '백도를 다시 살리리라. 그것은 나만이 할 수 있는 일이다.'
 그의 의식은 과거에 반추해 보면 상상도 할 수 없는 방향으로 변해가고 있었다. 이때 산자락 저 아래에서 날카로운 휘파람 소리가 전해졌다.
 "복 노인이 재빠른데? 세 시진은 더 기다려야 될 줄 알았는데."
 능설비는 무상인마가 오고 있음을 알 수 있었다.
 그는 미리 약속한 소성으로 호응했다. 무상인마는 오 리 밖에 있었다. 그는 흑룡동부 쪽에 가서 공주가 실명대협에게 구출되었다는 것을 알고 기뻐 근처를 뒤지다가 능설비가 남긴 암호를 보고 달려오는 중이었다. 황제는 현재 의검협과 함께 있었다.
"우!"
 무상인마는 기뻐 장소성을 질렀다. 능설비는 그가 다가오는 소리를 들을 수 있었다. 안심하고 일어설 상황이었다.
"복 노인이 곧 와서 공주를 모실 것이오."
"설, 설마 저를 두고 떠나시렵니까?"
 소로 공주가 눈물을 흘렸다.
"갈 수밖에 없소."
"오오, 제발 제 곁을 떠나지 마십시오."
 능설비는 하늘 저편으로 시선을 고정시켰다. 그녀의 눈물을 본다면 이대로 주저앉을 것만 같았다.
"나는 가야만 하오."
"어디로……?"
"가야 할 길로."
 소로 공주는 입술을 꼭 물었다.
 '천룡을 품에 잡을 수는 없다. 구름과 바람을 실컷 일으키도록 내버려 두는 수밖에. 이제부터는 공주의 길이 아닌 여인의 길로 가야 하지 않느냐?'
 소로 공주는 대단한 결심을 하며 능설비 앞으로 다가섰다. 물기에 젖은 눈망울엔 성숙한 여인으로서의 의지가 서려 있었다.
"미련없이 보내 드리는 대신 몇 가지 부탁을 하겠습니다."
"눈물없이 보내주신다면 어떠한 것이라도 들어드리리다."
 능설비는 여전히 그녀의 시선을 외면했다. 이 순간 그가 자신을 지키는 의지는 지옥의 수련보다 더한 인내력을 필요로 했다.
"첫째, 다음에 올 때에는 죽립을 쓰지 마십시오."

부드러운 음성이었지만 능설비에겐 천둥처럼 느껴졌다.
이미 자신을 느끼면서도 정체를 감추고자 하는 그 뜻을 헤아리는 여인, 한마디 말도 하지 않은 채 다시 보내려 하는 그녀의 깊은 심성에 능설비는 한없이 감격했다.
"둘째, 언제나 저를 생각하십시오. 이것을 보시면서."
소로 공주는 얼른 비녀를 뺐다. 은은하게 푸른빛이 감도는 비녀였다.
"이것은 천뢰잠(天雷簪)이라 하는 것입니다. 백 년 전 황고(皇庫)로 들어온 것이지요. 제가 어릴 때부터 머리에 꽂고 다니던 소중한 물건입니다. 제 분신처럼 생각하시고 항상 제 얼굴을 기억해 주십시오."
"그렇게 하리다. 아, 아니, 꼭 그렇게 전해주리다."
능설비는 천뢰잠을 받아 품에 넣었다. 비녀에서는 아직도 그녀의 따뜻한 체온이 전해졌다.
천뢰잠.
단순한 정표일까, 아니면 정말 놀라운 일을 만들어내는 하늘의 예물일까?
"셋째, 다음부터는 저를 공주라 하지 말아주십시오."
소로 공주의 말이 거기에 이를 때 산모퉁이 쪽에서 무상인마의 모습이 나타났다.
"헤헤, 거기 계시군요?"
무상인마는 뭐가 그리 기쁜지 입을 찢어져라 벌리고 있었다.
"공주, 다음에 마저 듣겠소."
능설비는 그대로 솟구쳐 올랐다. 그는 한 마리 흑조가 되어 모습을 감췄다. 소로 공주는 사위가 무너지는 기분이었다.

"아아, 야속하신 분."

그녀의 장밋빛 볼을 타고 이슬 같은 눈물이 방울방울 흘러내린다.

"젠장, 저리 빠르니 궁둥이 무거운 이 복아 노부께서는 언제나 놓친단 말이야."

무상인마는 자신의 머리를 툭툭 치며 몹시 애석해했다. 하나, 그와 더불어 막대한 신뢰감이 이는 것도 사실이었다.

마룡이었던 능설비.

그는 자신도 모르게 천룡이 되어가고 있었다.

천룡, 그리고 풍운

 강호가 숨을 죽였다.
 천외신궁의 세력이 급속히 커가면서 천하의 이목은 오직 그곳에만 집중되었다. 그들의 고함 소리에 강호가 떨었고, 그들이 멈추면 무림은 잠시 안도의 한숨을 쉬었다.
 고금을 통해 그런 세력이 있었을까? 천외신궁을 따르는 무리는 무려 백만이 넘는다고 했다. 금면마종을 천하의 주인으로 받드는 자들은 하루가 다르게 늘어만 갔다.
 중원의 전 마도가 충성을 바쳤다. 심지어 새외변황의 거마들까지 금면마종에게 복종했다.
 천축 소뇌음사, 홍의교, 서장의 포달랍궁, 대막의 패자 대목장, 왜국검파, 남해도문, 묘강독부족……. 천외신궁에 굴복한 문파들은 수를 헤아릴 수 없을 정도로 많았다.
 거창하게 문호를 열었을 때에는 사자들을 보내 천하에 혈풍을 일으켰으나 이제는 싸울 필요조차 없는지 사자들의 출입도 뜸하였다.

천하가 겁먹는 어떤 것, 그것은 천외신궁의 가공할 세력 때문이 아니었다. 그것은 한 사람의 그림자였다.

구마령주.

그는 죽었다고 알려졌으나 여전히 위대했다. 그는 여러 가지 전설을 남겼다.

―단신으로 구백대항마복룡진을 격파했고 백도의 두뇌 쌍뇌천기자를 살해하다.

그는 고금제일마로 영원히 남을 것이다. 천외신궁의 흑막에 대해 아는 사람은 없었다. 모든 것은 비밀이었다.

그리고 강호에 몇 가지 변화가 나타났다.

첫째, 수없이 많은 천외신궁의 분타가 나타났다.

둘째, 백도는 계속 봉파를 단행했다.

셋째, 대풍운의 조짐이 나타났다.

앞의 두 가지 변화는 예견된 사실이었다. 그것은 천하의 비극이며 통한이었다. 한데 세 번째 변화는 그 누구도 예측하지 못한 구원의 빛이었다.

대풍운의 주인공.

가히 절대적 존재인 천외신궁에 맞서 분연히 의기를 떨치는 백도 무림의 마지막 희망, 그의 존재는 이러했다.

실명대협(失名大俠).

백도인들은 숨어 그의 이름을 불렀다. 그는 사흘 사이 천외신궁의 분타 열일곱 군데를 격파했다. 그의 진면목을 제대로 본 사람은 아무도 없었다.

하지만 남루한 흑삼에 죽립, 천하제일의 내공과 신룡과도 같은 움직임은 어느새 신화의 존재로 부상되고 있었다.

그는 대체 누구일까? 어떤 사람은 그가 제위를 아들에게 빼앗긴 황제의 부마라고 했다. 어떤 사람은 그가 백도가 남긴 최후의 기재라고도 했다.

―실명대협은 죽은 육지주가 은밀히 키운 사람이다.
―그는 폐관수련하다가 비로소 강호에 나선 것이다.
―마침내 백도의 반격이 시작된 것이다.

그에 대한 풍문은 질풍노도처럼 중원과 변황을 강타했다. 마도는 그의 행방에 촉각을 곤두세웠고, 백도는 그의 소문이 들릴 때마다 환호성을 질러댔다. 하지만 일부의 사람은 그의 존재를 부인했다. 절대 영웅은 있을 수 없다고, 그저 기대감에 꾸며진 허황된 풍문일 뿐이라고.

이름없는 협사, 실명대협!

그의 존재가 사실이든 아니든 실명대협이란 이름 넉 자만큼은 구마령주와 함께 무림사 이래 가장 절대적인 위치로 부각됐다.

빛과 암흑의 제왕들.

그러나 누가 알겠는가? 빛과 어둠은 둘이되 분리될 수 없는 하나의 존재라는 것을.

숭산과 더불어 강호에서 가장 유명한 산이 있다.

검의 조종이라 일컬어지는 장삼풍 조사의 혼이 깃든 산, 바로 무당산이었다. 무당 상청관은 소림 대웅전과 더불어 무림의 태산북두였으나 봉파에 든 지 벌써 한 달이 넘었다. 그리고 그곳의 주인이 천외신궁으로 바뀐 지는 보름이었다.

산중이라 가을이 빨랐다. 바람이 불면 홍엽이 어우러지며 절경을 과시한다. 바람이 자면 또 그런대로, 밤이 되면 밤대로 무당산은 운치가 있다. 특히 자욱한 아침 안개에 싸인 채 부분부분 여명에 드러나는 산세는 범상치 않은 신비감마저 자아낸다.

울창한 수림을 병풍처럼 두른 해검지 주변은 유황천 같은 연무로 덮여 있었다.

상청관으로 올라가려면 반드시 들러야 하는 곳, 무당검파를 존경하여 검사들이 자청하여 검을 풀어놓는다는 그곳, 연무 사이로 희끗하게 보이는 물체는 쓰레기였다.

무당을 접수한 천외신궁의 무사들은 철저하게 백도를 조롱하였고, 그 결과 해검지는 오물로 뒤덮여 버린 것이다.

더럽혀진 속살을 보이기 싫다는 듯 해검지를 휘감은 연무가 짙어만 갔다.

이때 한줄기 미풍이 팔랑이는가 싶더니 가녀린 가지 위로 인영 하나가 유령처럼 내려섰다. 절륜한 경공의 소유자인 듯 유아의 손아귀에서도 휘어질 듯한 가지는 미동조차 하지 않았다.

깊게 눌러쓴 죽립은 어디서나 흔히 볼 수 있는 평범한 물건이었다. 또한 먼지로 얼룩진 너덜너덜한 흑삼도 저잣거리의 좌판에서 흔히 볼 수 있는 싸구려 옷이었다. 하지만 평범한 복장과 죽립으로 가려진 인물에게는 쉽게 범접할 수 없는 기운이 서려 있었다.

그는 수림의 줄기와 잎새에 동화돼 마치 존재하지 않는 듯 여겨졌다. 게다가 그는 애초부터 그 자리에 있었던 것처럼 한 점 흐트러짐이 없었다. 마치 태고의 원시림처럼 질식할 듯한 침묵과 정적이 풍겨졌다.

그의 시야 저편으로 해검지 일대가 한눈에 들어왔다. 희뿌연 연무는 능선을 차고 오르는 아침 햇살에 스러지며 채색화처럼 고운 가을빛을 하나씩 드러내고 있었다. 한데 사내들의 음탕한 소란 속에서 날카로운 비명성이 터져 나오는 것이 아닌가?

"이, 이러시면 아니 됩니다."

"헤헷, 계집이라면 의당 사내의 노리개가 되어야지 어이해 도사가 되려 하느냐? 으헤헷."

털북숭이사내 하나가 서른 정도 되어 보이는 아름다운 여인을 발가벗기고 있었다. 여인은 옷자락을 잔뜩 움켜쥐었지만 사내의 우악스런 손길을 막기에는 너무도 역부족이었다. 오히려 몸을 지키려는 드센 저항이 사내의 음심을 더욱 부채질해 갔다.

해검지 입구로는 도관의 경계를 위한 목루가 세워져 있었고, 주변으로는 꽤 많은 무사들이 경비 태세로 지켜서 있었다. 특징이라면 아주 괴기스러운 면구(面具) 하나씩을 허리에 차고 있다는 것이었다. 어떤 자는 동면구(銅面具), 드문드문 철면구(鐵面具)를 지닌 자도 있다. 아마도 이들의 신분을 나타내는 징표인 듯싶었다. 그들은 마른 잔디 한쪽에서 벌어지고 있는 겁탈의 유희에 공범자들로서의 쾌감을 만끽하고 있었다.

"으핫핫, 이 타주님이 방중술을 시험해 보일 테니 모두 잘들 보고 익히거라!"

털북숭이사내는 여도사를 찍어 누른 채 먹이를 갖고 노는 야수처럼 희롱하며 도복을 갈가리 찢어 발겼다.

"저 계집은 과거 호북절도사(湖北絕度使)를 바로 곁에서 모시던 첩년이었네. 호북절도사가 죽자 절개를 지킨다면서 무당산의 여도사가 된 것이지."

"흐흐, 가히 우물(尤物)이로다."

사내들의 입에서는 탐욕스런 침이 흘러내렸다.

"으으, 윽……!"

울음 가득한 여인의 신음 소리, 찌익, 찍, 옷자락이 찢어지는 소리. 가히 목불인견의 참상이었다. 운우지정(雲雨之情)이란 서로 원하면 극락이다. 음과 양은 본래 혼돈에서 갈라진바, 음양의 합일은 세상사의 자연스런 흐름이었다. 하나, 한쪽만 바란다면 바로 지옥이 되는 것이다. 그것은 합일이 아닌 역행의 파행으로 물을 거스르는 것과 같다.

사내는 아주 능숙했다. 그의 계집 겁탈하는 재간은 강호에서 열 손가락 안에 끼일 정도였다. 그는 자신의 쾌락에만 빠져 있을 뿐 상대의 고통에는 무관심했다. 아니, 어쩌면 상대의 고통을 보며 더욱 희열에 젖는 그런 위인이리라.

"제일 먼저 사타구니를 꼼짝 못하게 해야 한다!"

사내는 한 손으로 계집의 복부를 짓눌렀다. 윗옷은 가슴 아래로 끌어내려 여도사의 두 팔을 결박 지었다.

"으흐흑!"

여도사는 수치와 모멸에 찬 눈물을 뚝뚝 흘렸다. 차라리 혀를 깨물어 자결이라도 할 수 있다면 이렇게 고통스럽지는 않을 것이다. 죽음조차 마음대로 할 수 없을 만큼 겁탈자들의 악독함은 극랄하기 짝이 없었다. 한편에 모여 서서 얼굴을 가리며 흐느끼는 여도사 스물다섯 명 때문이었다.

무당 상청관을 도종(道宗)으로 받들고 있는 도관의 수는 수백 개에 달했다. 이곳 해검지에 끌려와 있는 여도인들은 그중 한 곳인 옥선도관(玉仙道觀)의 여도사들이었다. 사내의 거친 손길은 여도사의 젖 가리개를 걸레쪽처럼 찢어냈다.

"흐으윽! 천벌을 받을 놈들!"

능욕을 당하는 여도사는 입술을 터져라 깨물며 저주를 품어냈다.

함명여도(涵溟女道).

그녀는 지난해 도문에 들었다. 입관할 때 거금을 기탁한 덕에 반년 후 옥선도관의 관주가 될 수 있었다. 과거의 아픔을 잊고 청정대도를 위해 벌레 한 마리 밟지 않으며 몸과 마음의 수양을 닦아온 그녀였다. 그러나 무당이 천외신궁에 굴복함과 동시에 그녀마저 능욕을 강요당하는 것이다.

여제자들의 목숨을 볼모로 한 사내들의 만행에 그녀의 저항은 힘을 잃고 말았다. 짐승같이 헐떡이는 털북숭이사내에 의해 마지막 속적삼마저 찢겨지며 옥처럼 고운 여체가 여실히 드러났다.

"흐흐, 이렇게 훌륭한 몸으로 수도 생활 따위나 하고 있다니······."

타주 되는 자는 거침없이 드러난 여체를 훑어보며 발바닥까지 전해지는 짜릿함을 느꼈다. 숱한 부녀자들을 농락한 그였지만 도문의 여도사를 범하기는 이번이 처음이었다. 그는 마치 초혈도 겪지 않은 소녀를 정복하는 듯한 신선한 쾌감에 젖어들었다. 그는 터질 듯이 팽배된 음욕을 참지 못하고 허리춤을 풀어 내렸다. 부하들은 눈에 핏발을 세우며 자신의 사타구니를 움켜쥐었다. 잘 닦여진 길을 선점하려는 의도인지 주춤주춤 능욕의 현장으로 다가섰다.

"그다음은… 헤헤, 시작하는 것이지."

그의 궁둥이가 번쩍 쳐들렸다.

"오오, 하늘이시여!"

함명여도의 얼굴이 자색으로 물들여졌다. 이대로 더렵혀진다는 사실에 정신이 아득해 왔다. 순간 팍! 하는 경미한 소리와 함께 뜨거운 액체가 그녀의 얼굴을 뒤덮었다.

"……?"

함명여도는 난데없는 열우(熱雨)에 놀라 눈을 번쩍 떴다. 그녀는 심장이 내려앉는 공포를 느꼈다.

보이는 것은 온통 핏빛이었다.

"피, 피……?"

그녀는 벼락이라도 맞은 듯 전신을 부르르 떨었다.

어찌 된 영문인지 타주 되는 자의 머리가 몸뚱이에서 분리돼 자신의 얼굴 옆으로 떨어지는 것이 아닌가? 이어 샘물 같은 핏물을 콸콸 품어내는 몸뚱이가 그녀의 몸 위로 엎어졌다.

"아아악!"

함명여도는 그대로 혼절하고 말았다.

"으헉!"

"크아악!"

타주의 느닷없는 변괴를 채 깨닫기도 전에 장내는 참혹한 지옥도로 급변해 갔다. 갈색 섬광의 난무 속에 연이어 단말마가 터지며 부하들은 썩은 짚단처럼 고꾸라졌다. 그들은 자신들이 왜 죽어야 하는지조차 느낄 수 없었다. 또한 누구의 손에 의해 떼죽음을 당하는지조차 알 수 없었다. 그들은 평생토록 저질러 왔던 무수한 암습처럼 자신들도 그렇게 죽을 줄은 꿈에도 상상하지 못했을 것이다.

퍼, 퍼, 퍼퍽!

하늘에서 내려온 수레바퀴인 양 팽그르르 회전하는 죽립은 면구를 허리에 차고 있던 자들의 목을 무 자르듯 베어 나갔다.

동면구, 철면구를 꿰차고 행세깨나 하던 마도고수들이건만 죽립인의 단 일 초를 막아내기에도 역부족이었다. 해검지를 삽시간에 피로 물들인 죽립은 최후의 면구인마저 해치운 후 하늘 높이 솟아올랐다. 도륙은 끝났지만 공포의 잔영 속에서 여도사들은 쉽게 깨어나지 못했다.

그녀들의 시선은 홀린 듯이 비상해 내리는 죽립 쪽으로 옮겨졌다.

"아아!"

"저, 저기 누군가 있어!"

"천신이시다! 우리를 구한 거야!"

잡혀 있던 여인들은 죽립이 날아가는 곳에 서 있는 인영을 향해 일제히 절을 했다. 죽립은 그의 머리 위로 사뿐히 내려앉았다. 그는 여인의 손처럼 가녀린 손가락으로 죽립 끝을 조였다.

"산장에 수많은 사람이 있으니 얼마간은 숨어 지내시오. 오늘 안으로 무당산이 이전 같아질 것을 약속하겠소."

그는 아주 차분히 말했다. 하지만 그의 목소리는 일 리 안에 있는 모든 사람들이 들을 수 있는 천리전음이었다. 그는 마치 보이지 않는 다리를 밟듯이 허공을 걸어갔다.

"오오, 나는 저분을 안다!"

여도사 하나가 크게 소리쳤다.

"바로 실명대협이시다."

"실, 실명대협?"

"무림일협 실명대협이 드디어 무당산에 오셨단 말인가?"

여도사들은 눈을 비비며 허공 저편을 다시금 응시했다. 하지만 그의 모습은 이미 보이지 않았다. 흑색 한 점만이 흩어지는 운무 속을 꿰뚫어가고 있었다.

한 시진 후, 능설비는 석곡(石谷)에 이르렀다.

'얼마 후면 사라봉이다.'

능설비는 일단 걸음을 멈췄다. 그는 며칠간 강호를 돌아다니며 강호 정세를 알아본 후였다. 결과는 몹시 처참했다.

마도의 승리. 지금 그것을 모르는 사람은 없었다.

'내가 너무나 잘 처리했다. 특히 사기를 무찔러 버린 것은!'

능설비는 돌 위에 걸터앉았다. 불현듯 그의 빛나는 눈앞에 한 인물이 환상처럼 그려졌다.

―으핫핫! 이제야 나의 힘을 알겠느냐?

광포하게 웃는 자, 바로 혈수광마옹이었다. 그는 지금 구마령주의 후광 아래 마도 세계를 설립하고 있으리라.

그의 교활한 두뇌는 영원한 마도천하를 위해 엄청난 포고령마저 선포함을 잊지 않았다.

첫째, 어떤 계집이든 가질 수 있다.

그것은 색마들을 들뜨게 하는 특혜였다. 이로 인해 심산유곡에 숨어살던 많은 거효(巨梟)들이 색에 끌려 그의 수하가 되었다. 그들에 의해 능욕되고 살해된 여인의 수효는 헤아릴 수 없을 정도였다.

둘째, 정파의 장경각을 마음대로 이용할 수 있다.

그것은 더욱 엄청난 특전이었다. 가장 큰 피해를 입는 곳은 구파

일방(九派一幇)이었다. 오랜 세월 마도를 짓눌렀던 정파 절학은 무참히 파괴되고 더럽혀졌다. 상청관에서도 그런 일이 벌어지고 있을 것이다.

셋째, 싸움에서 얻은 것은 모두 고향으로 갖고 갈 수 있다.

그것은 제일 유혹이 강한 조건이었다. 선점한 자에게 기득권이 보장된다면 누구도 뒤지려 하지 않을 것이다. 단기간에 펼쳐지는 정파 무림 말살책은 이로 인해 절맥의 극한 상황까지 이르게 됐던 것이다.

무법천하!

능설비가 최근 본 것이 바로 그것이었다.

'육지주(六支柱)는 백도의 우상이었다. 한데 그들이 내 손에 죽은 탓에 백도인들 모두가 실의에 빠진 것이다.'

그는 자신이 행해왔던 엄청난 파괴를 몸서리치게 실감했다. 모든 것은 자신의 책임이었다. 구마령주로서 저질렀던 계략과 살륙이 무림계에 지각변동을 일으켰던 것이다. 이제 그 스스로가 모든 것을 원점으로 돌려야 했다. 정파 재건의 막중한 사명을 짊어진 채 자신을 이토록 강하게 키워왔던 마의 세력과 정면으로 부딪쳐야 했다. 그것은 결코 피할 수 없는 숙명이며 충돌이었다.

능설비는 걷혀지는 운무 속에 빛나는 아침 햇살이 유난히 따갑게 느껴졌다. 그는 죽립을 약간 내렸다.

'만에 하나, 천기석부 안에 천 개의 탕마금강단이 잠자고 있지 않다면, 나는 꽤나 오랫동안 싸움을 해야 한다.'

다소 비장한 여운 속에 그는 한줄기 연기처럼 날아올랐다.

일각이 지난 후, 능설비는 깊은 골짜기 사이에 형성된 협도를 바라볼 수 있었다.

우르르릉! 꽈르르르릉!

뇌성을 발하며 운무에 잠긴 협도, 능설비로서는 두 번째 길이었다.

'내가 여기 다시 오게 될 줄은 정말 몰랐다.'

능설비는 천이통을 시전했다. 적어도 몇 백 장 안은 무인지경이었다.

'진세가 과거와 마찬가지로 강하다. 흠, 이곳을 세운 쌍뇌천기자는 지금 생각해 봐도 초기인이다. 그는 죽었으나 그의 것은 아직 남아 있으니······.'

능설비는 돌을 하나 들어 안개 속으로 내던졌다. 돌은 빠른 속도로 날아갔다. 하나 돌덩어리는 진세에 닿기도 전에 모래로 화해 자취를 감췄다.

'진도를 모르는 사람이라면 금강불괴지신이라도 저렇게 부서지고 만다.'

그는 나는 듯한 걸음으로 협도로 뛰어들었다. 그의 기억력은 초인적이었다. 예전에 안내를 받으며 안으로 들어갔던 시절을 또렷이 기억하고 있었다. 좌측을 밟는가 싶자 우측으로 이동했고, 전진하는가 하면 바로 후퇴하며 정확한 보법을 전개했다.

얼마 후, 그는 협도를 빠져나가 분지에 도달했다. 석옥 수십 채가 보였다. 그리고 까맣게 탄 죽림이 펼쳐져 있었다.

'으음, 다 부서졌군. 저곳이 바로 십구비위가 몰살당한 곳이다.'

이상하게 가슴이 저며온다.

능설비는 잠시 십구비위를 떠올리며 회상에 잠겼다. 그들의 복수 또한 능설비의 몫이었다.

'너희들은 죽은 게 아니다. 내 가슴속에 영원히 살아 있는 거야.'

문득 일호의 얼굴이 떠오른다. 옷을 벗으라고 명하고 혈견이라 불렀던 일호, 마성에 젖어 치욕스런 명을 내렸으나 이제는 용서를 구할 수도 없다.

'혈수광마옹의 목숨으로 내 죄과를 씻겠다.'

능설비는 십구비위를 추모하며 마음을 가다듬었다. 그러는 가운데 능설비는 야릇한 심정이 되었다. 철저하게 파괴되었지만 그래도 한때는 백도의 심장부였던 곳이 아닌가. 인기척이 전혀 느껴지지 않다는 게 너무도 이상했다. 다른 곳으로 터전을 옮겼어도 쌍뇌천기자의 혼령이 잠든 천기석부를 지키는 사람이 있어야 한다.

능설비는 묘한 기분에 주변을 유심히 살피며 천기석부 쪽으로 걸어갔다. 잠시 후, 그는 제일 큰 석전 앞에 이르게 되었다.

집현부(集賢府).

쌍뇌천기자를 흠모하여 모여든 백도의 천재들이 탕마멸사를 논하던 건물은 그래도 온전한 상태였다. 돌보는 사람이 없기에 편액은 먼지와 거미줄에 퇴색해 있었고, 문은 활짝 열려져 있었다.

능설비는 집현부 안으로 들어섰다. 순간 그는 짧은 침음성을 토해냈다. 실로 몸서리쳐질 만큼 참혹한 지옥도가 펼쳐져 있었던 것이다.

무려 수백 구의 시체가 즐비하게 널려 있지 않은가?

'이럴 수가! 모두 천기수호대가 아닌가?'

능설비는 사상천군의 시체를 내려다보았다. 그들은 내공이 강한 덕에 그래도 깨끗한 시신을 유지하고 있었다. 다른 사람들은 모두 백골이 되어 있었다. 순간 구토마저 일으키게 하는 강렬한 냄새가 후각을 통해 전해졌다.
 '흡, 이 냄새는?'
 능설비는 용호풍(龍虎風) 수련관에서 터득한 독술을 기억했다.
 혈루무극지독분(血淚無極之毒粉).
 그것은 아주 악독한 독이었다. 천하십대독물의 독액을 한데 섞어 십 년에 걸친 제련 속에서나 만들어질 수 있는 독중지독의 하나였다. 백독불침지신인 능설비마저 혈맥이 조여드는 독기를 느낄 정도라면 초일류고수라도 피해낼 수 없는 극독이리라.
 '더러운 놈, 내가 혈적곡에서 쓰러진 후 백도고수들을 여기다 불러다 놓고 독을 뿌린 것이다. 나를 제거하듯 백도인을 이용할 대로 이용한 다음 죽여 버린 거야.'
 그는 지그시 입술을 깨물며 고개를 떨어뜨렸다. 가슴 저미는 아픔이 파문처럼 느껴졌다. 그는 원한과 비통에 사무친 해골산을 뒤로했다.
 '절은 하지 않겠소. 나중에 빚을 다 갚고 나서 용서를 구하리다.'
 능설비는 그답지 않게 흔들리는 걸음을 옮겼다.
 펑! 펑!
 돌연 폭음이 요란하게 울려 퍼지더니 무당산의 하늘에 붉은 폭화가 피어났다. 그리고 이어지는 고함 소리. 귀를 찢는 호각 소리가 무당산을 들썩이게 했다.
 '흠, 내가 해검지에서 벌인 일 때문에 소란이 일었군. 저 신호는 최소한 천 명이 모인 장소에서나 터지는 백리신화탄(百里神火彈)이다. 그렇다면 무당산에 있는 마도고수의 수는 최소한 천 명은 되겠군.'

능설비는 하늘 위로 흩어지는 폭죽의 불꽃을 올려다보며 나름대로 계산을 굴렸다.

 무너진 석굴의 입구는 죽음과도 같은 고요 속에 을씨년스러운 기운을 풍겨냈다. 돌덩이가 가로막은 천기석부는 마치 바닥에 떨어진 정기가 석화(石化)된 듯이 황량한 허무 속에 버려져 있었다.
 능설비는 무너진 석굴 앞으로 다가섰다.
 '저 안에 쌍뇌천기자의 몸이 묻혀 있다. 내가 찾는 것도 함께 있으리라.'
 구유회혼자가 빚어낸 일천 개의 탕마금강단.
 그것을 꺼낼 수 있다면 의검방주가 모은 일천 명의 인재를 강한 무사로 키울 수 있게 된다. 그들이 일거에 일어난다면 마도로 기운 힘의 균형을 어느 정도 되돌릴 수 있을 것이다. 그리고 능설비가 혈수광마옹을 척살한다면 전세의 역전도 가능할 것이다.
 능설비는 무너진 석굴을 보며 염두를 굴렸다.
 '군림마후로 기관을 건드려 이것을 철저히 파괴했었지. 뚫으려면 꽤나 힘이 들겠다.'
 능설비는 천기부중(天機府中)의 기억을 더듬어갔다. 그곳은 매우 복잡한 기관이었다. 무너진 곳은 입구에 불과했다. 겉 부분은 파괴되었으나 안쪽의 기관은 아직 여전할 것이다.
 능설비는 쌍뇌천기자의 위대함을 다시금 실감하며 쌍장을 흔들어댔다.
 우르릉! 꽈꽝!
 산악이라도 무너뜨릴 경기가 해일처럼 뻗어나간다. 회오리 같은 와류가 폭풍처럼 품어지며 석산 전체가 고통스럽게 요동쳤다.

잇따라 백 장을 쳐내자 돌무더기가 비산하듯 뿌려지는 가운데 석동(石洞) 하나가 빠끔히 모습을 나타냈다.
 '심각한 위험은 저 안에 있다.'
 능설비는 호신강기를 일으키며 안으로 미끄러져 갔다.
 아니나 다를까? 그의 발이 석판을 가볍게 밟았는데도 철전관(鐵箭關)이 발동되며 무수한 독전(毒箭)이 튀어나왔다. 공기를 가르는 파공성만으로 정신을 아득하게 만들었다. 능설비는 호신강기로 철전을 튕겨내며 계속 안으로 들어갔다.

 낙조(落照).
 선혈을 토해낸 듯 서쪽 하늘은 석양으로 물들고 있었다.
 마도의 고수들은 이 잡듯이 무당산을 뒤졌으나 자신의 적을 발견하지 못했다. 그러나 지축을 뒤흔드는 폭음과 기합성은 그들의 이목을 사라봉 쪽으로 끌게 하기에 충분했다. 일천여 마군은 기세등등하게 사라봉을 향해 치달렸다.

 능설비는 여전히 기관과 사투를 벌였다.
 마의 원흉을 들일 수 없다는 듯 기관은 철저하게 그의 앞길을 가로막았다. 빗발치듯 날아드는 우모 독침을 막아내면 좌우 벽면이 갈라지며 독즙이 뿌려졌다. 바닥이 꺼지고 바윗덩이가 굴렀다. 천장이 무너져 내리는 압살관(壓殺關)은 그래도 나은 편이었다. 돌연 환상진도가 열리면서 벌거벗은 무희들이 나타나 눈을 교란시켰다. 음심이 일어나면 정혈이 고갈되어 죽기 십상이었다.
 '미안하지만 색에는 신물이 난 사람이라오.'
 능설비는 환무에서 일어나는 심마를 물리치며 계속 앞으로 나아갔다.

그리고 마침내 쌍뇌천기자의 석실 앞에 이를 수 있었다.

석문은 주위는 비교적 깨끗했다. 돌덩이 하나 떨어져 있지 않았다.

이제 석문을 열면 그의 유골이 있으리라.

'천하의 재사도 이제 한 줌 먼지가 돼버렸겠군.'

그는 숙연한 심정으로 석문에 손을 댔다. 기관음과 함께 석문이 활짝 열렸다. 한데, 몽롱한 환상계를 대하듯 희뿌연 신비향이 방 안을 가득 채우고 있지 않은가!

능설비는 방 안으로 들어서려다가 섬뜩 놀라 멈춰 섰다.

"살, 살아 있는 듯하다니……. 아아, 정말 대단하다. 대체 무슨 보물이 있기에 시신이 저리도 완벽하게 보존되었을까?"

그는 침상 위에 자는 듯 누워 있었다.

아니, 보다 정확한 표현은 죽어 있다고 해야 할 것이다. 하지만 그의 모습은 당장이라도 기지개를 켜고 일어날 듯이 생동감에 차 있었다.

죽었지만 살아 있는 인간, 그는 다름 아닌 쌍뇌천기자 단목유중이었다.

핏빛 날개를 달다

방 안은 완벽히 보존되어 있었다. 파괴된 흔적은 어디에도 없었다. 내부의 견고함은 외부의 붕괴와 분쇄에는 전혀 영향을 받지 않는 듯했다. 놀라운 것은 능설비가 구유회혼자에게 받아 천기부 안으로 옮겼던 약갑(藥匣)도 그대로 있다는 것이었다.

'아아, 역시 남아 있다! 천 명의 백도고수를 키울 수 있는 길이 열린 것이다. 이제 희망이 생겼다.'

능설비는 내심 길게 안도의 숨을 내쉬었다. 약갑으로 다가서던 그는 자신도 모르게 쌍뇌천기자 쪽으로 시선을 돌렸다. 그는 쌍뇌천기자의 평온한 얼굴에서 미소를 보았다.

붉은 대춧빛 입술은 금세라도 다정한 말을 건넬 것만 같았다.

―역시 너는 나를 찾아 돌아왔다. 하핫!

능설비는 가슴이 뭉클해져 왔다. 가슴 저 밑바닥에 고여 있던 쌍뇌천기자에 대한 경외심이 자궁의 벽을 뚫고 용솟음치기 시작했다. 그의 존재가 하늘처럼 높아졌다.
 '나의 적은 선생뿐이었소.'
 능설비는 어느새 쌍뇌천기자의 시신 앞에 무릎을 꿇고 있었다. 한때 마도천하의 경배를 받았던 그가 백도의 거목에게 극진의 예우인 구배를 올리는 것이었다.
 굴욕은 느껴지지 않았다. 살아생전 그의 가르침을 받지 못한 아쉬움만이 있을 뿐. 한데 구배를 마칠 즈음 한 장의 두루마리가 또르륵 그의 눈 밑으로 굴러들어 왔다.

 〈천기의형도(天機意形圖).〉

 용사비등의 힘찬 필체가 두루마리 겉에 각인처럼 쓰여 있었다.
 능설비는 의아한 표정으로 두루마리를 집어 들었다.

 "내가 본 가장 뛰어난 사람에게 이것을 전할 작정이었네. 이것은 자네 물건이네."

 쌍뇌천기자의 말이 다시 고막을 때렸다.
 '아아, 그분의 예언이 맞은 셈이다. 나는 결국 이것을 취한 것이다.'
 능설비는 천기의형도를 가슴에 대며 감격으로 요동치는 가슴을 달랬다. 두루마리를 펼쳐 가는 그의 손이 가볍게 떨렸다.
 처음에 보이는 것은 매우 복잡한 도형이었다. 도형 옆에는 알아보기 어려운 문자가 적혀 있었다. 불규칙적으로 이어진 점선도 보였다. 도형과 글과 점선이 한데 얽혀 알 수 없는 의미도 다가왔다.

뒷면에는 쌍뇌천기자의 주해가 적혀 있었다.

〈이것을 풀기 위해서는 오성(悟性)의 탁월함이 필요하다. 그리고 정신 집중도 필요하다. 풀어본다면 여생 내내 연구해도 다 익히지 못할 절세 학문의 보고를 얻을 것이다.

백 가지 계[正心百計],

천 가지 진도[正心千陣圖],

만 가지 술[正心萬變術],

그 모든 것이 천기의형도에 담겨 있다.

소림 방장에게서 항마광음선을 받은 이후 마음이 한결 좋아져 비밀을 훨씬 많이 풀 수 있었다. 하나, 천수를 다 살아 결국 모든 것은 얻지 못하고 죽을 것이다. 인연자에게 말한다. 이후, 천기의형도와 항마광음선을 항상 지니고 다니며 틈이 나는 대로 비밀을 풀어 의리를 위해 베풀어주기를.

단목노인(檀木老人) 절필.〉

쌍뇌천기자는 자신의 운명을 예견했다. 죽기 사흘 전, 그는 최후로 붓을 들어 그런 글을 적었던 것이다. 천기의형도에는 무공이 적혀 있지 않았다. 거기에 있는 것은 난해한 학문이었다.

하도낙서(河圖洛書) 이래로 정립된 역(易)의 이치는 물론이며 성현의 득심을 만류귀종으로 귀결시킨 심경(心經)이었다. 혹세미문의 사술보다는 세상을 구하는 학문이 거기 적혀 있었다.

능설비는 일독을 통해 천기의형도의 오묘한 깊이에 처음으로 자신의 한계를 절감했다. 그 어떤 현기 어린 무학도 단번에 습득한 그였지만 절로 고개가 숙여졌다. 그것은 좌절이 아니라 새로운 세계로의 자각이었다.

'이것은 순간적으로 얻을 수 있는 것이 아니다. 여기서 평생을 보낼 수는 없지 않은가?'
 그는 겸허한 마음으로 수중의 두루마리를 접어 지녔다. 이어, 그는 고색이 창연한 금선(金扇)을 집어 들었다.
 그것은 항마광음선이라 불리는 것으로 무림일보(武林一寶)라 불리기도 한다. 달마조사 이래 쭉 소림사 장경고에 있다가 능설비의 손에 살해된 정각대선사에 의해 쌍뇌천기자의 물건이 된 유서 깊은 물건이었다. 항마광음선이 무림일보로 불리는 까닭은 특별한 효능 때문이었다. 그 비밀은 섭선 자루에 매달린 살구만 한 누런 구슬에 있었으니 그것이 바로 전설상의 오행신주였다.
 피수(避水), 피화(避火), 피독(避毒), 멸충(滅蟲), 파사(破邪).
 이 다섯 가지의 힘이 오행신주에 담겨 있었다.
 '선생의 유해는 이 덕에 썩지 않을 수 있었군.'
 그의 어투는 자연스럽게 바뀌어졌다. 뭇 천하인을 조소하던 구마령주로서의 광오함은 되새기고 싶지 않은 망각 속에 묻혔다.
 능설비는 가볍게 항마광음선을 펼쳤다. 섭선은 옥을 타고 흐르는 이슬처럼 유연하게 펼쳐졌다. 순간 석실 안이 형용할 수 없는 금빛 광휘로 물들여졌다.
 섭선을 가볍게 흔들자 현란한 금광이 너울거린다. 공력을 주입하자 금광이 더욱 강렬해졌다. 그의 전신이 금빛에 젖어들었다.
 '대단한 물건이다. 다수의 공격을 받을 때 사용한다면 몸을 언제든지 빼낼 수 있겠어.'
 그는 뇌리로 항마광음선을 이용하여 사용할 수 있는 여러 개의 무공 초식이 떠올랐다.
 '어찌 이 귀한 물건을 병장기로 사용하겠는가.'

능설비는 진기를 거두며 섭선을 접으려 했다. 순간, 섭선의 표면으로 희미한 문양이 나타났다 사라지는 것이 아닌가!
 호기심을 느끼며 능설비는 몇 번이고 같은 동작을 반복했다. 결과는 같았다. 또한 숨겨진 그림은 보는 각도에 따라 모양을 조금씩 달리했다.
 섭선 표면에 감춰진 그림은 공력을 주입한 상태에서 나타나며 빛의 각도를 조절해야만 볼 수 있는 은화(隱畵)였다. 천안통을 능가하는 신안을 지녔고, 미묘한 빛의 차이를 발견하는 사람의 눈에만 보이는 신묘한 그림인 것이다.
 불상은 모두 천 개였다.
 날고, 춤추고, 취해 비틀거리고, 좌선의 자세 등 그림에서 보여지는 일천 명의 불상도는 제각기 다른 형태를 취하고 있었다.
 '대체 이것이 무엇일까?'
 능설비는 안력을 집중하며 천불도에 빨려들었다. 신비의 그림에 몰두되어 그는 자신마저 잊었다. 그는 선 자세 그대로 한식경을 그렇게 보냈다. 한참 보다 보니 범어(梵語)가 보였다.

〈광음(光陰)이 모두 공(空)이라.
 항마광음은 곧 대무(大無), 대허(大虛)이도다. 모든 것을 버릴 때 모든 것을 얻는다. 오호, 소아(小我)를 버리면 곧 대아(大我)를 취함이라. 광음공공수미혜(光陰空空須彌慧), 천수천안(千手天眼) 만마식(萬魔息)…….〉

 매우 난해한 글귀였다. 글과 그림, 거기에는 일맥으로 서로 통하는 데가 있었다.
 "내공 구결이다!"

능설비의 눈에서 혜광이 폭사되었다.
'불가정종신공(佛家正宗神功)에 이런 것이 있다니?'
그는 구결에 빨려들었다.

〈광음공공수미진결.〉

 그것은 그가 알고 있는 어떠한 마공보다도 뛰어난 것이었다. 불문 무학의 원류라 할 수 있는 이 무공은 다섯 가지의 독특한 성격을 지녔다.
 첫째, 발출할 때 소리가 나지 않는다.
 둘째, 익히기는 어려우나 한번 익히면 사지가 잘라져도 척추만 부러지지 않으면 다시 산다.
 셋째, 내공의 도가 높아지면 손이 금수(金手)로 화한다. 물론 그것은 구결을 일으킬 때에만 한한다.
 넷째, 음양쌍기(陰陽雙氣)를 자유자재로 시전할 수 있다.
 다섯째, 어떠한 자세로도 자유롭게 시전할 수 있다.
 광음공공수미진결!
 오래전 실전된 무당파의 천뢰진경과 더불어 백도의 쌍대절기로 불리는 소림파 최고의 절기였다.
 능설비는 지고한 절세 절학을 발견하고도 오히려 허탈해지는 기분이었다. 광명한 불가 무공이 하필 나 같은 마기로 뭉쳐진 죄인에게 발견되다니…….
 '아아, 인연치고는 묘한 인연이다.'
 능설비는 고개를 저었다. 비록 천하제일의 무학이라지만 이것을 익힌다는 사실에 죄책감마저 들었다. 차라리 보지 않았다면 그의 마음이 이렇게 무겁지는 않았을 것이다. 그는 마음을 가다듬기 위해 눈을 감았다.

일순, 그림에서 보았던 일천 개의 불상이 꿈틀거리며 다가왔다. 그를 향해 노한 표정을 지으면서.

―구마루의 마졸이 어찌 광음공공을 익히려 하느냐!

―너와는 어울리지 않는 물건이다.

―어리석은 것! 네 주제를 알거라!

일천 개의 불상이 성난 표정으로 일제히 손을 뻗으며 다가섰다. 손바닥이 눈앞에 이르는 순간 하늘을 덮는 그물이 되었고, 능설비는 머리가 으스러지는 통증을 느꼈다.

"물러가라!"

그의 발작적으로 섭선을 움켜쥔 손에 힘을 가했다. 강력한 진기가 일어나며 항마광음선으로 흘러들었다. 쇳덩이도 가루로 만들 가공할 힘. 그러나 항마광음선은 끄떡없었다. 오히려 움켜쥔 손아귀가 찢어질 정도로 가공할 반발력이 일어났다.

능설비는 손에 통증을 느끼며 이를 악물었다.

'지독한 놈! 그러나 난 더 독한 놈이다.'

그의 눈에 어느새 핏발이 일어났다.

일천 개의 노한 불상이 억눌러 두었던 마성을 일깨운 것일까? 능설비는 자신도 모르는 가운데 극강의 마도진기를 일으켰다. 단해에서 흘러나온 노도와 같은 진기가 우수로 운집됐다. 그의 혼신을 다한 진력을 뻗쳐 낸다면 웬만한 언덕 하나는 날려 버릴 수 있을 것이다.

한편으로는 본능적인 거부에 젖어, 다른 한편으로는 마성에 젖어 항마항음선에 파괴의 극에 이른 공력을 뿜어냈다.

우르르르릉!

요란한 굉음이 일어나며 항마광음선이 부서질 듯 요동을 친다. 동시에 섭선에서 일어나는 반발력이 더욱 거세졌다. 손아귀가 찢어지는 고통을 넘어, 온몸의 혈맥이 팽창하며 뼈가 바스러지는 느낌. 그러나 능설비는 공력을 거둬들이지 않았다. 아니, 이제는 거둬들이고 싶어도 거둬들일 수 없는 처지가 되었다.

진기를 회수하는 순간 극한을 넘어선 반탄력이 그의 몸을 한순간 가루로 만들어 버릴 테니까.

"크으으······."

온몸이 맷돌에 갈리는 기분이 이러할까.

무려 반 시진을 항마광음선과 대치하며 능설비는 탈진할 대로 탈진했다. 하지만 반발력은 약화되지 않았다.

정신이 아득해지는 가운데 환영으로 여겼던 천불도의 불상들이 둥둥 나타나기 시작했다. 노한 불상들이 그림에서 보았던 자세를 취하며 주위를 빙빙 휘감아 돌다가 하나씩 앞으로 다가왔다. 머리를 움켜쥐려는 듯 손을 활짝 벌린 불상이 다가서더니 순식간에 사라지며 이번에는 하늘을 들어 올리는 자세를 취한다. 나는 모습도 있었고 옆으로 누워 자는 듯한 모습도 있었다. 마지막에 나타난 불상은 조용히 합습한 자세였다.

노한 표정도 아니고 꾸짖는 표정도 아니었다. 모든 것에 달관한, 세상을 잊고 자신마저 잊은 몰아의 표정이었다.

능설비는 홀린 듯 불상의 자세를 보며 하나의 구결을 외웠다. 섭선의 표면에 나타났던 광음공공의 비결에 따라 진기를 운용하자 반발력이 눈 녹듯 사라졌다.

능설비는 아무것도 느끼지 못하는 듯 오랫동안 구결대로 진기를 운용했다.

그리고 눈을 떴을 때 그의 손은 황금빛으로 물들어 있었다.

"나도 모르게… 광음공공수를 얻었구나!"

능설비는 회한에 찬 기분이 되어 구결을 회수했다. 손은 제 모습으로 돌아왔다.

광음공공의 비결은 오랜 수련으로 얻는 게 아니었다. 극한의 고통과 싸우며 자신을 버리는 순간 얻을 수 있는 것이었다. 능설비는 백도 최고의 절기를 얻고도 마음이 편치 않았다.

마음이 점점 무거워만 졌다.

'이게 나의 운명이라는 건가.'

마도를 위해 백도를 파괴했으나, 이제는 백도를 위해 마도를 부숴야 하는 기묘한 인생 역전.

그게 운명이라면 받아들여야 한다.

그는 주먹을 불끈 쥐며 결연한 의지를 불태웠다.

"어떤 운명이라도… 피하지는 않는다!"

그는 거부할 수 없는 운명을 받아들이며 섭선을 허리에 찼다. 바로 그때, 석실을 진동시키는 둔탁한 굉음이 지면을 타고 전해졌다. 소리의 진원지는 석판 아래인 듯했다.

연이은 폭음과 함께 기합성마저 들려왔다.

'누군가 부수고 들어오고 있다.'

능설비는 죽립을 찾아 얼굴을 가렸다.

"훗훗, 그렇지 않아도 내가 징계를 할 작정이었는데 스스로 찾아드는군."

그는 통로로 나서며 석문을 굳게 봉쇄했다. 단목유중의 시신이 안치된 이 석전을 더럽히고 싶지 않았다. 어느새 단목유중의 존재는 그에게 있어 스승과 같은 경외지심을 불러일으켰던 것이다.
 그는 입술을 오므리며 예리한 휘파람 소리를 발했다.
 휘이이— 익!
 칼끝 같은 음향은 석판을 뚫고 침투자들의 고막에까지 전해졌다. 능설비의 의도적인 위치 공개였다.
 "저쪽으로 가자!"
 "히이이이, 저쪽이다!"
 "크흐흐, 피에 굶주렸다."
 콰앙—!
 이윽고 폭음이 터지며 석판들의 비산 속에 한줄기 인영이 빠르게 치솟아올랐다. 능설비의 미간이 절로 찌푸려졌다. 시체 썩는 듯한 악취가 물씬 풍겨졌다. 오물과 먼지로 뒤엉킨 긴 머리카락으로 형체조차 짐작할 수 없는 인물이었다.
 "크흐흐, 네 간을 빼어 먹는다!"
 일갈과 함께 독마강살이라는 마공이 능설비의 가슴을 세차게 후려쳐 왔다. 핏빛 혈류가 불똥처럼 사방으로 흩뿌려졌다.
 '대단한데?'
 능설비는 상대가 그리 강한 줄 모르고 있다가 가슴에 일장을 얻어맞았다. 그는 몸을 약간 휘청거렸다가 바로 섰다.
 "으으, 네놈의 몸에서 항마신강이 그리도 강하게 일어나다니!"
 산발의 괴인은 반탄력에 심한 충격을 받은 듯 휘청거리며 내려섰다. 치렁치렁한 머리카락 사이로 사람의 눈이라 할 수 없는 흉포한 청광이 번득였다. 그것은 피에 굶주린 아귀의 눈이었고, 인육 맛을 본 짐승의 눈이었다. 가쁜 숨을 내쉬는 입에서는 토악질을 일으키게 만들 역겨운 냄새가 풍겨졌다.

"크으으, 찢어 죽이겠다."

그는 일장을 실패하자 더욱 화가 난 듯 손을 빳빳이 세웠다.

'제법이다. 독마추혼쇄지(毒魔追魂碎指)마저 알고 있다니.'

능설비는 상대의 마공에 새삼 놀랐다.

산발괴인은 짐승의 울음소리 같은 괴음을 흘리며 공력을 운집했다. 뼈마디가 우둑우둑 팽창돼 갔다.

순간 바닥의 석판이 연이어 폭발해 오르며 십수 개의 그림자가 불기둥처럼 튀어 올라왔다.

"죽이는 데에도 서열이 있다!"

"히이이, 내가 제일 먼저다!"

새로 나타난 괴인들 역시 너덜너덜한 옷차림에 용모를 알 수 없는 귀신같은 산발을 하고 있었다. 그들은 하나같이 절륜한 마공의 소유자인 듯 답공의 경공을 자유자재로 펼치고 있었다.

통로를 가득 메운 십수 개의 마영들은 광기 어린 공격을 펼쳐 왔다.

"쳐라!"

"발기발기 찢어버려라!"

콰르르릉!

통로를 붕괴시킬 듯한 뇌성과 질식할 듯한 핏빛 기류가 가공할 기세로 뻗쳐들었다. 수비에 대한 안배는 전혀 없었다. 그저 상대를 파괴하겠다는 공격 일변도의 수법이었다. 그것은 무공이라기보다 차라리 광기에 가까웠다.

"버러지 같은 자들!"

능설비는 피하지 않고 의연히 대처했다. 어마어마한 마공의 공세 속에서 그는 천천히 쌍권을 마주 쳐냈다.

번갯불 같은 섬전이 발산되며 괴인들의 공세는 삽시간에 흩어졌다. 가슴에 뇌정권을 한 방씩 얻어맞은 괴인은 통로 천장과 벽으로 나동그라졌다. 그러나 괴인들은 불사의 체질인 듯 처박힌 석벽 속에서 몸을 뽑아냈다.
 천장과 석벽에 사람의 형체가 그대로 새겨졌다.
 "크으으......"
 "이, 이렇게 강한 자가 있다니!"
 그들의 흉포한 기세가 다소 수그러들었다. 불패의 마공을 습득한 그들이었기에 자신들의 연환 공세가 이렇게 무력하게 깨질 줄은 상상도 못했다. 그러나 그들의 경악과 함께 능설비 역시 상대의 불사지체에 아연해졌다.
 그의 일권을 정통으로 맞고도 크게 부상을 당하지 않는 괴인들에 대해 가벼운 공포심마저 일었다. 또한 이토록 고강한 괴인들의 탄생에 대해 의구심마저 일었다. 한두 명도 아니고 십수 명이 절륜한 마공의 소유자라니.
 만일 이들 모두가 천하에 나선다면 백도 무림은 물론 혈수광마웅마저 당해낼 수 없는 존재가 될 것이다. 강호 무림 그 자체가 결단날 위기에까지 직면할지도 모를 일이다.
 능설비는 두 손을 내리며 자신을 에워싼 괴인들을 둘러보았다.
 "나의 권법 아래 살아남은 자가 있다니, 모두 금강불괴지신이라도 된단 말인가?"
 산발괴인들은 상처 입은 짐승처럼 괴음을 흘리며 자신들의 최고 절기를 펼쳐 낼 자세를 취해갔다.
 상대는 그들에게 있어 최강의 적이었다. 자신들을 죽일 수 있는 유일한 존재.

능설비도 잔뜩 경각심을 높였다.
 수적으로 지구전은 불리했다. 최고의 절학으로 단시간 내에 이들을 격살시키지 못하면 자신이 패배할 수밖에 없었다. 무공 대결에서 자신의 패배를 생각해 보기는 이번이 처음이었다. 그만큼 산발괴인들의 마공은 위력적이었다.
 '항마광음선의 절기를 쓰자!'
 능설비는 광음공공수미진결의 구결을 떠올렸다.
 천 년 이래 최초로 시전될 불가 최고의 비전 절학. 그 위력은 능설비 자신도 상상할 수 없었다. 하지만 자신이 수련한 마공과 유사한 절륜마절기를 시전하는 이들을 일 초에 격살시킬 수 있는 무학은 정종 무학뿐이라 확신했다. 이마제마(以魔制魔)를 펼치기엔 상대는 너무도 강했다.
 우웅!
 태풍의 눈 같은 정적 속에서 능설비의 두 손이 휘황한 금빛으로 물들어갔다. 산발괴인들은 부적을 본 귀신처럼 가슴이 떨려왔다. 능설비의 전신으로 무수한 불상의 환영이 겹겹이 피어오르는 것이 아닌가?
 산발괴인들은 한 걸음 물러서며 서로 눈치를 살폈다. 애초부터 죽음에는 무관심했던 그들이지만 이번 경우는 달랐다.
 죽음보다 더한 공포.
 그것은 거역할 수 없는 존재에 대한 항거처럼 그들의 마음을 짓누르고 있었다. 서로의 눈빛을 통해 합격술을 확신한 산발괴인들은 기합성을 터뜨리며 일제히 능설비를 향해 짓쳐들어 갔다.
 이 순간 붕괴된 석판 속에서 한줄기 섬세한 인영이 폭포를 박차고 오르는 은어처럼 피어올랐다.

"멈추지 못해, 이 멍청한 것들아!"

섬세한 인영은 산발괴인들 사이를 헤집으며 연속적으로 쌍장을 휘둘렀다. 짜악, 짝, 느닷없이 귀싸대기를 맞은 괴인들은 마공을 흩뜨리며 휘청거렸다.

"어이쿠우, 왜 뺨을 치는 거야?"

"대장(隊長), 미쳤어?"

섬세한 인영은 괴인들 앞에 내려서며 손가락을 휘저었다.

"저분을 모른단 말이냐, 이 때려죽일 놈들아?"

불에 그슬리고 찢긴 옷차림의 산발여인은 괴인들을 일축시킨 후 능설비 앞으로 다가섰다. 다소 여윈 체격의 여인은 다짜고짜로 자신의 너덜너덜한 옷을 벗어던졌다. 성급한 손길에 가뜩이나 너덜너덜한 옷이 걸레쪽처럼 찢어졌다.

순식간에 전라로 변한 여인은 그대로 능설비 앞에 오체투지했다.

"영주, 혈견이옵니다!"

능설비는 철퇴를 맞은 듯한 충격을 느꼈다. 그의 의식은 단숨에 시공을 뛰어넘어 구마루 시절의 기억 속으로 빠져들었다.

일호(一號)!

바로 일호가 아닌가?

절세의 용모가 짐작키도 힘든 추악한 모습으로 변하기는 했으나 분명 일호 혈견이었다. 그렇다면 산발괴인들은 그의 그림자와도 같은 존재들임이 틀림없었다.

십구비위.

죽림진에서 몰살당했다고 소문난 십구비위가 살아 있는 것이었다.

"흑흑, 영주가 암습당한 원한을 풀기 위해 이곳으로 왔다가 함정에 걸렸습니다. 지옥 무저갱에 갇혔으나 저희들이 어찌 영주의 명 없이 죽을 수 있겠습니까?"

감격과 격동에 젖은 일호는 능설비의 발등에 입을 맞추며 재회의 눈물을 뿌렸다.

구마루의 지옥 훈련으로 인성이 말살된 그녀였지만 이 순간만큼은 벅차오르는 감동을 억제하지 못했다. 존경과 기쁨으로 가득 차 올려다보는 그녀의 눈에선 끊임없는 눈물이 흘러내렸다.

"……."

능설비는 할 말을 잃었다.

'잘 가르치기는 했다. 내가 혈마잔혼애에서 살아났듯이… 이들 모두 무저갱에서 살아난 것이다.'

그는 설산 구마루에서의 생존 진리를 떠올렸다.

적자생존!

그와 십구비위, 도합 이십 명은 이 세상에서 그 진리를 가장 잘 터득하고 있는 무인들이었다.

"영주시여!"

"오오, 영주시여! 속하들의 절을 받으시오!"

믿을 수 없는 혼미 속에서 깨어난 십구비위는 능설비 앞에 몸을 던지며 충성의 예를 표했다.

능설비는 갑자기 가려움을 느꼈다. 전신이 둥둥 뜨는 기분이었다. 비록 핏빛 날개이지만 구만리를 훨훨 날아오를 강하고 억센 날개가 겨드랑이 속에서 돋아나는 것만 같았다.

천룡십구웅

　능설비는 단아한 자세로 석단 위에 앉아 있었다. 그 앞에는 십구비위가 앉아 명을 기다리고 있었다.
　무엇이든 명대로.
　죽고 사는 것마저 능설비에게 맡겨 버린 십구비위. 그들은 능설비가 취한 천 개의 항마대환단보다도 값진 날개였다.
　"너희들에게 다섯 가지 주문이 있다."
　"……"
　십구비위는 숨도 크게 쉬지 않았다.
　"첫째, 이후 나를 영주라 부르지 마라. 나를 부를 때에는… 능공자(陵公子)라고 불러라."
　십구비위는 뭔가 엄청난 변화를 직감했다. 하지만 그 누구도 의문을 제시할 수 없었다. 그의 뜻과 행동은 언제까지나 그들에게 있어 하늘과 같았다.

"둘째, 너희들은 타인과 이야기를 나눠서는 아니 된다. 너희들은 이제 능가십구위(陵家十九衛)로 불릴 것이고, 나와 이야기할 때에만 말을 할 수 있다."

"예엣!"

모두 일제히 대답했다. 그것은 어렵지 않은 주문이었다.

"셋째, 백도인들을 죽여서는 아니 된다."

역시 무반응이었다. 그들이 키워진 의도와는 전혀 다른 명이었으되, 항명은 일어나지 않았다. 그들은 침묵하고 또 침묵했다.

"넷째, 만에 하나 백도인들이 너희들을 알아보고 싸움을 건다면 모든 것을 능 공자에게 미루고 자리를 떠라."

능설비는 그들의 반응을 살피지도 않고 말을 이어갔다.

"다섯째, 이제부터는 마공을 되도록 감춰라. 너희들에게 광음신공(光陰神功)을 가르쳐 주겠다. 그것을 익히다 보면 마성을 없앨 수 있을 것이다. 익히기 어려운 것이나… 너희들이라면 능히 성취해 내리라 믿는다."

능설비는 말을 마치고 일호를 보았다. 그녀도 그를 보고 있었다. 일호의 눈에는 능설비가 신으로 보이는 듯했다.

"일호!"

일호가 방긋 웃었다. 그녀의 웃음은 사랑스러운 데가 있었다. 능설비는 따라 웃으며 전음으로 말했다.

"반문할 게 없느냐? 다른 사람은 모를까, 그래도 너는 이성이 마성을 능가하는 아이가 아니냐?"

"말할 것은 없습니다."

"흠……."

"굳이 하라시면……."

일호의 얼굴이 붉어졌다.

"제가… 영주를 사내로 사랑하고 있다는 말씀뿐입니다. 아주 어릴 때부터 저는 영주를 사랑했습니다. 질투심이 변해 사랑이 된 것이지요."

정말 놀라운 말이었다. 남녀의 깊은 관계를 그녀는 너무도 쉽게 고백했다. 능설비의 놀라움은 아주 컸다.

'나를 사랑하다니…….'

능설비는 또다시 할 말을 잃었다.

일호! 그녀는 능설비의 상상을 능가하는 데가 있는 여인이었다. 만일 그라는 존재가 없었다면 그녀는 고금 최강의 구마령주로 불렸을 것이다.

"제가 부탁을 드려도 된다 허락하신다면 감히 두 가지를 소청하겠습니다."

"뭐냐?"

"첫째, 저를 혈견이라 부르지 말아주십시오. 제게는 사실 후란(侯蘭)이란 이름이 있습니다."

"후란? 좋은 이름이다. 그렇게 하마."

능설비는 흔쾌히 받아들였다. 일호는 보기 드문 감격스런 표정을 지었다.

"고맙습니다, 영주."

"두 번째 부탁은 뭐냐?"

"그것은 이제부터는… 영주 한 분이 계신 곳에서만 옷을 벗도록 윤허해 주십시오. 저의 몸을 다른 사람이 보는 것은 싫습니다."

능설비는 고소를 머금었다. 그녀에 대한 쾌씸한 생각에 여인으로서는 참을 수 없는 수모를 지시했던 것이 아닌가? 이제 그녀에게도 여인의 자존심을 지킬 기회를 줘야 했다.
"알았다. 그렇게 하라."
"고맙습니다, 영주."
"하하, 나를 영주라고 부르면 되느냐?"
"알… 알겠습니다. 이제부터는 능 상공이라 부르겠습니다, 영주."

능설비는 너털웃음을 터뜨렸다.
"하하! 또 영주냐?"
"죄송합니다, 영주. 버릇이 되어서……."
일호는 자꾸 얼굴을 붉혔다. 능설비는 십구비위를 둘러보며 한결 가슴이 가벼워졌다.

'이들 역시 마성이 많이 약화되었다. 무저갱에 갇혀 외부와 단절되었기에 본연의 순수한 마음이 되살아난 거야. 내가 그러했듯이.'

열아홉 개의 날개. 이제는 그들과 더불어 날아오르는 일만 남은 것이 아닐까?

구마루에서 온 스무 명. 그들은 한 덩어리라 할 수 있었다.

'나와 같은 사람들이다. 그러기에 나는 이들 앞에서 가릴 것이 없는 것이다.'

능설비는 오랜만에 편안한 마음을 느꼈다.
"자네들과 더불어 할 일이 많네."
그는 웃고 있었다. 그의 웃음에는 수많은 뜻이 있었다. 그리고 그것은 보통 사람이라면 알지 못할 신성한 것이었다.
"우선 세 가지 정도의 일을 해야 하네."
그는 그사이 몇 가지 계략을 구상해 두었다.

"첫째, 과거 마도로서 백도의 사기를 꺾었듯이 마도의 사기도 꺾어야 하는 것이네. 우선 백도의 태두인 소림사와 무당파를 건져야 하네. 그 일은 주로 자네들이 맡아야 할 것일세."

 "예."

 "명만 하십시오."

 십구비위 모두 다시 한 번 절을 했다. 그들의 생사여탈권을 지닌 영주가 아니라 오랜 친분 관계의 주종처럼 대하는 그의 말투가 감격스러웠다.

 "자네들이 일을 벌이는 동안 나는 마도에서 가장 화려한 곳, 마도로 인해 가장 큰 것을 얻은 사람, 그리고 마도제일지의 무공을 격파할 것이네."

 "무슨 말씀이신지……?"

 후란이 영문을 모르겠다는 듯 고개를 들었다.

 "후후, 꽃을 꺾고, 연산에는 바람을, 태산에서 폭풍우를 일으키는 것이지."

 능설비는 무슨 꿍꿍이속일까?

 그는 일단 무당파와 소림사를 건지는 일을 소상히 이야기했다. 십구비위의 힘은 일개 방파를 능가한다. 결과는 이미 정해진 것이나 다름없었다.

 "우리의 적은 혈수광마옹뿐이다. 그자의 흉계만 조심한다면 아무도 우리를 막을 수 없다."

 "두 번 당하지 않을 겁니다, 상공."

 후란의 눈에서 살광이 피어올랐다.

 "중요한 건 놈의 목을 따는 순간까지 우리가 살아 있음을 모르게 하는 데 있다. 그것만 지킨다면 두 번의 패배란 있을 수 없지."

정체를 감추는 것이야말로 가장 어려운 일일지도 몰랐다.

능설비는 거듭 당부한 다음 말을 이어나갔다.

"둘째, 백도를 다시 일으키는 일이다. 그 일은 의검협이란 사람과 뜻을 같이하면 될 것이고, 셋째 일은 마도(魔道)를 흩뜨리는 일이지."

말이 거기에 이를 때 먼 곳에서 폭발음이 들려왔다.

"무슨 소리지?"

오위사가 중얼댔다.

"몰려드는 자들이 꽤 많은데……."

구위사가 귀를 쫑긋하며 눈매를 가늘게 했다.

"불 속에 뛰어드는 불나방들!"

"크크, 한바탕 잔치를 벌일 시간인가."

십삼위사와 십오위사가 동시에 주절댔다.

"여기 오느라 내가 소란을 조금 부렸다. 이제야 놈들이 눈치채고 달려드는 것이다."

능설비의 눈에서 은은한 금광이 일어났다.

광음공공(光陰空空).

마성의 잔재가 사라진 그의 눈은 너무도 신비했다.

그는 허공과 같았다. 잡으려면 잡지 못하나, 분명 모든 것을 둘러싸고 있는 허공! 그의 존재는 서서히 허공을 닮아가고 있었다.

"후란!"

"예, 상공."

후란이 이마를 땅에 댔다.

"너는 이호에서 칠호까지를 데리고 상청관으로 가라. 갇힌 사람이 있을지 모른다. 일단 잠입해 들어가라. 갇힌 사람이 있으면 그들을 구하고, 나중에 안에 있는 자들을 쳐라!"
 "예!"
 "좋아."
 능설비는 눈을 찡긋했다.
 후란의 볼이 새빨개졌다. 그녀는 능설비를 힐끗 보다가 여섯 명을 데리고 나갔다.
 능설비는 남아 있는 사람들을 보며 말했다.
 "너희들은 기다리고 있다가 모조리 베어라. 하나도 살려보내서는 아니 된다. 그리고 일호를 찾아가라! 그다음……."
 능설비는 치밀하게 계략을 일러주었다.

 천기석곡(天機石谷) 어귀.
 천외신궁의 무사들이 곡구에 줄지어 선 채 전고를 둥둥 울려대고 있었다. 그 앞으로 화탄이 터지며 절벽이 허물어지고 있었다.
 우르르르릉, 꽝!
 돌덩이가 튀어 오르고 먼지가 구름처럼 피어오른다. 폭발음이 일어날 때마다 곡구가 넓어졌으며, 입구를 지키던 진세는 무너진 돌더미에 깔려 그 위력을 잃어갔다.
 콰앙—!
 수십 개의 화탄이 동시에 터지며 천지가 무너질 듯한 굉음이 일어났다. 협곡 정상의 바위가 우수수 쏟아져 내렸다. 돌먼지가 사라졌을 때 곡구를 막았던 운무도 사라졌다.
 "와아, 길이 열렸다!"
 "실명대협이란 놈은 분명 저 안에 있다!"
 "당장 놈을 잡아 족쳐라!"

천외신궁의 무사들이 협도를 파괴하며 천기석부 쪽으로 난입해 갔다. 수백 명이 돌진해 가는 기세는 가히 압권이었다. 그들은 장소성을 지르며 거칠게 외쳐 댔다.

"나와라, 실명대협! 그 안에 있는 것을 안다!"

"네놈이 구하려 했던 계집들이 다시 모조리 잡혀 뇌옥(牢獄)에 처박혔다!"

지상의 소란에도 하늘의 달빛은 한가로웠다. 은은한 달빛이 천기석곡 구석구석으로 떨어져 내린다.

그리고 그들이 나타났다.

한때 무성했으나 이제는 그 검은 잔재만이 남은 청죽림 터에 소리없이 나타난 자들. 그들은 반쯤 탄 죽엽으로 만든 죽립으로 얼굴을 겨우 가리고 있었다.

불에 그슬리고 찢겨 나간 옷차림은 거지보다 추레하다. 반쯤 걸친 옷자락 사이로 드러난 가슴팍엔 화상의 흔적이 역력했다. 허벅지가 훤히 드러난 자들도 있었다.

대나무처럼 깡마른 열두 명의 괴인들은 일렬로 몸을 날렸다. 하나같은 능공허도(凌空虛渡)의 절정신법이었다. 그들은 삽시간에 천외신궁의 마졸들 앞으로 다가섰다.

"어엇? 저자들은 대체 어떤 자들이냐?"

"조… 조심해라! 아무래도 이상하다!"

파도치듯 들이닥치던 자들이 주춤할 때 십이죽립인은 낭랑히 외치며 부챗살처럼 흩어져 갔다.

"파아아(破)!"

"참(斬)!"

"우우… 능공자위사(陵公子衛士) 무적(無敵)!"

열둘 모두 가공할 빠르기를 지녔다. 그들의 움직임은 육안으로는 거의 확인되지 않을 정도였다. 순간 연이은 폭음과 함께 구슬픈 비명성이 난무했다. 댓살처럼 치솟는 혈우 속을 십이 인은 마구 휘저어갔다.

"으하핫, 내가 제일 먼저 죽였다."

"말하지 말라는 능 공자의 명을 잊지 마라, 사호!"

열두 사람이 들이닥치며 혈운이 일어났다. 그들은 천생의 살수마냥 천외신궁의 무사들 사이를 누비며 피비를 뿌려댔다.

"으아악!"

"캐액, 이… 이럴 수가!"

열두 사람이 가는 곳마다 시신이 쌓였다.

단말마의 비명 소리가 천기곡에 울려 퍼질 때, 절벽 가에 서서 내려다보던 능설비가 조용히 등을 돌렸다.

"마도 친구들, 미안하네. 자네들 모두를 구할 시간이 내게는 없네. 피를 덜 흘리기 위해 빨리 마무리를 지어야 하는 이 절박한 심정을 부디 이해해 주기를……."

둥실—

능설비의 신형이 바람을 타고 날아오르더니 이내 어두운 하늘 저편으로 사라져 갔다.

핏빛 날개를 남겨둔 채 그는 어디를 향해 가는 것일까?

무림은 경천동지할 대사건으로 떠들썩했다.

능 공자(陵公子).

한 사람이 신룡처럼, 혜성처럼 나타났다. 그는 제 모습을 나타내지도 않고 하룻밤 만에 부하들을 부려 무당 상청관을 되찾았다.

뇌옥에 갇혀 있던 무당 도사들이 모두 풀려난 것은 자명한 일이었다.

그리고 사흘 후 숭산에서 대혈겁이 벌어졌다.

천 명의 천외신궁 무사들이 지키고 있는 소림사로 열아홉 명의 무사들이 쳐들어왔다.

십구 대 천!

가공의 대결이 벌어졌고, 싸움이 끝난 후 남은 건 천 구의 시체였다. 싸움의 시종(始終)에 대해 자세히 말한 사람은 하나도 없었다. 목격자가 없는 싸움이니까.

하여간 그 싸움 이후 소림사는 다시 소림 승려들의 것이 되었다.

대체 그 초절한 고수들은 누구인가? 그들의 정체와 내력은 어떻게 되는가? 분명한 건 마도의 패배와 백도의 구원이었다.

천룡십구웅(天龍十九雄).

소림을 구한 열아홉 명의 초절정고수들은 그렇게 명명됐다. 그들은 무림에서 세 번째로 중요한 인물이 되었다.

무림일협(武林一俠) 실명대협(失名大俠).

정의일공자(正義一公子) 능 공자(陵公子).

천룡십구웅(天龍十九雄).

이들은 백도육지주의 괴멸 이후 새로이 무림 판도를 결정짓는 백도삼지주(白道三支柱)로 부각되었다.

서서히 아주 거대한 어떤 복수극이 벌어진 것이었다. 이제 장래를 점칠 사람은 아무도 없었다.

―백도, 마도는 이제 평수에 가깝다.
―죽은 구마령주가 살아나지 못하는 한, 백도가 되살아나는 기세는 쉽게 누그러지지 않는다.

그런 희망적인 말들이 오갔다. 하지만 다른 한쪽에서는 백도의 이 반격을 오히려 우려했다.

―조심하라! 천외신궁주가 노린다.
―변황의 고수들이 대거 나섰다. 이제부터가 무서운 것이다.
―백도는 최후의 발악을 할 뿐이다.

꼬리에 꼬리를 물고 일어나는 소문들. 그러나 진짜 중대한 일은 암중에서 벌어지고 있었다.

천외신궁의 깊고 깊은 곳.
대리석 바닥 위에서 실로 해괴한 일이 벌어지고 있었다.
"으으, 음."
"크으……."
흐느끼는 소리일까, 비명 소리일까? 여인들의 신음성과 배신에 찬 비명성이 숨 가쁘게 펼쳐지고 있었다.
"하아아… 악!"
"지존께서 어찌 이… 이럴 수가!"
가랑이를 넓게 벌리고 괴로워 몸을 뒤트는 여체는 하나같이 절세의 가인들이었다. 여인들의 하복부는 피로 범벅이 되어버렸다.
무뚝뚝한 표정으로 돌아다니는 사람 하나. 그는 금색 면구로 얼굴을 가리고 있었고 두 손은 피로 물들어 있었다. 그는 간간이 여체의 비소에 손을 찔러 넣곤 했다.

"아아악!"

여인들은 그때마다 자지러지는 비명을 질렀다.

"후훗, 천하를 위함이다. 희생당하는 것을 그리 슬퍼 마라!"

금면인의 눈에서는 혈광이 쏟아져 나왔다.

"크으흑!"

"으으… 저주받을 사법(邪法) 백팔소녀유혼대법(百八素女誘魂大法)의 제물이 되다니."

여인들은 음기를 잃고 죽어 나자빠졌다. 미인박명이란 옛말이 헛된 것은 아니었다.

금면인은 생혼(生魂)을 쌍수에 모으고 있었다. 그것은 금기 중의 금기가 되는 마공 수련법이었다. 죽은 모든 사람이 일어나 욕을 할 만한 잔혹한 살인 마공!

금면인의 그림자는 죽음의 사자를 그늘 속에 품은 양 매우 길게 드리워져 있었다.

풍운의 황성

황도의 하늘은 언제나 장엄하다. 같은 하늘이라도 벽촌의 하늘과 황도의 하늘은 현격한 차이가 있는 것이다.

이날, 연경의 하늘은 누런 황사에 뒤덮여 있었다.

능설비는 여전히 남루한 흑삼을 걸쳤다. 평범한 얼굴로 역용하였기에 그를 눈여겨보는 사람은 없었다.

그는 제왕릉에 다녀온 후였다.

황금총관은 보이지 않았고 다른 사람이 묘지기를 하고 있었기에 황도의 사정을 알 수는 없었다. 그가 제거되었는지, 아니면 혈수광마옹 쪽으로 변절하였는지도 아직은 불분명한 상태였다.

'돌아섰다고 봐야 한다. 그는 구마령주가 아닌 마도에 모든 것을 바친 사람이다. 누가 영주이건 상관할 사람이 아니다.'

충성을 바치던 그의 모습을 떠올리며 능설비는 씁쓰레한 미소를 지었다.

황금총관, 만리총관, 만화총관.

이들 삼총관의 힘을 얻을 수 있다면 일은 훨씬 쉬워질 것이다. 십구비위가 살아나 그의 손이 되었듯, 삼총관은 그의 발이 되어 대세를 일거에 역전시킬 수도 있을 것이다.

'그들이 돌아섰다 해도 쉽게 베어버릴 수 있을지 모르겠군.'

그는 잠시 생각을 고르다 마음을 가다듬었다.

'하여간 나의 일을 하자. 마도의 사기를 일거에 꺾어야 한다.'

그의 눈빛이 점차 차갑게 가라앉았다.

그가 노리는 것은 정말 엄청난 것이었다. 마도가 힘을 얻음으로 인해 가장 큰 복락을 누리는 자가 있다. 그자가 쓰러진다면 천외신궁에 복종하려 하던 자들이 주춤할 것이다.

능설비는 한 사람의 얼굴을 떠올렸다.

"네게 친령을 주겠다. 그것을 갖고 떠나라. 황궁에 네가 머물 곳은 없다."

그렇게 말하며 그를 비웃었던 자, 천외신궁의 비호를 받아 황제위에 오른 자, 제 아비를 베고 아비의 자리를 차지한 불효막심한 자, 소광 태자.

능설비는 지금 그를 처단하러 가는 중이었다.

'소로 공주를 죽이려 한 죄만으로도 네놈은 백번 죽어도 모자라.'

능설비는 느긋하게 걸음을 옮겼다.

한참을 걷자 멀리 날아갈 듯 아름다운 선을 가진 처마를 이고 있는 누각이 보였다.

유향루였다.

황제를 만나 소로 공주와의 인연이 시작된 곳.

'황제는 먼 사촌인 나의 어머니를 기억하며 저 누각을 만들었다지?'

존재감도 없던 어머니란 단어에 괜스레 가슴이 뭉클해진다.

'나의 어머니는 어떤 분이셨을까? 황실을 버리고 떠났다니 대단한 여걸이셨을 테지. 언제고 자유로워지면 청해(靑海), 내가 태어난 곳 구경을 가야지. 그럴 날이 있을지 모르나……'

평소 고적하던 유향루였으나 이날따라 사람들로 북적이고 있었다. 근처에 꽤 많은 사람들이 모여 웅성거렸다.

사람들의 시선을 잡아끈 건 유향루 벽에 붙은 한 장의 방문이었다.

〈하늘의 주인이 바뀌었으나 몇몇 반역의 무리가 이를 부정하고 있다. 질서를 어지럽히고 시대의 흐름에 부응하지 못하는 자들은 나의 천하에 살아갈 뜻을 버린 자들일 것이다. 역적들의 목을 오늘 오시(午時)에 베리라. 백성들은 더러운 무리의 교언에 흔들리지 말고 맡은바 본분을 다하여야 한다.

대명천자(大明天子) 소광제(昭曠帝).〉

소광제 친명을 알리는 방문이 붙은 곳은 유향루뿐만이 아니었다. 방문은 황도의 거리 곳곳에 내붙었다. 새벽에 자금성 앞에 내걸린 방문이 무섭도록 빨리 연경 전역에 퍼져 나간 것이었다.

비단옷을 입은 사람, 마부, 상인 등등…….

여러 사람이 모여 그것을 보는데 하나같이 괴로운 기색들이 역력했다. 방문 곁에는 장창을 꼬나 쥔 군졸이 사람들의 표정을 살피며 비웃음을 흘렸다.

'누가 하늘의 주인이 된들 무슨 상관이란 말이냐. 세상 이치가

다 그런 거 아니겠어. 후후, 우리같이 힘없는 자들은 그저 나라의 명에 충실하면 돼. 아니면 국으로 처박혀 있던가.'

그는 사람들이 웅성거리는 것을 쓸데없는 일로 치부했다. 하지만 힐끗거리는 사람들의 시선이 부담스러운 것도 사실이었다.

그는 시선을 한곳에 두지 못하고 이리저리 움직였다.

호의적인 말이 들려온 건 바로 그때였다.

"죽을 자 중 호부상서 있소?"

소리가 난 곳을 바라보니 맨 뒷줄에 서 있는 흑삼서생이 그를 보며 손을 흔들고 있지 않은가.

군졸은 그제야 힘이 나는 듯 어깨를 으스댔다.

"당연한 일이 아니겠소? 하핫, 호부상서 웅진옥은 탐관오리 중의 대표이니 의당 목이 잘려야지."

"그것참 잘된 일이로다."

흑삼서생이 크게 말하자 여기저기서 분노에 찬 악담이 나직이 터져 나왔다.

"쓸개 없는 놈!"

"에잇, 어서 귀를 닦고 눈을 씻어내야지!"

조롱거리가 된 흑삼서생은 능설비였다.

'황금총관이 저들 편에 서지 않았으면 모를까, 저들이 어찌 웅진옥을 죽이려 한단 말인가. 내가 잘못 판단했을 수도 있다. 그들이 내게 등을 돌린 게 아니라면……'

능설비는 누가 침을 뱉건 욕을 하건 개의치 않았다. 그것은 가벼운 바람에 지나지 않는다. 그는 이미 태산보다 더 큰 바위가 되어 있었다. 그런 가벼운 바람에 흔들리기에는 너무나도 거대한.

오시 무렵,
연경 남쪽 황사평(黃沙坪)은 인산인해가 되었다. 기마병들이 오가고 있고, 장사꾼들이 돌아다니며 떡이며 엿 조각을 신명나게 팔고 있었다. 하나, 모인 사람들은 하나같이 웃을 수 없었다. 어릿광대들이 신들린 듯 돌아다니는데도 흥미있어하지 않았다.
참형장.
삶과 죽음은 본시 하늘이 정한다. 그러나 인간은 그러한 하늘의 정함을 거역하기도 한다. 자결로, 그리고 불행히도 남에 의해 죽임을 당하는 사람도 있다.
심장을 쿵쿵 뛰게 하는 북소리가 무거운 분위기 속에 울려 퍼졌다.
둥! 둥! 둥!
모인 사람들은 한쪽에서 끌려오는 죄수들 쪽으로 시선을 모았다.
"목 잘릴 사람들이 나타났다!"
"개 끌리듯 끌려오는 모습들이 처량하군."
"천하 모든 사람들이 우러러보던 고관대작들이 저런 신세가 되다니… 쯔쯧, 저럴 바에야 차라리 평민으로 사는 게 낫지."
사람들의 표정은 갖가지였다.
죄수의 수는 열다섯. 하나같이 고개를 번쩍 들고 있는 모습이 이채로웠다.
"주상은 따로 계시다."
"소광은 일개 역적일 뿐이다. 그는 천자가 된 것이 아니라 태자 자리마저 잃은 것이다."

"목을 자를 수는 있어도 주상에 대한 충절은 베지 못한다."

죄수들은 하나같이 꿋꿋했다. 그들에게 죽음은 초개와 다를 바 없었다. 죄책감이 있다면 그들의 상전을 제대로 보필하지 못했다는 괴로움뿐이었다.

십오신(十五臣).

그들은 그렇게 불렸다.

이때 참수장의 분위기가 일변했다. 관부에 아부하거나 시세에 맞게 변모하는 박쥐형 인간들은 어디에나 있게 마련이다.

"소광제를 거역한 자들이다!"

"아까운 사람들이나 시세를 몰랐다. 나였다면 죽기보다는 굽혔을 것이다."

구경하는 사람들은 좀 더 잘 보기 위해 목을 길게 뺐다. 북소리는 더욱 급박해졌다. 이어 북소리가 중지되는 찰나 망나니들이 칼을 내려칠 것이다.

산발한 사람들은 여전히 지조를 굽히지 않았다.

"어서 죽이게나!"

"허헛, 소광에게 가서 이제부터 잠자리가 뒤숭숭할 것이라 일러주게. 밤마다 나의 원귀를 볼 테니까."

"자아, 목이 타니 술이나 다오. 술 한 모금 마신 다음 저승길로 가겠다."

살 만큼 산 사람들, 그리고 인생의 복락을 누릴 대로 누린 사람들이기 때문일까? 그들의 육신과 영혼을 반쪽 낼 번득이는 칼날 앞에서도 담담하기만 했다.

"어서 쳐라!"

형리의 눈에 핏발이 이는 것도 당연한 일이었다.

"우!"

"으헤헤……."

망나니 열다섯이 검무를 더욱 빠르게 췄다.

흔들리는 대도, 시퍼런 칼 빛, 허공이 끊어지는 소리……. 이윽고 열다섯 망나니들의 칼날이 참수자들의 머리 위로 높이 치켜 올려졌다. 구경꾼들은 차마 보지 못하겠다는 듯이 고개를 돌렸다.

"으아악!"

"캐액!"

의외로운 비명성이었다. 구경꾼들이 다시 고개를 돌렸을 때 바닥에는 열다섯 구의 시체가 엎어져 있었다. 하나 죽을 사람들은 버젓이 살아 있고 죽일 자들이 모두 죽어 있는 것이 아닌가? 망나니들의 미간에 콩알만 한 혈흔이 새겨져 있었다. 실로 예기치 못한 상황이었다. 천하의 어느 누가 한순간에 열다섯의 목숨을 소리없이 빼앗아갈 수 있단 말인가?

장내는 물 뿌린 듯 조용해졌다. 형리의 눈은 화등잔만 하게 커졌다. 그는 너무 놀라 오줌으로 관복을 축축이 적셨다.

"백… 백주에 귀신이 나오다니……!"

그가 다리를 덜덜 떨 때 이제껏 방관하고 있던 사람 하나가 걸어 나왔다.

"쯔쯧, 격공무음지(隔空無音指)도 모르다니."

도롱마객(屠龍魔客) 이장충.

그는 최근 들어 자삼금부시위(紫衫禁府侍衛)가 된 자로 그의 뒤쪽에는 열여덟 명의 홍삼시위(紅衫侍衛)가 버티고 있었다. 그들은 모두 오만무도한 표정을 짓고 있었다. 다른 관졸들이 짓는 겁먹은 표정과는 완전히 달랐다.

"후훗, 무림고수가 끼어들다니… 자고로 나라의 일과 강호의 일은 서로 섞이지 않는 법이거늘."

도롱마객은 서쪽을 바라봤다.

'지력은 분명 저쪽에서 날아들었다.'

그의 눈에서 살광이 번득였다. 그러나 그의 과신은 절대적 오판이었다. 동쪽에서 무형무성지(無形無聲指)가 날아와 그의 두개골에 동전만 한 구멍 하나를 뚫었던 것이다. 너무도 허무한 죽음이었다.

도롱마객의 시체가 나뒹굴자 홍삼시위들은 사태의 심각성을 절감하며 병장기를 뽑아 들었다.

"어느 놈이냐?"

"귀신이면 물러나고 사람이면 나서라!"

"비겁하게 숨어 암기를 던지지 마라, 백도의 잔당!"

서로 등을 맞댄 그들은 심장을 조여드는 긴장 속에 사위를 두리번거렸다.

"후훗, 강호인이 어이해 황실에서 기생하느냐?"

누군가 바로 곁에서 말했다.

"어엇?"

"이게 무슨 소리지?"

열여덟 명은 바로 곁에서 들리는 소리에 놀라 황급히 주변으로 시선을 돌렸다. 다가온 사람은 하나도 없었다.

"훗훗, 놀라지 마라. 나는 무형인이라 보이지 않는다. 결국 사람들이 귀신이라 부르지."

또다시 목소리가 들렸다. 홍삼시위들은 미칠 것만 같았다. 극도의 공포에 찬 그들은 흉광을 폭사했다.

"어느 놈이 귀신 행세냐? 무조건 베라!"

"닥치는 대로 쳐죽여라!"

홍삼시위들은 겁을 집어먹고는 구경꾼들을 향해 신검합일해 날아올랐다. 순간, 벼락 치는 소리가 나며 무형의 장벽이 그들의 앞을 가로막았다.

"돌아가라!"

연이은 폭음과 함께 홍삼시위들은 시위를 떠난 화살처럼 되튕겨져 날아갔다.

"으아… 악!"

"캐액!"

골이 으스러져 죽는 자, 두 다리가 박살이 난 채로 모래밭을 나뒹구는 자, 죽는 모습도 가지가지였다.

소리없이 육골을 뭉그러뜨리는 무형 강기. 그것은 북쪽에 있는 떡장수의 소매 속에서 흘러나오고 있었다.

'사기를 철저히 꺾어야 한다.'

늙은 떡장수 행세를 하고 있는 사람은 바로 능설비였다. 십팔시위는 도롱마객과 마찬가지로 시체가 되어 길게 나뒹굴었다. 형장은 텅 비었다.

피[血], 모래, 그리고 형리들이 버리고 도망간 깃발, 북……. 구경꾼들은 충격과 혼란 속에 제정신이 아니었다.

"큰일이다."

"으으, 무슨 귀신인지 모르나 이 일로 인해 잠시 후면 대군이 황성을 온통 뒤덮을 것이다."

"아이구우, 새로 천자가 된 소광 태자 배후에는 강호의 흉마들이 있다는데……."

구경꾼들은 목을 만지며 식은땀을 흘렸다. 이때 누군가의 입에서 흘러나온 말인지 모를 큰 목소리가 형장의 하늘에 메아리쳤다.
"천자는 살아 계시다!"
십 리 안이 그 목소리로 흔들렸다.
"그분은 요양 중이시다. 그리고 제위를 찬탈하려 했던 소광은 오늘 안으로 죽을 것이다. 내일 새벽, 성문에 소광 태자의 수급이 효시될 것이다. 천자는 얼마 후 강호난(江湖亂)이 평정되는 대로 입궁하실 것이다."
누가 말하고 있는지 알아본 사람은 없었다. 그 말에 가장 기뻐하는 사람들은 죽기 직전에 목숨을 건진 십오신이었다.
"천자가 살아 계시다니?"
"오오, 그럼 시위장 복 노인이 주상을 제대로 모신 모양인가 보오."
눈물을 흘리는 사람들 중에는 호부상서 웅진옥도 끼어 있었다. 그의 고막 속으로 가는 목소리가 파고들었다.
"곧 오라가 풀릴 것이오. 그러면 즉시 일어나 대신들을 이끌고 황성으로 가시오."
"어엇?"
웅진옥이 놀랄 새도 없이 굵은 동아줄이 저절로 끊어졌다.
"어서 걸어가시오. 내가 보호해 주겠소. 두려워 말고 당당히 걸어가시오."
재촉하는 목소리에 웅진옥은 순간적으로 한 사람을 떠올렸다.
"여… 영주시구려?"
그는 감격과 흥분으로 몸을 휘청거렸다. 눈물이라도 쏟고 싶은 마음이었다.

"자세한 것은 차후에 이야기합시다."
"알겠습니다."
웅진옥은 얼른 몸을 일으켰다. 어디에선가 강기가 날아들어 열다섯 사람을 결박 지었던 모든 밧줄마저 끊었다. 적어도 이십 장 밖에서 날아든 강기이건만 살갗에는 흠도 내지 않고 밧줄만 자른 것이다. 이런 솜씨는 천하를 통틀어 세 손가락에 꼽을 절세고수만이 가능했다. 물론 노대신들은 그것을 알지 못했다.
그들은 영문을 모르겠다는 듯 고개만 절레절레 저었다.
"갑시다! 하늘이 뒤에 있소. 으하핫!"
웅진옥의 호쾌한 목소리에 문득 대신들은 이목을 집중시켰다.
"황성으로 갑시다! 용좌(龍座)를 그 망나니 소광에게 맡길 수 없으니 어서 가서 다시 찾읍시다!"
웅진옥이 크게 소리치며 걸음을 내디뎠다.
"황궁으로 가자!"
"천자가 살아 계시다니 죽어도 좋다! 어차피 죽은 목숨이 아니냐? 기왕이면 황궁에 가서 죽겠다!"
노대신들은 웅진옥을 따라 걷기 시작했다. 긴 행렬이 만들어졌다. 구경꾼들은 꽤 멀리 떨어져서 대신들을 지켜봤다.
웅진옥은 눈물을 흘리고 있었다.
'나도 모르게 주상의 신하가 아니라 구마령주이신 그대의 속하가 되었소이다. 이번 일이 어찌 되건 이후에는 관에 있지 않을 것이오.'
그는 뜨거운 마음으로 그렇게 맹세했다.

황궁(皇宮),
돌연 난리가 벌어졌다. 소광은 미녀를 품에 안고 맛있는 웅장구

이를 즐기다가 그 소식을 듣고 상아 젓가락을 떨어뜨렸다.
"그… 그럴 리가?"
그의 눈이 휙 뒤집어졌다.
"도롱마객이 죽었고, 그 소식을 듣고 간 구천노마(九天老魔), 등룡비마(騰龍飛魔), 동산칠악(東山七惡)이 차례차례 죽었소이다."
소광 태자를 보며 말하는 사람이 있었다.
모리극(牟利克).
그는 포달랍궁의 부교조(副敎祖)가 되는 자였고, 현재 시위장으로 있었다. 그는 천외신궁에서 당주 지위를 맡고 있기도 했다.
"으으, 어서 막으시오!"
소광 태자는 아래턱을 떨었다.
"모… 모두 마종을 믿고 한 것이었소. 마… 마종이 나를 지켜주지 않는다면, 으으, 나는 죽게 될 것이오!"
소광 태자는 그사이 꽤 수척해졌다. 여색을 너무 탐했기 때문이리라.
모리극은 안심하라는 듯 자신의 가슴을 세게 쳤다. 쿵, 하는 음향이 북소리만큼이나 컸다.
"시위장, 급보가 왔습니다!"
밖에서 그를 부르는 소리가 났다.
"뭐냐?"
모리극이 어전임을 잊고 크게 외쳤다.
"십오신이 검은 바람에 휘말려 사라졌습니다. 바로 황궁 어귀에서입니다."
"뭐… 뭐라고?"
"그 모습이 흡사 실전된 마공 흑마비풍영(黑魔秘風影)과 같았습니다."
 "그…그럴 리가? 그 술법은 돌아가신 구마령주 정도는 되어야 시전할 수 있는 가장 완벽한 대은형마공(大隱刑魔功)이다."
 모리극이 놀라는 것도 무리는 아니었다.
 흑마비풍영.
 그것은 내가진기를 흑무로 내뿜어 십 장 반경 안을 휘감아 버리는 철저한 마도은영술이었다. 내공이 막강하지 않으면 감히 흉내도 내지 못하는 전설상의 마공이기도 했다.
 한데, 그것이 나타났다니 어찌 믿겠는가.
 "그… 그럴 리가 없다!"
 구마령주는 혈마잔혼애에 떨어져 죽었다고 알려졌다. 하지만 그의 시신을 본 사람은 없지 않은가.
 만약 그가 살아 있다면……. 그건 생각만으로도 너무나 끔찍한 일이었다.
 모리극은 사지를 벌벌 떨며 밖으로 나갔다.
 "가… 가지 마시오. 무섭소!"
 소광은 겁먹어 외치며 모리극을 잡으려 했다. 하나, 다 늙어 수전증 걸린 사람같이 손을 떠는 소광이 어찌 절세고수를 잡겠는가.
 소광은 휘청거리다가 나뒹굴고 말았다.
 "호호!"
 "천자께서 나뒹구시다니!"
 궁녀들이 철모르고 까르르 웃었다.
 "웃지 마라, 이 더러운 년들아!"
 소광은 이를 갈며 궁녀들을 쏘아봤다. 방금 전 그의 무릎 위에 앉아 애교를 떨던 궁녀는 소광의 독기 어린 눈빛 아래 사색이 되고 말았다.

"폐하, 용서해 주십시오."

궁녀들은 벌벌 떨며 절을 했다.

"너희들이 나의 양기를 없앤 탓에 내가 중심을 잃고 넘어졌거늘 감히 그것을 비웃다니… 다시 한 번 웃는다면 목이 달아나고 구족이 몰살될 줄 알라. 비록 옥쇄는 얻지 못했으나, 천외신궁이 인정한 명조의 천자가 바로 나다!"

실로 기가 막힌 일이었다.

―천외신궁이 인정한 명조의 천자.

일국의 천자 자리에 있는 자의 입에서 그런 말이 나오다니.

소광은 그런 말을 태연히 내뱉으며 술좌석으로 되돌아갔다.

"어느 귀신 놈이 대낮에 농간을 부린단 말인가. 으으, 독주로 긴장을 풀자."

소광은 의자에 앉아 턱을 끄덕였다. 술을 잔에 따라 갖다 바치라는 동작이었다. 궁녀들은 얼른 술병을 기울여 금잔 하나를 가득 채웠다. 순간 술잔이 절로 둥실 떠서 소광의 머리 위쪽으로 날아가는 것이 아닌가?

"어어… 엇?"

궁녀들이 자지러지는 비명을 발했다. 잔을 잡으려던 소광의 손이 부들부들 떨렸다.

그의 앞으로 한 사람이 떨어져 내렸다.

"본시 내가 너의 친부를 해하려 한 죄를 물어 너를 효시하려 했다. 한데 지금 보니 마약에 걸린 멍청이에 불과하구나."

죽립으로 얼굴을 가린 사람 하나가 눈앞에 있었다.
"누… 누구냐?"
소광은 안면 근육을 꿈틀거렸다.
"너를 고쳐야 할 의무를 가진 사람이다."
죽립 쓴 사람은 다짜고짜 소광의 맥문을 잡았다. 소광의 팔뚝은 아주 가냘팠다.
평소 몹시 거만하고 흉맹하던 소광. 그는 모계에서 아주 나쁜 피를 이어받았다. 하지만 본시 악독한 사람은 아니었다. 친아버지를 베라 명할 정도로 냉혹한 성격의 소유자가 아니건만 마약이 그의 뇌성을 지배하기에 그런 대참사가 벌어졌던 것이다.
소광의 맥문을 잡은 사람은 능설비였다.
'지독한 놈들, 태자에게 마약을 써서 노예로 만들다니. 강호에서 벌어진 일 중 가장 수치스러운 일이다.'
능설비는 소광을 쏘아봤다. 소광은 전과 같지 않았다. 그는 겁먹어 울고 있었다.
"제… 제발 나를 죽이지 말게. 흐흑……."
그의 코에서 콧물이 뚝뚝 떨어져 내렸다.
"소광, 누가 너에게 약을 먹였느냐?"
"어… 어의가 먹였다."
능설비의 몸에서 싸늘한 한기가 풀풀 피어올랐다.
"어디에 있느냐?"
"어의전."
능설비는 소광의 팔을 끌고 날아올랐다. 문이 소리없이 열렸다가 닫혔다.
능설비는 황성 안의 지리에 익숙했다. 그는 남에게 물어볼 것도 없이 어의전을 찾아갔다.

어의 행세를 하고 있는 자는 사실 무림대독의(武林大毒醫)라고 하는 북천산(北天山)의 거마였다.
지금 무림대독의의 얼굴에는 야릇한 희열의 빛이 떠올라 있었다.
"흐으… 웅, 이것이 무슨 신술인지요?"
그의 사타구니 아래에는 계집이 머리를 묻고 있었다.
"내가 하는 것은 무조건 몸에 좋은 것이다. 후홋."
무림대독의는 등판에 비지땀을 흘리며 하나의 구결을 외웠다. 음양교합술로 내공을 증진하는 북천산의 비법. 사실 그의 내공 태반은 여인의 음기를 빨아들여 이룩된 것이었다.
'크크, 황궁에는 음기가 강한 계집이 지천에 깔렸어. 한 십 년쯤 몸보신을 한다면 조사들도 이루지 못한 불괴지신에 도달할 수 있다.'
대독의는 느긋했다.
황실에 온 지 보름 정도. 그동안 늘어난 내공은 십 년을 고려해도 얻지 못할 수준이었다. 그가 원한다면 하루에도 수백 명의 여인을 마음대로 취할 수 있다. 황궁은 깊고 은밀한 곳, 어떠한 일이 벌어져도 소문은 나지 않는다.
그가 느긋한 희열을 즐기고 있을 때, 느닷없이 진흙 묻은 신발이 다가오더니 등판을 강하게 밟아 눌렀다.
"웨에… 엑!"
대독의는 오장이 게워지는 듯한 구역질을 느꼈다. 그의 배아래 깔려 있던 여인 역시 압박감에 혼절했다.
"천외신궁에서 무엇이냐?"
차디찬 목소리가 그의 영백을 금제시켰다.

"약… 약전(藥殿) 전주다. 으으, 너는 누구냐?"

"묻는 말에나 답해라."

능설비는 발에 힘을 더 가했다. 대독의의 코에서 핏물이 새어 나왔다.

"소광에게 무슨 약을 먹였느냐?"

"미심초(迷心草) 반, 탈백유혼분(奪魄誘魂粉)이 반 섞인 묘강마독(苗彊麻毒)을 썼다."

"해약은?"

"달리 없다. 먹지 않고 오 일만 견디면 된다. 그… 그것이 유일한 해약이다. 마약이란 본시 그런 것이다."

그의 말이 끝나기가 무섭게 능설비는 가벼운 일퇴로 그의 정수리를 찍었다. 둔탁한 음향과 함께 대독의의 머리통이 두부처럼 으스러졌다.

소광이 갑자기 버럭 소리쳤다.

"천뢰잠? 이… 이제 보았더니 소로가 보낸 사람이군."

그는 능설비의 머리 뒤쪽에 묻혀 있는 푸른빛 비녀를 보고 알아챈 것이다.

"그렇다. 네가 안다고 크게 달라질 것도 없다."

"으으, 네가 소로와 무슨 관계이기에……."

"소로 공주의 태중에 있는 아이의 아버지 되는 사람이지."

소광 태자는 등골이 오싹해졌다.

"그럼 설산공자?"

"후훗, 그렇게 불러도 상관 않겠다. 하여간 너는 오 일간 갇혀 고생해야겠다. 아니, 너를 벌할 사람은 단 한 분, 바로 천자시다."

"아… 아바마마가 아직 살아 계시냐?"

소광 태자의 얼굴이 시커메졌다.
"그렇다."
"아아, 천만다행이다."
소광 태자의 말은 의외였다.
"아아, 그래도 불행 중 다행이다. 아바마마가 돌아가셨다면 나는 정말 나쁜 놈이 되었을 것이다."
소광 태자는 말할 수 없이 나약했다. 능설비는 그의 태도에 마음이 많이 누그러졌다.
'나 같은 인간도 재생의 길을 가는데 소광 태자라고 가지 못하겠는가.'
그는 소광 태자를 들쳐 업고 밖으로 나갔다. 그가 어둠에서 빛의 세계로 들어섰다면 소광 태자에게도 기회를 주어야 했다. 남에게 관대할 수 있는 사람이라면 자신에게도 관대할 수 있는 것이 아니겠는가.

능설비는 느릿느릿 걸어갔다. 그의 태도는 여유라기보다 무심에 가까웠다. 한데 열 걸음도 채 내딛기 전에 금부시위를 가장한 천외천궁의 황실분단고수들이 대거 몰려들었다.
"저놈이다!"
"쳐라!"
맨 앞에는 모리극이 있었다. 그는 원래보다 두 배나 긴 팔을 풍차처럼 휘두르며 달려들었다.
"통미불수력!"
현묘한 서장 절학이 전개됐다. 현란한 손 그림자가 팔방을 뒤덮으며 능설비의 전신으로 짓쳐들었다. 강보다는 변화의 초식이었다. 웬만한 고수라도 정신이 아득해질 살초였다. 하지만 능설비는 변화를 무시했다. 단지 혼신강기만 펼치며 상대의 공세 속으로 유유히 접근해 갔다.

 연이은 폭음 속에 모리극은 두 팔이 으스러지는 고통을 느끼며 오 장 밖으로 튕겨 나갔다. 그는 울컥 검붉은 선혈을 토해냈다. 그의 놀라움은 극에 달했다.

 "으으, 강기로 나의 팔을 부수다니. 네… 네가 누구이기에?"

 능설비의 대꾸는 섬전 같은 탄공지였다. 모리극의 천돌혈에 동전만 한 구멍 하나가 파였다. 모리극은 비명도 지르지 못하고 나뒹굴었다.

 "광음공공수!"

 능설비는 위로 날아오르며 좌수를 어지럽게 흔들어댔다.

 미풍이 이는 소리도 없다. 고요할 뿐 어떠한 긴장감도 일지 않았다. 하나 무음무형의 강기는 상대의 몸에 닿는 순간 일천 근의 힘으로 돌변했다.

 "크아악!"

 "이, 이것은 악마의 수법이다!"

 오 장 안에 있던 모든 자들이 피범벅이 되어 나뒹굴었다.

 "우!"

 능설비는 승천하는 용의 울음과 같은 장소성을 질러대며 위로 날아올랐다. 어기충소의 절학. 그는 멋들어진 상승 신법을 시전하며 냉엄하게 외쳤다.

 "황궁을 떠나지 않는 마도인은 이렇게 된다!"

 그의 좌장이 아래쪽으로 흔들렸다.

 또다시 죽음 같은 적막.

꽈꽝!

 벼락 치는 소리와 함께 석관에 깊이 오 척의 구멍 하나가 파였다. 모래바람이 일어나며 황궁이 뒤흔들렸다. 능설비는 그 순간 담을 넘어 사라져 갔다. 사람들은 모두 닭 쫓던 개 꼴이 되고 말았다.

 천자가 없는 황궁. 이미 황궁은 황궁이 아니었다. 천자가 있는 곳이 바로 황궁이며 이곳이 바로 그러했다.
 단아한 방 안에 두 사람이 마주 앉아 있었다. 두 사람 사이에는 향차(香茶) 두 잔이 놓여 있다.
 흰 손 하나가 잔에 닿는다.
 "소광을 잘 돌봐주시오."
 "염려 마십시오, 영주. 아, 아니, 능 공자."
 "고맙소."
 "아아, 능 공자가 바로 설산공자시고 바로 부마시라는 것을 이제야 알다니 정말 저는 어리석은 사람입니다."
 말하는 사람은 호부상서 웅진옥이었다. 반대편에 있는 사람은 능설비였다. 그는 향차를 단숨에 들이켰다. 차 맛은 마음을 맑게 하는 데 주효하다. 그래서 능설비는 차를 즐겨 마신다. 간혹, 그는 큰 가마솥으로 하나가 넘는 양의 차를 마신다. 그것은 그만이 아는 비결이기도 했다.
 "황금총관이 마종의 명으로 군방루로 갔다가 실종되었다고?"
 "그렇습니다."
 "흠, 자세히 말해보게."
 "저도 그것밖에 모릅니다. 아버님이 군방기루로 가신 직후 소광이 보낸 고수에게 잡혔습니다."

웅진옥은 아는 바를 모두 이야기했다. 삼총관은 한데 모였다가 사라졌다. 그것이 웅진옥이 알고 있는 이야기의 전부였다.

'하여간 거기로 가봐야겠다.'

능설비는 찻잔을 앞으로 조금 내밀었다. 웅진옥은 기다렸다는 듯 찻주전자를 기울여 차를 한 잔 가득 부어주었다.

"흠, 정말 좋네그려."

능설비는 찻물을 한 방울도 남기지 않고 모조리 들이마셨다.

요화의 순정

 이틀 후, 능설비는 연경이 아닌 개봉부의 높은 성벽을 보고 있었다. 그는 중년인으로 변용한 상태였다. 항마광음선은 천으로 둘둘 말아 허리에 찼고, 눈빛은 흐리멍덩해 그가 내가고수임을 알아보는 사람은 하나도 없었다. 다섯 사람 속에 섞여 있어도 기억해 내지 못할 아주 평범한 모습이었다.
 완연한 가을답게 소슬한 바람이 개봉부를 휘감고 있었다. 바짝 마른 낙엽이 춤을 춘다.
 "눈이 오기 전 일을 마쳐야 하는데 나의 길은 꽤 먼 듯하니……."
 능설비는 중얼거리다가 부 내로 들어갔다. 그는 왁자한 저잣거리를 따라 걸었다. 물건 값을 소리쳐 부르고 흥정하는 사람들의 실랑이가 들려왔다. 세상이 어떻게 돌아가는지 깊이 알지 못하는 사람들. 그것은 오히려 복이 아니겠는가.

얼마 후, 그는 너무나도 낯익은 곳에 이르렀다.
군방기루.
건물은 과거나 지금이나 여전했다. 한데, 편액이 전혀 달랐다.

〈군마환락루(群魔歡樂樓).〉

군방기루는 다른 곳으로 변해 있었다. 능설비는 쓴웃음을 억지로 참아가며 계속 걸었다. 군마환락루가 가까워질 때 골목길에서 한 사람이 불쑥 튀어나와 그를 가로막았다.
"가지 마시오, 문사. 그 길로는!"
왜소한 중늙은이는 재빨리 말하며 뒤돌아섰다.
"잠깐."
능설비는 얼른 그의 옷자락을 낚아챘다.
"엇, 금나수(擒拿手)?"
거지는 깜짝 놀라 몸을 뒤틀었다. 하나, 그가 어찌 능설비의 손을 벗어나겠는가? 능설비는 역용한 얼굴 가득 웃음을 지으며 그를 안심시켰다.
"나는 개방의 벗이오. 놀랄 것 없소."
"아, 아니? 내가 개방 사람임을 어이 아시오?"
"핫핫! 다 아는 수가 있다오."
능설비는 웃으며 군마환락루를 가리켰다. 그는 얼굴만 중년인이 아니라 음성까지 변해 있었다.
"저기 무엇이 있기에 가지 말라는 것이오?"
"군마환락루는 진정 무서운 곳이오. 천외신궁이 가장 중시하는 곳이기도 하오. 저곳에는 우선 구마령주란 저주받을 놈의 전설이 있소."

 능설비는 가슴이 뜨끔해졌다.

 "흠."

 "요사이에는 이역고수(異域高手)들을 위한 환락연까지 주야로 베풀어지고 있소. 더럽고 피비린내 나는 곳이외다."

 "이역고수?"

 "저곳은 비밀 장소와 통하고 있소. 그곳에는 인간 세상에서 볼 수 없는 요지경이 있다는구려. 마두들은 거기 가서 온갖 향응을 접대받고 천외신궁주에게 충성한다는 혈서를 쓴다고 알고 있소. 벌써 수백 명이 다녀갔소."

 "어찌 그리 잘 아시오? 개방은 무너진 줄 아는데."

 "허허, 무너질 것이 따로 있지. 개방은 무너지지 않소. 한 달 후면 그것을 알게 될 것이오."

 노개의 말은 거짓이 아니었다. 개방은 뿌리가 깊은 문파였다. 총타가 붕괴되었다고 무너질 문파는 아니었다. 그들의 세력은 전 중원에 산재해 있다. 개방의 비합전서가 소집령을 달고 날아오르면 수만의 방도는 언제든지 규합될 수 있는 질긴 뿌리를 가졌다. 총타와 함께 흥망을 같이했다면 벌써 수십 번도 더 무너졌을 것이다.

 '백도는 되살아나고 있다. 의검방을 주축으로 하고, 내가 뒤에서 돕는다면 더 빨리 일어날 수 있을 것이다.'

 능설비는 그제야 노인의 팔을 놓아주었다.

 "한데, 어이해 내가 개방 사람임을 아시오?"

 노인이 바짝 다가섰다. 그는 능설비의 몸에서 풍기는 아주 부드러운 기세에 끌리고 만 것이었다.

 "핫핫, 과거 한번 그대를 본 사람이기 때문이오. 그리고 역용을 그렇게 해서는 남을 속일 수 없소, 구면신개.”
 능설비가 웃는 이유를 구면신개는 잘 모른다.
 과거에 구면신개는 만화지를 한번 구경한 사람이 아니겠는가? 물론 자신은 그것을 아직도 꿈으로 여기고 있겠지만.

 저녁 무렵, 능설비는 화운거(華雲居)라는 객잔에서 걸어나왔다. 그의 옷차림은 완전히 달라졌다. 흑색 경장에다가 중무장을 한 상태였다. 등에는 쌍검을 찼고 허리에는 온갖 암기를 주렁주렁 매달고 있었다. 모두 점소이를 시켜 사 오게 한 것이었다.
 '이 정도면 완연한 마도고수로 보이겠지?'
 능설비는 자신의 뺨을 쓰다듬었다. 칼자국이 하나 깊게 파여 있었다. 산전수전 다 겪은 흉마로서의 면모였다. 누가 봐도 역용한 것으로 보이지 않는 신묘한 변체환용술이었다.
 얼마 후, 그는 군마환락루 앞에 이르렀다. 그 앞에는 수십 명의 흉한들이 줄을 지어 서서 다가올 차례를 학수고대하고 있었다.
 그들의 시선은 기둥에 새겨진 글에 쏠려 있었다.

 〈마도영웅은 오라. 마문(魔門)이 활짝 열려 있다. 강한 자에게는 의당 미녀가 상으로 주어질 것이다.〉

 새겨진 글귀 옆으로는 야릇한 그림들이 걸려 있는 게 보였다.
 춘화도(春畵圖)랄까? 벌거벗은 여인들의 그림인데 너무도 세밀하게 묘사되어 살아 움직일 듯했다.
 봉긋한 가슴과 음모마저도 아주 세밀히 표현되어 있었다.
 그림의 수는 백여 장. 같은 그림은 단 한 장도 없었다. 두 다리를 가볍게 벌리고 교태로운 웃음을 던지는 여인, 눈을 찡긋하는 여인, 너울너울 춤을 추는 여인, 온갖 형상의 요화들……. 그 위로는 일필휘지로 내갈긴 방(傍)이 걸려 있었다.

〈삼관(三關) 통과자는 천외신궁에의 입궁이 허가됨과 동시에 그림 한 장을 떼어 가질 권리를 갖는다. 미녀도의 임자는 곧 그 여인의 임자니라.〉

정말 놀라운 글이었다.
사람을 상으로 주는 관문! 대체 어떤 관문이란 말인가? 하나, 능설비는 관문에 호기심을 느끼기 이전 그림에 호기심을 느꼈다.
'아는 아이가 없다.'
능설비는 그림 중 아는 얼굴을 하나도 발견하지 못했다.
군방기루와 만화루에 있던 그 많은 미녀들은 다 어디로 갔단 말인가? 그림 속의 여인들이 밉다는 뜻은 결코 아니었다. 여인들의 미모는 만화지 색노(色奴)의 절염함에 비해 어느 정도 수준의 차이가 있는 것이었다.
"흠."
능설비가 그림을 유심히 보며 가벼운 신음성을 발했다. 그 모습은 영락없이 미색에 눈이 먼 마도고수로 보였다.
"헛헛, 출중한 고수로군. 그래, 천외신궁이 여기서 문하생을 받아들인다는 소문을 듣고 찾아왔겠지?"
돌아보니 얼굴이 하얀 꼽추노인이 그를 바라보며 허연 이빨을 드러낸 채 웃고 있었다.
백면마타(白面魔陀) 사마수(司馬秀).
그는 한때 남해를 질타하던 거마이다. 그 역시 동의맹에 쫓겨 강호에서 추방된 자였다.

그의 현재 지위는 군마환락루의 총관.

예리한 안목과 악명은 총관의 위치로서 적격자로 보였다.

"그렇소. 소문 듣고 왔소."

능설비는 기다렸다는 듯 고개를 끄덕였다.

"걷는 모습이 제법이네만 천외신궁은 사람을 함부로 뽑지 않는다네. 훗훗, 최소한 내공이 사십 년 수위는 되어야 하지."

백면마타는 한곳을 가리켰다.

사람들이 줄지어 서 있는 맞은편으로 커다란 종이 하나 매달려 있는 게 보였다. 종 표면에는 마귀문(魔鬼紋)이 선명하다.

종에서 오 장 떨어진 곳에 흰 선 하나가 그어져 있는 것으로 보아 그곳이 출수 지점인 듯했다.

〈제일관(第一關), 지공으로 종소리를 내면 돌파한 것으로 인정한다.〉

종이 바로 제일관이었다. 백면마타는 그것을 설명해 주며 손가락으로 수염을 매만졌다.

"열 사람이 손을 쓰면 아홉은 실패하네."

"흠, 꽤나 어려운 관문이외다."

"훗훗, 그러나 실패하는 것을 두려워 말게."

"왜 그렇소?"

"길이 있다네. 은혜로우신 금면마종께서 떨어지는 사람들에게 구제의 길을 활짝 열어주신 것이지."

"그게 뭐요?"

능설비의 음색은 아주 거칠었다. 그런 흉내를 내는 것은 그에게 아주 쉬운 일이었다. 백면마타는 눈앞에 있는 자의 얼굴이 가짜라는 것은 상상도 하지 못했다.

그는 능설비에게 유난히 관심을 보였다.

"저기 사람들이 모여 있는 이유가 그것이네. 저들 모두 이관에서 떨어진 사람들이라네."

"......?"

"모여 있는 이유는 참가자들에게 하사되는 단약(丹藥) 한 알을 먹기 위함이라네. 금면마종이 은혜를 내려주셨지."

"단약?"

"훗훗, 그것만 먹으면 즉시 내공이 배가되네. 한번 눈으로 확인해 보게나."

백면마타는 자신만만해했다.

이어 그는 군마환락루를 향해 입술을 오물거렸다. 누군가를 향해 전음입밀로 명을 내리는 것으로 보였다.

잠시 후, 굳게 닫혔던 문이 열리며 낯빛이 검은 꼽추노인이 소반을 들고 걸어나왔다.

'백면마타와 결의를 맺은 흑면마타(黑面魔駝)로군.'

능설비는 그가 누군지 한눈에 알아봤다.

흑면마타가 들고 있는 소반에는 붉은빛이 도는 단약이 수북했다.

"자, 하나씩을 먹고 힘을 내게!"

흑면마타의 음성이 꽤나 우렁찼다.

무사들은 황송해하는 얼굴로 단약을 하나씩 건네받아 복용했다. 단약을 먹은 자는 쾌감을 느끼는 듯 얼굴을 묘하게 찡그렸다. 그들은 단꿈을 꾸는 듯 몽롱한 시선으로 서로를 본다.

"으으음, 이렇게 좋을 수가!"

"힘이 불끈불끈 일어난다!"

"으핫핫, 역시 천외신궁은 무사들이 꿈을 펼 만한 곳이다. 이 귀한 영단을 말여물 정도로 취급하고 있다니."

무사들은 얼굴이 시뻘겋게 되어 실패한 관문에 재도전했다.

"내가 먼저다."

하북에서 온 무사가 나서더니 혼신의 공력으로 지력을 뿜어냈다. 예리한 파공성이 나더니 따앙, 쇳소리가 나며 종이 뒤흔들렸다.

"으핫핫, 제일관을 뚫었다!"

종을 울린 자는 박수를 치며 좋아했다. 그가 물러나자 다른 사람이 자신의 솜씨를 시험했다. 그는 놀랍게도 백도의 건곤지력(乾坤指力)을 썼다. 역시 둔탁한 종소리가 울려 퍼졌다.

"으핫핫, 나도 통과했다. 이제 이관과 삼관을 뚫고 천하제일의 미녀를 아내로 맞이하는 것만 남았다."

득의해 웃는 자. 그는 지난봄만 해도 공동파의 속가제자로 행세하던 자다. 사람의 인심이란 시세에 따라 변화하게 마련인가? 천외신궁 사람이 되기 위해 찾아온 사람들 중에는 백도고수들도 많았다.

낭산파의 백의검객.

모산도관의 이십사대 제자 백엽 도인과 홍엽 도인.

괄창산에서 온 철장신협 관발.

어디 그들뿐이랴.

제법 이름을 날리던 사람들도 끼어 있었다.

하락제일검이라 불리는 유운신검, 제천군룡 복송헌, 악양호걸로 이름 높던 석관영, 한때 동의맹의 상위 직에 몸담았던 자들이다.

능설비는 백도인들이 마도로 변절하는 것을 보고 분노를 금치 못했다.
　'구면신개가 군마환락루로 가는 길을 막아선 이유가 바로 이것이었군.'
　군마환락루는 마도인을 위한 장소가 아니었다.
　천외신궁이 원하는 건 백도의 변절자들이었다. 군마환락루가 번성할수록 백도는 그만큼 약해질 것이므로.
　단약의 효과는 과연 대단했다. 단약을 복용한 자들 중 일차 관문에서 떨어진 자는 단 한 사람도 없었다.
　영단의 효력을 과시하며 희희낙락하는 자들은 다음 관문으로 기운차게 향해 갔다.
　능설비는 실소를 지었다.
　'어리석은 자들. 너희들이 먹은 것은 영단이 아니라 최백흑룡단이라는 사악한 독단이다. 그것을 먹으면 만성 독약의 노예가 된다. 해독약을 주기적으로 먹지 않으면 가려워 도저히 참지 못할 정도가 되지. 그 약방문과 해독법을 알려준 사람은 혈수광마옹의 측근이리라.'
　그의 눈빛이 차가워졌다.
　'저들을 위해서는 해독약을 만들지 않겠다.'
　백면신타는 유들유들하게 웃으며 능설비를 독려했다.
　"어때, 한번 시험해 보지 않겠나? 떨어져도 구제받을 길이 있으니. 홋홋, 이 일로 인해 평판이 나빠지거나 하는 일은 없을 테니까. 보아하니 그리 알려진 자 같지는 않으니……."
　능설비는 태연히 고개를 가로저었다.
　"싫소."

"싫다니?"

백면마타의 눈에서 잔광이 쏟아졌다.

마각(馬脚), 이를 일컬어 마각이라 할 수 있는 것이었다.

'이 괘씸한 놈이?'

그는 강호의 무명소졸에게 무시됐다는 사실에 분기가 충천했다. 여차하면 일격을 가해 마도 대선배로서의 위엄을 보여주리라 생각했다.

"보시오."

능설비는 손을 쳐들어 한쪽을 가리켰다.

"뭘 보란 말이냐?"

백면마타가 눈을 부라렸다. 이미 호의가 사라진 그로서는 악심만이 가득할 뿐이었다. 능설비가 가리키는 것은 바로 벽에 나붙어 있는 그림들이었다.

"그게 어쨌단 말이냐? 눈이 시리냐?"

"핫핫, 노인이라 보는 눈이 젊은이와 다르구려. 내 이래 봬도 대막(大漠)을 주름잡던 쌍검왕(雙劍王)이오. 저런 천한 계집들은 백 명 넘게 갖다 줘봤자 소용이 없소."

"쌍, 쌍검왕?"

"핫핫, 나를 모르다니. 역시 중원에는 인재가 없도다."

"으음, 이름은 모르겠으나… 저 미인들을 추하다고 하다니."

백면마타의 눈매가 가늘어졌다. 허풍일지 모르지만 상대가 이렇게 강하게 나오자 일단 한풀 누그러졌다.

"훗훗, 정말 나를 얕잡아보는군. 하는 수 없이 잔재간을 보일 수밖에."

능설비는 종 쪽으로 돌아섰다. 종까지의 거리는 십이 장. 지력이 거기까지 닿는 사람이라면 절세고수라 불릴 수 있을 것이다. 백면마타는 팔장을 끼며 고소를 지었다.

'이놈이 돌았군.'

능설비는 가볍게 격공지를 발출했다. 소리도 없이 뻗어나가는 무음지공. 벼락 치는 소리와 함께 종이 산산이 박살났다.

"어엇?"

"누, 누가 종을 부쉈느냐?"

"만년한철종(萬年寒鐵鐘)으로 보검으로 베어도 흠이 나지 않는 것인데?"

모두 자지러지게 놀랐다. 특히 백면마타의 놀라움은 하늘을 찌를 정도였다. 공력만으로 논해도 능설비의 수위는 천하에서 손가락을 꼽을 정도이다. 세상에 이런 고수가 숨어 있을 줄은 꿈에도 생각지 못했다.

"새, 새외고인을 몰라봤소이다. 용서해 주시오."

그의 허리가 저절로 수그러졌다. 이마에는 경기에 의한 땀방울이 진득하게 맺혔다. 자신이 경거망동하지 않았다는 사실이 이토록 다행스러울 수가 없었다.

"후훗, 하여간 볼일이 없소. 미녀가 없는 이상 천외신궁이 아니라 천외천신궁이라도 들지 않을 나 쌍검왕이오."

"미, 미녀는 얼마든지 있소."

"그런 거짓말은 믿지 않소."

"아, 아니오. 천여 명의 미녀가 있소. 바란다면 그림을 모두 보여 드리리다. 아아, 쌍검왕 같은 고수를 찾는 곳이 바로 이곳이오. 어이해 다 보지도 않고 무정히 발걸음을 돌리려 하신단 말이오?"

백면마타는 안달이 났다. 변황의 고수라면 경우에 따라서 천외신궁의 적이 될 수도 있다. 만일 이자를 끌어들이지 못하면 천추의 한으로 남으리라.
"저런 정도로는 나의 걸음을 막지 못하오."
능설비는 무슨 속셈인지 여전히 무뚝뚝했다.
"잠시만 기다리시오."
백면마타는 얼른 흑면마타 쪽으로 뛰어갔다.
두 사람은 오랫동안 전음으로 이야기를 나눴다. 두 사람은 의견을 합치한 다음 능설비 쪽으로 다가섰다.
"최고의 미녀가 있기는 있소."
이번에는 흑면마타가 말했다. 그의 눈은 연신 능설비의 전신을 훑어 내렸다.
"하지만 가시가 있소. 그래도 좋다면 미녀를 얼마든지 드리리다."
"장미가 아름다운 것은 가시가 있기 때문이 아니오?"
"좋소. 일단 이관, 삼관을 통과하시오. 그럼 실물을 보여 드리리다."
"흠, 귀가 솔깃해지는데?"
능설비는 느릿한 동작으로 제이관을 향해 갔다. 욕심보다는 흥미로 움직이는 태도였다.

〈제이관, 옥석(玉石)에 세 치 깊이 장인을 찍으면 통과했다고 평가한다.〉

거대한 혈반옥석(血盤玉石)이 누워 있었다. 능설비는 멀찌감치 서서 일권을 흔들어댔다. 우렛소리가 나며 강철보다도 단단한 혈반옥석이 가루로 화했다. 일순 장내는 물 끼얹은 듯이 조용해졌다. 너무도 압도적인 인물의 출현으로 그들은 오금마저 저렸다. 천하가 넓다 한들 이토록 초절한 고수는 듣도 보도 못한 것이다.

"후후, 이것도 너무 쉽군."

능설비는 오만한 미소를 지으며 아연해하는 자들을 둘러보았다. 그는 좌우로 갈라져 길을 내주는 자들을 지나 제삼관으로 향했다. 그의 당당함은 단약을 먹고서야 겨우 제일관을 통과한 고수들에게 있어 하늘처럼 높아만 보였다.

〈제삼관, 쌍마타 중 하나와 백 초를 겨룰 수 있는 자라야 통과한 것으로 인정한다.〉

그것이 단약을 먹지 않고 삼관을 통과하는 관문이었다.

"후후, 싸움이라면 자신있소."

능설비는 쌍마타를 번갈아 봤다. 쌍마타는 잔뜩 주눅이 들어 사양의 예를 취했다.

"굳, 굳이 싸울 필요가 있겠소?"

"총관이자 관주이니 통관을 허락하겠소."

지켜보던 입문객들도 쌍마타의 굴복을 당연시했다. 한데 쇳소리 같은 음성이 장내를 일순 긴장의 도가니로 이끌었다.

"아니다. 꼭 싸워야 한다. 내공이 강하다고 싸움에 능한 것은 아닌 법. 둘 다 쌍검왕에게 덤벼봐라."

환락루 꼭대기. 과거 능설비가 회의를 열던 취의청의 창문이 활짝 열려 있었고, 은색 면구를 쓴 자가 거만한 눈빛으로 아래를 내려다보고 있었다.

루주(樓主) 혈수독웅(血手毒雄).
 그는 혈루회의 잔당으로 숨어살다가 최근 들어 천외신궁을 찾은 오백여 고수 중 하나가 되는 자였다.
 쌍마타는 그의 말에 감히 항변을 할 수 없었다.
 ―명한 대로 한다.
 마맹제일법은 여전히 지켜지고 있었다.
 "후후, 둘이라면 더욱 좋지."
 능설비는 이를 드러내며 웃었다. 그의 역용은 지극히 철저해 이빨마저 누런 빛깔이었다.
 "으음, 백 초라……."
 "하는 수 없지. 싸울 수밖에!"
 쌍마타는 양의마진(兩儀魔陣)으로 흩어지며 진기를 끌어올렸다. 쌍검왕의 내공이 강하나 실전은 다르다. 천하의 절정고수가 아닌 이상 백 초를 견디는 것은 그다지 어려운 일은 아닐 것이다.
 그들이 앞뒤로 갈라질 때,
 "일 초에 끝내주지. 으핫핫!"
 능설비는 팔짱을 끼고 웃어젖혔다. 오만에 가득 찬 소성에 쌍마타의 도포 자락이 심하게 펄럭였다. 쌍마타는 각기 일갈을 터뜨리며 처음부터 자신의 독문 절학을 펼쳐 왔다. 백면마타가 연검(軟劍)을, 그리고 흑면마타가 수리단도를 빼내며 양의마진으로 공격했다. 도화(刀花)가 현란히 피어날 때 갑자기 청광이 일어났다. 어떠한 초식이 펼쳐지는지 분간할 수조차 없었다. 그저 푸른 기류가 확산되며 뒤이어 핏빛 광채가 무섭게 폭사됐다.
 "으으악!"
 "캐애액!"

쌍마타의 몸뚱이가 일시에 양단되며 시뻘건 오장육부가 주루루 토해졌다. 능설비는 여전히 팔짱을 끼고 있었다.

언제 검이 뽑혔다 사라졌는지 눈으로 확인한 사람은 없었다. 그가 단혼쾌마일검식(斷魂快魔一劍式)이라는 상승 검학을 발휘해 찰나지간에 두 사람을 베어버렸다는 것도.

"으핫핫, 이제 미녀를 안는 일만 남았군. 하나, 마음에 내키지 않는 미녀라면 미녀가 아니니 나를 화나게 한 대가로 이곳을 뿌리째 뽑을 것이다."

그의 광포한 웃음소리에 입문객들은 주춤주춤 뒤로 물러섰다. 쟁쟁한 악명의 쌍마타를 단 일 초에 격살한 그라면 무슨 짓을 할지도 모른다는 생각이 가득했다. 이때 미약한 파공성과 함께 혈수독옹이 허공에서 사뿐히 떨어져 내렸다.

"찾던 사람이오. 귀하라면 꼭 필요한 은면사자의 자리를 충원시킬 수 있을 것이오. 무엇을 원하건 다 얻을 수 있을 것이오."

그는 포권지례를 취했다.

"무엇이든?"

"그렇소."

"그럼 밖에 걸린 계집들 말고 진짜 눈을 확 돌게 만드는 미녀들이 숨겨져 있단 말이오?"

"물론이오. 당신이 정말 반할 수밖에 없는 미녀들이 많이 있소. 며칠 후였다면 하나도 못 봤을 것이나 정말 때맞춰 잘 왔소. 신궁으로 떠나지 않은 미녀들이 아직 오십 정도는 있소. 그들이야말로 진정한 꽃들이지."

혈수독옹은 눈을 찡긋찡긋했다.

그는 곤혹스러움을 금할 수 없었다. 쌍검왕이란 자의 불분명한 정체도 의문스러웠지만, 미녀도의 미인들 외에 절세가인들이 있다는 극비 사항을 알고 있는 게 놀라울 따름이었다.
 만약 만화지의 비밀이 외부에 노출된 것이라면······.
 이건 간과할 수 없는 심각한 문제였다.
 일식경 후, 능설비는 혈수독옹의 안내로 군마환락루 지하 밀실로 들어갔다.
 "기다리시오."
 혈수독옹은 휑하니 문을 닫고 나갔다. 능설비가 안내된 곳은 만화지로 통하는 비밀 통로와 연결된 밀실이었다. 능설비가 간혹 차를 마시던 장소이기도 했다.
 '나의 짐작대로 되어가는 것일까? 흠, 다른 곳이라면 모를까 만화지라면 어떤 사람이건 유혹할 미인들이 많이 있지. 내 추측대로 그곳 아이 중 하나를 만나 내가 원하는 것을 알게 될지 모르는 일이다. 그 일이 실패로 끝난다면 이곳을 혈세할 수밖에 없고!'
 능설비는 의자에 앉아 기다렸다. 뜨거운 차 한 잔이 식을 시간이 지나갔다.
 '다가오고 있다.'
 능설비가 인기척을 느꼈다. 기관 돌아가는 소리와 함께 앞문이 활짝 열렸다. 혈수독옹이 웃으며 들어섰다.
 "모든 준비가 다 되었소. 이제는 고르는 일만 남았소."
 "고른다? 훗훗, 믿어지지 않는군."
 "곧 개안할 것이오."
 혈수독옹은 자신만만했다. 그는 능설비를 문밖으로 안내했다. 능설비는 몹시 낯익은 길을 따라 걷게 되었다.
 만화지로 가는 길, 그 길은 그가 과거 하루에도 수차례씩 지나쳤던 길이다. 돌조각 하나도 모두 정이 붙은 곳이었다.

하지만 지금의 느낌은 전과 완전히 달랐다. 전혀 낯선 곳을 걷고 있는 듯했다.

'살기가 흐른다.'

그가 제일 자신하고 있던 살기가 감지되자 마음이 착잡해졌다. 보이지 않는 곳곳에 은신하고 있는 살수들의 호흡이 느껴졌다.

능설비는 모른 척하며 혈수독옹의 뒤를 따랐다.

'내가 정녕 구마령주였을까? 내게 그런 시절이 있었단 말인가? 이게 정말 나를 위한 장소였단 말인가?'

한때는 꿈이라 여긴 적도 있는데 지금의 이 느낌은 너무도 생소했다.

능설비는 혈수독옹이 이끄는 대로 나선형 지하 계단을 따라 한참을 내려갔다.

"다 왔소."

혈수독옹이 꽉 닫힌 석문 앞에 멈춰 섰다. 문 가운데에는 오리알만 한 수정 구슬이 박혀 있었다.

"구슬을 통해 안을 들여다보시오. 세외선경이 그 안에 펼쳐져 있을 것이오."

"그거 재미있겠군."

능설비는 거칠게 내뱉으며 수정 구슬에 눈을 댔다. 반투명한 수정 구슬을 통해 석문 안쪽의 광경이 보였다.

정말 눈부신 미인들이었다. 실오라기 하나 걸치지 않은 여인들은 가히 절세의 미녀들이었다.

희디흰 다리, 터질 듯 부풀어 오른 젖가슴, 펄펄 살아 뛰는 은어같이 싱싱한 몸뚱이를 지니고 있는 절세요화들……. 한데, 이상하게도 모두 굳은 신색을 하고 있었다. 얼굴 모습은 몹시 아름다운 여인들인데 만들고 있는 표정은 하나같이 냉막했다. 어떤 여인은 입술을 꼭 깨물고 있었으며, 아예 눈을 감고 있는 여인도 보였다. 한결같이 느껴지는 분위기는 차가운 분노였다.

'역시 내 짐작대로다.'

능설비는 그네들의 심정을 십분 헤아릴 수 있었다.

"훗훗, 마음에 드는 계집이 있소?"

혈수독옹이 능청스레 물었다.

"중원에 이리도 미인이 많을 줄이야. 후훗."

능설비가 눈을 게슴츠레 뜨며 색한처럼 육욕을 표했다. 혈수독옹은 만족한 괴소를 흘렸다.

"크흐, 너무 밝히면 아니 되오. 쌍검왕의 무공이 대단하다는 것은 인정하지만 미녀들을 다 줄 수는 없소."

"왜?"

"사실 저 여인들은 신궁으로 갈 여인들이오."

"태산 천외신궁 말이오?"

"그렇소. 궁주가 여인들을 신궁으로 데려가고 있소. 왜인지는 모르지만."

능설비는 짐짓 분노에 찬 표정을 지었다.

"그럼 내 몫이 될 여인은 없단 말이오?"

"그렇지 않소. 도중 하나가 병사했다고 말할 작정이오. 후훗, 결국 쌍검왕 몫이 하나는 있는 셈이오."

"크하하, 이제야 말이 통하는군. 상판대기를 가면에 가려 재수 없다 여겼는데… 내가 잘못 보았소. 루주는 나와 딱 맞는 사람 같소."

혈수독옹은 쌍검왕을 쉽게 다룰 수 있는 인물로 여겼다. 이런 초절한 고수를 여자로 다룰 수 있다면 안심해도 좋았다.

"어서 하나 고르시오."

능설비는 눈을 다시 수정 구슬에 댔다. 그는 열 명의 여인을 하나씩 살폈다. 그녀들은 바로 만화지의 색노들이었다. 능설비는 그중 한 여인에게 시선을 집중시켰다. 눈을 꼭 감고 있는 가장 아름다운 여인, 능설비는 그녀의 창백한 얼굴을 쏘아보다가 수정 구슬에서 눈을 뗐다.

"우측에서 세 번째 있는 계집을 주시오."

"크훗, 역시 여자 보는 눈이 높으시군. 그 계집은 옥접이라 하는 계집이오."

"옥나비라?"

"놀라지 마시오. 전설의 구마령주를 바로 곁에서 섬기던 계집이라오."

"아아……."

능설비는 제법 놀라는 체했다.

"자아, 일단 합환소(合歡所)로 갑시다."

혈수독옹은 능설비를 이끌며 즐거운 듯 앞장섰다. 능설비를 천외신궁으로 끌어들였다는 사실에 천하의 반쪽을 얻은 기분이었다.

합환소라 안내된 곳은 단출한 석실이었다.

사방이 두꺼운 석벽으로 막혔으며, 가구는 중앙에 놓인 침상이 전부였다.

혈수독옹은 합환소 문을 열어주며 야릇한 표정을 지었다.

"한 가지 미리 말씀드릴 것이 있소."

"뭐요?"

"목석이라도 욕하지 마시오."

"설마 남자를 받아들이지 못하는 석녀는 아니겠지?"

"차차 알게 될 것이오. 그리고 이것을……."

혈수독옹은 품 안에서 노란 단약 한 알을 꺼냈다. 아주 향긋한 냄새가 나는 환약이었다.

합환대락산(合歡大樂散).

역시 혈루회에서 즐겨 쓰이는 최음제였다.

"이것이 필요할 것이오. 쓰는 방법은 이렇소."

혈수독옹은 최음제를 쓰는 방법을 말해준 후 문밖으로 신속히 사라졌다. 능설비는 침상에 걸터앉아 단약을 자세히 바라봤다.

'인간을 야수로 만드는 악마의 단약!'

합환대락산은 그의 손바닥 위에서 재가 되었다.

능설비는 침상에 걸터앉아 수정 구슬을 통해 보았던 여인들을 떠올렸다. 그네들의 얼굴에서 떠오른 차가운 분노…….그 느낌이 이상하게도 그를 과거로 되돌렸다.

―영원히 영주께 바쳐진 몸입니다.

―이 세상에 저희들의 남자는 오직 영주 한 분이십니다.

'설마……!'

고요는 발걸음 소리로 깨어졌다. 석문이 열리며 옥처럼 흰 맨발이 들어섰다. 이어 미끈한 몸뚱이가…….

실오라기 하나 걸치지 않은 여인은 능설비 앞에 한쪽 무릎을 꿇으며 예를 취했다.

"옥접이옵니다."

여인의 음성은 차가웠고 눈꺼풀은 파르르 떨리고 있었다.

옥접.

능설비를 위해 등목을 해주고 안마를 해주던 여인. 그녀는 여전히 아름다웠으나 표정이 아주 이상했다. 그녀는 모든 것을 포기한 허탈한 표정을 짓고 있었다.

그녀는 능설비를 지나쳐 침상 위로 올라앉았다.

'이 아이가 대담해졌는데?'

능설비는 놀라움을 겨우 참았다. 옥접은 비단요 위에 몸을 눕히며 거침없이 두 다리를 벌렸다.

"마음대로 해요. 어차피 싫증이 날 대로 해본 일이니까요."

그녀는 비릿한 웃음을 흘렸다. 그것은 흐느낌에 가까웠다. 옥접은 사내를 받아들일 자세를 적극적으로 취했다. 그러나 그녀의 마음은 모든 것을 철저히 차단하고 있었다.

"호호, 혈수독옹이 필경 합환대락산을 한 알 주었지요? 그것을 내게 먹이면 나는 광분해 날뛸 거예요."

옥접은 눈을 질끈 감았다. 눈썹에 이슬이 매달렸다. 영롱한 눈물방울은 볼을 타고 귓가로 흘렀다.

"어서, 어서 나를 취해요."

능설비는 그런 그녀를 대하자 가슴이 아파왔다.

"호호, 사내가 아닌가요?"

옥접은 비웃으며 넓적다리에 두 손을 댔다. 그녀는 일부러 사타구니를 더욱 활짝 벌렸다. 옥접은 검에 맞아 피를 흘리는 사람보다 더욱 아파하고 있었다. 능설비는 그녀가 멋대로 지껄이는 것을 듣다가 그녀의 봉긋한 가슴에 손바닥을 올렸다.

"요화 주제에 정조를 꽤나 아끼는군."

"정조? 내게는 물론이고 여기 있는 여인들에게는 그런 것이 없어요."

"개가 들으면 웃겠다."

"흥, 마음대로 생각하시지."

옥접은 코웃음을 친다. 상전의 명을 받는 색노이건만 거침이 없었다. 뜨거워야 할 합환실의 분위기가 묘하게 흘렀다. 능설비는 한동안 말을 하지 않았다. 그는 무엇을 생각하는 것일까? 옥접도 말을 하지 않았다.

결국 먼저 말을 꺼낸 쪽은 능설비였다.

"너희들을 잘못 본 듯하다."

옥접은 의아한 표정으로 능설비를 올려다보았다. 냉랭한 표정을 지은 채 묵묵부답이었다.

"네 입을 통해 몇 가지만 알고 나서 떠날 작정이었는데, 지금 보니 그럴 수 없겠다."

"지금 무슨 말을 하는 거죠?"

"데리고 떠나야겠다."

옥접의 표정이 더욱 굳어졌다. 그녀는 능설비의 의도를 파악할 수 없었다. 능설비는 침상을 등졌다.

"함께 떠나자."

"흥, 나를 취할 수는 있어도 데리고 나갈 수는 없어. 나는 이곳을 나가는 찰나 혀를 깨물고 죽을 것이야. 이제껏 갖은 모욕을 참으며 지냈는데 여기서 내가 포기할 것 같아?"

돌연 옥접의 태도가 달라졌다. 그녀는 이불로 몸 일부를 가리며 완강한 태도를 지었다.

능설비가 묘한 눈빛을 띠자 악을 쓰며 대들던 옥접이 처연한 표정이 되어 말했다.

"나는 한 분을 기다리고 있어요. 아니, 여기 있는 모든 여인은 다 그분을 기다리고 있지요. 언제고 그분이 오셔서… 비록 그분의 귀신이라도 와서 우리를 데리고 갈 날을. 우리들은 그분의 시녀일 뿐입니다."

능설비는 격앙되는 감정으로 가슴이 메어왔다.

"그가… 누구지?"

"당신들과는 비교할 수도 없는 하늘 같은 분이십니다. 우리같이 천한 것들은 감히 쳐다볼 수도 없지요. 여인들 앞에서는 무정하시지만… 한 번의 눈빛만으로 모든 여인을 빨아들일 듯한 천하제일 미남자예요."

옥접의 얼굴에 환상이 나타났다. 갑자기 그녀의 얼굴이 아주 곱고 순결하게 보였다. 그녀는 어떤 몽상을 하는 것일까. 눈물이 뺨을 타고 흘러내렸다.

"그분은 마음속에 살아 계십니다."

그녀는 중얼대다가 조금 이상한 것을 느꼈다. 실내의 분위기가 갑자기 바뀐 것이다.

'이런 기분이?'

옥접은 눈을 번쩍 떴다. 그리고 그녀는 멍한 표정이 되어 아무런 말도 하지 못했다. 이건 분명 환상일 것이다. 그토록 사무치던 얼굴이 망막에 비쳐진다는 것은.

얼굴이 아주 흰 사람. 코가 우뚝하고 검미가 매혹적인 미장부. 그는 옥접의 눈을 바라보며 입술을 벌렸다.

"이렇게 살아서는 아니 된다. 내 너를 위해 거처를 마련해 주겠으니 이후에는 무림을 잊고 살아가거라."

옥접은 형용할 수 없는 충격에 사로잡혔다.

이건 꿈이야. 도저히 현실일 수 없어. 그분은 돌아가셨다지 않은가? 꿈이 아니라면 그분의 혼령이 나타난 거야.

그녀는 눈을 비비고 능설비를 다시 봤다. 모든 것은 현실이었다. 꿈일 수 없었고 능설비의 혼령은 더욱 아니었다.

"오오, 이럴 수가!"

옥접은 눈물을 주르르 흘렸다. 그녀는 벌떡 일어나 능설비의 품 안으로 뛰어들었다. 그녀의 몸은 몹시 부드러웠다. 능설비는 그녀의 몸을 뗄 수 없었다. 그는 옥접의 등을 조용히 다독거렸다. 옥접은 벌거벗은 자신의 처지도 잊은 채 그의 가슴에 얼굴을 비비며 그토록 그리워하던 사람의 체취를 흠씬 들이켰다.

"흐흑… 영주, 이럴 줄 알았답니다. 그래서 모욕을 겪으면서도 버텼답니다."

옥접은 능설비의 가슴을 눈물로 적셨다. 그녀의 눈물만큼이나 그의 가슴도 뜨거워졌다. 능설비는 아무런 말도 할 수 없었다. 얼마 후, 옥접이 어느 정도 냉정을 찾고 제 스스로 능설비의 품을 떠났다.

"친녀 옥접, 영주께 인사를 드립니다."

옥접은 다소곳이 절을 하려 했다.

"아니다, 나는 너희들의 영주로 온 것이 아니다."

"예에?"

옥접의 눈이 휘둥그레졌다.

"나는 능설비란 사람으로 온 것이다."

"그, 그럼 저희들을 구하러 오신 것이 아니십니까? 정녕 신마종이 장악한 만화지를 되찾기 위해 오신 것이 아니십니까?"

"그렇다."

옥접은 무너지듯 주저앉았다. 아무렇게나 내보이는 알몸 따위는 문제도 되지 않았다. 숱한 수모를 참으며 기다렸던 기대감이 한순간에 수포로 변한 것이다.

옥접은 서러운 눈물을 쏟아냈다.

"울지 마라."

"흐흑, 영주께서 저희들을 버리시다니, 소녀는 죽을 수밖에 없습니다. 소문과는 달리 영주께서 살아오실까 기다리며 살아왔는데… 흐흑, 그 희망이 깨어지다니 이제는 살아갈 희망이 없습니다."

옥접은 혀를 빼문 채 바닥에 부딪쳐 갔다. 능설비는 격공탄지를 펼쳐 그녀의 혈도를 점했다.

"그래서는 아니 된다지 않았느냐?"

하지만 옥접의 눈빛은 달라지지 않았다. 그녀는 허탈감으로 생의 의욕을 상실했다. 그녀를 지켜온 것, 그것은 바로 능설비에 대한 사모의 정이었다. 한데, 정작 능설비가 살아와서 그 사모의 정을 일언지하로 깨어버렸으니…….

옥접의 눈에서는 피눈물이 떨어져 내렸다.

'이대로 두면 말라 죽는다. 아아, 상심이 이렇게 클 줄은 생각도 못했다.'

능설비도 착잡해했다.

'이 아이를 울게 놔둘 수 없다. 웃게 하는 것이 나의 도리이다.'

능설비는 또 한 번 뜻을 꺾었다.

"좋다. 너를 어찌해야 울지 않겠는지 말해봐라."

능설비는 옥접의 혈도를 풀어주었다.

"흐흑, 거두어주십시오. 그러면 살 것입니다. 여기서 몸을 더럽혀 영주를 뵈올 면목이 없으나 먼발치에서나마 영주를 보살피게 해주십시오."

"네가 생활할 수 있는 거처를 하나 마련해 줄 수 있을 뿐이다."

"그것은 소용없는 일입니다. 영주가 아니 계신 세상이라면 살 가치가 없고 영주가 항상 다니시지 않는 곳이라면 머무를 필요가 없는 장소입니다. 부디 이 천하고 어리석은 계집을 영주의 거처 근처에 놓아주십시오. 그럼 무엇이든 닥치는 대로 하겠습니다."

옥접은 능설비의 다리를 부여잡았다.

"제발 버리지 마십시오."

능설비는 한숨만 거듭 쉬었다. 얼마 후, 그가 조금 차가운 어조로 말했다.

"구마령주이기에 복종하는 것이냐?"

"그, 그것만은 아닙니다. 다만 영주의 여인이기에 따라야 할 뿐입니다."

"그 말이 그 말 아니냐?"

"아닙니다. 만약 다른 분이 구마령주였다면 저를 비롯한 이곳 여인들은 벌써 정조를 버렸을 것입니다. 물론 마음의 정조이지만."

옥접의 말은 가슴을 베이게 하는 바가 있었다. 후란이 말했던가, 오래전부터 능설비를 사모했었다고.

'진짜 나의 모습을 사랑했었단 말인가? 나의 지위가 아니고 나의 모습을?'

능설비는 또 한 번 가슴 뭉클한 인연을 경험했다.

마도!

 그가 잊으려 하는 것이 마도이건만 정작 그곳에 머물러 있는 사람들은 그를 잊지 못하고 있으니…….

아마제마(以魔制魔)

 능설비는 옥접에게 자신의 겉옷을 걸쳐 주었다.
 옥접은 지난 이야기를 자세히 하며 계속 눈물을 흘렸다.
 "흐흑, 삼총관은 갑자기 사라지셨습니다. 그분들은 신궁의 어딘가에 머무르고 계신다 합니다."
 "태산에?"
 "예, 지금 어찌 계신지는 모르나, 그분들의 위치는 그전만 못합니다. 신마종은 삼총관제를 없애고 팔총관을 새로 만들었습니다."
 옥접은 계속 울먹였다. 기쁨의 눈물인지, 이제는 예전처럼 임을 섬기지 못한다는 설움인지 그녀 자신도 모를 일이었다.
 "자세히 말해다오."
 능설비는 신중한 표정이 되어 바싹 다가앉았다. 그녀의 어깨를 가볍게 다독여 주자 옥접은 그제야 눈물을 거둔다.
 '이것이면 족합니다. 더는 필요없습니다. 영주의 이 따뜻한 품

안이면 됩니다.'

그녀는 눈물을 훔치며 군마환락루에서 들은 모든 이야기를 세세하기 털어놓았다.

환락총관.

군마환락루주로 바로 혈수독옹을 말한다. 능설비가 익히 알고 있듯 새로운 마도고수를 영입하는 일과 백도의 무사들을 마도로 끌어들이는 일을 맡고 있었다.

색혈총관(索血總官).

신마종의 뜻을 거역하는 자들을 찾아다니며 죽이는 전문적인 살수(煞手)다. 그는 항상 신마종을 위해 돌아다닌다. 자신을 위해서는 아무런 생각도 없는 자, 그에게 들리는 말은 신마종이 내리는 살인 명령뿐일 것이다.

천마대총관(天魔大總官)과 지마대총관(地魔大總官).

이들 둘은 기라성 같은 마도고수들을 접대하는 위치에 있다. 따라서 누구보다도 풍부한 식견이 있는 사람만이 가질 수 있는 지위가 바로 천지쌍총관의 자리였다.

용형총관과 호형총관, 그리고 풍형총관과 운형총관.

이들 용호풍운 사총관은 신궁 근처에 머물며 새로이 입궁하는 제자들에게 마공을 전수하는 지위에 있는 자들이었다. 천외신궁은 적을 많이 갖고 있었기에 많은 싸움을 해야 하고, 결국 수많은 고수들이 필요한 것이다. 교두사총관(敎頭四總官)은 싸움에 필요한 고수들을 길러내는 역할을 맡고 있었다.

그들 총관의 명칭이 암시하는 바는 아주 컸다.
 능설비는 구마루를 기억했다. 그곳에서의 생활은 지옥의 나날들이었다 해도 과언이 아니었다.
 '인간이 아닌 악마를 기르는 장소. 그것이 태산에 다시 서고 있단 말인가? 천외신궁이 바로 새로운 구마루가 된단 말인가?'
 그는 섬뜩함을 느꼈다.
 '그래서는 아니 된다. 또다시 그런 슬프고 처절한 삶이 탄생되어서는 아니 된다. 나의 몸을 불살라서라도 그것을 막으리라!'
 능설비의 눈에서 금광이 쏟아졌다.
 옥접은 허리띠를 조이다가 그 눈빛을 보고는 깜짝 놀랐다.
 "아아, 황홀합니다. 그 눈빛을 보고 있노라면 마음이 아주 평화로워집니다."
 "공공금안(空空金眼)이라는 것이다. 언제고 기회가 나면 네게도 알려주마."
 "저는 무공과는 거리가 멉니다. 저는 남자를 잘 섬기는 법만을 알고 있답니다."
 옥접은 살며시 웃었다. 얼굴 가득 눈부신 아침 햇살처럼 퍼지는 미소가 퍽이나 아름다웠다.
 "네 얼굴이 전보다 아름답게 보이는구나. 하여간 이제부터 너의 입은 바로 생사판관의 입이 되는 것이다. 너의 말 한마디가 죽음과 삶을 결정지을 것이다."
 능설비는 옥접을 등에 업었다. 신비스런 구석이 많은 여인의 육신은 의외로 가벼웠다.
 "흐으응……!"
 옥접의 콧소리가 아주 교태로워졌다. 그녀의 봉긋한 젖가슴이 탄력있게 능설비의 등판을 눌러왔다.
 "옥접아, 네가 살(殺)이라고 하면 내가 그자를 죽이고, 점(點)이라고 하면 그자를 점혈해 눕히겠다. 네가 봐서 둘 중 어떤 식으로 처단할지를 결정해라."
 능설비는 일어나 문에 일장을 가했다.
 꽈쾅!
 벼락 치는 소리가 날 때, 능설비는 품 안에서 죽립을 꺼내 펼쳐서 얼굴을 가렸다. 능설비의 손에서 또다시 일장이 가해지며 벽이 산산이 허물어졌다.
 "무, 무슨 일이냐?"
 "저쪽이다!"
 "쌍검왕의 합환소에서 난 소리다!"
 굉음을 듣고 무사들이 소란을 떨며 통로를 따라 들이닥쳤다.
 그들이 달려오는 모습을 발견한 옥접의 입에서 뾰족한 외침이 연속적으로 터져 나왔다.
 "살, 살, 살!"
 그 음성이 여운을 맺기도 전에 날카로운 파공성이 흐르며 능설비의 손에서 강살이 뿌려졌다. 날카로운 강기가 폭사되며 피비가 뿌려졌다.
 "캐애액!"
 "으악! 귀, 귀신⋯⋯!"
 통로를 따라 달려들던 세 사람은 피를 뿜으며 즉사해 나뒹굴었다.
 능설비는 검은 선이 그어지듯이 빠르게 통로를 달렸다. 그는 아예 눈을 감고 있었다. 눈을 감아도 움직이는 데에는 지장이 없었다. 만화지의 지리에 대해서는 구석구석까지 모르는 것이 없는 능설비였다. 그리고 어렸을 때 눈을 감고 바둑을 두어 상대를 이긴 바 있을 정도로 청각이 뛰어난 그가 아니겠는가?

"살!"

옥접은 사람이 보일 때마다 진저리치듯 뾰족한 고함을 쳤다.

능설비의 손은 그때마다 강기를 발출했다. 그리고 터져 나오는 처절한 비명과 뿜어지는 피보라.

갖가지 꽃이 흐드러지게 핀 꽃밭이 검붉은 피에 물들었다. 그러기에 더욱 처절해 보였다.

"으아악!"

"크윽!"

단말마의 비명은 끊이지 않고 터져 나왔다. 통로가 시체로 메워져 갈 때,

"쌍검왕 네놈이!"

혈수독옹이 이를 빠드득 갈아대며 불쑥 머리를 내밀었다. 그의 손에는 비매천운독침통(飛魅穿雲毒針筒)이라는 지극히 맹독한 암기의 발사 기구가 들려져 있었다.

그가 단추를 눌러 독침을 발사하려 할 때,

"살!"

여인의 외침과 더불어 금빛의 손 그림자가 다가서며 혈수독옹의 앞을 가로막았다. 혈수독옹은 눈부신 금빛이 다가오자 피하려고 발버둥을 쳤으나 몸이 말을 듣지 않았다. 내공이 스르르 소멸되었다.

광음공공수. 그것은 기운만으로도 마공을 능가하는 절대적인 정종 무공이었다.

혈수독옹은 거미줄에 걸린 나비와 같은 꼴이 되고 말았다.
 그의 동공이 공포에 질려 부릅떠질 때, 퍽! 하는 둔탁한 소리와 함께 혈수독옹의 심장이 으스러졌다. 그의 가슴에는 선명한 금색 장인이 남았다.
 능설비의 손에 비해 오분지 일 정도 되는 크기의 금인. 그것은 능설비가 펼쳐 낸 항마공공의 절기가 십성 수준에 이르렀음을 밝히는 신표가 될 것이다.

 "군마환락루가 탔다!"
 발 없는 말이 천 리를 가듯 놀라운 소문이 개봉부에 좌악 퍼졌다. 누구의 입에서 퍼져 나갔는지 모를 소문은 꼬리에 꼬리를 물고 천하로 퍼져 나갔다. 한동안 모습이 보이지 않던 개방의 거지들이 분주하게 모습을 보였고, 전서구의 힘찬 날갯짓이 개봉의 하늘을 뒤덮었다.
 정체를 감췄던 구면신개의 모습도 간혹 보였다.
 그리고 군마환락루의 불길이 채 가시기도 전에 마의 온상을 철저하게 부숴 버린 사람의 정체가 밝혀졌다.
 "그분은 정의일공자 능 공자시오. 그분께서 마도의 만행을 보다 못해 정의의 응징을 내린 것이오. 군마환락루의 군마들은 그분의 일초신위에 피떡이 되어버렸소. 이제야말로 백도가 일어설 때가 되었소."
 자고로 입은 모든 것을 녹여 버리는 용광로라 하지 않았던가. 개방의 순찰령을 담당하는 구면신개의 입을 통해 능 공자의 가공할 무위는 강호에 일파만파로 퍼져 나갔다.
 하지만 능설비가 그 안에 머물고 있던 미녀 중 오십 명 정도를 데리고 사라졌다는 것은 소문나지 않았다. 설령 알았다 해도 의미를 부여하는 사람은 없을 것이다.
 군마환락루는 사흘을 두고 타올랐다. 마도의 쾌락을 상징하던 곳, 그곳이 불탔다는 것은 아주 큰 의미를 가지고 있었다.

 중조산(中條山).
 휘영청한 달빛 아래, 곧 무너질 듯 위태로운 벼랑 하나가 있었다. 그 벼랑의 꼭대기에는 두 사람이 서 있었다.
 한 사람은 흑삼을 걸친 채 벼랑 아래쪽을 내려다보고 있었다. 흑삼인의 뒤에 있는 사람은 죽립으로 얼굴을 가린 흑의여인이었다. 그녀 앞에는 다로(茶爐)가 놓여 있었다. 다로 안에서는 물이 끓고, 곧 다엽에 물이 따라졌다. 다향이 퍼지며 두 사람 사이에 말이 오갔다.
 "곧 올 것입니다, 능 상공."
 차가운 음색이나 아주 아름다운 여인의 목소리가 들렸다.
 "물론 그럴 것이다."
 흑삼을 걸친 사내의 목소리는 아주 나직했으나 힘이 느껴진다.
 "옥접을 비롯한 여인들은 의검방주가 마련한 거처에서 기거하게 될 것입니다. 강호가 평화로워질 때까지 아무도 그네들이 있는 곳을 찾지 못할 것입니다."
 흑의여인은 도자기 잔에 차를 따라 붓고 그것을 흑삼인에게 전했다. 흑삼인은 차향을 음미하다가 펄펄 끓는 차를 단숨에 마셨다.
 "한 잔 더 다오. 갈증이 심하다."
 그는 빈 잔을 내밀었다.
 여인은 아주 공손히 차를 한 잔 더 따랐다.

얼마 후, 그 두 사람의 주위로 달빛을 타고 내려오듯 사람들이 나타나기 시작했다. 죽립과 흑의를 걸친 그들은 어딘지 모르게 차가운 느낌을 전신에서 풀풀 풍겨냈다. 그들의 수는 도합 열 명이었다.

"공자의 명을 받고 이호가 왔습니다."

"칠호, 대령했습니다."

열 사람은 하나하나 자신에게 부여된 번호를 밝히며 공손히 인사를 올린다.

"흠, 여덟이 비는구나. 어찌 된 것이냐?"

흑삼인은 차를 마시며 입을 열었다. 이호라는 사람이 대표로 말했다.

"조금 귀찮은 일이 있었습니다."

"뭐냐?"

"의검협을 도와 천 명의 탕마금강대를 소집했습니다. 그 일은 비밀리에 행해서 대성공했지요. 그런데……."

"……?"

"곤란한 일이 벌어졌습니다. 무공을 잘 모르는 그들이 십이호를 비롯한 여덟 명의 무공에 반해 부디 교두(教頭)가 되어달라고 사정사정하는 것이었습니다."

"교두가 되어달라?"

흑삼인이 자못 흥미로운 표정을 지으며 묻자 이호라는 사내가 공손히 대답한다.

"예, 각파의 비전 절예를 자신들에게 전수해 달라는 것이었지요."

"흠, 그래서 다들 거기 남은 것이냐?"

"그렇습니다. 그러나 곧 올 것입니다."

"아니다."

"예에?"

흑삼인이 담담한 미소를 지으며 말하자 이호는 다소 놀라는 표정을 지었다.

흑삼인이 달빛이 출렁이는 허공을 바라보며 말을 이었다.

"구태여 여기 와 나를 만날 필요는 없다. 거기 머물며 장차 무림 백도를 짊어지고 갈 일천 영재를 가르치는 것이 더 나을 것이다."

달빛에 물드는 흑삼인의 눈빛은 어딘가 낯이 익었다. 깊이를 모를 심연처럼 신비로움을 담은 눈빛은 단 한 사람에게서만 찾아볼 수 있는 것이었다.

그는 바로 실명대협 능설비.

무림사에 위대한 이름으로 기억될 것이나, 지극히 불행한 운명을 살다 간 초고수로 기억될 것도 틀림없을 것이다.

그는 고개를 천천히 가로저었다.

"너희들의 마성은 전에 비할 수 없이 약화되었다. 백도인들도 너희들에 대해 의문을 품지 못할 정도이다. 그들과 친하게 지내는 것은 좋은 일이다. 그들은 우리처럼 잔혹하게 키워진 자들과는 달리 아주 착한 사람들이니까."

"공자께서 내리시는 분부대로 따르겠습니다만, 장차라도 저희 십구비위를 버리시면 아니 됩니다. 저희들은 공자와 운명을 같이할 것입니다."

"하핫, 너희들이 내 눈시울을 뜨겁게 하는구나."

능설비는 가슴 저 밑바닥으로부터 전해지는 뜨거운 그 무엇을 웃음으로 대신했다.

이호도 따라 웃다가 품에서 밀서 한 장을 꺼내 능설비에게 내밀었다.
겉봉에는 누가 썼는지 아주 꼼꼼한 글씨로 '공자(公子) 전(前)'이라 적혀 있었다. 그것은 소로 공주가 쓴 글이었다.
능설비는 밀지를 조심스럽게 펼쳐 보았다.

〈소광 오라버니는 덕분에 마약의 금제에서 풀렸다 합니다. 그분은 차마 부왕을 뵐 면목이 없어 산사로 들어가 스님의 길로 접어든다 합니다. 이렇게 멀리서나마 서찰을 띄울 수 있게 되어 기쁠 따름입니다. 의검협이 극진히 대접해 주어 지내는 데에는 부족한 것이 하나도 없습니다. 아기는 잘 자라고 있습니다. 저를 항상 기억해 주십시오.〉

그것은 소로 공주가 능설비에게 보내는 연서(戀書)였다.
다 읽고 난 능설비는 편지를 이호에게 돌려줬다.
"공주에게는 내가 몹시 바쁘다고만 전하거라."
"예."
"이제 너희들에게 밀명을 다시 전하겠다. 귀담아들어라."
능설비의 어조가 갑자기 차가워졌다. 그의 몸에서 대기도가 일어났다. 그것은 전에 일던 엄청난 마의 기운과는 다른 것이었다. 과거의 기운이 삭풍 같은 것이어서 타인을 얼게 한다면, 지금 능설비의 몸에서 흘러나오는 기도는 태산의 무게같이 그렇게 듬직하고 압도되는 바가 있었다.
"마도의 사기는 누란의 위기에 있다. 그것은 우리가 한 일이 모두 성공했기 때문이다."
"……!"

"이제 제일 중요한 일이 남았다. 꼭 우리가 해내야 할 일이!"
능설비는 잠깐 입을 다물었다.
사람들은 숨조차 제대로 쉴 수 없었다. 능설비의 몸에서 그리도 강한 힘이 일어나다니…….
능설비가 다시 입을 열었다.
"우리는 한시바삐 신마종을 잡아야 한다. 그자를 잡아야 마도가 빨리 무너진다. 지금 천외신궁은 엄청난 세력으로 자라났다. 신마종이 없어도 마의 세력은 수십 년간 중원 천하를 어지럽힐 정도로 그들의 세력은 엄청나다."
"그럼 상공께서는 이제 태산에 가실 작정이십니까?"
후란이 묻자,
"그렇다. 지금이 바로 그곳에 갈 때다."
죽립을 뚫는 금빛 안광이 아주 무시무시했다.
"저희들도 가는 것이겠지요?"
능설비의 앞에 있는 인물들 중 누군가 묻자,
"혈적곡에 나 혼자 갔듯이 이번에도 나 혼자 간다!"
능설비는 단호한 어조로 잘라 말했다.
"예에?"
"어이해 공자 혼자서?"
모두들 놀라 두 눈을 크게 뜨며 능설비를 바라보았다.
"염려하지 마라. 같은 실수를 두 번 하지는 않으니까. 그리고 이전에는 그자가 자신을 숨긴 암전(暗箭)이어서 이길 수 있었으나 이번에는 내가 보이지 않는 화살이니까."
"……!"
"너희들은 내가 성공하도록 몇 가지 일을 해야겠다. 바로 적의 세력을 분산시키는 것이다."

능설비는 미리 준비한 두루마리 한 장을 꺼냈다. 그것을 펴자 산동성의 지도가 나타났다. 지도에는 붉은 점으로 표시된 여러 지점이 보였다.

"천외신궁의 힘은 생각보다 강하다. 우리가 일으킨 소란으로 그들의 힘이 태산으로 집중되었을 것이다. 나 혼자 힘으로 들어가는 게 무리일 수도 있다. 하지만… 너희들의 도움을 받는다면 그렇게 어려운 일도 아닐 것이다."

능설비는 잠시 말을 멈추며 비위들을 바라봤다.

침묵은 금방 깨어졌다.

"천룡십구웅은 이제껏 외곽 지역에서 활동해 왔다. 먼 곳을 치니까 적들이 한곳으로 운집되어 버렸지. 이번에는 그들을 흩뜨려야 한다. 가까운 곳에서 혈풍을 일으킨다면 제 놈들이 어쩔 수 없이 밖으로 나올 수밖에 없을 거다. 나는 그 틈을 타 잠입하여 그자의 수급을 자르겠다."

예전이라면 혈수광마웅를 끌어내어 척살하는 방법을 택했을 것이다. 구마령주 시절, 백도를 한곳으로 몰아넣은 다음 육지주를 굴복시켜 철저하게 사기를 꺾어버렸듯이.

마도는 백도와 다르다. 혈수광마웅은 수하 전체의 목숨보다 자신의 터럭 하나를 더 소중하게 여기는 인간이다. 위험하다 여기면 몸을 감추고, 기회가 와야만 정체를 드러낸다.

아직 혈수광마웅이 나타났다는 말을 듣지 않았다.

백도에는 여전히 운리신군이 건재하고, 마도에는 신마종이 있을 뿐이다.

'놈은 아직도 부족하다 여긴다. 두 개의 신분으로 백도와 마도

를 장악했음에도.'

 단번에 숨통을 조여야 한다. 조금이라도 틈을 보인다면 영원히 그자를 잡지 못할 수도 있는 것이다.

 능설비는 틈나는 대로 쌍뇌천기자가 남긴 천기의형도를 살폈다. 아직 그 안에 담긴 정확한 의미는 모르지만, 그것에 집중할수록 머리가 맑아지고 생각이 또렷해졌다.

 "너희들은 하나하나 일당천이다. 게다가 마공과 백도 무공에 모두 능수능란하다. 이번 일에는 화신교란(化身攪亂), 격장계를 비롯한 여러 가지 계략이 쓰여야 한다. 적의 얼굴로 위장해 적을 치고 뭉친 지 얼마 되지 않아 서먹서먹한 변황의 무사들이 서로를 시기해 싸우도록 해야 한다."

 "호호, 이른바 이마제마, 마로써 마를 치는 계략이군요, 상공."

 후란이 그의 말뜻을 대번에 눈치채며 말했다. 마성의 기운이 사라진 그녀의 눈동자는 총명한 빛으로 가득했다.

 능설비는 고개를 끄덕이며 손가락으로 바위에 글을 썼다.

〈포달랍궁(包達拉宮).〉
〈소뇌음사(少雷音寺).〉

 그는 두 문파의 이름을 적은 다음 후란을 향해 말을 던졌다.

 "포달랍궁과 소뇌음사가 양패공사하게 할 수 있느냐?"

 "자신있습니다. 포달랍궁의 얼굴을 하고 소뇌음사의 주지를 죽이겠습니다. 만인이 보는 앞에서!"

 "좋아!"

 능설비는 후란의 자신만만한 대답에 고개를 끄덕인 다음 이호를 보았다.

"이호, 너는 천지총관을 유인해 죽여라. 마도의 상고기인 행세를 하고 그자들을 끌어내서 처단해라."

"예."

이호가 공손히 대답했다.

능설비의 눈에서 발산되는 정광이 더욱 짙어지고 있었다.

"그들의 시신은 산동흑마궁(山東黑魔宮)에 보내라. 산동흑마궁주는 소심하고 겁이 많은 자라 들었다. 아마도 천지총관의 시신을 보면 그날로 천외신궁에서 벗어나 문을 걸어 잠글 것이다."

이호가 결의에 찬 모습으로 고개를 숙여 보이자 능설비는 삼호에게 명을 내렸다.

"삼호, 너는 색혈총관이란 자를 끌어내 죽여라. 그 일은 네 스스로 만들어 행해야 하는 것이고."

"닷새 안에 색혈총관의 목을 바치겠습니다."

"목을 잘라 갖고 올 것까지는 없다. 색혈총관을 죽인 다음, 그자의 시체를 제남부 성문에 걸어라."

이어 사호와 오호에게도 명을 내렸다.

"너희 둘은 남양호로 가서 한월마군(寒月魔君)과 한월십이살(寒月十二煞)을 척살하거라. 한월십이살의 시체는 한월보 정문 앞에 버리고, 한월마군의 목은 제령의 백음마교주(百陰魔敎主) 침상에 던져 놓아라."

육호에게는 천외신궁의 순찰령을 담당하는 제로쌍귀(齊魯雙鬼)를, 나머지 사람들에게는 분타주 일곱을 제거하라는 지시를 내렸다.

달빛이 휘영청 쏟아지는 절벽 위를 소슬한 바람이 불어간다.

절벽 위의 열두 사람, 그들이 꾸미는 일은 향후 무림에 엄청난 결과를 일으키리라. 만약 성공한다면!

언제나처럼 신선한 새벽이다.
합비의 새벽은 유독 아름다웠다. 새벽안개가 오래된 성곽을 휘감아 돌다 바람을 타고 흩어진다. 어둠이 여명에 타오르면 하늘로 솟아오른 먼 정봉들이 손에 잡힐 듯 가까이 다가온다.
그리고 새벽을 깨우는 종성이 울려 퍼진다.
합비성의 외곽, 야트막한 동산의 품에 안긴 듯 고즈넉한 정경을 자아내는 대찰이 하나 있었다.
보국대법찰(寶國大法刹).
수백 년간 합비의 새벽을 깨우는 범종 소리가 울려 퍼지던 고찰이다. 성문을 지키는 수문장은 범종 소리에 맞춰 문을 열었고, 늦은 저녁 울려 퍼지는 종소리에 맞춰 문을 닫았다.
그러나 얼마 전부터 모든 것이 달라졌다.
종소리는 시도 때도 없이 울렸다. 어떤 새벽에는 그냥 넘어갈 때도 있었다. 난데없이 심야에 울려 퍼질 때에는 수문장의 신경이 곤두서기 일쑤였다.
"더러운 라마 놈들! 대체 저놈들은 누가 잡아간단 말이야. 강호에 실명대협이란 신인이 나타났다는데… 저런 놈들을 쳐죽이지 않고 뭐 하남."
보국대법찰의 일과가 제멋대로 바뀐 것은 이십여 일 전, 느닷없이 한 떼의 라마승들이 몰려들어 법찰 안의 승려들을 내쫓고 주인인 양 터를 잡았다.
라마 중에도 타락한 라마들.
이들은 소뇌음사의 마승(魔僧)들이었다. 피를 두려워 않고, 세상을 계도하기보다 약탈을 즐기는 탐욕의 무리들. 이들은 천 년 전부터 중원과 적이 되어 무수한 혈전을 치러왔다.

이들에게 손을 내민 건 천외신궁이었다.

소뇌음사의 주지 탁타라마는 신마종의 제안을 받아들이며 아예 근거지를 합비의 보국대법찰로 옮긴 것이었다.

절은 있되 불법은 사라진 것이다.

계집을 끼고 희롱하는 라마승들, 그리고 산 사람을 상대로 마공을 익히는 자들.

목불인견의 참상이 도처에서 벌어졌다. 그러나 그들을 막을 세력은 없었다. 적어도 지금까지는.

'십 년 안에 천하의 모든 사찰을 소뇌음사의 분사로 만들 것이다. 소림과 아미를 점령하여 나의 법력이 천하에 통하였음을 증명하리라. 올해 열락의 극치를 경험한다는 운세를 믿지 않았는데… 모든 일이 기대 이상으로 풀려 나가질 않는가.'

탁타라마는 한껏 흥분한 상태였다.

지난밤 인편으로 전해진 한 장의 배첩.

금빛의 배첩을 받은 직후 그는 뜬눈으로 밤을 지새웠다.

〈탁타지주전(托卓持主前), 귀사의 뇌음불수(雷音佛手)의 비결과 본 궁의 대모니법광장(大牟尼法光掌)의 비결을 바꿔봅시다. 내일 새벽에 가겠소.

모탁법합장(牟托法合掌).〉

뇌음불수는 소뇌음사의 비전 절학이다. 뇌성과 함께 강기를 쏟아내는 수법으로 가공할 만한 절기라 할 수 있는 것이다. 그러나 대모니법광장에 비한다면 명월 앞의 반딧불이었다.

'그 어리석은 자가 뇌음불수를 너무 높이 평가했다. 후훗, 두 가지를 바꾼다면 몇 배는 남는 장사를 하는 것이다.'

탁탁라마는 고소를 금치 못했다.

그때였다.

"장문사존이시여, 사문 앞에 포달랍궁의 모탁법 대법사께서 오시었다 합니다."

사마승 하나가 그를 불렀다.

"오오, 이제야 오시는군!"

탁탁라마는 맨발로 얼른 밖으로 달려나갔다. 얼마 지나지 않아 그는 보국대법찰의 정문 앞에 당도했다.

"아미타불, 어서 오시오."

탁탁라마는 홍색 가사를 걸친 노라마를 보며 합장을 했다.

모탁법(牟托法). 그는 모리극의 사형이고 포달랍궁의 최고 고수였다. 모탁법은 탁탁라마가 합장하며 얼굴을 약간 숙이는 것을 보며 아주 자연스럽게 한 손을 불쑥 앞으로 내밀었다.

순간, 꽝! 벼락 치는 소리가 나며 탁탁라마의 머리통이 잘 익은 수박이 으스러지듯이 산산이 부서지는 것이 아닌가?

탁탁라마는 졸지에 인사를 하다가 비명 소리조차 지르지 못하고 불귀의 객이 되고 말았다.

"으핫핫, 이제야 이백 년 전 본 궁의 조사 달뢰(達賴)께서 소뇌음사의 악마 중에게 죽은 빚을 갚았다!"

모탁법은 통쾌하게 웃어젖히며 위로 날아올랐다. 그는 천룡행공이란 포달랍궁의 절기를 써서 훌쩍 사라져 갔다.

보국대법찰의 라마들은 모두 넋을 잃었다.

장문사존이 암살당하다니, 정말 하늘이 무너졌다 할 수 있었다.

"포달랍궁 놈들이!"

"으으, 그놈들을 모조리 죽여야 한다!"

그들은 복수의 이를 갈았다. 중은 없고 모두 복수에 미친 귀신들 뿐이다.

산동의 흑마궁 앞.

덜그럭거리는 소리를 내며 말 한 마리가 수레를 끌고 가고 있었다. 마부는 보이지 않았다. 말은 꽤 먼 거리를 달린 듯 퍽이나 지쳐 보였다. 한순간 말이 피로를 이기지 못하고 쓰러지자 수레도 함께 쓰러졌다. 그 바람에 수레 안에서 상자 두 개가 튀어나왔다. 진흙탕에 뒹구는 두 개의 검은 상자는 관(棺)이었다.

거기엔 일각 전에 죽은 두 사람의 시체가 담겨 있었다.

천마대총관. 그는 웃는 얼굴로 죽어 있었다. 그는 죽기 전 '마도의 기인 신마수사(神魔秀士)께서 강호에 나와 신궁에 들려 하시다니 두 손을 들고 환영하오'라는 말을 끝으로 불귀의 객이 되고 말았다.

그와 함께 죽어 있는 자는 가슴에 구멍이 뚫린 지마대총관이었다. 그는 항상 천마대총관과 자리를 함께했었다. 그가 죽기 전 한 말은 '조, 조심하시오. 가, 가짜요'라는 것이었다.

두 사람은 신마수사라는 사람을 만나 천외신궁으로 끌어들이려 하다가 암살당해 죽은 것이었다.

시체 주위로 흑마궁의 무리가 모여들었다.

"이럴 수가!"

"두 총관이 여기서 죽다니, 자칫하다가는 죄를 뒤집어쓰겠다!"

"삼천고수를 즉각 회궁케 하라. 두 구의 시체를 묻어버리고 모두 못 본 척 함구하라. 당분간 봉궁(封宮)이다!"

흑마궁의 수뇌들이 사색이 되어 수하들에게 외쳐 댔다.
그리고 비슷한 일이 제령에서도 벌어졌다.
평소 앙숙으로 지내던 한월마군의 수급이 백음마교주의 침상 위에 뒹구는 믿기지 못할 일이 벌어진 것이었다.
한월마군과 백음마교주의 적대적 관계는 마도에서도 유명했다. 한월마군의 잘린 머리가 백음마교주의 침상에서 발견되었다면 어떠한 변명도 통하지 않을 것이다.
'꼼짝없이 걸려든 거야. 나를 시기하는 어떤 것들이 저지른 일이 분명한데… 내 말을 믿을 사람이 누가 있겠어.'
백음마교주 화요홍.
천생의 색골인 그녀의 장기는 사내의 양기를 빨아먹는 채양보음술이었다. 나이 칠십이 넘었지만 아직도 이십대의 미모를 간직한 것도 사내의 원정진기를 취한 덕분이었다.
절정에 도달하는 순간 사내의 머리를 잘라 버리는 암거미.
일그러진 한월마군의 머리가 무엇을 증명하는지 그녀 자신이 누구보다 잘 알고 있었다.
'안전해질 때까지 기루에 숨어 지내는 게 좋겠어. 하긴… 기녀도 그렇게 나쁜 건 아니니까.'
그녀는 애써 자신을 위로했다.

제남의 성문은 아직 열리지 않았다. 아직 새벽이라 부르기 이른 시각. 어둠은 물러날 때가 아니라는 듯 사위를 여전히 두터운 장막에 가두고 있었다.
그리고 그 어둠을 뚫고 하나의 그림자가 날아올랐다. 성문을 가볍게 뛰어넘은 인영은 빠르게 제남성 깊숙한 곳으로 들어갔다.

'감히 본 궁의 무사들을 해한 놈이 있다니… 아직도 신마종의 뜻에 거역하는 놈들은 사지를 잘라 본보기로 삼으리라.'

그의 눈에서 잔혹한 살광이 뿜어져 나왔다.

색혈총관.

그는 천외신궁을 거역하는 사람들을 찾아다니며 목숨을 거두는 전문적인 살수였다. 피에 굶주린 자로 밑에 거느린 색혈단(索血團)의 살수들을 부리지 않고 대부분의 일을 직접 처리한다.

지금의 일만도 그러하다.

천외신궁에 입궁한 제남성의 거물급 인사가 시비 끝에 팔 하나가 잘렸다는 보고를 받은 직후 물불 가리지 않고 제남성으로 달려온 것이었다.

'내 이런 놈들의 심리를 잘 알지. 실명대협이나 능 공자란 놈을 흉내 내는 거야. 이런 놈들의 싹을 미리 잘라 버리지 않으면 도처에서 머리를 디밀고 일어나게 돼있어. 본보기로 머리를 잘라 제남성 성문에 걸어놓는다면… 다시는 날뛰는 놈이 나타나지 않을 것이다.'

색혈총관의 화를 돋운 건 정체 모를 괴한의 행동거지였다. 천외신궁의 무사들을 벤 자가 달아나지 않고 제남의 한 객잔에 머물러 있다는 보고가 더욱 그를 분노케 만든 것이었다.

잔월마혼(殘月魔魂) 단엽추.

한때 잘나가던 혈루회 소속의 살수였던 그는 지난 이십 년간 심산의 동굴에서 은신한 채 지내왔다. 짐승의 피로 살인의 충동을 해소하던 그에게 혈루회주가 내린 색혈총관의 직책은 가뭄을 씻어내는 단비나 마찬가지였다.

벌써 스무 번의 살행을 말끔하게 처리한 그였다. 이번 제남성의 일도 다르지 않을 것이다.

멀리 객잔의 불빛이 보이자 색혈총관의 움직임이 빨라졌다. 천마등공의 수법으로 달리던 그의 신형이 객잔의 담을 뛰어넘을 때에는 어떠한 소리도 흘려내지 않는 마도의 절학 비조야신행으로 바뀌었다.

푸른빛 유삼을 걸친 그는 장미가 가득한 뜨락 가에 서 있었다. 그는 등 뒤로 색혈총관이 접근하는 것을 모르는 듯 장미꽃에 열중했다.

"쯧쯧, 꽃잎에 벌레가 먹었군."

그의 허리가 숙여졌다.

색혈총관은 숨소리조차 내지 않으며 십 장 뒤로 접근했다.

그의 손에는 즐겨 사용하는 유엽비도 한 자루가 들려 있었다.

'놈이 눈치채기 전에 탈명비도술로 숨통을 끊어버리자.'

그는 마른침을 삼키며 유엽비도를 들어 올렸다.

그때였다.

"벌레 먹은 꽃잎은 미리미리 제거하는 게 좋아."

장미를 보고 있던 사람이 허리를 폈다. 그의 손가락 사이에는 장미꽃 한 송이가 끼워져 있었다.

"그렇지 않은가, 친구?"

대체 누구에게 하는 말인가?

그는 이미 돌아섰다. 그리고 손가락 사이에 끼워져 있던 장미꽃은 이미 던져진 후였다.

색혈총관이 돌연한 행동에 흠칫해하는데 허공을 날던 장미꽃이 돌연 폭발하듯 터지며 사방에 꽃잎을 뿌려댔다.

놀라운 일은 그 직후에 일어났다.

"크윽, 눈… 눈이……!"

밤 고양이처럼 살금살금 다가서던 색혈총관이 갑자기 신음을 터뜨리며 손으로 얼굴을 가렸다. 그의 손가락 사이에서 핏물이 주르르 흘러나왔다. 꽃잎이 암기가 되어 그의 눈알을 파괴해 버린 것이다.

"으으, 네… 네가 누구이기에?"

색혈총관이 몸을 뒤틀 때,

"천룡삼웅(天龍三雄)이라고 하지."

짧고 힘있는 목소리가 나며, 꽝! 색혈총관의 가슴에 구멍 하나가 파였다. 그는 비명도 없이 죽었다.

새벽이 시작될 때, 제남부의 부지런한 사람들은 흉측한 것을 봐야 했다. 높다란 성루 위에 한 구의 시체가 매달려 흔들리는 것을.

〈죽은 자는 천외신궁의 색혈총관이다. 피는 피로써 갚을 뿐이다. 이건 시작에 불과하다. 천외신궁을 추종하는 자들은 하나도 남김없이 색혈총관처럼 비참한 최후를 맞이하리라.〉

피로 쓴 글귀가 사람들을 겁먹게 했다.

천외신궁에 동조하던 자들은 색혈총관의 시신을 보며 전율했다. 시체는 무려 반 시진을 그렇게 매달려 있다가 천외신궁의 무사들에 의해 치워졌다. 그들의 흉악한 기세는 여전했으나 구경꾼들은 예전 같은 공포를 느끼지 않았다.

천외신궁의 순찰령을 들고 거들먹거리던 제노쌍귀의 시체가 발견되고, 자신의 영토를 분타로 바쳤던 거마들이 처참한 몰골로 죽어 나간다는 소문. 이제 천외신궁의 천하는 아닌 것이다.

노을과 단풍.

노을은 사시사철 붉지만 단풍은 만추(晩秋)에만 붉다. 그러기에 단풍의 붉음이 더 값진 것인지도 모른다.

노을 아래, 단풍림을 헤치며 가는 흑의인이 하나 있었다.

스슥슥!

그는 가벼운 바람을 일으키며 움직였다. 대체 어디를 찾아가는 것일까? 그의 움직임은 바람을 연상케 했다.

"산이 좋다. 언제고 이러한 곳에 초막을 짓고 산수월(山水月)을 벗하고 지낼 날이 있을는지……."

그는 중얼거리다가 먼 산을 보고 눈살을 찌푸렸다.

"웬 빛이……?"

그의 눈빛을 시리게 하는 것이 있었다. 그것은 영롱하기 그지없는 보광이었다. 보광이 먼 산에서 하늘 위로 뻗치고 있었다.

흑의인이 의아해하며 걸음을 더욱 빨리하려는 순간 갑자기 산 울음소리가 났다.

우르르릉!

산이 울며 땅이 흔들렸다.

"이, 이런… 갑자기 지진이라니? 아니, 산사태일지도 모른다."

흑의인은 사뿐히 떠올랐다. 그는 바로 능설비였다. 능설비는 답허능공으로 떠올라 몸을 안정시켰다.

지마(地魔)가 요동을 치는 듯 땅 울음소리는 더욱 커졌다. 그리고 온 산이 영롱한 보광으로 더욱 달아올랐다. 빛의 중심은 꽤 먼 곳에 있었다.

"대단한데? 무슨 보기가 이리 강할까?"

능설비는 태산을 향해 가는 중이었다.

그는 본시 호기심이 적은 사람이었다. 땅에 칠채명주가 떨어져 있어도 그는 쳐다보지 않을 것이다. 화려한 것은 그가 싫어하는 것이다. 그런데도 그는 눈길을 빼앗기고 말았다.

하늘은 역시 위대했다.

천지간을 뒤흔드는 산 울음소리는 능설비에게 자신의 왜소함을 알게 했다. 구마령주로, 실명대협으로 천하의 흐름을 바꿔놓은 그였으나 대자연의 신비한 현상 앞에서는 어쩔 수 없는 한 인간에 불과했다.

"가보자."

그는 지체하지 않고 어기비행술을 써서 날아갔다. 그는 소리없이 허공을 갈랐다. 진동음이 더욱 가까이 들릴 무렵, 능설비의 시야에 저 먼 곳의 산 벽이 저절로 허물어지고 있는 것이 보였다.

"아아, 대단하다!"

능설비는 산사태를 목격하고 찬탄하지 않을 수 없었다.

흘러내리는 흙더미는 황하수가 범람하듯이 근처의 지형을 휘감았다. 검은 용이 무리지어 가듯 나무숲이 파괴되었고, 계곡수가 묻혀 버렸다. 모든 것은 창졸지간에 빚어졌다.

그 파괴의 위력 앞에 능설비는 한층 겸허해졌다.

그는 모든 것을 잊고 지형이 새롭게 바뀌는 것을 바라보았다. 그리고 여전한 굉음 속에 일정하게 들리는 어떤 소리를 듣게 되었다. 그것은 목탁 소리였다.

산사태가 스쳐 지나가는 암봉 위, 금방이라도 무너질 듯 위태롭게 서 있는 암자가 보였다. 암자의 문은 언제나 그런 것처럼 활짝 열려 있었다. 그리고 그 안에는 그린 듯 선이 고운 자태의 비구니 하나가 앉아 아주 조용한 목소리로 독경(讀經)을 하는 중이었다.

대체 무슨 불경을 읊조리는 것일까? 비구니는 산사태가 어찌 벌어지건 상관도 하지 않았다.

산사태가 발견하게 한 암자, 그리고 작은 비구니.

능설비는 혹 암봉이 무너지면 어찌하나 하는 생각에서 암봉 위로 날아올랐다. 암봉은 땅속 깊이 뿌리를 박고 있는 덕분에 산사태가 아무리 심하게 나도 흔들리지 않았다.

비구니의 목탁 치는 소리는 여전했다. 비구니는 아직 능설비를 보지 못한 듯했다.

능설비는 암자 쪽으로 다가가다가 이상한 것을 발견했다.

암자 앞에 잿더미가 있었던 것이다.

'아아, 이것은 다비식(茶毘式)의 흔적이다.'

능설비는 식견이 많은 사람이었다. 그는 잿더미가 바로 승려가 죽은 후 그의 남은 육신을 불살라 버리는 다비식의 흔적임을 즉시 알 수 있었다.

언제 거행된 다비식일까? 어떤 스님 하나가 죽었을까?

능설비가 잿더미를 보고 야릇한 감회를 느낄 때,

"아미타불, 어느 시주시오?"

산문 뒤에서 인자해 보이는 노니(老尼)가 나타났다. 허리가 구부정한 그녀는 능설비가 몹시 높은 곳을 훌훌 날아올랐다는 것도 모르고 그냥 산사태를 피해 암봉 위로 오른 사람으로 아는 듯했다.

능설비는 자신도 모르게 불교식에 따라 합장했다.

"지나가던 사람입니다."

"아미타불… 목소리가 좋은 젊은이요. 그런데 어이해 이런 험한 산에 들었소? 이곳은 결진암(結塵庵)이란 곳으로 속세를 떠난 비구니들만이 있는 곳이라오."

노사태의 표정은 아주 부드러웠다.

법련(法連).

노사태는 스스로를 그렇게 칭했다.

"이곳은 아주 경이로운 곳이라오. 지금 산사태가 일어난 곳은 춘추전국시대 때 기인들이 난을 피해 숨어살던 기인별곡(奇人別谷)이고, 해마다 한 번씩 산사태를 일으키고 칠채보색을 토해 하늘을 밝힌다오."

"매년 같은 일이……?"

능설비가 경이로운 표정을 짓자 법련이 자세한 설명을 하기 시작했다.

"그렇다오. 사실 이곳 결진암의 시조는 기인별곡에서 죽은 상고 기인의 후예라오. 그분은 자불(慈佛)이라는 분이시오. 그분은 기인별곡 안에서 죽은 사람들의 혼을 위로하기 위해 여기에 암자를 지었고, 그 후 이곳은 결진암이라 불리게 되었다오. 과거에는 꽤 번성해 암자만 해도 수십 개였는데, 워낙 험난한 곳인지라 사람들이 하나둘 떠나 이렇게 고적한 곳이 되었다오."

법련은 조금 말이 많았다. 사람과 말을 한 지 꽤나 오래되어 호기심이 나는 듯, 아니면 능설비가 남에게 호감을 일으키는 어떠한 것이 있기 때문인지.

"얼마 전까지만 해도 법화사조(法華師祖)가 계시었는데 그분은 입적하고 말았다오. 나무관세음보살."

"그럼 저곳은 바로 그분의 다비식이 거행된 곳이군요?"

능설비가 암자 앞의 잿더미를 바라보며 질문을 하자 법련은 서글픈 표정으로 고개를 끄덕였다.

"그렇다오."

"안됐습니다."

"나무관세음보살… 공즉시색, 색즉시공이 아니겠소? 산 것은 멸하나 멸한 것은 곧 영생하는 것이라오."

어찌 생각하면 알 것도 같고, 어찌 생각하면 전혀 알쏭달쏭한 말이었다.

능설비가 말없이 바라보자 법련이 말을 이었다.

"그분은 수계받지 못한 비구니 하나를 전인으로 두었소. 결명(結命)이라는 비구니인데 바로 저 안에 있는 비구니가 결명이라오."

능설비는 법련이 가리키는 암자를 바라보았다. 한데 암자 안에서 두 개의 독광이 빛나고 있지 않은가?

능설비를 노려보는 두 개의 눈동자, 그것은 결명이라는 비구니가 처절하게 쏘아내는 눈빛이었다.

'으음!'

능설비는 암자 안의 여인을 보고 흠칫 놀랐다. 도저히 상상조차 못했던 얼굴이 거기 있질 않은가?

냉월(冷月).

능설비를 죽이기 위해 제 얼굴마저 버린 기구한 여인 화빙염. 그녀가 비구니가 되어 눈을 부릅뜨고 있는 것이었다. 그녀는 여전히 아름다웠다. 머리카락 한 올 없는 까까머리여도 아름다웠다. 그리고 그녀는 여전히 벙어리였다.

"......!"

그녀는 말도 못하고 다만 분한 눈물만 흘렸다. 그녀는 능설비를 너무나 잘 알아봤다. 여인만이 느끼는 어떠한 감흥이 있기 때문이고, 능설비의 목소리가 그녀의 고막을 때렸기 때문이다. 두 젖이 잘린 여인, 만화지의 여인들에 의해 난도질을 당했고, 능설비의 오만한 배포 아래 자유를 되찾은 그녀였다.

그녀는 다만 괴로운 숨소리만 내며 능설비를 노려볼 뿐이었다.

'여기서 보게 되다니……'

능설비는 숨이 막혀옴을 느꼈다.

그때 법련의 노한 음성이 터졌다.

"결명! 너는 비구니가 될 수 없겠다! 어이해 불제자가 가질 수 없는 살성을 가지느냐? 당장 여기를 떠나라!"

법련이 노발대발해 외쳤다.

냉월은 꼼짝도 못했다. 그녀의 귀에는 법련의 말이 아예 들리지도 않는 것이다.

"어서 여길 떠나래도!"

법련이 노사태답지 않게 역정을 내자,

"스, 스님, 떠날 사람은 바로 접니다."

능설비가 법련의 소매를 잡았다.
"아니, 그게 무슨 말이오? 결명과 시주는 서로 아는 사이라도 되오?"
법련은 능설비를 빤히 바라봤다.
능설비는 대답 대신 죽립을 제 손으로 벗었다. 그의 수려한 용모가 일목요연하게 드러나자,
'정말 놀라운 용모인데!'
법련은 우선 능설비의 미끈함에 놀라워했다. 그리고 그녀는 능설비의 눈을 보고는 자신의 눈을 의심했다. 능설비의 우수에 찬 눈빛이 너무나 아름다웠기 때문일까?
더더욱 놀라운 일은 그다음이었다.
"스님, 저는 살인자입니다. 저를 꾸짖은 다음 내쫓아주십시오. 제발!"
능설비가 무릎을 땅에 대고 간청을 하는 것이었다. 정말 믿어지지 않는 일이 아닌가?
"아, 아니오. 그럴 리가!"
법련은 당황해하며 얼른 능설비를 잡아 일으켰다.
"아닙니다. 저는 악마의 화신입니다."
능설비가 착잡해하자 법련은 떨리는 음성으로 입을 열었다.
"오오, 빈니는 볼 수 있소. 빈니는 분명 시주의 눈빛에서 천살성(天煞星)을 봤소. 그러나 시주는 탁월한 분이오. 어떤 과거가 있는지 모르나, 분명 앞으로는 대길이 있을 것이오. 아직 살(煞)이 모두 제거된 것은 아니나 장차 큰 별이 될 것이오."
"그렇지 않습니다."
능설비의 얼굴에 회한이 어렸다.

법련은 그를 바라보며 인자한 미소를 지으며 말을 이었다.
"나무관세음보살… 빈니의 말을 간과하지 마시오. 시주는 빈니가 이백 살을 사는 동안 처음 본 대협골(大俠骨)이고 대천살성(大天煞星)이오. 시주 같은 대영웅을 보기 위해 이렇듯 오래 산사를 지키며 고적히 살았나 보오."
"아아, 어이해 저를 대영웅이라 하십니까?"
"그런 말은 자신에게 할 수 없는 말이라오. 그런 말은 남이 할 수 있는 것이오. 아시겠소?"
법련 사태는 그 말을 끝으로 더 말하지 않았다. 하여간 그녀가 이백 세나 되었다는 것은 매우 놀라운 일이었다. 그녀는 뒤돌아서 아무 일도 없었다는 듯 걸어갔다.
그 잠깐 사이에 화빙염, 아니, 비구니 결명의 눈빛은 사뭇 달라져 있었다. 그녀의 눈빛에는 이제 아무것도 없었다. 정도 원한도. 그녀의 눈빛은 한가롭고 무심했다.
번뇌가 사라진 눈빛이랄까? 그녀는 능설비와 법련이 말하는 것을 듣는 중에 어떤 해탈을 경험한 듯했다.
"장하다. 번뇌의 사슬을 끊었구나!"
법련은 대견스러운 얼굴로 화빙염을 바라보았다.
"……."
화빙염은 무심함 속에서 계속 합장 배례했다.
"아아, 너는 결진암을 지킬 만한 재목이다. 이제 어떠한 심마가 다가서도 너를 밖으로 끌고 가지 못하리라."
법련은 방 한구석으로 갔다. 그녀는 무엇인가를 찾아내며,
"너는 자결하려다가 발견되었다. 그리고 이제껏 괴로워했다. 그러나 이제 다시는 괴로움이 없으리라. 내가 너의 머리에 계인을 남

겨주겠다."
 법련은 화로와 인두를 준비했다.
 얼마 지나지 않아 화로에 숯불이 지펴지고, 법련은 인두를 그 속에 찔러 넣어 빨갛게 달궜다.
 법련이 새빨간 빛으로 서럽게 달아오른 인두를 들어 올렸다.
 화빙염은 눈을 뜨고 있었지만 아무것도 두려워하지 않는 평화로운 모습이었다.
 한순간, 그녀의 두상에서 연기가 피어올랐다. 그리고 인두 자국 하나가 남겨졌다.
 무엇을 그리 깊게 새기는 것일까?
 또 하나의 계인이 새겨지고 있었다. 살을 태우는 고통이 있으련만 그래도 화빙염은 눈도 깜박이지 않았다.
 능설비는 더 이상 보고 있을 수 없었다. 그는 죽립을 들어 얼굴을 가렸다. 무엇인가 알 수 없는 서러운 느낌이 와 닿았다.
 화빙염이 말을 하는 듯했다. 그의 마음속을 울리는 목소리.

—내게 진 죄를 세상을 상대로 풀어주십시오.

 그녀의 눈빛은 그렇게 말을 하는 것 같았다.
 치이이익! 살이 타는 소리가 들렸다. 그리고 대견스러워하며 중얼거리는 법련의 목소리만이 있을 뿐이다.
 "오냐, 오냐! 정말 장하다! 그래, 잘 참아내는구나!"
 능설비는 이미 멀리 가고 없었다. 그는 방향조차 분간하지 않고 무작정 달렸다. 산사태는 이미 멈춘 상태였다. 그러나 그의 마음속에서는 전보다 더한 격랑이 몰아쳤다.

신녀곡주를 죽이고 구유회혼자를 죽인 일. 비록 악마의 노예가 되어 벌인 일이었으되 그 일을 행한 사람은 바로 능설비 자신이 아닌가. 지금이라면 감히 그런 일을 벌이지 못할 것이다.

그는 손을 물끄러미 바라봤다.

한때 강호를 공포에 떨게 했던 마수. 그 손으로 무너진 강호의 정의를 되살려야 한다. 미쳐 버린 설옥경을 구했듯이.

'냉월, 아니, 결명! 정말 고맙소. 아아, 나는 이제야 어느 정도 용서받는 기분이나… 내가 짊어진 짐은 더욱 내 어깨를 무겁게 짓누르는구려.'

그는 마구 치달렸다.

얼마를 갔을까? 갑자기 앞이 어두워졌다. 높은 절벽이 능설비의 눈앞을 가로막았다.

'길이 아닌 곳으로 왔군. 후훗, 마치 내가 걸어온 길처럼.'

그는 이제 웃을 수 있었다. 이번의 웃음만은 매우 홀가분한 것이었다.

'이럴 때는 다른 길로 가느니 차라리 절벽을 타넘어 가는 것이 낫다.'

그는 중얼거리며 위로 날아올랐다. 수직으로 솟아오른 암벽은 그에게 장애물이 되지 못했다. 그는 몇 번의 움직임으로 절벽의 중간 부분까지 타고 올라갔다. 호흡을 한번 고르며 다시 절벽을 타고 오르려는데, 갑자기 그의 눈으로 휘황한 빛줄기가 쏘아져 들어왔다.

빛은 절벽의 틈 사이에서 새어 나왔다.

'뭐지? 동굴 안에서 빛이 나오다니?'

산사태의 결과일까? 우연한 발견치고는 꽤나 신비했다.

능설비는 방향을 틀어 절벽이 갈라져 만들어진 굴속으로 들어갔다. 동굴은 겉보기와는 달랐다. 좁은 틈으로 들어가자 갈수록 안이 넓어졌다. 지진으로 만들어진 공동으로 여겼던 능설비는 자신의 생각이 잘못되었음을 깨달았다.

 동굴은 오래전부터 그곳에 존재해 왔었다. 막힌 입구가 지진으로 드러난 것이었다.

 '볼수록 신기한 곳이군.'

 능설비의 눈을 현혹시킨 빛으로 인해 동굴 안은 어둡지 않았다. 그는 무엇에 끌리듯 빛을 따라 안으로 계속 들어갔다.

 잠시 후, 능설비는 빛의 정체를 알 수 있었다.

 그것은 한 자루 검이었다.

 검신의 절반은 돌 속에 박혀 있었고, 검집은 돌 아래 떨어져 있었다. 검신에서 눈을 아리게 하는 빛이 폭사되고 있었다.

 '대체 무엇으로 만들었기에 이리도 검광이 강렬하단 말인가?'

 그는 놀라워하다가 심한 악취를 느꼈다.

 자세히 둘러보니 동굴 안에는 수백 구의 해골이 있었다. 너무 오래되어 거의 으스러져 버린 해골들이었다.

 '노사태가 말하던 기인별곡이란 곳인 모양이군.'

 능설비가 있는 곳은 바로 기인별곡의 심장부인 기인별동(奇人別洞)이었다.

 동굴의 벽에는 깨알 같은 글이 새겨져 있었는데, 능설비는 금광으로 인해 벽에 쓰인 글을 또렷이 볼 수 있었다.

 〈숨어살며 무료한 나머지 연검(煉劍)에 들었다. 한데, 검의 기운이 너무 세어 기인별곡이 허물어지기 시작했다. 이제 모두 죽을 것이다. 그러나 검만은 살아남을 것이다. 검은 제 주인을 알고 있다. 검은 우리가 만들었으나 주인은 달리 있는 것이다. 하늘이 만든 검의 주인! 검은 주인을 기다리면서 울부짖을 것이다. 그리고 언젠가 검이 울음을 멈출 때, 아아, 절세검주(絶世劍主)는 검의 바로 앞에 있으리라!〉

남긴 이의 이름도 없는 글. 기인별곡에서 살다가 산사태에 죽은 사람이 적은 글이 분명했다.
검은 살아 있는 것 같았다. 그것은 능설비와 비슷한 데가 많았다.
"네가 나를 기다렸단 말이냐?"
능설비는 보광을 흘리는 검을 바라보며 어처구니없어했다. 그러다가 그는 다가가 검을 뽑았다. 저주를 불러일으켰던 검은 소리없이 뽑혔다. 검신에서 흐르는 빛은 항마광음선의 빛보다 몇 배 더 강했다. 검신 위에는 전서(篆書)가 새겨져 있었다.

〈마후(魔吼).〉

악마의 부르짖음이란 뜻인가? 검의 이름은 마후마검이었다.
"마후마검이라……. 핫핫, 너란 놈은 나와 비슷하다. 그래, 어쩌자고 너를 만든 주인들을 죽였느냐? 네놈의 기운이 얼마나 강하기에 산사태가 매년 한 번씩 일어난단 말이냐?"
능설비는 공허하게 웃으며 검 자루에 내공을 가했다.
우웅—
검이 울부짖는다.

제 주인을 죽였듯, 능설비의 손길을 거부하며 마후마검의 검신에서 강한 반발력이 일어났다. 능설비는 손바닥이 찌릿한 통증을 느꼈다.

어느새 그의 손은 마후마검이 뿜어내는 강렬한 기운으로 인해 금빛으로 물들었다.

'검의 기운을 눌러야 한다. 저주를 없애야 한다!'

능설비는 정신을 집중하여 내공을 더욱 끌어올렸다. 광음공공의 기운이 일어나며 마후마검의 기운을 억눌렀다.

우웅웅—!

마후마검은 더욱 큰 소리로 울었다. 동굴이 무너지듯 흔들리는 가운데 검신에서 뿜어지는 빛이 약화되었다.

'무엇이 그리도 한스럽단 말이냐. 그만 저주를 거두어라!'

능설비는 있는 힘껏 공력을 짜내어 마후마검에 불어넣었다. 검신이 부러질 듯 요동을 쳤고, 어느 한순간 죽어가던 빛이 황홀한 금광으로 변하며 검봉을 통해 뻗어나갔다.

수십 장 길이로 뻗어나가는 금광은 장엄의 극치였다.

그 시각, 결진암의 화빙염은 아홉 개째의 계인을 인내로 참아냈다.

"됐다. 이제야 비로소 너는 진짜 승려가 된 것이다."

법련은 인자한 미소를 지으며 인두를 떨어뜨렸다.

"으으음!"

화빙염은 그제야 극심한 고통을 느끼는지 스르르 정신을 잃어버렸다.

"나무관세음보살!"

법련은 불호를 외운다. 그녀는 습관적으로 불호를 외우다가 하늘을 봤다.
 어디에선가 금 무지개 하나가 떠오르고 있었다. 장엄한 빛을 뿌리며 하늘을 가르는 금빛 무지개, 그것은 마후마검이 뿜어내는 검기였다.
 순간 찬란한 금빛이 노사태의 눈빛에도 새겨졌다.
 '아아, 신기(神氣)다!'
 법련은 얼른 손을 합장했다.
 '신기가 나타나면 기인별곡의 일천 년 원한이 풀리리라는 법화사저의 유시가 계셨지 않은가!'
 그녀는 밖으로 나갔다. 금빛은 순간적으로 자취를 감췄다. 오늘따라 하늘이 많이 흐려져 있기 때문이었다.
 "아, 내일은 날씨가 맑을 것이다. 이제부터는 매우 쾌청한 날이 시작될 것이다!"
 법련은 흡족해하며 중얼거렸다.
 결진암의 천 년을 내려온 저주는 이제야 풀린 것이다.
 능설비는 벌써 이십 리 밖을 달리고 있었다. 마후마검을 등에 지고 그는 바람보다 빠르게 사라져 갔다.

천외신궁

동악(東嶽),
 바로 대종(垈宗)인 태산을 일컫는 말이다.
 산이 인간에게 주는 것은 무엇인가? 높이에 대한 우러름일까? 태산에는 그것이 언제나 존재한다. 우러름이 아니라면 아름다움일까? 그것 역시 태산에는 언제나 머물러 있다. 봄에는 신록으로, 여름에는 짙푸름으로, 만추에는 홍해의 아름다움으로 머물러 있다. 또한 겨울에는 설국의 장관을 연출한다.
 태산의 제일 주봉은 일관봉(日觀峰)이다.
 그 위에 서면 저 멀리 동해의 일출이 보이는 장소, 언제나 웅지를 과시하며 군계일학으로 버티고 있는 봉우리가 일관봉이다. 거센 비바람이 불어가도 봉우리는 흔들림이 없다. 다만 붉게 물든 단풍이 어지러이 뿌려질 뿐이다.
 쏴아아!

유난히도 바람이 강하다. 만산홍엽이 강풍으로 인해 어지러이 흩어지며 태산 위 하늘을 붉게 물들였다.

"휘휙—!"

흩어지는 풍엽 사이로 한 떼의 무사들이 나타났다. 도합 백팔 명의 무사들. 하나같이 적색 장포에 동면구로 얼굴을 가리고 있다. 제일 앞서 달리는 자는 은면구였다.

일백팔 명의 무사들은 서쪽으로 파도치듯 사라져 갔다.

잠시 후, 같은 차림의 무사 백팔 명이 나타났다. 이번에는 동남향으로 방향을 잡으며 썰물 빠지듯 사라졌다. 다음에 나타난 무사들은 동쪽으로 방향을 잡았다. 그들이 사라지기가 무섭게 산의 정상에서 또 다른 무리가 나타났다.

도합 아홉 차례였다. 한 무리가 사라지면 또 다른 무리가 나타났다 사라진 것은.

"후후, 제대로 걸려들었군."

높은 나뭇가지 위, 죽립을 눌러쓴 능설비는 무사들의 움직임을 보며 쾌재를 불렀다.

그는 지난밤 일관봉에 도착했다. 그리고 이제껏 나무 위에 숨어서 천외신궁의 움직임을 살피는 중이었다.

천외신궁의 움직임이 바빠진 것은 새벽 무렵부터였다. 수백 마리의 전서구가 동시에 날아들더니 전령들이 다급한 표정이 되어 천외신궁으로 올라갔다. 그리고 얼마 후 소수의 무리가 변복하여 정체를 감춘 채 조심스럽게 천외신궁을 빠져나갔다.

천 명이 넘는 무사들이 대거 일관봉에서 내려온 것은 한 시진 전부터였다.

능설비가 감시한 곳은 주요 통로 한 곳에 불과했다. 그의 눈이

미치지 않는 곳에서도 같은 일이 벌어졌는지는 모르는 일이었다.
'후후, 십구웅이 잘해주었기에 잠입이 수월해졌다. 저 정도 인원이 빠져나갔으니 수비에 허점이 나타나겠지.'
능설비는 가볍게 발을 구르는 동작으로 떠올랐으며, 어떠한 소리도 내지 않는 가운데 정상을 향해 날아올랐다.

매복은 여전했다. 천외신궁으로 향하는 모든 길목에는 감시의 눈초리가 번득였다.
천룡십구웅이 저지른 일로 인해 천 명이 넘는 무사들이 빠져나갔음에도 조금의 빈틈도 보이지 않았다.
팔면을 완벽하게 지키는 마마천벽대진(魔魔天璧大陣).
만리총관이 보여준 설계 도면에 적혀 있던 육합마방진을 능가하는 천라지망이었다. 혈수광마웅의 손길이 더해진 결과였다. 하지만 마도의 어떠한 진세가 능설비의 앞을 가로막을 수 있겠는가? 파진도를 알고 있는 그에게 매복진은 인력 낭비일 뿐이었다.
능설비는 감시의 눈을 피해가며 이십 리를 갔다.
노을 아래, 거대한 성채가 우두커니 서서 능설비를 마중했다.
천외신궁(天外神宮).
마도 천년사에 길이 남을 위대한 건축물이 바로 능설비의 눈앞에 버티고 있는 것이다.
'신궁의 건립은 구마령주 시절 나의 숙원이었는데, 이제는 내가 무너뜨려야 할 마성에 불과하다니……'
마도의 영광을 위해 지어진 곳.
구마령주의 군림을 위해 그에게 바쳐진 위대한 성.
하지만 이제 그곳은 부서져야 할 마의 온상에 불과할 뿐이다.

능설비는 착잡한 심정을 누르기 위해 눈을 감고 잠시 지체했다.

천외신궁은 완벽한 장소였다. 천외신궁은 사상팔진도(四象八陣圖)에 따라 세워졌으며, 내성의 주위에 외성을 갖췄고 그 주위에 사루(四樓)가 있었다.

용형루(龍形樓),

호형루(虎形樓),

풍형루(風形樓),

운형루(雲形樓).

사루는 마도고수들을 대거 양성하는 장소이기도 했다.

옷자락 사이로 찬바람이 흘러들자 능설비는 어느 정도 냉정을 되찾고 감았던 눈을 떴다.

'나의 표적은 하나! 혈수광마옹의 수급이다!'

신마종으로 등극하여 온갖 권세를 누리는 혈수광마옹, 그자의 목을 벨 사람은 천하에 오직 한 사람, 능설비였다.

천외신궁의 거대한 그림자가 일관봉을 뒤덮었다.

'이곳은 백도의 힘으로 무너져야 한다. 백도무사들의 힘으로 무너뜨려야만 천하가 바로 설 수 있다. 나의 역할은 그자의 목을 자르는 것으로 끝내는 것이다.'

죽이기 위해서는 먼저 숨어 있는 곳을 찾아야 하는 법. 능설비는 한껏 공력을 끌어올렸다. 일순 어둠을 태우는 금광이 떠올랐다.

'놈이 이 안에 머물러 있기를 바랄 뿐이다.'

그는 중얼거리며 다시 몸을 날렸다. 날이 아주 어두워진 후인지라 잠입하기에 더할 나위 없이 좋았다.

성벽의 높이는 삼 장, 성벽을 따라 한 바퀴 도는 도중에 발견할 수 있는 문의 수는 통틀어 여덟 개이다.

천외신궁의 정문이 있고 따로 칠소문(七小門)이 있었다. 정문 앞에는 오백 명이 즐비하게 서서 하루 종일 경계의 눈길을 늦추지 않았다. 일곱 개의 소문에도 항상 경비가 삼엄하게 펼쳐졌다. 북이 일각마다 한 번씩 울렸고, 삐익삐익, 딱딱딱! 순찰 도는 고수들의 신호성이 야적함을 깨뜨렸다.

능설비는 성 주위를 빙빙 돌다가 천외신문(天外神門) 근처의 큰 바위 뒤에 숨었다.

쉽게 들어갈 틈도 보이지 않는 완벽한 진세.

능설비는 혈수광마옹의 숨결을 느꼈다.

'역시 철저한 자다. 나조차도 쉽게 뚫고 들어가지 못할 방어라니……'

한편으로는 너무나 방어적인 진세에 야릇한 심정이 되었다.

백도는 지리멸렬하여 자파의 세력을 보전하기에 바쁘다. 천룡십구웅과 더불어 벌인 일은 조금의 타격을 주었을 뿐이다. 그런데도 물샐틈없는 완벽한 수비망이라니…….

'내가 알지 못하는 무언가 있다. 그로 인해 천외신궁의 수비가 이렇듯 철저해진 것이다.'

그는 조급하게 생각하지 않았다.

천외신궁의 적이 존재한다면 그만큼 그에게 유리하지 불리한 상황은 아닌 것이다.

그는 마후마검의 검집을 쓰다듬었다. 손길을 느끼는 듯 마후마검이 살아 움직였다. 웅웅거리며 마후마검이 우는 소리를 능설비는 영적으로 들을 수 있었다.

'잠시만 기다려라, 나의 친구! 너의 몸에 마의 피를 듬뿍 묻힐 순간이 곧 있을 테니까.'

우웅웅!

천 년 저주를 깨고 세상에 태어난 마후마검은 능설비의 말뜻을 알아듣기나 한 것처럼 가늘게 몸을 떨었다. 검은 살기를 알고 있는 것이다.

능설비는 더 어두워지기를 기다렸다.

이경 무렵이 되었으나 어둠은 없었다. 밤이 깊을수록 주위는 더욱 밝아졌다. 천외신궁은 거대한 불야성이 되었다.

능설비는 서서히 몸을 일으켰다.

'그러나 화려함이 클수록 그늘도 커지는 법이지. 덩치가 커지면 허점이 많이 생기는 것도 같은 이치이고.'

능설비는 소리없이 걸었다. 그는 놀랍게도 다른 곳이 아닌 정문을 향해 갔다. 그는 길모퉁이를 돌며 죽립을 벗어 품에 지녔다. 그리고는 마후마검을 가슴에 안고 정문을 향해 빠른 속도로 다가갔다. 그의 얼굴은 이미 절세미남자 능설비의 얼굴이 아니었다. 대신 중년인의 얼굴이 자리 잡고 있었다.

스슥!

능설비는 마도신법을 사용해 정문을 향해 갔다.

아니나 다를까? 문에서 백 장 가까이 접근하기도 전 그의 앞길을 막는 사람 다섯이 있었다.

"영패를 보여주시오!"

"어느 당의 소속이오?"

다섯 사람이 묻는 모습은 지극히 사무적이었다.

천외신궁은 갑자기 일어났기에 그 안에 있는 사람조차도 자신들의 동료가 누구인지 다 알지 못한다. 사람의 얼굴이 통하는 곳이 아니라 신패가 통하는 곳이 바로 천외신궁의 정문이었다.

"고약한 녀석들이로다. 감히 본좌를 몰라보다니!"

능설비는 눈에서 살광을 쏟아냈다.

'무서운 눈빛이다!'

다섯 무사는 능설비의 눈빛에 겁을 집어먹었다.

그들은 능설비의 눈빛을 두렵게 여기면서도 한편으로는 능설비가 자신들의 한패거리라는 것을 아주 자연스레 받아들였다.

능설비가 오만한 표정으로 물었다.

"네놈들은 본좌가 어느 당 소속인지 모르느냐?"

그가 눈꼬리를 치켜뜨자,

"혹 형당(刑堂) 소속이 아니신지요?"

다섯 무사 중 우두머리로 보이는 자가 겁먹은 어조로 되물었다. 형당은 천외신궁 내에서도 가장 위세가 좋은 당이었다. 다른 곳의 사람들에 비해 훨씬 강하고 잔혹했다. 그리고 형당에 속한 사람들은 다른 사람들이 누리지 못하고 있는 특권을 누리고 있었다.

다섯 무사가 은근히 겁먹은 눈초리로 바라보자,

"그렇다. 본좌는 형당 사람이다. 봐라!"

능설비는 손을 품 안에 넣었다. 그 순간 그의 눈빛이 아주 붉게 달아올랐다.

"어어엇!"

"눈이 시리다!"

"으으! 지, 지독한 안공이다!"

다섯 사람이 자지러질 때, 능설비는 손을 빨리 뺐었다가 다시 품에 넣었다.

"험, 어서 안으로 안내해라. 본좌는 먼 길을 달려왔다."

그가 대체 뭘 보였단 말인가? 그러나 무사는 감히 다시 묻지 못했다. 그들은 묻기보다 영패를 보았다고 믿는 쪽을 선택한 것이다.
 그것이 바로 능설비가 노리는 바였다.
 "따, 따라오십시오."
 다섯 무사 중 하나가 능설비를 앞에서 안내하기 시작했다.
 능설비는 팔자걸음으로 그 뒤를 따라갔다.
 천외신문은 아주 거대했다. 폭이 이십 장에 달했고 문짝의 수가 스물여덟 개였다. 말이 문이지 사실 거대한 벽이라 해도 과언이 아니었다. 지키는 무사들은 능설비가 호위무사의 안내를 받으며 오자 형식적으로 목례를 하며 길을 내주었다.
 그를 의심하는 무사는 없었다.
 산발한 머리카락 사이로 힐끗 보이는 그 잔혹한 마광!
 전신에서 뿜어지는 가공할 기도는 또 어떠한가?
 으스스하게 뿜어지는 살기에 주위의 공기마저 얼어붙는 듯했다. 무사들은 그 잔혹한 기도에 숨조차 제대로 내쉬지 못했다.
 잠시 후, 능설비는 외성과 내성 사이로 들어설 수 있었다.
 "저는 새벽까지 매복해야 합니다. 더 이상 모시고 갈 수 없는 것을 용서해 주십시오."
 그를 안내했던 무사가 허리를 숙였다.
 "싹싹한 녀석이로다. 헛헛!"
 능설비가 무사를 칭찬하자,
 "감사합니다. 한데 형당의 어느 분이신지요? 형당주이신 광혈대제(狂血大帝)님보다도 내공이 높으신 것 같으니……."
 무사가 뒷머리를 긁으며 우물쭈물 물었다.
 "고얀 놈! 천발이도 감히 무공을 비교하지 못하는데……!"
 살벌한 음성이 고막을 파고들자 무사는 사색이 되었다.

광혈대제 유천발.

그의 이름을 그렇게 쉽게 부를 사람이 몇이나 된단 말인가.

"본좌는 형당의 비밀감찰이다. 형당주를 아래로 볼 수 있는 지위에 있다는 말이지. 본좌의 존재를 알고 있는 사람은 그리 많지 않다. 그러니 너도 입조심해야 한다."

능설비는 짐짓 근엄한 표정을 지으며 말했다.

"헤헤, 그것은 염려 마십시오. 어르신네들의 심중을 속하가 어찌 모르겠습니까?"

무사는 능설비의 기도에 눌려 아주 곱살스러워졌다.

"헛헛, 언제고 형당으로 오너라. 네게 몇 가지 재간을 따로 전수해 주마."

"아이구우, 황송합니다!"

무사는 허리를 깍듯이 숙였다.

능설비는 그의 심장이 벌렁거리는 소리를 들을 수 있었다. 그는 손바닥으로 턱을 쓰다듬으며 자못 궁금한 표정을 지으며 물었다.

"한데, 마종은 어떠시냐? 본좌는 꽤 오랫동안 외부 생활을 한지라 내부 사정을 잘 모른다. 요사이 강호에 번잡한 일이 많이 벌어져 마종께서 심기가 불편하시지나 않는지 모르겠다."

"미천한 저희들이 어찌 마종전(魔宗殿) 안의 사정을 알겠습니까. 그거야 오히려 저희들이 여쭤봐야 할 일이지요."

무사는 대답을 못해 미안한 듯 얼굴을 붉혔다.

'틀림없이 마종전이란 곳에 그놈이 있다!'

능설비는 무사의 말을 듣고 모르던 사실을 알 수 있었다.

마종전. 그곳이 바로 신마종의 거처인 것이다.

무사는 허리 숙여 재삼 인사한 다음 성문 밖으로 되돌아갔다. 능설비는 그가 사라지기를 기다렸다가 느릿느릿 걸음을 옮겼다. 밤인데도 사람들이 많이 오가고 있었다. 특히 외성사루(外城四樓) 중의 하나인 용형루에 유난히 많은 사람들이 보였다.

용형루는 외성 안에 독자적으로 자리를 잡고 있었다. 오 장 높이의 누각이 있고, 반경 이백 장 정도 되는 모래밭이 촘촘한 목책(木柵)에 의해 다른 곳과 분리되어 있었다.

용형루는 그 모든 것을 통틀어 말하는 것이었다.

능설비는 목책을 바라보았다. 그 안쪽 모래밭 위에서 벌어지는 일들이 또렷이 시야에 들어왔다.

누각 앞, 모래밭과 접한 그곳에 비쩍 마른 노인 다섯 명이 일렬로 서 있었다. 그 뒤쪽에는 은면구를 한 노인이 느긋하게 팔짱을 낀 채 살벌한 눈빛을 흘렸다.

다섯 노인 앞에는 이백여 명의 젊은이들이 무릎을 꿇고 엎드려 있다. 그들의 표정은 하나같이 삭막했다.

일말의 감정도 느껴지지 않는 무표정.

차림새에 있어 특징이 있다면 발목에 아주 큰 차꼬 하나씩을 차고 있다는 것이다. 차꼬의 무게는 얼핏 봐도 일백 관(貫)은 넘어 보였다.

모래밭에는 발자국이 무수했다. 어떤 발자국은 희미했고 어떤 것은 꽤나 깊었다.

'비록 수준은 뒤떨어지나 구마루의 재판이다.'

이제는 생각조차 하기 싫은, 그 지옥보다도 괴로웠던 시절이 그림자처럼 뇌리에 드리워졌다.

용형루는 천외신궁에 입궁한 젊은이들에게 신법을 전수하는 장소였다. 길러지는 젊은이들, 그들이야말로 장차 마도천하를 지배할 자들이었다.

팔짱 낀 노인은 용형총관이었다. 다섯 노인은 용형루의 오대부교두들이었다. 과거 혈루회에 속했던 자들이고, 인육을 즐겨 먹을 정도로 잔악한 자들이다.

"언제고 너희들은 마도의 기둥이 된다. 천하가 너희들 발밑에 놓일 것이다."

용형교두는 사나운 기세로 외쳤다. 하지만 젊은이들은 무표정했다. 다만 아주 잔혹한 눈빛을 거침없이 흘릴 뿐이었다.

인간의 길을 포기한 마의 도구들.

구마루의 아이들은 선택의 기회조차 없이 젖먹이 시절 끌려와 강제로 키워졌다. 하지만 이들은 다르다. 자청하여 마의 도구가 되는 길은 택한 자들이었다.

능설비는 참을 수 없는 살기를 느꼈다.

그리고 이내 그의 눈빛은 차갑게 가라앉았다.

'없애리라. 다시는 이러한 저주가 없게 철저히 없애리라!'

그는 이를 악물며 뒤돌아섰다. 생각 같아서는 마후마검을 뽑아 모든 것을 갈라 버리고 싶었다. 그러나 그는 참고 느릿느릿 걸었다.

호형, 풍형, 운형. 외성에 자리 잡은 세 개의 누각에서도 같은 일이 반복되었다.

외성을 다 돌아다녀도 능설비는 의심받지 않았다.

수비가 신궁의 바깥에 치중된 면도 있었으나 그의 완벽한 역용술 때문이었다. 급이 낮은 무사들은 기도에 눌려 길을 비켜섰으며, 친절하게 안내를 자청한 자도 나왔다.

'만리총관이 아니었다면 이러한 건물이 세워질 수 있었을까?'

능설비는 석벽을 따라 걸으며 만리총관을 생각했다. 작은 돌덩이 하나에도 그의 땀이 스몄고, 기와 한 장에도 그의 땀방울이 맺혔을 것이다.

수족을 자청하던 삼대총관은 종적을 감췄다. 그들이 이곳에 은신해 있다면 찾아내야 한다. 그들이 혈수광마옹 쪽으로 돌아섰다면 그때는 여지없이 베어버려야 한다.

'그들을 벨 수 있을지 모르겠군.'

능설비는 흔들리는 마음을 가다듬기 위해 내공 구결을 외웠다. 정심한 진기가 일어나자 마음이 한결 가벼워졌다.

내성은 외성과는 달리 단일 구조로 이루어져 있었다.

석벽 너머로 솟아오른 거대한 건물, 복잡한 건물들이 서로 이어져 하나의 거대한 궁전이 되었다.

내성이야말로 진정한 천외신궁이었다.

출입문 쪽으로 다가가자 곳곳에 써 붙은 경고문이 보였다.

〈은면구(銀面具) 이하 출입 금지.〉
〈허락받지 않은 자는 이유 불문하고 사형.〉

담장을 따라 늘어선 무사들은 외곽을 지키는 무사들보다 강해 보였다. 강렬한 안광에 불거진 태양혈이 내공의 수위가 보통이 넘는다는 것을 말해주었다.

내성을 벽을 따라 순찰의 움직임도 불규칙했다. 어떨 때는 빠르게, 어떨 때는 느리게. 빈틈이란 아예 보이지도 않았다.

출입구 앞은 더욱 삼엄했다.

독검을 든 무사 서른여섯이 태극마형진을 펼치고 섰다.

검진은 이미 발동되었고, 견고하게 구축된 진세로 인해 모골이 송연한 냉기가 일어났다.
 '놈이 안에 있는 게 틀림없어. 그러기에 경계가 이리도 치밀한 것이다.'
 능설비는 그늘에 숨어 대형을 살피며 품에서 접어두었던 죽립을 꺼내 머리에 썼다. 여기부터는 잔 속임수가 통하지 않는다는 것을 알기 때문이었다.
 '혈수광마옹! 너는 나를 강하게 기른 것을 저주하며 지옥에서도 분루를 흘리리라. 너는 나를 너무도 잘 키웠어. 이런 관문조차도 하잘것없는 것으로 생각할 정도로……!'
 능설비는 갓끈을 꽉 졸라맸다.
 '후후, 신품 선생의 무풍회선강기라면 들어갈 시간을 벌어주겠지.'
 언제부터인가 그는 신품소요객을 가장 가까운 사람으로 여겼다.
 능설비는 오른편을 향해 슬쩍 손을 흔들었다. 장심을 통해 내공이 이끌려 나갔으나 소리가 나지 않았다.
 은밀하게 발출된 강기는 이십 장 떨어진 내성의 담벼락에 부딪쳤다. 그 순간 신묘한 변화가 만들어졌다. 그물이 펼쳐지듯 강기가 확산되더니 돌개바람으로 휘몰아쳤다.
 한바탕 회오리로 도처에 밝혀져 있던 화섭자와 기름불이 일시에 꺼지며 잠깐 암흑천지가 도래했다.
 "웬 미친바람이냐?"
 "어서 불을 붙여라!"
 잠깐의 어둠은 경계를 서던 무사들에게 조금 괴이한 자연 현상으로 받아들여졌다. 무사들이 불을 밝히기 위해 우왕좌왕하는 소리가 들렸다. 잠시 후 불이 다시 밝혀졌고, 근처는 다시 환해졌다. 무사들이 주위를 세심히 살펴보았지만 아무 일도 일어난 것 같지 않았다.

그 순간에 능설비는 서 있던 곳에서 백 장 정도 떨어진 곳에 당도했다. 찰나지간에 그는 아무에게도 들키지 않고 담을 넘어 백 장을 지나쳐 간 것이었다.

그가 엎드려 몸을 숨긴 곳, 그 앞은 커다란 연못이었다. 자연적으로 형성된 연못이 아닌, 철석같이 단단한 백반암을 파서 만든 연못이었다. 인공의 흔적은 전혀 보이지 않고 물가에는 이끼가 그득했다. 이끼 또한 다른 곳에서 따다 붙인 것이었다.

만리총관의 정성이 느껴지는 순간이었다.

연못의 반경은 무려 오십 장. 그 가운데 하나의 섬이 둥실 떠 있었다. 섬 위에는 황금으로 만든 대전이 군림의 자세로 세워져 있었다.

마종전(魔宗殿).

황금대전의 처마 아래에 걸려 있는 현판이 돋보였다.

'마종전… 바로 저 안에 그놈이 있다!'

능설비의 눈에서 살광이 일었다.

'이 싸움은 마도와 정도의 싸움도 아니고, 그놈과 나 사이의 싸움도 아니다. 이 싸움은 그놈의 현재와 그놈이 버린 과거와의 싸움인 것이다. 나는 그놈이 만들어낸 그림자[影]가 되어 돌아온 것이다.'

살기가 걷잡을 수 없이 강해졌다. 저주를 푼 마후마검이 주인의 마음을 읽은 것일까? 검은 살기를 느끼며 작은 소리로 울어댔다.

그 순간, 파팟! 물속에서 두 사람이 튀어나왔다. 물속에도 매복이 숨어 있었던 것이다.

"이상한 낌새가 저쪽에 있었다."

"잠입자가 있을 리 없으나 그래도 방심해서는 안 되니 어서 가 보자."

두 사람은 모두 교룡피로 만든 잠수복을 걸쳤다. 검은색 가죽옷에는 한 방울의 물도 묻어 있지 않았다.

두 사람은 근처를 빠짐없이 뒤지고 다녔다. 그러나 그들은 인기척을 발견할 수 없었다. 능설비는 이미 모습을 감춘 후였던 것이다.

둘은 다시 물로 돌아가며,

"후훗, 이 고생도 얼마 안 남았네그려."

"금면마종의 폐관이 얼마 후 끝날 것이라니 그때가 되면 그분을 따라 구주(九州)를 질타하고 다닐 것이 아닌가?"

둘은 쌍둥이였다.

이름 하여 동해쌍살(東海雙煞). 둘은 오십 년 전 그렇게 불렸다.

비룡추혼살(飛龍追魂煞).

수룡척천살(水龍拓天煞).

둘은 경신술과 수공에 특히 조예가 있었다. 이들은 오래전에 죽었다고 소문이 났는데, 늙어 죽기는커녕 반노환동하여 천외신궁에 머물러 있는 것이었다.

"마도를 따르지 않는 자는 모두 죽을 것이다."

"마도를 따르는 것이 아니라 신마종이신 금면마종을 따라야 하는 것이 아니겠는가? 구마종(舊魔宗)을 아직도 잊지 못하는 자들이 있다니 정말 한심하네."

"반역 총관들이 수로(水路)에서 어떤 고생을 하고 있는지 안다면 감히 구마종 시절에 연연해하지는 않을 텐데."
 두 사람은 대화를 나누다가 다시 물속으로 들어갔다.
 능설비는 숨어서 그들의 말을 듣다가 반역 총관이라는 말에 눈빛을 번득였다.
 세 사람의 얼굴이 떠올랐다. 그를 끔찍이도 생각해 주었던 마도의 노충신들.
 '그들을 두고 반역자라 하는 것이란 말인가? 그들은 마도가 존재하는 한 영원한 충신으로 남을 사람들이다. 그들이 반역한다는 것은 꿈속에서라도 있을 수 없는 일이다. 그들이 있었기에 마도천하가 이렇게 빨리 이룩된 것이 아닌가.'
 그러다 문득 그의 손에 죽은 무정신마의 얼굴이 떠올랐다.

"복수를 위해 신마종을 따랐을 뿐 배반한 건 아니외다. 영주가 살아 있다는 사실을 총관들이 알아야 하는데……."

 '삼총관 또한 무정신마와 같단 말인가.'
 삼총관은 아직도 해결하지 못한 문제였다.
 그들이 돌아섰건 돌아서지 않았건, 어찌 됐건 마는 마일 뿐이다.
 능설비는 애써 마음을 굳히며 눈앞에 닥친 난제 해결에 골몰했다.
 마종전으로 가는 길은 없었다. 등평도수나 능공허도 같은 경신술로 날아간다면 제아무리 빨라도 감시의 눈을 피하지 못한다. 들키지 않고 가는 길은 물속이 유일했다.
 능설비는 숨을 죽이고 물가로 다가갔다. 곧이어 그의 몸은 조심스레 물속으로 잠겨 들어갔다. 물방울 하나 오르지 않았다. 능설비가 펼친 잠수공은 천수환표행(穿水幻飄行)이라는 수법이었다. 꽤나 오래전에 실전된 최고의 수공이 그것이었다. 팔다리는 절대 놀리지 않았다. 진기의 힘으로 물살을 가르는데, 물은 전혀 소리를 내지 않는다. 몸을 빠르게 놀려도 마찬가지이다. 가히 물이 되어 물속으로 가는 수법이라 할 수 있었다.

능설비는 연못의 바닥까지 내려갔다.

중간층에 교룡피를 입고 은잠해 있는 무사들이 여럿 보였다. 물속이라 시야는 좁다. 표면을 밝히는 불빛으로 인해 물속은 더욱 어두웠다. 물의 움직임과 소리로 침입자를 감시하는 자에게 능설비는 보이지 않는 존재였다.

능설비는 조심스럽게 바닥을 기어 섬을 향해 나아갔다.

물속 곳곳에 드리워진 철망이 앞을 가로막았다. 철망을 조금만 스쳐도 진동이 경호무사들에게 전달될 것이다.

'물고기라도 마종전까지 갈 수 없게 해두었군. 어리석은 놈! 나였다면 이렇게 엄청난 수비는 해두지 않았을 텐데.'

능설비는 고개를 가로저었다.

수비가 철저하다는 것, 어떤 제왕이라도 그것을 바랄 것이다. 그러나 진짜 강한 사람이라면 그것을 탐탁하게 여기지 않을 것이다.

'지키는 것은 칼이 아니라 도(道)라는 것을 놈은 알아야 한다. 적어도 놈은 대범히 나서야 했다. 그래야 마도가 더욱 엄청난 기세를 사람들에게 보였을 것이고, 마도인들도 보다 마종을 존경했을 것이다. 놈은 자라마냥 목을 깊이 추슬렀고, 그 탓에 거대해진 마도맹은 과거 무림동의맹이 덩치만 컸지 허점투성이였던 것처럼 머리가 둔한 거상(巨象)같이 되어버린 것이다.'

능설비는 웃을 수 있었다.

현재의 마맹(魔盟)은 과거 그가 삼총관과 함께 구상했던 마맹이 절대 아니었다. 그가 꾸미려 했던 마맹은 군림하나, 무너지지 않게끔 무형한 모습으로 된 절대의 마맹이었다.

그런데 혈수광마옹이 꾸민 것은 달랐다. 그는 유형(有形)으로 마맹을 꾸몄다. 모든 것이 드러났고, 사람의 수만 많아졌다. 수가 너무 많아 서로가 서로를 모를 지경이고, 무수한 세력이 한꺼번에 모여들어 속에서 암투가 벌어질 정도가 아닌가?

'후홋, 머리가 여러 개인 뱀이 서로 물어뜯어 피투성이가 되듯 혈수광마옹이 죽으면 서로 마종이 되겠다고 싸우다가 백도의 탕마금강대에 의해 격파당할 것이다.'

능설비는 바닥을 천천히 기어갔다. 모래조차 일어나지 않았다. 구마루에서 목숨을 담보로 익힌 잠입술이 다시 한 번 진가를 발휘하는 것이었다.

이십여 장쯤 갔을까? 잠수복을 입은 사람들이 검을 입에 물고 오락가락하는 것이 보였다. 그는 급히 모래 속으로 몸을 파묻었다.

능설비는 수중호위가 다 지나가기를 기다렸다. 그는 잠입자 같지 않게 여유자적했다. 서두르지 않는다는 것, 그것이 그를 더욱 강하게 만들고 있는 것이다.

그는 주위가 한산해지기를 기다렸다가 다시 모래 위를 기어가기 시작했다. 마침내 섬의 뿌리가 보였다. 섬은 연못이 파이기 이전부터 그곳에 존재했던 것처럼 보였다.

우묵한 분지 위에 돌출된 거대한 바위산, 그곳에 물을 대어 지금의 마종전이 만들어진 것이리라.

섬의 아랫부분에 동굴 하나가 눈에 띄었다.

이제는 수동으로 바뀐 동굴. 그 좌우에는 긴 대롱을 물고 있는 무사 두 명이 보였다. 수동의 위쪽에 지옥수로(地獄水路)라는 핏빛 글씨가 쓰여 있었다.

능설비는 수동 앞을 지나가다 무슨 생각인지 몸을 멈췄다.

'삼총관이 저 안에 있다고 했는데……'

삼총관의 일이라면 아직도 자유롭지 못했다. 무시하기엔 그들이 보여준 충정이 너무도 컸다.

능설비는 잠시 망설이다 결심이 선 듯 슬쩍 손을 흔들었다. 소리 없이 암경이 일어나더니 모래가 일며 물을 혼탁하게 만들었다. 그 광경을 목격하고 지옥수로 좌우를 지키던 자들의 눈이 동그래졌다.

갑자기 무슨 기변이란 말인가?

고여 있는 물이 소용돌이치며 모래가 일어날 줄이야.

무사들은 긴장했다. 그러나 모래로 탁해진 물은 시야를 더욱 어둡게 만들었다.

무사들이 당황해할 때, 능설비는 그림자를 혼탁한 물속에 감추며 지옥수로 안으로 잠입해 들어갔다.

지옥수로의 입구는 좁고 길었다. 능설비는 악마의 목구멍 안으로 들어가는 기분이었다. 게다가 독사들이 수동 안을 휘젓고 다니며 물에다가 독혈(毒血)을 뿌려댔다.

길이가 세 치, 몸의 빛깔이 새빨간 홍선수독사(紅線水毒蛇)였다. 일 장 가까이만 가도 물뱀의 독에 중독되어 살이 썩어버린다고 하는 전설적인 독사들이다.

어디 그뿐인가? 바닥에는 주먹만 한 철갑마충(鐵甲魔蟲)이 기어 다니고 있고, 벽에는 절독수지주(絶毒水蜘蛛), 무상오공(無常蜈蚣)이 스멀스멀 기어다녔다.

'악마의 굴이 따로 없군.'

능설비는 몸을 조금 빠르게 움직였다. 독물은 감히 몸 가까이에 다가서지 못했다. 능설비의 몸에는 마독을 없애는 기진이보가 둘이나 들어 있었기 때문이다.

항마광음선과 마후마겁.

두 가지 물건은 독물이 싫어하는 보기를 뿌렸다. 독물들은 감히 능설비 앞을 가로막지 못했다.

좁은 수로는 십여 장을 가자 넓어졌다.

넓어진 수로를 따라 더 깊이 들어갔을 때, 팔뚝 굵기의 철주 열 개가 앞을 가로막았다. 막힌 부분 뒤쪽은 벽이었다. 천장에 우물처럼 뚫린 구멍이 보였다.

'저 위쪽이 뇌옥인가?'

여기까지 왔으니 돌아갈 방법은 없다.

능설비는 손가락을 빳빳이 세웠다. 손가락 끝에서 쇄옥삭혼지력(碎玉削魂指力)이 흐르더니, 파파팟! 쇠기둥 두 개가 보검에 베인 듯 싹둑 잘라졌다. 능설비는 쇠기둥을 자르고 그 틈을 통해 안으로 들어갔다. 천장에 뚫린 구멍 쪽으로 다가가자 부력이 느껴졌다. 진기를 쓰지 않아도 몸이 자연히 위로 솟아올랐다. 어느 정도 떠오르자 위쪽이 허전했다. 그곳은 또 다른 공간이었다. 숨을 들이마시자 역겨운 공기가 폐부 깊숙이 밀려들어 왔다.

능설비는 숨을 멈추며 물 밖으로 뛰어올랐다.

그리고 눈앞에 펼쳐진 참혹한 광경에 할 말을 잃었다.

'이럴 수가!'

무수한 해골과 썩어가는 시체들, 부패해 내뿜는 악취, 세상의 모든 추악한 것이 거기에 다 있었다. 기어다니는 구더기와 날파리가 시체 더미를 덮고 있고, 적막이 장막처럼 모든 것을 덮고 있었다.

산 것은 없었다.
 '적어도 오백 명이 여기서 죽었다.'
 그는 시체 더미 사이를 뒤지고 다녔다. 곪아 터진 인육에서 악취가 풍겼다.
 눈을 부릅뜨고 죽은 사람들, 목을 쥐어뜯으며 죽은 자세로 썩어가는 사람, 고통이 싫었던지 자신의 손을 가슴속에 처박아 스스로 숨을 끊은 사람 등…….
 '어떤 사람들이었을까? 백도의 포로들이었을까? 천기수호대가 몰살하듯 백도고수들이 소문없이 몰살해 버린 것일까?'
 그는 끊임없이 염두를 굴리며 안쪽을 샅샅이 뒤지고 다녔다. 철석간장이 아니라면 그렇게 하지 못할 것이다.
 굴은 꽤 넓었다. 그리고 비스듬히 위쪽을 향해 뚫려 있었다. 오십 걸음쯤 갔을까? 능설비는 낯익은 사람 하나를 보게 되었다.
 손을 두개골에 대고 있는 사람. 죽은 지 얼마 되지 않은 듯 시신은 온전한 상태였다. 그의 정수리가 터진 것으로 보아 자신의 손으로 머리를 깨어버린 듯했다.
 그 처절한 얼굴을 보는 순간 능설비는 부르르 몸을 떨었다.
 "으으, 노총관이 여기에 있다니……!"
 그는 뒷머리에 철퇴를 맞는 기분이 되어 몸을 휘청했다. 자신의 손으로 천령개를 부수고 자결한 사람은 바로 황금총관이었다.
 "이럴 수가! 어이해 여기서 죽었단 말이오?"
 능설비는 황금총관의 시신을 내려다보며 아래턱을 덜덜 떨었다.

검이 말해준다!

아무것도 떠오르지 않는다.

능설비는 멍한 상태에서 그렇게 황금총관의 시신을 바라보며 서 있었다.

잠시 후, 그는 황금총관의 시체 뒤쪽 벽에 글이 적혀 있는 것을 보게 되었다.

〈죽어도 굴복하지 않는다! 너는 마종이 될 수 없는 놈이다! 혈수광마용, 네게 복종하느니 차라리 죽는 길을 택한다!〉

그것은 황금총관이 자결하기 전에 쓴 글이었다. 글은 계속되었다.

〈…그분이 네 손에 죽었다 해서 우리들의 충성심조차 사라지는 것은 아니다. 저주한다! 너는 꼭 피의 보복을 받을 것이다. 너의 개가 되느니 죽어 구마

령주 그분의 영원한 충신이 되리라!〉

능설비는 글을 읽으며 눈물을 떨어뜨렸다.
"아아, 그를 따르지 않아 이런 꼴이 되었단 말이오? 어이해 이런 죽음을 자초했단 말이오? 어리석은 노인. 나는 모든 것을 버렸는데 어이해 버리지 못하였소. 구마령주가 뭐기에… 대체 무엇이 노인을 죽음의 길로 들어서게 했단 말이오."
황금총관은 그를 버리지 않았다. 버린 사람은 바로 능설비였다.
그는 황금총관의 얼굴에 손을 댔다.
그의 살은 아주 차갑고 딱딱했다. 그러나 능설비는 그의 피가 주는 뜨거운 열기를 느꼈다.

―영주(令主)! 복수해 주시오!

황금총관은 죽어서도 그렇게 말하는 것 같았다.
능설비는 잠깐이나마 과거의 심정이 될 수 있었다.
자신이 버린 구마령주라는 지위. 그런데 너무나도 많은 사람이 그를 기억하며 죽어갔던 것이다.
그렇다. 뇌옥에서 썩어가는 시신들은 신마종을 거역하고 능설비를 따르다 죽은 사람들이었다.
능설비는 시체를 하나하나 살폈다. 간혹 아는 얼굴이 있었다.
능천비룡, 철마대제, 마군자 무우(武羽) 등…….
그는 점점 시뻘건 얼굴이 되었다. 얼마 후 그는 시체 확인을 마치고 중얼거렸다.
"만리총관과 만화총관은 없다. 시체가 부패해 녹아버렸거나 아니면 나 대신 혈수광마옹을 주인으로 모셨겠지. 그것은 당연한 일이다. 그들을 원망할 필요는 없다."

능설비는 돌같이 굳은 얼굴이 되었다.

능설비는 자신을 위해 끝까지 충절을 지키다 죽어간 시신들 앞에 무릎을 꿇었다. 그의 그림자는 어둠에 묻혔다.

그는 조용히 중얼거렸다.

"나는 여태껏 나를 위해서만 복수할 작정이었소. 그러나 이제는 다르오."

그의 눈에서 살광이 쏟아져 나왔다.

"모든 사람들을 위해 복수하겠소. 내 손으로!"

능설비는 잔혹하게 말하며 몸을 일으켰다. 그런 그의 모습은 체격에 비해 훨씬 커 보였다.

얼마 후, 그는 동굴 끝에 이르렀다.

끝은 철문이었다. 문은 닫혀 있었고, 손잡이는 보이지 않았다. 밖에서만 열고 닫을 수 있는 문이었다.

능설비는 망설임없이 문 사이에 손을 찔러 넣었다.

푹!

손은 강철 문을 녹이고 파고들었다. 문 뒤쪽 빗장이 부서지며 문이 열렸다.

"뭐야!"

"무슨 일이야?"

문을 지키고 있던 무사들이 빗장이 부러지며 문이 열리자 화급히 뒤돌아섰다.

파팍—!

한순간, 경미한 파공성이 일며 그들의 이마에 구멍이 하나씩 파였다. 두 사람은 비명도 지르지 못하고 선 채로 죽었다.
능설비는 느릿느릿 걸었다.
'내 생각이 짧았던 거야. 나만 빠져나오려고 했기에 저들이 죽은 것이다. 저들에게도 빠져나올 기회를 줘야 했어. 한때 저들을 부렸던 사람으로 의당 그렇게 했어야 하거늘…….'
그가 마의 그물을 찢고 날아올랐듯, 그들 또한 구마령주의 사슬에서 벗어날 시간이 필요한 것이다.
그가 막 모퉁이를 돌아서려 할 때, 갑자기 반대편에서 모퉁이를 돌아 나오는 다섯 사람이 있었다. 그들은 모두 적포를 걸치고 있었다.
"웬 놈이냐!"
"감히 여기가 어디라고 들어왔느냐?"
그들이 능설비를 보고 놀라워할 때, 어느 사이엔가 능설비의 손이 떨쳐졌다. 다섯 명의 머리가 한순간 두부 으스러지듯 날아갔다.
능설비는 아무 일도 없었다는 듯 천천히 모퉁이를 돌았다. 통로는 꽤나 복잡했다. 능설비는 예전에 만리총관이 보여준 설계 도면을 떠올리며 방향을 잡아갔다.
그의 가슴속을 열면 핏빛보다 더한 붉음이 가득함을 알 것이다. 그것은 죽은 황금총관에 대한 눈물의 빛깔이리라.
"으핫핫, 얼마 후면 이 칼에 백도인들의 피가 묻을 것이오."
누군가 떠드는 소리가 났다.
"실명대협이란 놈은 노부가 죽일 것이니, 그놈을 보면 제일 먼저 나 광마유룡(狂魔遊龍)에게 말해주시오."
"핫핫, 그놈의 목이 광마유룡 것이라면 능 공자란 놈의 목은 바로 내 것이오!"

"잔마살객(殘魔煞客)의 투골음풍수라면 능 공자란 놈 열이 덤벼도 당할 수 없을 것이오."

"두 놈을 때려잡은 다음 천룡십구웅을 잡으러 다닙시다."

"여부가 있겠소. 우리 둘이 힘을 합친다면 못할 일이 뭐가 있겠소."

통로가 휘어지는 곳, 나이 지긋한 노마두 둘이 한가롭게 농담을 주고받고 있었다.

광마유룡 혁무위와 잔마살객 신무극.

두 사람은 무료한 시간을 죽이기 위해 이런저런 이야기를 나누다가 문득 긴 그림자 하나가 길모퉁이를 돌아 나오는 것을 발견했다.

가슴에 한 자루 검을 품고 있는 사람의 그림자 하나가 점점 커졌다. 그림자는 등불에 의해 만들어졌다.

"흠, 검을 차고 오는 놈이 있다니."

"흐흐, 머리에 죽립까지 쓰고 있지 않소?"

광마유룡과 잔마살객은 손을 꿈틀거렸다. 이상한 긴박감과 함께 그들이 평소 느껴보지 못했던 삼엄한 기운이 일어났다.

한순간 그림자가 끝이 나며 발이 보였다. 죽립을 쓰고 가슴에 검을 안은 사람 하나가 불쑥 걸어나왔다. 그리고는 어쩌고저쩌고 할 사이도 없이 흑삼 사이에서 손바닥이 불쑥 튀어나왔다.

그것으로 끝이었다. 광마유룡과 잔마살객은 미간에 구멍 하나씩이 뚫린 시체로 변했다.

능설비는 보이는 대로 죽이며 걸어갔다. 죽은 자들 가운데 능설비의 모습을 제대로 본 자는 없었다. 모든 것은 침묵 속에서 이루어졌다.

그렇게 얼마를 가자 철문이 나타났다.

'저기가 밖으로 나가는 문인가?'

능설비는 지체없이 손을 내뻗었다. 끼이익! 문이 앞쪽으로 활짝 열렸다. 하지만 공기의 흐름은 느껴지지 않았다. 그 안쪽 역시 지하의 일부였던 것이다.

"어느 놈이 감히 신호도 없이 금부의 문을 여느냐?"

안에서 호령하는 소리가 들렸다.

동시에 아홉 개의 인영이 빠르게 문 쪽으로 들이닥쳤다.

그러나 능설비의 신형이 더 빨랐다. 구 인의 고수가 입구에 검진을 펼치기도 전에 밖으로 빠져나갔으며, 어느새 뽑아 든 마후마검에서 저주의 검광이 폭사되고 있었다.

치리리릿—!

금빛 섬망이 일대를 쓸고 지나갔다.

"크윽!"

"으으, 이렇게 빠른 검초가 있다니!"

아홉 명이 모두 피투성이가 되어 나뒹굴었다.

능설비가 참마단홍검 일 초로 구 인의 고수를 척살한 후 마후마검을 검집에 넣을 때 오 장 거리에 서 있는 은발의 노인은 벼락을 맞은 사람처럼 몸을 파르르 떨고 있었다.

"이, 이럴 수가……!"

노인의 얼굴이 공포로 하얗게 질렸다.

"후훗, 금면마종을 조용히 보러 온 사람이다. 이곳은 조용한 곳, 소란을 일으키고 싶지는 않다."

능설비는 검을 가슴에 안았다.

노인은 도저히 몸을 움직일 수 없었다. 비록 오 장의 거리가 있으나 절정고수에게는 지척이다. 그는 마치 거미줄에 걸린 나방처럼 능설비의 기도 앞에서 꼼짝도 못했다. 다만 얼굴이 굵은 비지땀에 의해 물들고 있을 뿐이었다.

"누, 누구냐?"

"이름이 없는 사람이다."

"이, 이름이 없다고? 그, 그럼 혹 실명대협이란 자가……?"

공포에 질려 두 눈을 부릅뜨고 벌벌 떠는 자. 그는 은면사자단주(銀面使者團主)라는 놀라운 지위에 있는 자였다.

사해천마존(四海天魔尊) 복무외(卜無畏).

백 년 전 한창 이름을 날리다가 소림사 고수들에게 쫓겨 무림계를 떠났던 자다.

능설비의 일검에 죽은 아홉 명은 그가 지난 백 년간 기른 사해구마검(四海九魔劍)이라는 제자들이었다. 그런 그들을 단 일 초로 죽인 자가 있다니 복무외로서는 도저히 믿어지지 않는 일이었다. 그것도 바로 눈앞에서.

"마음대로 불러라."

능설비는 안내하라는 뜻으로 턱 끝을 끄덕여 보였다.

사해천마존은 넋을 잃고 말았다.

천외신궁은 일만 명의 정예고수들에 의해 보호되고 있다. 마종도 내부만 해도 천여 명의 기라성 같은 고수가 머무르고 있다. 그런데도 아무런 소란도 없는 가운데 마종전 바로 밑바닥까지 침입한 자가 있을 줄이야!

"어서!"

능설비가 차게 내뱉자,

"후, 후회할 일을 하는군."

사해천마존이 마른침을 삼켰다.

"후훗, 후회를 해도 내가 할 것이니 걱정 말고 앞장서라. 아주 조용히 금면마종이 있는 곳으로 안내해라."

"으으, 이각 후면 대천라지망이 펼쳐진다. 그러면 너는 만 명에 의해 포위된다."

사해천마존이 은근히 겁을 주려 하자 능설비는 여유있게 받아넘겼다.

"이각? 훗훗, 나는 일각을 예상하고 있었지. 이각 만에 발각된다면 나는 일각이라는 시간을 더 번 것이다."

"지독하군, 실명대협."

사해천마존은 몸서리치며 등을 돌렸다. 사위는 여전히 적막하다. 진득한 혈향이 번질 뿐, 실명대협이 오기 전이나 마찬가지로 아주 조용했다.

금면마종은 많은 사람이 자신의 거처 근처에 있는 것을 싫어했다. 그래서 그는 자신의 거처는 한산하게 만들었다. 능설비가 있는 곳은 마종전 지하. 위로 조금만 더 올라간다면 마종이 사는 곳이다. 위는 어떨지 모르는 지금 능설비가 있는 곳이 천외신궁에서 가장 느슨한 곳이라 할 수 있었다.

계단은 벽을 따라 설치되었다.

지하 동부의 천장 부분까지 닿은 계단, 그 끝은 철문으로 가로막혀 있었다.

사해천마존은 계단 앞에서 걸음을 멈추었다.

"노부도 이제 더는 갈 수 없다."

"왜 그런가?"

"명받지 않아서이지. 노부는 지하 동부를 지키는 사람이다. 저

밖은 노부의 영역 밖이다."

"훗훗, 지금 네게 명하는 사람은 나다. 그러니 나의 명에 따라 안으로 들어가라. 네가 할 일은 하나, '문을 열어주시오'라고 말하는 것뿐이다."

"으으!"

사해천마존은 안면 근육을 실룩거렸다. 마종전에서 당당할 수 있는 그 오만함이라니······.

'정말이지, 지독한 놈이다. 만약 황야에서 만났다면 이자는 얼마나 유아독존적이었을까!'

그는 입술을 악물었다.

'그러나 겁이 너무 없어 결국 너는 자신을 죽이게 될 것이다. 미련한 놈!'

사해천마존은 어쩔 수 없다는 듯 계단을 따라 올랐다. 중간쯤 올랐을 때 능설비가 따라오는 기척이 사라졌다. 조여들던 기도가 더 이상 느껴지지 않았다.

한순간, 사해천마존은 계단 밖으로 몸을 날렸다.

그는 장기로 삼고 있는 사해비천풍(四海飛天風)이라는 신법을 절정으로 발휘하며 단숨에 십여 장을 날았다.

그리고 목청껏 외쳐 댔다.

"실명대협이 왔다!"

한껏 진기가 실린 음성에 지하 동부가 흔들렸다.

목소리의 여운이 채 사라지기 전 동부 곳곳이 기관 돌아가는 소리로 아수라장으로 화했다.

벽이라 여겼던 곳에서 문이 열리며 무사들이 쏟아져 나왔다. 천장에 닿은 철문에서도 적포를 걸친 무사들이 대거 튀어나왔다. 그뿐만이 아니었다. 천장의 한 부분이 열리며 무사들이 뛰어내렸다.
 지하 동부 안은 삽시간에 무사들로 가득 찼다. 마치 벌집이 터지며 벌 떼가 일시에 날아오르는 듯했다.
 "실명대협이 여기까지 왔다고?"
 "대체 무슨 일이냐?"
 무사들이 우왕좌왕거릴 때, 사해천마존은 허공에서 몸을 정지시키며 계단 쪽을 가리켰다.
 "저, 저기 놈이 있는 것이 보이지 않느냐?"
 "누가 어디에 있단 말이냐?"
 백여 명의 고수는 일제히 사해천마존이 가리키는 곳을 보았으나 거기에는 아무도 서 있지 않았다.
 "어엇? 이럴 리가 없는데?"
 사해천마존은 능설비의 모습이 보이지 않자 그만 아연실색한 표정이 되고 말았다
 능설비는 찰나지간의 소란을 이용해 철문 안으로 들어간 후였다. 소리없이 떠올라 천장에 몸을 붙이고 있다가 철문이 열리며 무사들이 쏟아져 나온 틈을 이용해 안으로 접어든 것이었다.
 사해천마존의 외침은 안을 지키고 있던 무사들을 불러낸 것에 불과했다. 안은 텅 비었다. 그는 혼신의 공력을 다해 움직였다. 통로는 미로처럼 복잡했다. 간혹 앞을 막아서는 자도 있었다. 그러나 그 어떤 것도 능설비의 앞을 가로막지 못했다.
 미로가 끝나자 곧장 뻗은 석도가 나타났다.
 석도는 다른 곳에 비해 넓었다. 그 끝을 막고 있는 건 거대한 철문이었다.
 '마침내 다 올라왔군. 저 밖이 마종전이다.'

능설비는 마종전에 이르렀음을 직감했다.
철문 앞.
일단의 무사들이 소란에도 아랑곳하지 않고 철문 앞을 지키고 서 있었다.
우측에 열두 명, 좌측에 열두 명.
그 한가운데를 점하고 있는 자는 옥면구를 뒤집어쓴 괴인이었다. 괴인의 눈에선 핏물이 뚝뚝 흐를 정도로 혈광이 흘러나왔다.
"흐흐, 파고드는 솜씨가 제법이구나. 들어서는 것을 몰라 그냥 있었던 것은 아니다. 어디까지 올 수 있는지 알고 싶어 잠자코 있었던 것이다."
그의 목소리는 아주 나직했지만 음산한 기운이 풀풀 풍겨 나왔다.
'강시(殭屍)로군. 그래서 미동조차 않았던 거야.'
능설비는 철문 좌우에 늘어선 무사들의 몸에서 어떠한 기운도 일어나지 않자 그들의 정체가 무언지 알 수 있었다.
금지된 마법으로 혼백을 잃고 살아 있는 시체로 변한 강시들. 그들의 피부는 약물로 단련하여 강철보다 단단하다. 혈관을 흐르는 건 피가 아니라 독물이었다.
강시들은 능설비가 다가서도 반응을 일으키지 않았다.
이들은 오로지 영(靈)의 주인에게만 복종하며 움직인다. 영의 주인이 명령을 내리지 않으면 목이 잘려도 그대로 굳은 채로 서 있을 것이다.
능설비는 일단 걸음을 멈췄다.
'이제부터가 시작이다.'
능설비는 마후마검을 여인을 껴안듯 꼬옥 안았다.

옥면구의 괴인이 능설비를 바라보며 고개를 천천히 가로저었다.
"세 가지 실수가 있었다."
"……?"
"후훗, 너를 두고 하는 말이 아니다."
"그럼 누가 실수했느냐?"
"노부가 실수했다는 말이다. 첫째 실수는 며칠 전부터 산둥성 도처에 일었던 혈풍이 진짜 고수들을 천외신궁 밖으로 끌어내기 위한 성동격서지계(聲東擊西之計)임을 이제야 알게 되었다는 것이다."

능설비가 호기심 어린 시선으로 바라보자 옥면구의 인물이 말을 이었다.

"둘째 실수는 지옥수뇌에서 이쪽으로 통하는 통로를 너무 허술히 막았다는 것이다. 너 같은 자가 있다는 걸 예상했어야 했다."
"……!"
"셋째 실수는 마종천하가 일찍 도래했다고 맹신하는 머저리들을 마종전의 수비로 세워두었다는 것!"

그는 누구일까? 그에게서 흘러나오는 기도는 아주 삼엄했다.
'낯익은 목소리다. 누구일까?'

능설비는 옥면구를 쓴 자를 자세히 살펴보았다. 그러나 얼핏 떠오르는 사람이 없었다. 상대는 지금 마공을 끌어올린 상태였다. 그래서 체형과 목소리가 본래와는 많이 달라진 것이다.

"하여간 대단하다, 실명대협."
"피차일반이다. 이제야 죽일 만한 자를 만나게 되어 기분이 좋다. 자아, 나를 금면마종에게 안내해 다오."
"후훗, 그분 곁으로 갈 수 있는 사람은 현재 아무도 없다. 그리고 노부라 해도 저 뒤로는 들어가지 못한다. 즉, 너는 올 수 있는 한계까지 다 온 것이다. 너의 잠입은 대성공한 것이다. 너는 끝에 와서야 발견되었다 할 수 있고, 그것은 노부의 치욕이며 전 마도의 치욕이다."

"치욕이라?"

능설비가 고소를 금치 못하자,

"이곳은 결점이 없게 지어졌다고 평가받았는데 너의 잠입으로 인해 결점이 드러난 것이지."

옥면구를 쓴 자가 씁쓰름한 어조로 말했다.

아무도 난입하지 못한다는 위대한 건축물, 그것이 능설비로 인해 허점 많은 건물로 드러나게 된 것이다.

"일단 너를 죽이겠다. 그다음 몇 가지 관문을 수리할 것이다. 그러면 진짜 완벽한 천외신궁이 만들어질 것이다."

그는 손을 느릿느릿 쳐들었다. 그것이 신호인 양 강시들이 매우 괴로운 숨소리를 냈다.

"크으으……!"

그의 손이 내려지면 강시와 독인들이 몸을 날려 공격을 개시할 것이다.

'일 검 이상을 쓰면 나의 수치다. 이 자리에서 마도의 기세를 완전무결하게 격파해 버리리라.'

능설비는 자신도 모르게 한 가지 검결을 취했다. 그의 자세가 기묘해질 때 갑자기,

"오오, 이럴 수가!"

옥면구를 쓴 자가 전신을 부르르 떨며 탄성을 터뜨렸다.

"그 자세는 바로 구만리장천일검식!"

그의 목소리가 완연히 달라졌다. 그의 목소리는 바로 만리총관의 목소리가 아닌가!

'나의 검초를 한눈에 알아보다니……!'

능설비는 가슴 뜨끔함을 느꼈다. 그러나 곧 마음을 가라앉히고 마후마검을 움켜잡았다. 그가 막 검을 빼려 할 때,

"이제야 때가 된 것이다!"

옥면구를 쓴 만리총관이 크게 외치며 손을 휘저었다.

그 순간 놀라운 일이 벌어졌다. 빳빳하게 서 있던 강시들이 돌연 오른손을 번쩍 쳐들더니 자신의 머리통을 강하게 후려갈기는 게 아닌가.

퍽! 퍽! 퍽―!

비명은 들리지 않았다. 박 터지는 소리만 울려 퍼졌을 뿐이다. 스스로 머리를 부순 강시들은 보릿자루 쓰러지듯 바닥에 나뒹굴었다.

만리총관의 자살 명령에 강시들이 쓰러지자 능설비는 할 말을 잃었다.

그가 잠시 얼떨떨해할 때,

"영주!"

만리총관은 능설비 앞에 털썩 무릎을 꺾으며 주저앉았다.

"돌아가시지 않을 분임을 알았습니다. 오오, 언제고 영주께서 살아오실 것을 짐작하고 그간 비굴히 살아남았던 것입니다."

"……!"

"황금총관은 제가 금색 면구를 혈수광마옹에게 주는 것을 막으려 했으나 저는 그렇게 했습니다. 제가 굴복한 이유는 단 하나, 영주께서 돌아가실 분이 아님을 너무나 잘 알기 때문이었습니다. 이

렇게 다시 뵙게 되다니, 신마종을 암살할 기회만 노리고 있는 만화총관이 이 일을 알면 기뻐 그 자리에서 죽을지도 모르겠습니다!"

만리총관은 뜨거운 피눈물을 뿌렸다.

능설비는 아무 말도 하지 않은 채 우두커니 서 있었다.

기묘한 상황에서 만들어진 정적은 오래가지 않았다. 지하 동부로 내려갔던 무사들이 어느새 통로를 가득 메우며 다가섰던 것이다. 견고한 벽이 쌓였으나 가까이 다가서는 사람은 없었다. 그들 모두 넋을 잃고 말았다.

선두에 선 자는 사해천마존이었다.

"실명대협이 구마령주라고? 그게 말이나 될 법한 소린가!"

"만리총관이 미친 거야."

"연공관에 상주하는 만화총관이 신마종을 암살하려 한단 말인가? 그게 사실이라면 빨리 마종전에 알려야 한다."

그러나 웅성거릴 뿐 움직이는 사람은 없었다.

구마령주!

그 이름에 두려움을 느끼지 않는 사람이 어디 있겠는가.

만리총관과 능설비를 지켜보는 사람들 중 땀을 흘리지 않는 사람은 단 한 명도 없었다.

그러나 만리총관은 그들의 시선을 아랑곳하지 않았다.

"영주, 속하를 벌해도 좋습니다만 속하는 언제고 이런 날이 있으리라는 것을 믿었기에 잠정적으로 변절했던 것입니다. 단 한 순간이라도 영주를 배신한 적은 없었습니다. 속하는 죽어도 영주의 충성스러운 부하일 뿐입니다!"

만리총관은 흐느끼며 외치다가 고개를 쳐들었다.

"영주시여!"

그의 부르짖음 소리가 커질 때,

"나는 더 이상 그대의 영주가 아니다. 나는 이름조차 갖지 못한 인간일 뿐이다."

능설비는 차갑게 말하며 마후마검을 뽑아 들었다.

천 년 동안 주인을 기다리며 저주를 삭혀왔던 마검이 뽑히며 눈부신 검파가 일어나 석도를 휘감았다.

수천, 수만 송이로 피어나는 검화.

황홀하게 피어난 검화가 한 송이로 뭉치는가 싶더니 만개하듯 사방으로 뿌려지며 혈화로 피어올랐다.

"으아악!"

"캐애액!"

자욱한 피보라가 일며 석도가 완전히 피에 젖었다.

능설비는 십삼 식을 잇달아 시전한 다음 검을 거둬들였다.

만리총관 그는 입을 딱 벌리고 있었다.

"더 강해질 것이 있었단 말이오, 영주?"

그는 능설비를 제외하고는 유일한 생존자였다. 다른 사람은 모두 죽었다. 능설비의 검초는 만리총관을 향한 것이 아니라, 뒤쪽에 장벽을 치고 있던 자들을 향한 것이었다.

만리총관은 두려워하지 않았다. 그는 옥면구를 벗고 절을 거듭했다.

"영주, 어서 혈수광마옹을 죽이십시오. 그놈은 운리신군의 화신이고 마도의 반역자입니다!"

만리총관이 간곡히 말을 하자 능설비는 고개를 가로저었다.

"나는 영주가 아니오."

"그럴 리가 없습니다. 영주가 아니실 리가요?"

그렇게 말하면서도 만리총관은 눈을 동그랗게 떴다.
'아아, 그 지위를 버리시다니……!'
그는 능설비를 한참 동안 바라보았다. 그러다가 그는 갑자기 실성한 사람처럼 웃었다.
"모든 것은 영주께서 명하신 대로 되지요. 영주께서 아니시라면 영주가 아닌 것이지요. 이제부터는 영주가 아니라 실명대협이신 것입니다. 그러나 속하는 여전히 그대의 속하일 것입니다. 속하를 죽이기 전에는 속하를 버리지 못하십니다!"
만리총관은 눈치가 빠른 사람이었다. 그는 능설비가 백도로 변했다는 것을 즉시 알아본 것이었다.
'떨칠 수 없는 것이 이리도 많다니, 특히 정이라는 것은……'
능설비는 본래 먹고 있던 마음과는 달리 만리총관을 벨 수 없었다.
만리총관이 그를 알 듯 그도 만리총관을 알고 있는 것이었다. 마음이 통하는 사람은 무언(無言)으로 말한다고 이야기한다면 두 사람의 사이가 그러할 것이다.
"분하게도 황금총관은 영주가 진짜 죽었다 여기고 오백 충신과 더불어 저항하려다가 모두 잡혀 지옥수로에 들어갔습니다. 아아, 그에게 영주께서, 아니, 그대께서 꼭 살아 돌아오시리라 말했거늘 그는 믿지 않았던 것입니다."
만리총관이 탄식하자,
"그의 시체를 보았소."
능설비는 다소 누그러진 어조로 말했다.
"죄송합니다, 함께 죽지 못해서."
만리총관은 죄인처럼 고개를 푹 떨어뜨렸다.

"죽는 것보다는 살아 만나는 것이 나으니 미안해하지 마시오."
능설비는 그 말을 남기고는 무심한 모습으로 철문 쪽으로 다가갔다.
만리총관이 얼른 그 앞을 막았다.
"문은 밖에서만 열립니다. 강제로 문을 열면 폭발이 일어납니다."
"들어갈 방법이 없단 말이오?"
"여기서 문을 열 수는 없지만 들어가는 길은 있습니다. 속하가 안에 있는 만화총관에게 신호를 보낸다면 안에서 기관을 작동시켜 문을 열 것입니다."
"만화총관이 안에 있소?"
능설비가 문 쪽을 바라보자 만리총관이 자세한 설명을 덧붙였다.
"그녀는 신마종이 폐관할 때 함께 연공관으로 들어갔습니다. 지금쯤 기회를 엿보고 있을 것입니다."
"그놈이 연공 중이란 말이오?"
"그렇습니다."
"흠, 그렇다면 곧 보게 되겠군."
능설비는 조용히 뇌까리다가 팔짱을 끼며 말했다.
"문을 열라고 신호하시오."
"영, 영주!"
만리총관이 뜻밖의 말에 놀라워하자,
"영주라 하면 아니 되오."
능설비가 타이르듯 말했다.
"그럼 뭐라 할까요?"

"그냥 능 공자라 하시오, 십구위가 부르듯."

"아아, 십구위도 살아 있군요?"

만리총관이 십구위라는 말을 듣고 감격스러워하자 능설비는 다소 침중한 표정이 되었다.

"구마루의 무공 전수는 너무나도 완벽했소. 그래서 거기서 자란 스무 명은 죽고 싶어도 죽지 못하는 불사신들이 된 것이오."

"능 공자, 그들이 있다면 회천이 훨씬 쉬워질 것입니다."

"회천……?"

"그렇습니다. 과거의 기업을 되찾는 것이지요."

만리총관은 자신있게 대답했다.

그러나 능설비는 고개를 가로저었다.

"나의 기업은 없소. 있었다면 구마루의 기업이 있었던 것이고, 그것은 제 주인인 혈수광마옹 차지가 된 것이니 내가 되찾을 것이 대체 무엇이 있겠소?"

"골치 아프게 이것저것 생각하고 싶지는 않습니다. 죽을 때까지 주인의 명에 따라 살면 그만이지요."

만리총관의 얼굴에 이제까지와는 달리 비장함이 서렸다. 말을 마치고 그는 뒤돌아섰다. 그는 능설비에 앞서 철문 앞에 섰다.

"철문의 두께는 두 자가 넘습니다. 게다가 안에 폭약이 들어 있기에 깨어버릴 수는 없습니다. 문을 깨려다가는 폭사할 수밖에 없을 것입니다."

이어 만리총관은 품에서 작은 피리를 꺼냈다.

천마적(天魔笛), 내공으로 불어야만 소리를 내는 진귀한 물건이었다.

"천마적을 불면 만화총관이 기관을 돌려 문을 열기로 되어 있습니다."
 만리총관은 천마적을 입술에 대었다.
 삐이이익!
 천마적성이 날카롭게 울려 퍼졌다. 내공이 약한 사람이라면 그 소리를 다 듣지 못하고 고막에서 피를 흘리며 혼절해 나뒹굴 것이다. 한 번은 길게, 두 번은 짧게 피리 소리가 울려 퍼졌다.
 만리총관은 천마적은 품 안에 넣은 다음 능설비 곁에 조심스레 시립해 섰다. 과거와 마찬가지로 그는 능설비의 제일 충복이기를 원하는 것이었다.
 능설비는 잃어버렸다고 여겼던 마의 날개를 또다시 찾은 셈이었다.
 "혈수광마옹은 모든 것을 치밀하게 계획하고 있었습니다. 그는 암중에 마도고수들을 대부분 포섭했고, 구마종이신 능 공자를 따르는 사람은 거의 없는 상태입니다."
 "……!"
 능설비는 듣는 둥 마는 둥 문이 열리기만을 기다렸다. 그래도 만리총관은 낙심하지 않고 열심히 그간의 일들을 주섬주섬 섬겨댔다.
 "저와 만화총관은 일 년을 기다릴 작정이었습니다. 일 년 안에 영주께서 살아오시면 영주, 아니, 능 공자의 명에 따라 복수하고 일 년이 지나도 무소식이라면, 황금총관이 했듯 직접 싸움을 걸 작정이었습니다."
 "……!"
 "아아, 기다리기를 정말 잘했습니다. 과거 냉월이 암습해도 살아나신 공자께서 어이해 혈적곡에서 돌아가시겠습니까?"

만리총관은 감흥을 이기지 못하고 지난 얘기를 쉬지 않고 했다.
신호를 보낸 지 시간이 꽤 지나갔다. 그러나 열려야 하는 문은 열리지 않았다.
만리총관은 초조한 모습으로 땀을 흘렸다.
"만화총관에게 나쁜 일이 생기지 않은 한 이런 일은 있을 수 없습니다. 완전히 차단된 곳인지라 안에서 기관장치를 돌리지 않는 한 문은 열리지 않을 것인데 대체 어찌해야 합니까?"
그가 초조한 표정으로 능설비를 바라보았다.
능설비가 강경한 표정을 짓더니 입을 열었다.
"내 식대로 할 수밖에 없겠소."
"예?"
"훗훗, 문이 열리지 않는다면 부숴 버리는 것이오."
능설비는 말과 함께 만리총관의 팔을 덥석 쥐었다.
만리총관은 거대한 힘이 맥문을 타고 유입되는 것을 느꼈다. 그리고 능설비의 몸에서 자욱한 금무(金霧)가 일며 만리총관을 감싸 안았다. 만리총관이 몸이 둥실 떠오름을 느꼈다.
능설비는 만리총관을 잡고 뒤로 물러나며 마후마검을 뽑았다. 검은 뽑히는 것이 즐거운 듯 날카로운 검명을 울리며 진기를 타고 철문을 향해 금빛 무지개를 그으며 날아갔다.
금빛에 휩싸인 검은 철문 한가운데로 파고들었다.
꽈르르릉!
일순 엄청난 불기둥이 일며 십 장 안의 모든 것이 산산이 박살났다. 화마(火魔)의 더운 숨결이 토해지자 철문 안에 비장되었던 폭약이 터지며 모든 것이 산산이 불탔다.
능설비와 만리총관은 몸이 터지는 듯한 고통을 맛봤다.

"웨에엑!"

특히 만리총관은 대폭발의 충격을 감당해 내지 못하고 오공에서 피를 쏟으며 정신을 잃어버렸다.

하지만 능설비는 끄떡도 하지 않았다.

"내가 간다, 혈수광마웅!"

그는 만리총관을 옆구리에 낀 채 불기둥 속으로 파고들었다. 악마의 화염처럼 이글거리는 불길이 두 사람의 모습을 삽시간에 삼켜 버렸다.

밝혀진 진면목

대전의 내부는 연무장을 방불케 할 정도로 넓었다.

줄지어 늘어선 아름드리 석주가 거대한 천장을 떠받들었고, 바닥은 질 좋은 대리석이다. 벽면에 붙어 있는 천축산 자단목의 향기가 매캐한 화약 냄새와 섞여 부조화를 이뤘다. 천장에 거의 닿아 있는 창문을 통해 새벽빛이 흘러들었다.

하룻밤을 꼬박 지하에서 보낸 셈이었다.

마후마검은 십 장 정도 떨어진 석주에 박혀 부르르 제 몸을 떨고 있었다. 표면에는 흠집조차 남아 있지 않았다.

능설비는 불기둥을 뚫고 나오자마자 마후마검을 회수했다.

"홋홋, 너란 놈도 나만큼이나 강한 놈이란 걸 믿었다."

그는 사람을 대하듯 말하며 검을 검집 안에 넣었다. 어깨에 걸쳐진 만리총관은 폭발의 충격으로 아직 정신을 차리지 못했다.

능설비는 대전의 중앙으로 걸어갔다.

대전 안은 이상하게도 아주 조용했다. 사람이 살지 않는 것 같았다. 저항이 있으리라 믿었던 능설비는 뜻밖의 정적에 도리어 의아해했다.

'그놈이 없단 말인가? 그럴 리가……. 설마 그놈이 여기 있는 체하며 강호로 들어갔단 말인가?'

그렇게 된다면 만사는 수포로 돌아가고 만다. 그는 식은땀을 흘리며 천이통을 시전했다.

마종전 외곽에서 부산한 무사들의 고함 소리가 들려온다. 그러나 연못 근처에 도달했을 뿐 넘어오는 움직임은 없었다. 지하로 향하는 통로는 폭발로 인해 무너졌다. 어떠한 소리도 그곳에서 들리지 않았다.

능설비는 더욱 공력을 끌어올렸다.

"흐으윽!"

미약한 신음 소리가 고막을 타고 흘렀다.

능설비는 얼른 소리가 난 곳으로 다가갔다. 기둥에 가려져 보이지 않은 곳. 굳게 닫힌 철문 뒤에서 미약한 울음소리가 흘러나오고 있었다.

'저 뒤다. 휴우, 놈이 없는 줄 알고 잠깐 아찔했었다.'

그는 평정을 회복하며 문 쪽으로 조심조심 다가갔다.

'대체 무슨 짓을 하고 있기에 대폭발이 있었는데도 눈 하나 깜짝하지 않고 머물러 있단 말인가?'

철문 뒤.

강호의 운명을 바꿔놓은 그자가 머물러 있다.

능설비는 일단 만리총관을 눕히고 그의 혈도 다섯 군데를 연환해혈수로 내렸다.

"으으, 어찌 된 일입니까?"

만리총관은 그제야 정신을 차리며 일어났다. 그는 주변을 두리번거리다가 눈을 휘둥그레 떴다.

"아, 결국 마종전에 들어왔군요. 철문이 터지며 죽는 줄 알았습니다."

"혈수광마옹을 두고 먼저 죽을 수야 없지 않겠소."

"조심하셔야 합니다. 신마종이 연공실 안에서 금지된 마공을 연성한다는 소문이 파다했습니다. 얼마나 강해졌는지 속도 알지 못합니다."

"그래 봤자 독 안에 든 쥐새끼에 불과하지. 총관은 여기서 편히 쉬고 계시오."

능설비는 눈을 찡긋한 다음 문 쪽으로 돌아섰다.

'내가 모르는 게 분명 있다. 어찌 마공을 버렸는데 더 강해질 수 있단 말인가? 이건 도저히 믿을 수 없는 일이야. 도저히······.'

만리총관은 그저 멍하니 능설비의 뒷모습을 바라봤다.

능설비는 문 앞에 다가서자 숨을 깊이 들이마신 다음 쌍수를 동시에 휘저었다. 그의 쌍장에서 무형무음(無形無音)의 강기가 흘러나갔다. 광음공공의 비예가 혼신 공력으로 일어나더니 육중하던 철문이 한순간 철사로 화해 허물어져 버렸다.

문이 허물어져 내리자 연공관의 안이 환히 보였다.

빛은 자연의 빛이 아닌 야명주의 빛이었다. 창문도 없는 방, 천장에 박힌 무수한 야명주가 휘황한 빛을 뿌려댔다.

그러나 찬란한 야명주 아래 펼쳐진 광경은 차마 눈 뜨고 못 볼 지경이었다.

"흐윽!"

"캐애액!"

수많은 사람들이 비명을 지르며 나뒹굴었다. 그들은 입으로 피거품을 내뿜었다.

"으으, 완전히 미쳤어! 이제 너는 사람도 아니다! 너는 괴물이야!"

그들 중에 벌거벗은 중년여인이 핏발이 곤두선 눈으로 소리를 고래고래 질러댔다. 극도로 흥분한 듯 산발한 머리카락이 올올이 일어났으며, 온몸은 피로 범벅이었다.

바로 만화총관 만묘선랑이었다.

그녀의 몸에는 수많은 장인이 새겨져 있었다. 복부가 찢어져 창자가 흘러나올 정도였지만 그래도 그녀의 경우는 가장 나은 편이었다.

죽은 사람은 칠십 명 정도, 다 죽어 신음 소리조차 내지 못하는 사람이 스물 정도, 그 나머지만이 그래도 살아남아 비명을 질러대고 있는 것이었다.

"미쳐 버린 거야. 그는… 으으윽!"

만화총관이 복부를 쓸어안고 극심한 고통으로 몸을 뒤틀 때,

"그는 어디에 있소, 선랑?"

낭랑한 음성이 들려오며 부드러운 손바닥이 그녀의 배심혈에 닿았다. 서늘한 진기가 흘러들며 만화총관은 고통을 잊었다.

시선을 들어 바라보는 만묘선랑의 두 눈이 경탄으로 물들기 시작했다.

"오오, 영주이십니까? 믿었던 것처럼 살아 돌아오셨습니까?"

"나는 구마령주로 온 것이 아니오. 나는 능설비란 이름마저도 내세우지 못하는 사람으로 온 것이오."

능설비는 만화총관에게 진기를 심어주었다. 그녀의 흐릿했던 눈빛이 점차 생기를 찾아갔다.
"아무려면 어떻습니까. 아, 영주를 다시 보게 되다니……!"
만화총관은 감격의 눈물을 줄줄 흘렸다. 잠시 후, 그녀는 기력을 되찾고 몸을 일으켰다. 그리고 주변에 떨어진 피에 전 옷가지를 주워 몸을 가렸다.
"절을 받으십시오, 영주."
능설비는 차마 그녀의 절을 거절할 수 없었다.
그녀가 절을 마치자 능설비가 물었다.
"그는 어디에 있소?"
"그는 갑자기 발광했습니다. 마공의 연마가 지나쳤던 모양입니다. 무사 백 명이 호위로 마종전에 들어왔는데 느닷없이 연공관으로 부르더니 비무를 하자는 거예요. 마공을 시험한다는 걸 나중에 알았지요. 여기 있던 사람들을 미친 듯이 죽인 다음 제 방으로 들어갔지요. 두 시진 전의 일입니다."
만화총관은 한곳을 가리켰다. 얼핏 보면 그냥 석벽으로 보였다. 그러나 그 뒤 비밀의 공간이 감춰져 있고, 그 안에 만악의 근원 혈수광마웅이 숨어 있는 것이다.
능설비는 그녀의 말이 채 끝나기도 전에 문 바로 앞으로 다가가며 손을 내저었다. 꽝! 하는 폭음이 나며 벽이 무너졌다. 무너진 벽 너머로 꽤 넓은 공간이 있었다.
먼저 눈에 보이는 것은 여인들의 말라 죽은 시신들이었다. 밀랍같이 되어 나자빠져 있는 시신들. 살이 과자같이 바짝 메마른 여인들은 놀라운 것을 암시했다.
"소, 소녀유혼(素女誘魂)의 마공!"

능설비는 흠칫 놀라다가, 등판에 너무나도 큰 충격을 느꼈다. 막강한 암경이 그의 등판을 후려친 것이었다.

"으으윽!"

그는 피를 한 모금 울컥 토하며 휘청거렸다.

돌아보는 능설비의 시선에 한 사람이 다가서고 있는 모습이 보였다. 얼굴을 금면으로 가리고 있는 자였다.

그는 생각할 수 없을 정도로 빨리 들이닥치며 다시 일장을 가했다.

능설비는 가슴을 그대로 격타당하며 뒤로 주르르 밀려났다.

"으윽! 네, 네놈이 숨어 있었다니……."

능설비는 얼른 손을 쳐들었다.

그러나 금면마종의 공격은 그의 상상 이상이었다. 능설비는 손을 쓰기도 전 잇따라 칠 장을 얻어맞았으며, 죽립을 떨어뜨리며 열다섯 걸음이나 물러났다.

금면마종은 가까이에 있었다. 그는 능설비에게 손을 쓸 기회를 주지 않았다. 그가 바람처럼 능설비의 바로 곁에 다가서고, 능설비가 호신강기를 일으켜 일단 피하려 할 때였다.

"너, 너였군!"

갑자기 여인의 목소리가 들렸다.

"세상에서 가장 아름다운 사내……!"

대체 누가 말하는 것일까?

하여간 금면마종은 몸을 멈춘 상태였다.

능설비는 그 틈을 이용해 몸을 바로잡았다.

"상상 이상이었다, 혈수광마옹!"

그는 피로 얼룩진 입가를 손바닥으로 닦아냈다.

금면마종은 그의 얼굴을 보고는 눈에서 더 짙은 혈광을 폭사해 냈다.

"와라. 너를 취하겠다!"

"어엇? 그, 그 목소리는?"

능설비는 너무 놀라 살기마저 잃어버렸다. 금면마종이 여인의 음성을 발했기 때문이다. 거기다 그 음성은 매우 귀에 익었다.

'이 목소리는… 주설루가 틀림없다!'

능설비는 한 여인의 얼굴을 불현듯 떠올리고 몸을 휘청했다. 그 순간 금면마종이 재빨리 다가와 그의 오른손 맥문을 낚아챘다.

섬수금나(閃手擒拿)의 수법. 그의 마공은 짧은 시간임에도 불구하고 완벽 이상 가는 수준이었다.

가공할 마기가 파고들자 능설비는 꼼짝도 못하는 신세가 되었다.

"호호, 너를 다시 보게 되는구나!"

금면마종은 능설비의 맥문을 움켜쥔 채 어깨를 다시 떨며 웃었다. 놀랍게도 그는 여인이었다. 그리고 그녀는 바로 주설루라고 불린 여인이었다.

천기미인 주설루가 금면마종이라니……!

상상조차 못한 현실에 능설비는 갈피를 잡지 못했다. 어떻게 주설루가 금면마종이 되었단 말인가?

"호호호, 네 얼굴은 항상 내 가슴속에 심어져 있었지. 너를 처음 본 순간부터 지금까지."

그녀의 웃음소리에는 광기가 스미어 있다.

"네가 어찌 금면마종일 수 있느냐? 혈수광마옹은 어디 가고 네가?"

능설비는 여전히 충격에서 벗어나지 못했다. 뒤통수를 철퇴로 얻어맞는 기분이랄까.
"호호, 너는 내가 누구인지 아느냐? 너는 내가 혈수부인(血手夫人)이라는 것을 알고 있느냐?"
"혈, 혈수부인?"
"그렇다. 내가 바로 혈수광마옹의 부인이다. 호호, 나는 모든 걸 알고 있다. 혈수광마옹이 너의 사부였다는 것을. 그리고 네가 그의 명에 따라 백도의 육지주를 차례차례 죽였다는 것을!"
금면구 안의 얼굴이 정녕 주설루인지 의심이 갔다. 그녀의 말투며 행동은 영락없는 마도인이었다.
"네, 네가 혈수광마옹의 부인이라니? 도대체 그게 무슨 말이냐?"
그녀의 충격적인 말에 능설비는 내공을 운용한다는 생각조차 하지 못했다.
"흥, 모두 네 덕이지. 네놈 덕에 나는 사부를 잃었고 나는 몹시 혼란스러운 상태였다. 그때는 구마령주를 죽여야 한다는 생각밖에 없었으니까. 혈수광마옹이 운리신군이라는 가명을 쓰며 내게 접근했음에도 알아차릴 수 없었던 거야. 호호, 물론 그자는 내 소원을 들어줬지. 구마령주를 혈적곡에서 제거했으니까. 그리고 그자는… 소원을 들어준 대가로 나를 취했지. 나는 그자의 노리개가 될 수밖에 없었어."
금면구의 뻥 뚫린 눈구멍에서 스멀거리며 혈광이 흘렀다.
주설루는 능설비를 잡아끌며 작은 방 안으로 들어갔다. 맥문을 통해 들어오는 진기에 마비된 능설비는 개 끌리듯 방 안으로 끌려 들어갔다.

방 안의 가구는 덩그러니 놓인 침상이 전부였다. 침상 근처에도 말라 죽은 여인들의 시체가 즐비했다.

"저곳에서 혈수광마옹과 몸을 섞어야 했지. 나는 그저 그가 시키는 대로 몸을 더럽힐 수밖에 없었다. 그는 나를 철저히 유린한 것도 모자라 내게 대마성이라는 것을 심어주었지. 그리고 나를 혈수부인으로 삼아주었다. 그리고 얼마 전 금면구를 내게 주고는 사라져 버렸다."

"어, 어디로 갔느냐?"

능설비가 눈을 치켜뜨며 물었다.

"나한테 묻지 마라. 아마 또 어떤 흉계를 꾸미고 있겠지. 하지만 그가 어찌하건 나는 상관하지 않아."

주설루의 눈빛은 예전의 아름답던 눈빛과는 거리가 멀었다. 그녀의 눈빛은 예전에 구마령주 능설비가 즐겨 흘리던 그 눈빛을 닮아 있었다. 아주 잔혹하고 무시무시한 눈빛이었다.

능설비의 얼굴이 돌처럼 굳어졌다. 그는 아무런 말도 할 수 없었다. 다만 흐트러진 진기를 하나로 모으는 중이었다. 하지만 그것이 잘 되지 않았다.

"능설비, 나는 네 이름을 잘 기억하고 있다. 너를 처음 만났던 순간도 아주 또렷이 기억한다."

"……!"

"회혼령을 들고 천기석부를 찾은 너를 본 순간 숨이 멎는 줄 알았지. 네 그 잘난 얼굴이… 내가 그리던 남자의 얼굴이었으니까. 그래서 너를 좋아하게 됐지."

"나, 나를 좋아했다고?"

생각지도 못한 주설루의 말에 능설비는 아연한 표정이 되었다.

그 역시 천기석부에서 만난 주설루의 아름답고도 순진한 그 미소를 잊어본 적이 없으니까.

주설루가 씹어뱉듯 말했다.

"아니, 넌 내 첫사랑이나 마찬가지야. 이루어질 수 없는 사랑이 되었지만……."

문득 그녀의 눈빛이 흔들렸다. 능설비가 아무런 말도 하지 못했다. 그녀의 말이 이어졌다.

"시절이 좋았다면 네게 몸을 줬을지도 몰라. 혈수광마웅이 그 기회를 가져가 버렸으니 다 틀려 버렸지. 하지만 너무 늦은 건 아니야. 이렇게 네가 내 눈앞에 있으니까. 하늘이 내 소원을 들어준 것이지."

"내가 살아나길 바랐단 말이냐?"

"내가 바랐던 것은 너와 육체의 벽을 허무는 것이었어. 네가 이렇게 내 손에 잡혀 있으니 이제 성취할 일만 남은 것이지."

"미, 미쳤군!"

능설비가 눈을 부릅뜨자,

"그래, 나는 미쳤다. 아니, 대마성의 주인이 된 것이다. 나는 내가 좋아하는 것은 무엇이든지 얻을 수 있어. 나는 사내들이 미녀를 좋아하고 마음대로 취하려 하듯 미남자를 무척이나 좋아하고 보이면 무조건 취한다. 호홋, 네놈은 이제 나의 사타구니 아래 귀신이 되는 것이다."

예전의 주설루가 아니었다. 그녀는 골수까지 마성에 젖은 마녀였던 것이다.

능설비가 침통한 어조로 입을 열었다.

"네가 이리 음탕해지다니… 모두 내 죄다."

"호호, 음탕한 게 아니야. 순수한 거지. 너도 나를 좋아하게 될 거야. 혈수광마옹이 그랬듯… 그자는 내가 어여쁘다며 마공을 물려줬지. 나는 너를 좋아했으니까 네가 가진 모든 것을 빨아먹을 거야. 너의 원정진기를 몽땅 흡수해 내 것으로 만들 거야. 너는 내가 되는 것이지. 네가 죽은 줄로만 알고 있는 혈수광마옹도 머지않아 내 손에 죽을 것이다."

'이게 마성이란 건가? 사람이 이리도 변할 수 있단 말인가?'

구마령주의 지위를 버리지 않았다면 지금의 주설루의 모습이 자신의 모습이었을 거란 생각에 능설비는 온몸의 피가 얼어붙는 느낌이었다.

갑자기 주설루의 호흡이 뜨거워졌다.

그녀의 왼손이 흔들리자 걸치고 있던 옷자락이 길게 찢어졌다. 눈부신 나신이 적나라하게 드러났다.

우윳빛 젖가슴의 깊은 골짜기, 그리고 움푹 들어간 배꼽과 그 밑의 무성한 숲.

"호호홋, 나의 몸이 아름답다고 여기지 않느냐? 자아, 내가 옷을 벗었듯 너도 옷을 벗어야 한다. 내가 벗겨주겠다."

주설루는 능설비의 옷도 쭉쭉 찢어냈다. 옷자락이 찢겨지며 강철같이 단단한 몸뚱이가 나타났다. 그의 몸에는 흑색 장인이 찍혀 있었다. 바로 주설루의 손바닥 자국이었다.

"세상에서 가장 강한 근골이라더니 역시 그렇군. 나의 마강살을 정통으로 맞고도 이 정도의 상처뿐이라니."

주설루는 능설비의 맥문을 놓아주지 않았다. 그녀는 능설비를 간과하지 않았다. 그리고 맥문을 놓으면 능설비가 제압된 공력을 되찾고 자신을 죽일 것이라는 것도 잘 알고 있는 것이었다.

"몸을 합하자. 최후 최고의 환락을 맛보게 해주겠다."

그녀는 능설비를 끌고 침상 위로 올라갔다. 능설비의 얼굴이 그녀의 탄력있는 가슴에 닿았다. 앵두 빛 유두 두 개가 능설비의 얼굴을 간질였다.

능설비는 악마의 유혹을 거부하듯 눈을 부릅떴다.

"너는 여인도 아니고 주설루도 아니다!"

"나는 주설루야! 그리고 너는 구마령주 능설비이고!"

주설루는 능설비의 몸을 세차게 끌어안았다. 그녀의 몸은 생각보다 아주 뜨거웠다. 그리고 그윽하다 할까, 달콤하다고 할까? 너무도 좋은 체향이 그녀의 몸에서 풍겼다.

"흐으응, 나처럼 아름다운 여자는 천하에 없어. 무엇이든 네게 다 줄 거야. 어서 나를 가져!"

주설루는 왼손을 두 사람의 가슴 사이에 넣었다. 잠시 후, 그녀는 능설비의 남자를 애무하기 시작했다. 그러나 능설비는 눈 하나 깜짝하지 않았다.

"무슨 짓으로도 나의 몸을 달아오르게 하지는 못한다."

"그게 거부한다고 되는 줄 아느냐! 결국 너는 나를 범하게 될 거야! 미친개가 고기를 먹듯 나의 몸을 취하란 말이야!"

주설루의 손길은 더욱 빨라졌다.

능설비는 눈을 지그시 감았다.

'설원(雪原)을 생각하자.'

능설비는 눈 오는 벌판을 생각했다. 그는 지금 눈을 딛고 서서 차가운 바람을 폐부 깊숙이 빨아들이는 중이었다. 찬바람이 불어오고 그의 몸은 움츠러든다. 그의 생각은 현실로 나타났다.

"으으, 너는 남자도 아니구나!"

주설루가 이를 부드득 갈았다. 능설비가 남자로서의 구실을 하지 않았기 때문이다.

'네가 이렇게 나온다면 나도 방법이 있어.'

주설루는 왼손을 쳐들었다. 그녀의 오른손은 여전히 능설비의 오른손 요혈을 쥐고 있었다. 그곳은 능설비의 유일한 약점이 되는 곳이기도 했다.

주설루가 손을 들고 휘젓자 선반 위에 있던 푸른 옥병 하나가 섭물진기에 의해 사뿐히 날아들어 그녀의 손에 쥐어졌다.

그것은 합궁만락산(合宮萬樂散)이란 것으로 혈수광마웅이 주설루에게 즐겨 쓰던 최음약이었다. 그것은 몸을 불덩어리보다도 뜨겁게 달아오르게 하는 약이었다. 남자는 여체를 그립게 하고, 여자에게는 남자를 그립게 하는 약이었다.

합궁만락산이 능설비의 얼굴에 뿌려졌다. 능설비는 숨을 멈추려 했으나, 주설루는 그것을 아는지 왼손을 휘저어 가루약이 진기에 따라 저절로 그의 허파 속으로 들어가게 했다.

"으으음!"

능설비는 달콤한 내음을 맡으며 인상을 찡그렸다.

'정신을 빼앗겨서는 안 된다.'

그는 흐려지는 정신을 가다듬으려 애써 눈 오는 들판을 기억하려 했다. 천지간을 뒤덮는 흰 눈꽃송이와 몸을 휩싸는 차가운 바람. 그러나 그 찬바람이 갑자기 열풍이 될 줄이야.

불 바람이 몸을 휘감았다. 뜨거운 숨결이 얼굴을 핥고 있는 것이 느껴졌다.

주설루는 어느 틈엔가 금색 면구를 벗어던지고 본래의 얼굴을 능설비의 뺨에다가 비벼대고 있는 것이었다. 정향(丁香) 같은 입술이 뾰족이 나와 능설비의 뺨에 닿는다.

"나, 나를… 흐으응……!"

주설루는 흐느끼는 소리를 내며 몸을 교태롭게 틀었다.

그녀는 한 마리 꽃뱀이 되었다. 혈수광마옹은 그녀에게 너무도 많은 방중 술법을 일러주었다. 그녀는 몸뚱이를 너무도 잘 사용했다. 가슴을 출렁이게 하고, 허벅지를 꼬는 동작 하나하나가 방중 술법에 따른 것이었다.

능설비는 자아최면공(自我催眠功)을 깨뜨리고 말았다. 그는 곧 현실에 빠져들었다.

'으으, 몸이 탄다!'

그는 주설루의 몸을 부둥켜안았다. 꽃뱀은 그의 몸을 칭칭 동여매고,

"흐흐윽."

격정에 찬 숨소리가 시작되었다.

그에 따라 능설비의 몸은 점점 더 격렬히 움직였다.

최후의 환락경(歡樂境). 능설비는 이성을 뇌리에 담고 있지 못했다. 그는 색에 굶주린 한 마리 수캐에 지나지 않았다.

최음제의 힘은 너무도 강했다. 그는 주설루의 몸을 탐하기에 바빴다. 격정에 찬 뜨거운 숨결이 교차되고, 그것은 더욱더 뜨거워졌다.

능설비는 주설루의 등판에 손가락 자국을 남기며 화로의 더운 김보다 뜨거운 호흡을 토했다.

"허어억!"

그의 숨결이 거칠어질 대로 거칠어지는 순간, 그의 고막을 때리는 목소리가 있었다.

"색정(色情)을 단해에서 빼내려면 구마루의 술법 중 화운무영심법(化雲無影心法)이 있어야 한답니다."

누구의 목소리일까?

그것은 바로 만리총관의 목소리였다.

"만화총관 대신 전음을 보내는 것입니다."

"……!"

능설비는 문득 정신을 되찾았다. 그러나 그것도 잠깐,

"어, 어서!"

주설루의 뜨거운 목소리가 그의 몸을 다시 격동하게 했다.

"으윽!"

능설비는 절정의 순간을 향해 돌진해 갔다. 모든 것을 다 쏟아내지 않으면 죽을 것만 같았다. 주설루의 몸 가운데에 그가 취해야 할 무엇인가가 있는 것만 같았다. 아니, 몸 안의 기름이 펄펄 끓어 넘치는 것이 고통스러웠다. 그것을 다 토하지 않으면 죽을 것만 같았다.

그는 쾌락을 찾아 몸부림치는 것이 아니었다. 살아남기 위해 색정을 쏟아내는 것이었다.

그와 주설루가 하나로 합해지는데,

"제발……!"

만리총관의 간절한 목소리가 또다시 들렸다.

"화운무영심법으로 이겨내십시오. 원정을 쏟으면 죽습니다."

그는 흐느끼고 있었다. 그는 문 뒤에 있었다. 문은 한 번 닫히면 안에서 기관으로 열어야만 열리게 되어 있었다. 그래서 그는 들어서지 못하는 것이었다.

"제발 이겨내야만 합니다."

그가 또 한 번 하소연할 때, 문득 능설비는 어떤 순간을 기억하게 되었다.

호수같이 서늘한 눈빛의 한 여인이 그를 노려보고 있다. 머리를 파랗게 깎은 여인, 비구니가 된 냉월. 그녀가 그를 노려보고 있었다. 그녀는 능설비를 향해 '사악(邪惡)한 영혼이로구나!' 라고 외치고 있었다.

그녀의 눈빛은 가을 무서리보다도 차가웠다.

"……!"

능설비는 아주 갑자기 맑은 정신을 되찾았다. 냉월의 눈빛이 준 충격은 너무나도 컸다. 그것은 최음약의 기운을 모조리 녹여 버리는 것이었다.

능설비의 사타구니 사이에는 주설루가 눈부신 나신을 꿈틀거리고 있었다. 그녀는 눈을 동그랗게 뜨고 능설비를 바라보았다.

"왜 갑자기 식어버리는 거지?"

그녀는 절정 직전에 능설비의 동작이 정지되는 데 불만이 많은 모양이었다.

"그 이유를 알고 싶으냐?"

능설비가 말하자, 주설루는 다른 무엇보다 먼저 능설비의 맥문을 낚아챘다.

"호호, 너는 기회를 잃었다. 나를 죽일 기회를."

그녀가 까르르 웃자,

"그 이유는 너와는 다른 한 여인의 얼굴이 문득 떠올랐기 때문이다. 그 얼굴이 나를 깨우친 것이다."

능설비는 차갑게 말한 다음 왼손을 쳐들었다.

"그 계집이 누구지?"

주설루는 능설비를 전혀 두려워하지 않았다. 야수의 약점을 움켜쥐고 있는 한 목숨 줄을 잡고 있는 사람은 그녀였다.

그러나 그녀는 아직 알지 못했다. 능설비의 눈빛이 금빛으로 변하는 것을.

"냉월이다. 지금은 결명이란 법명을 받은 비구니이고."

"냉월? 화빙염 말이냐?"

주설루가 빤히 바라보며 물었다.

"그렇다."

"호호홋, 그 천한 계집이 아직 살아 있단 말이냐?"

주설루는 아주 크게 웃었다. 날카롭고 표독한 웃음소리, 그것이 갑자기 놀람의 외침으로 화했다.

"흐윽! 손이……?"

금빛으로 물든 손이 그녀의 망막을 덮으며 다가왔다.

발악하듯 그녀는 능설비의 맥문을 움켜쥐었으나 금빛의 손은 멈춰지지 않았다.

주설루의 눈이 더욱더 확대되었다.

퍽! 하는 소리와 함께 처절한 비명이 터졌다.

"크으윽!"

주설루는 눈을 뜬 채 숨을 거두었다. 그녀의 미간에 작은 금인(金印) 하나가 아주 선명히 찍혔다.

능설비가 시전한 광음공공수는 어떠한 마공도 능가하는 절기였다. 열락에서 벗어나는 그 찰나의 순간 능설비는 내공을 회복하였고, 그것으로 모든 게 끝이었다.

"사실은 너를 좋아했었다."

능설비는 비틀거리며 일어났다.

"너는 외롭게 죽은 것은 아니야. 너의 묘를 세워줄 사형이 여기에 있기 때문이다. 복수도 해줄……."

그는 주설루의 시신을 안아 들었다. 그녀의 몸은 새털보다 가벼웠다.

죽은 자의 눈동자에는 살아생전 마지막으로 본 것이 담겨 있다고 하지 않는가? 그렇다면 주설루는 능설비의 모습을 망막에 담은 채 저승으로 떠난 사람이 된 것이다.

그는 주설루의 시신을 들고 밖으로 나갔다.

그가 무사히 나서자 문밖에서 초조하게 기다렸던 두 총관의 얼굴에 안도의 빛이 번져 나갔다.

만리총관의 등에 업혀 있는 만화총관의 기쁨은 이루 말할 수가 없을 정도였다. 색정의 관문을 넘기는 게 얼마나 어려운 일임을 누구보다 잘 알고 있기 때문이리라.

그러나 마냥 즐거워할 수는 없었다. 그들이 머물러 있는 장소가 마종전이기 때문이었다.

만리총관이 다급히 말했다.

"공자, 사람들이 몰려들고 있습니다. 일단 기관장치를 움직여 막기는 했습니다만, 나갈 길이 막혔다 할 수 있습니다. 밖에 있는 자들은 공자가 구마령주라고 정체를 밝히더라도 덤벼들 정도로 혈수광마옹에 대한 충성심이 대단한 자들입니다."

"혈수광마옹 그놈에게 나의 정체를 발각당해서는 아니 되오."

능설비는 담담한 투로 말했다.

"운기조식(運氣調息)으로 내상을 치료한 다음 힘으로 뚫고 나가는 수밖에 없소. 두 분은 나를 위해 호법이 되어주시오."

능설비가 말하자,

"빠져나가기만 하는 것이라면 간단한 방법이 있습니다."

만화총관이 간신히 입을 열어 말했다.

"간단한 방법이 있다고?"

능설비가 의아한 듯 바라보자 만화총관이 설명했다.

"금조를 잊으셨습니까? 금조가 바로 이 안에 있습니다. 공자라면 금조를 부리는 재간을 알고 계실 것이니, 나가는 것은 아주 쉬운 일이라 할 수 있습니다."

만화총관은 능설비와 마찬가지로 몸이 반쯤 으스러진 상태에서도 웃을 수 있는 철석간장이었다.

이미 사선을 수없이 넘어본 사람들. 삶과 죽음이라는 것은 그들에게 그리 큰 것이 되지 않는다.

문제는 이기느냐, 아니면 지느냐 하는 것이리라.

정의 그늘 아래

숭산(嵩山).

그중의 태실봉(太室峰)은 소실봉(小室峰)보다 높으나 지명도에 있어서는 소실봉만 못하다. 이유는 소림사가 소실봉에 있기 때문이었다. 하지만 진정한 중악의 웅자를 구경하려면 태실봉에 올라야 한다.

낙조가 붉다.

핏빛으로 물든 하늘 아래 숭산은 더욱 붉게 타들어갔다.

능설비는 태실봉 정상에 서서 떨어지는 해를 바라보며 상념에 젖었다.

'강호를 핏빛으로 물들이려 할 때가 있었는데……'

그는 두시진 전, 금조를 타고 태실봉에 도착했다. 천외신궁의 일은 뜻대로 되지 않았으나 쌍총관을 구한 것으로 만족해야 했다.

'너무 오래 노출되면 내가 살아 있음을 그자가 알게 된다. 그전

에 잡아야 한다. 더 깊숙한 곳으로 숨어들기 전에 잡지 못하면 싸움이 오래갈 수밖에 없어.'

혈수광마옹이 천외신궁을 벗어난 이유는 아직 모른다. 만약 그가 살아 있는 것을 알고 피한 것이라면…….

'그가 모르기를 바랄 뿐이다.'

그가 낙조를 보며 상념에 젖을 때, 가벼운 파공성이 나며 섬세한 인영이 등 뒤로 날아들었다.

"아아, 이 일을 어이합니까?"

후란이 다소곳이 다가서며 탄식하듯 말했다.

그녀의 눈빛은 아주 아름다웠다. 마성은 이미 사라진 상태였다. 능설비가 전수한 광음공공진결 덕분이었다.

"왜? 무슨 일 때문에 그렇게 괴로워하지?"

능설비가 묻자,

"아아, 상공 때문입니다."

후란의 아름다운 눈에서 눈물이 떨어져 내렸다.

"나 때문이라고?"

능설비가 알 수 없다는 듯 후란을 바라보자 그녀는 안타까운 표정이 되어 말했다.

"너무 수척해지셨습니다. 칠 주야(七晝夜) 동안 폐관하시어 운기행공만 한다면 모든 상처가 나으실 텐데 한 시진도 쉬실 짬이 없으니……. 아아, 이럴 때 혈수광마옹이 닥치면 어떡하겠습니까?"

"핫핫, 나 때문이라면 걱정 마라."

능설비는 웃다가 손을 내저었다. 무형의 강기가 뻗어나가며 돌연 파팍! 하고 십 장 밖에서 둔탁한 소리가 났다. 놀랍게도 거석 하나가 반으로 쪼개졌다. 반은 열에 의해 타고 반은 얼어버린 듯 서릿발이 서려 있었다. 그 경계선은 붓으로 쭉 그은 듯 또렷했다.
 "대, 대단하십니다! 아직 완전한 몸도 아니신데……."
 후란은 경이로운 듯 그를 바라본다.
 "하핫, 이제 안심이 되느냐?"
 능설비가 유쾌한 웃음을 터뜨리자, 후란은 수줍은 볼우물 두 개를 만들었다.
 '이분을 바로 곁에서 모시게 된 것만으로도 충분해. 그 앞에 무슨 불행이 있다 해도 나는 슬퍼하지 않을 것이다.'
 어느 사이엔가 그녀의 가슴속은 능설비의 그림자로 가득 채워져 있었다. 경쟁자에서 상관으로, 이제는 연인으로……. 능설비를 대하는 그녀의 마음은 깊어만 갔다.
 후란은 난초가 꽃잎을 떨어뜨리듯 고개를 살포시 숙이며 말했다.
 "쌍노총관(雙老總官)에게는 거처를 잘 마련해 주었습니다."
 "잘했다."
 "그런데 주설루 낭자의 시신은 옥관에 넣어 잘 매장했다고요?"
 "흠, 언제고 시간이 나면 관을 천기곡으로 옮겨야 한다. 그곳만이 그녀가 편히 쉴 수 있는 곳이지."
 능설비는 서늘한 시선을 허공에 던졌다.
 후란이 다소곳이 대답했다.
 "의당 그렇게 해야지요."
 "외부에서 온 소식 중 중요한 것은 어떤 것이냐?"
 "흥미있는 일이 속속 벌어지고 있습니다. 상공의 계략이 뜻하신 바 이상으로 잘 맞아떨어지고 있습니다."
 후란은 개방 사람들이 모아 전해온 소식을 능설비에게 낱낱이 말하기 시작했다.

가장 큰 사건은 포달랍궁과 소뇌음사의 양패구상이었다. 그 일은 마도계에 큰 파문을 일으킨 일이었다. 일이 그렇게 된 이유는 일호인 후란이 포달랍궁주 모탁법의 행세를 하고 소뇌음사의 탁탁라마를 만인이 보는 앞에서 살해한 때문이었다.

양 파의 갈등이 심해지면서 변황의 문파들이 편을 갈라 대거 싸움에 동조하였고, 그만큼 천외신궁의 힘이 줄어들었다.

산동의 마도 방파들이 대거 이탈했다는 것도 개방이 전한 소식이었다. 산동흑마궁이 돌연한 봉궁과 한월마보의 현판이 떨어진 일, 백음마교주 화요홍의 실종, 무려 십오 개의 문파가 마맹에서 탈퇴했고, 쏟아져 나왔던 사자(使者)들이 거의 다 제거되었다는 것이었다.

후란은 웃으며 이야기하다가 고개를 들었다.

"가장 흥미로운 일은 아직 말하지 않았습니다."

그녀는 능설비를 빤히 바라봤다. 취해 버릴 듯한 눈빛이었다.

능설비는 애써 그 눈빛을 피했다.

"무슨 일이냐? 혈수광마웅의 거처를 알기라도 했느냐?"

"아닙니다."

"그럼?"

"호호, 새로운 무림동의맹주가 곧 탄생될 듯합니다."

"뭐라고? 어느 누가 새로운 무림동의맹주가 된다더냐?"

그것은 정말 놀라운 소식이었다. 육지주가 사라지며 백도는 지리멸렬했다. 백가가 구심점을 찾는다면 천외신궁과 대등한 위치에 서게 될 것이다.

"호호, 방금 전 천자의 명이 있었습니다. 그분은 부마께서 천외신궁을 단신으로 유린하고 개선했다는 소식에 기뻐하시다가 각파의 명숙들에게 친서를 보내 부마를 무림맹주로 삼게 하실 작정이라고 무상인마가 슬쩍 귀띔해 주었습니다. 이제 상공은 마도맹주에 이어 정파맹주가 되시는 고금 유일의 행운아가 되신 겁니다. 호홋!"

후란이 환하게 웃자,

"웃을 일이 아니다."

능설비가 눈살을 가볍게 찌푸렸다. 그리고는 침중한 어조로 말을 이었다.

"복 노인의 말이 사실이라면 정말 큰일이다."

"큰일이라뇨? 백도맹주가 되시는 것이 두려우십니까?"

"죽음도 두려워하지 않는 내가 무엇을 두려워하겠느냐? 다만, 내가 설 자리가 아니란 말이지."

"우리의 과거 때문인가요?"

후란의 얼굴이 심각해졌다.

"그렇다. 피비린내 나는 과거를 지닌 내가 어찌 그 자리에 앉을 수 있겠느냐."

"방금 아무것도 두렵지 않다고 하지 않으셨습니까?"

"나의 정체가 밝혀져 지탄받는 것은 두렵지 않다. 다만 그로 인해 간신히 일어난 백도맹이 또다시 무너지는 일이 없어야 한다는 생각뿐이지."

후란이 말없이 바라보자 능설비는 공허한 표정을 지었다.

"언제고 나를 밝힐 작정이다."

"설, 설마?"

후란은 불안한 예감에 한차례 몸을 떨었다. 그러나 능설비는 이미 결심이 굳어진 듯 담담한 표정이었다.
"후훗, 이미 각오하고 있던 바다. 본래 혈수광마옹을 죽이고 밝힐 작정이었는데 그것을 앞당겨야겠어. 다른 사람들이 나를 너무 높이 평가해 백도맹주로 추대하게 버려둘 수는 없는 일이야."
"지, 지금 정체를 밝히시면 큰 혼란이 일 것입니다. 백도맹이 와해될 수도 있습니다. 특히 능 공자를 무성(武聖)으로 숭배하는 탕마금강대는 심한 좌절을 맛볼 것입니다."
후란이 간곡한 어조로 만류하자,
"후후, 네가 그들에게 푹 빠졌구나. 내가 혼란이 일지 않게 적당한 시기를 고를 테니 걱정 말거라."
능설비는 말과 함께 무심히 걸음을 옮겼다.
후란의 눈빛이 격정의 떨림을 보였다.
'대단하신 분! 대의혼(大義魂)의 화신이시다!'
그녀는 능설비의 뒷모습을 바라보며 한숨을 가볍게 내쉬었다. 그녀는 능설비가 멀어질 때까지 등에서 시선을 떼어놓지 못했다.

함몰하는 해가 마지막 열기를 뿜듯 서천은 붉은 노을로 절정을 이루었다.
산중. 무사들이 열 겹, 스무 겹 엄중히 보호하는 곳이 있었다. 그곳은 골짜기 안에 자리하고 있는 한 채의 석옥이었다.
석옥 안에서는 지금 두 명의 노인이 바둑을 두고 있었다.
"복아, 수가 왜 이리 약해졌느냐?"
기도가 범상치 않은 풍모의 노인이 혀를 차며 입을 열었다.
"최근 다시 검을 들어 바둑 솜씨가 무디어진 듯합니다. 헤아려 주십시오."

"무상인마 시절로 돌아갔단 말이냐?"
"고기가 물을 떠나 살 수는 없는 일이지요."
"핫핫, 너희 강호인들이 부럽구나."
크게 웃는 노인, 그는 연경으로 돌아갈 날만을 기다리며 숨어살고 있는 천자였다. 그와 바둑을 두는 사람은 무상인마였다. 두 사람이 담화하며 바둑을 두고 있을 때, 석옥 앞으로 한 사람이 급히 다가왔다.
"부마께서 오십니다."
그가 허리를 숙이며 공손하게 말하자,
"오오, 나의 자랑스러운 부마가… 단신으로 천외신궁을 유린한 다음 수리를 타고 홀연히 떠났다더니, 이제야 장인을 찾는군!"
천자는 얼른 밖으로 나왔다. 그의 시선에 죽립 쓴 사람 하나가 걸어오고 있는 모습이 들어왔다.
그가 다가오자 소식을 알린 사람은 얼른 물러났다.
근처는 매우 조용했다.
능설비는 하루 종일 죽립을 쓰고 사는 사람으로 유명했다. 그는 천자가 버선발로 마중 나온 것을 보고는 부복했다.
"폐하, 취침이 늦으십니다."
"헛헛, 자네가 지어준 약을 먹고 원기 왕성해진 탓이네. 게다가 소림승인(少林僧人)들이 추궁과혈이라는 것을 해줘서 어제부터는 흑발이 다시 날릴 정도로 건강하다네."
천자는 만면 가득 미소를 지으며 능설비를 일으키려 했다. 한데 능설비는 요지부동 움직이지 않았다. 그가 간곡한 어조로 입을 열었다.
"긴히 드릴 말씀이 있어 왔습니다."

"무슨 말인가? 안에 들어가 하세."

천자가 의아한 표정을 짓자 능설비는 다시 한 번 고개를 땅에 대었다.

"이곳에서 말씀드려야겠습니다. 부디 통촉해 주십시오."

"그래, 무슨 일인가?"

천자도 더 이상 만류하지 못하고 그윽한 시선으로 바라보며 물었다.

능설비는 잠시 사이를 두었다가 천천히 입을 열었다.

"제가 누구인가 하는 것입니다."

"흠, 결국……."

천자는 다소 침중한 표정이 되더니 말꼬리를 흐렸다.

'결국이라니… 그럼 벌써 알고 계셨단 말인가?'

능설비가 다소 놀랄 때,

"복아, 귀찮은 일인 듯하니 네가 대신하거라."

천자는 무상인마를 보고 말한 다음 걸음을 옮겼다.

"폐, 폐하, 제가 드릴 말은 중대한 것입니다."

능설비가 황망히 고개를 들어 말하자,

"저쪽으로 가십시다."

무상인마가 다가와 능설비의 팔소매를 끌며 작은 소리로 권했다.

"아아, 여기서 꼭 해야 할 말이 있소."

능설비가 심각히 말하자,

"그 말이 그 말일 것입니다, 공자."

무상인마는 서쪽으로 총총히 걸어갔다.

능설비는 고개를 저으며 일어나 그의 뒤를 따라갔다.

무상인마가 안내한 장소는 토굴이었다. 그곳은 얼마 전까지만 해도 소로 공주가 기거하던 곳이다. 소로 공주는 현재 다른 곳에 있었다. 능설비가 무림고수들과 싸우는 것을 차마 지켜볼 수 없었던 소로 공주는 시녀들과 더불어 강남의 모처로 거처를 옮긴 것이다.

천자가 함께 가지 않은 이유는 완전히 달랐다.

천자는 '부마가 하는 싸움은 짐을 위한 싸움이도다. 짐은 부마의 진중(陣中)에 있겠다'라고 말하며 풍전등화같이 위험하나 의풍이 일고 풍운이 이는 곳에 남아 있기를 고집했던 것이다. 그는 평생을 그렇듯 초연하게 산 사람이었다.

토굴 안에는 능설비를 놀라게 하는 것이 많았다.

그림과 목각, 그리고 상당수의 자수. 소로 공주가 무료함을 달래기 위해 만든 작품들이었는데, 그 대상은 모두 능설비였다.

웃는 모습, 손으로 매화를 따는 모습, 피리를 불고 있는 모습 등이 실물과 조금도 다르지 않았다.

사랑은 기다림이라 하지 않던가. 소로 공주의 기다림은 능설비를 화판 위에 살려놓은 것이었다.

"이, 이게 다 뭐요? 모두 공주의 솜씨란 말이오?"

자신의 모습이 담겨진 작품에 능설비는 흠칫 놀랐다.

"공주의 솜씨는 황실에서도 유명합니다. 부마를 그리워하는 마음이 지나쳐 그만… 어처구니없게도 부마의 정체를 밝혀 버리고 말았습니다. 부마가 바로 구마령주였다는 사실을."

무상인마의 얼굴에 웃음기가 사라졌다.

일순 능설비의 머리카락이 빳빳해졌다. 온몸의 털이 다 곤두서는 느낌이었다.

'내가 누군지 알고 있다니… 무상인마가 어떻게 내 정체를 알아

냈단 말인가!'
그의 눈빛이 흔들렸다. 무상인마는 그의 마음을 읽듯 차분한 어조로 말을 이었다.
"천자도 다 알고 계시오. 물론 공주도 알고, 노복도 알고 있는 일이지요."
무상인마는 그렇게 말하며 방 한구석을 가리켰다.
한 사람이 죽은 듯 누워 자고 있었다. 미동도 없는 것으로 보아 점혈을 당한 듯 했다.
"무당파의 임시 장문 직에 있는 삼원신검입니다."
"삼원신검을 점혈하여 잡아둔 사람이 복 노인이오?"
능설비가 굳어진 얼굴이 되어 삼원신검과 무상인마를 번갈아 바라봤다.
무상인마는 여전히 신중했다.
"삼원신검이 혈적곡에서 살아남은 사람 중 하나란 게 문제였습니다. 기억력이 비상하다 알려진 자인데, 공주께 필요한 물건을 전하기 위해 여기 왔다가 그만 부마가 바로 구마령주라는 것을 알아 버린 것이지요. 공주의 놀란 표정을 지금도 잊을 수 없습니다. 어쩔 수 없이 삼원신검을 점혈하여 여기 숨겨둔 것입니다."
능설비는 안색을 굳힌 채 묵묵히 들었다.
혈수광마웅이 혈적곡에 함정을 만들어 그를 제거할 때 참가했던 백도의 고수들은 대부분 죽었다. 능설비의 손에 죽었거나 천외신궁의 사자들의 암습에 의해서.
몇 안 되는 생존자 가운데 한 사람인 삼원신검이 토굴에 들어와 능설비의 얼굴을 확인한 건 운명이라 말할 수밖에.
무상인마는 이야기를 끝내며 능설비를 직시하더니 천천히 말을 꺼냈다.

"태양을 손바닥으로 가릴 수는 없는 것이나 이 세상에서 천자의 명으로 되지 않는 것 또한 없습니다."

"나의 과거를 묻겠단 말인가?"

능설비도 냉정을 되찾았다. 이제야 무상인마가 후란에게 말을 흘린 의도를 알 수 있었다.

"보시지요. 부마가 후란 여협의 말을 듣고 오시리라는 것을 알고 품에 넣어 지니고 있었습니다."

무상인마는 말과 함께 품에서 두 가지 물건을 꺼냈다. 하나는 금패였다.

거기엔 무림맹주령(武林盟主令)이란 글자가 새겨져 있었다. 그것은 새로 일어난 백도계의 명숙들이 중지를 모아 만든 것이었다. 아직 주인이 정해지지 않은 물건이기도 했다.

백도맹주령과 함께 꺼내진 물건은 얇은 서찰이었다. 그것은 소로 공주가 만삭의 배를 안고 떠나기 이전에 적은 것이었다.

능설비가 받아 펼쳐 보자 거기엔 다음과 같은 글이 총총히 적혀 있었다.

〈개에게 시집가면 개가 되고 마(魔)에게 시집가면 마가 되는 것입니다. 저는 공자의 여인, 공자가 어떤 분이시건 저는 상관없습니다. 공자가 마도에서 정도로 돌아섰다는 것을 오히려 긍지로 여기고 있습니다. 제가 이런 마음인 이상 천하 모든 사람 또한 공자를 용서할 것입니다. 부디 맹주가 되시어 난을 평정해 주십시오.〉

소로 공주는 작은 글씨로 정성을 다해 서찰을 작성했다. 그녀가 글을 쓰고 있는 모습이 눈앞에 아른거렸다.

능설비는 한동안 서찰에서 눈을 떼지 못했다.

"천자께서는 구마령주가 어떤 사람인지도 모르십니다. 그분께서는 부마가 천하제일인이라는 것만 즐거운 일로 여길 뿐이지요."

무상인마는 말과 함께 백도맹주령을 능설비 앞으로 내밀었다.

"받을 수 없네."

능설비는 고개를 저어 사양했다.

"받으셔야 합니다. 황체의 칙령은 무시하면 그만이나 실명대협에게 드리는 백도의 정성은 거부하면 안 됩니다."

"아니 되오."

능설비는 조금도 굽히지 않았다.

무상인마는 내민 손을 어쩌지 못하고 난감한 표정을 지었다. 능설비가 두 번 거절했다는 것은 그의 마음을 돌이킬 수 없다는 것이나 다를 바 없었기 때문이다.

"부담스러워서 받지 않는 것이 아니오."

"그, 그럼?"

"혈수광마옹에게 또다시 역이용당할 일을 만들고 싶지 않아서요. 그가 죽기 전에 내가 맹주가 되면 새롭게 일어난 백도맹은 나의 정체가 밝혀지는 순간 여지없이 무너질 것이오."

"으음!"

무상인마는 능설비의 의중을 듣고 침음성을 발했다.

"그렇게 되면 안 되오. 아시겠소?"

능설비의 눈빛은 맑았다.

무상인마가 떨리는 음성으로 입을 열었다.

"그래도 맹주가 되실 분은 부마뿐이외다."

"핫핫, 맹주가 꼭 필요한 일은 아니오."
 능설비가 호쾌하게 웃으며 말하자, 무상인마는 놀란 눈을 동그랗게 떴다.
 "우두머리가 생기면 우두머리의 죽음이나 변고로 인해 모든 것이 뿌리째 흔들리기 쉽지 않소? 백도에 필요한 것은 전 고수의 의기(義氣)와 싸움 잘하는 실명인(失名人) 하나뿐이지 맹주는 아닌 것이오."
 "으음!"
 능설비의 조리있는 말에 무상인마는 할 말을 잃고 말았다.
 "그것은 복 노인이 가지시오. 복 노인 정도면 잘해낼 것이오. 누가 감히 무상인마의 말을 거역하겠소?"
 "말도 아니 되는 말씀이오. 하여간 오늘은 때가 아닌 듯하니 이것은 일단 갈무리하겠소이다."
 무상인마는 맹주령을 품에 넣었다.
 그때 능설비는 무상인마가 말릴 틈도 없이 격공지력을 발휘해 삼원신검이란 사람의 혈도를 풀어주었다.
 "크으!"
 삼원신검은 가래침을 뱉으며 몸을 일으켰다.
 "여, 여기는?"
 그는 눈을 비비고 몸을 일으키다가 두 사람의 얼굴을 볼 수 있었다. 벌레 씹은 표정을 하고 있는 무상인마와 그리고 죽립을 손에 들고 있는 미끈한 젊은이 하나.
 "으아악, 구마령주다!"
 삼원신검은 능설비의 얼굴을 확인하는 순간 크게 놀라 외치며 밖으로 튀어나갔다.

"서라!"

무상인마가 얼른 그 앞을 가로막으며 맥문을 움켜쥐었다.

"한심한 것! 여기저기 떠들어대면 소란이 난다. 그것도 모른단 말인가?"

무상인마의 손에는 만근거석을 깰 만한 힘이 실려 있었다. 그가 당장이라도 잡아먹을 듯 눈을 부라리자 삼원신검은 볼을 실룩이며 외쳤다.

"노인이 황제의 시위장이건 전대의 고수인 무상인마이건 나는 두렵지 않소. 나를 죽일 수는 있어도 나의 입을 막지는 못할 것이오!"

그의 눈빛은 경멸에 찬 것이었다. 그는 누런 가래침을 뱉으며 저주의 눈빛으로 능설비를 쏘아봤다.

"구마령주, 네놈이 혈적곡에서 죽은 줄로만 알았다. 한데 실명대협으로 위장해 백도를 통째로 삼키려 하다니……. 이 자리에서 나를 죽이지 않는다면 황제가 구마령주인 네놈과 짜고 벌이는 무림일통극이 한 시진 안에 소문날 줄 알아라!"

그가 이를 갈며 쏘아붙일 때, 능설비의 손이 가볍게 흔들렸다. 무형의 지력이 튕겨지며 삼원신검은 어디를 어떻게 점혈당했는지 다시 정신을 잃고 말았다.

삼원신검이 짚단처럼 쓰러질 때 능설비는 중얼거리듯 말했다. 너무 작아 자신의 귀애도 둘리지 않을 정도로.

"지금은 밝힐 수 없는 일이다. 하늘과 땅이 나를 원망하더라도, 나를 위선자라 하더라도 할 수 없다. 백도에는 내가 필요하다. 구마령주는 필요없으나 실명대협은 필요한 상태다."

결의에 찬 그의 모습에 무상인마는 숙연해졌다.

"혈수광마옹이 죽은 다음 그를 해혈해 주시오."

능설비는 지나가는 말처럼 말하며 토굴 밖으로 나갔다. 그의 뒷모습이 오늘따라 아주 작고 쓸쓸해 보였다.

달빛이 은빛의 편린처럼 쏟아져 내린다. 사람들이 다니는 오솔길에도, 손길이 미치지 못하는 으슥한 바위틈에도 골고루 달빛이 뿌려진다.

능설비는 죽립을 눌러쓴 채 달빛이 흐르는 대로 걸었다.

'내가 왜 삼원신검을 쓰러뜨렸을까? 백도를 위해서라고는 했으나 사실은 내가 버린 이름 구마령주라는 네 자가 부끄럽기 때문이 아니겠는가?'

그는 몹시 괴로운 심정이 되어 자신을 탓했다. 그는 마음을 진정시킬 수 없었다. 한참을 가자 사람들이 보였다. 태실봉이 희망의 땅으로 알려지며 많은 수의 백도인들이 몰려들었다.

각대 문파에서 파견된 자들, 근거를 잃고 떠도는 자들, 실명대협의 소문에 이끌린 자들, 그 수는 갈수록 느는 실정이었다.

달빛을 벗 삼아 무공을 수련하던 사람들은 흑삼에 죽립을 쓴 능설비가 다가서자 일제히 허리 숙여 인사한다.

"대협(大俠)!"

존경을 표하기 위해 그들은 능설비가 지나칠 때까지 움직이지 않았다. 황제의 명도 아니고 사문에서 내려진 명도 아니었다.

실명대협, 그는 이미 백도의 맹주였던 것이다.

그리고 분명한 것은, 실명대협이 구마령주라는 것이 밝혀지는 찰나 칼을 뽑아 들고 달려들 사람들인 것이다.

능설비는 인사를 받는 둥 마는 둥 하며 곁을 스치고 지나갔다.

괴로운 심사를 느꼈음인지 백도인들은 안타까운 마음이 된다.
"천외신궁에서의 싸움이 격렬했다더니 퍽이나 지치셨다."
"우리가 힘을 길러야 저분이 짐을 더신다."
"마도의 대대적인 반격이 곧 있을 거란 얘기를 들었소. 우리가 힘을 내야 저분을 편하게 하는 것이오."
백도인의 사랑을 받게 된 능설비. 누가 그의 쓰라린 심정을 알고 있을는지.
이각 후,
능설비는 남쪽 능선에 위치한 동부의 앞쪽으로 다가서게 되었다. 그곳은 백도가 마련해 준 그의 거처였다. 동굴 일대는 적막했다. 편한 쉼터를 위해 백도인들이 오십 장 이내를 비워뒀기에 인기척은 없다.
구르는 낙엽 위로 달빛이 떨어져 내린다.
그리고 고막을 파고드는 가는 숨소리. 동굴 안에서 들려오는 미약한 숨소리가 능설비의 본능을 깨웠다.
누군가 동굴 안으로 숨어든 것이다.
'자객일까? 삼원신검이 알았듯 백도의 누군가 내가 구마령주임을 알고 암살하기 위해 들어온 것일까?'
능설비는 살기조차 일으키지 않으며 동굴 안으로 들어섰다.
달빛이 동굴을 넘지 못하고 어두웠다. 누군가 밝혀놓았을 굵은 촛불이 일렁거린다. 바닥은 깨끗하게 다져져 있었으며, 두툼한 천이 깔려져 있다.
벽은 병풍으로 가려졌고, 솜씨 좋은 목공이 다듬은 단정한 침상이 놓여 있었다.
숨소리는 병풍 뒤에서 들려왔다.

가늘고 고른 숨소리는 일정했다. 호흡은 무공의 수련을 나타내는 척도이다. 숨어 있는 자의 호흡이 나직하고 일정한 것으로 보아 무공이 상당한 경지에 도달했음을 말해주고 있다.

능설비는 모르는 척 침상가로 갔다.

"격전을 치러 피곤하군. 오늘은 쉬어야겠어."

이어 늘어지게 하품을 하더니 침상에 누웠다. 눈을 감은 지 얼마 지나지 않아 그는 가는 코 고는 소리를 냈다. 그때 누군가 병풍 뒤에서 살그머니 나오며 침상 곁으로 다가섰다.

은은한 향풍이 코끝에 닿았다.

능설비는 강기를 끌어올리려다 멈칫했다. 그 순간 뜨거운 숨결이 다가왔다. 그리고 뺨에 닿는 부드러운 입술.

'설화……!'

능설비의 눈이 번쩍 뜨였다. 그의 망막에 얼굴 하나가 비쳤다. 그 얼굴은 바로 설화였다.

눈이 마주치자 설화의 얼굴이 발갛게 달아올랐다.

"죄, 죄송합니다. 실명 가가(失名哥哥)의 모습을 보고 싶어 숨어들었습니다. 언제라도 뵙고 싶은데 절 피하기만 하시니… 이렇게라도 가가의 얼굴을 뵈올 수밖에 없었습니다."

설화는 눈물을 흘렸다.

"내가 그리도 보고 싶었단 말이냐?"

능설비는 얼떨떨한 기분이 되었다. 설화는 차마 대답을 못하고 고개를 숙인다.

"나를 봐라."

그는 설화의 턱에 손을 댔다. 설화의 얼굴이 천천히 쳐들린다. 코가 너무 뾰족해 보였다. 설화는 지난번 보았을 때보다 훨씬 말라

보였다.
"내 얼굴을 잘 봐라."
"가가……!"
설화는 당혹스러움으로 얼굴을 붉혔다. 능설비가 그윽한 시선으로 바라보며 물었다.
"내가 어찌 보이느냐?"
"아, 아름다우십니다."
"그리고?"
"간혹 두렵게 보입니다. 왠지 모르나 가가가 두려울 때가 있습니다."
설화는 떨리는 음성으로 또박또박 말했다. 능설비는 말없이 듣기만 했다.
"그리고… 꼭 하고 싶은 말이 있는데, 가가가 어찌 생각할지 몰라 차마 입이 떨어지지 않습니다. 사실 오늘도 그 말을 하려고……."
"후후, 그러니까 내게 할 말이 있는 게로구나. 무슨 말이든 들어줄 테니 어서 해보아라."
"그, 그건 말할 수 없습니다."
설화는 고개를 저었다.
'내게 하고 싶은 말이 무엇일까? 설마 예전의 기억이 조금이라도 돌아왔단 말인가?'
마독의 후유증으로 자신의 이름마저 잃어버린 비운의 여인이 하고 싶은 말이 무엇이란 말인가? 능설비는 지금 그녀의 입 안을 맴도는 말이 무엇인지 듣고 싶어졌다.
"말해다오."
능설비가 재촉했지만 설화는 완강하게 고개를 저었다.

"말할 수 없습니다."
"왜지?"
"가가께서 저를 미워할 것 같아서입니다."
"무슨 말을 해도 상관 않겠다."
능설비가 다짐을 하자 설화는 잠시 주저하였다.
"으으음!"
말을 꺼내기가 쉽지 않은 듯 설화의 뺨은 더욱 새빨개졌다.
"정말이다. 너를 야단치지 않겠다. 그리고 사실 나는 조만간 너를 찾아 너의 병을 고쳐 줄 작정이었단다."
"병이라고요?"
설화가 동그란 눈으로 능설비를 빤히 바라보았다.
"그렇다. 너는 병든 상태다. 나는 그것을 고쳐 줘야 한다. 그리고 너의 병을 고쳐 줄 사람은 세상에 나 하나뿐이다."
능설비의 표정은 진지했다. 그런 그의 모습을 바라보며 설화가 조심스럽게 물었다.
"병이 나으면 어찌 되나요?"
"아마 너는 나를 미워할 것이다."
"예에?"
능설비가 가느다란 미소를 입가에 매달자 그녀는 화들짝 놀라는 눈치였다.
능설비는 그냥 쓸쓸히 웃을 뿐이다.
"싫습니다. 병이 낫기 싫습니다."
설화는 고개를 설레설레 저었다.
"싫다니?"
"가가를 미워하게 된다면 이 세상이 아무런 의미도 없어질 것입니다. 차라리 놀림을 받더라도 지금 같은 바보로 사는 것이 더 좋습니다."

설화의 말은 섬뜩할 정도였다. 능설비에게 애틋한 정을 품고 있는 여인은 소로 공주와 설화, 그리고 후란이었는데, 지금 상태에서는 설화의 정(情)이 가장 짙었다. 그것은 병적일 정도라 해야 옳았다.

'나는 이 아이의 정을 받아서는 안 된다.'

능설비는 애써 무정해지려 했다.

"하고 싶은 말이 무엇인지 궁금하구나. 그 말을 어서 듣고 싶구나."

"부끄러워… 말 못합니다."

"하핫, 부끄러울 것이 뭐가 있느냐? 나는 네가 무슨 말을 하건, 무슨 짓을 하건 노여워하지 않는다."

"정, 정말인가요?"

설화가 놀라는 표정은 이 세상에서 가장 순박한 표정이었다.

"그렇단다."

능설비가 환하게 웃으며 대답하자,

"그럼 해봐도 되겠군요."

"해보다니, 무얼 말이냐?"

"호호, 제 마음을 밝히겠단 말입니다."

"그렇게 하려무나."

능설비가 시원스레 웃을 때,

"가가(哥哥), 사랑합니다!"

설화가 눈물을 주르르 흘리며 능설비의 가슴속으로 파고들었다.

"얘, 얘야!"

능설비가 곤혹스러워하며 그녀를 떼어놓으려 하자,

"흐흑, 가가의 사랑을 받고 싶습니다. 가가의 품 안에서 잠들고 싶은 것이 제가 항상 생각하고 있는 것입니다."

설화는 더욱 완강하게 능설비의 품으로 파고들었다.

"내, 내 품에서 잔다고?"

"영원히… 다시는 깨어나지 않을 잠에 빠지고 싶습니다. 가가의 품속에서!"

설화는 계속 뜨거운 눈물을 흘렸다. 그녀의 눈물이 능설비의 옷을 축축하게 적셔들었다.

"나는 너를 사랑할 수 없단다."

능설비는 애써 냉정히 말했다.

"흐흑! 다 알고 있습니다. 제가 바보이기 때문임을……."

"아니다. 네가 바보이기 때문이 아니다."

"그렇지 않을 것입니다. 가가는 내가 미련하기에 저를 싫어하시는 것입니다."

"정말 아니다. 나는 사실 너를 사랑한단다."

"예?"

설화가 갑자기 눈물을 멈추며 능설비를 올려다보았다.

"그렇다. 나는 너를 사랑한다. 그러나 네가 나를 미워할 것이다. 아느냐? 너는 나를 미워할 것이다."

"정녕 그렇지 않습니다."

설화의 목소리가 커지는데 돌연 밖에서 요란한 폭발음이 세 번 울려 퍼졌다. 능설비의 표정이 차갑게 굳어졌다.

"세 번의 폭음! 나를 부르는 신호다!"

능설비가 설화를 떼어놓으며 얼른 죽립으로 얼굴을 가리고 밖으로 달려나갔다. 그는 순간적으로 자취를 감췄다.
"아아, 야속하신 분."
설화는 땅이 꺼져라 한숨을 쉬었다.

대장부

　소림사가 불타고 있었다.
　삼경의 하늘 아래 화마가 충천하고 있었다. 불길이 대낮처럼 밝히는 경내에는 함성이 가득했다.
　"와아! 모두 없애 버려라!"
　"천외신궁의 무서움을 알려줘라!"
　적포를 걸친 은면인 오백 명이 무서운 기세로 소림사를 휩쓸고 있었다.
　차창! 창!
　곳곳에서 병장기 부딪치는 소리가 들리고,
　"크으윽! 이 악마 같은 놈들!"
　여기저기 신음을 토하며 죽어가는 승려들이 늘어갔다.
　소림사에는 사실 고수가 별로 없는 상태였다. 한차례 점령을 당하며 고수 급 무승들은 분원으로 이동한 상태였고, 그나마 남아 있던 사람들도 새로 만들어진 동의맹에 합류하기 위해 태실봉에 가 있었다.

남아 있는 사람들이 없다 해도 소림은 소림이었다.

하지만 불시에 들이닥친 은면인들의 기세는 무서웠다. 그들은 명령받은 대로 십로(十路)로 나누어 돌개바람이 죽림을 휩쓸 듯 소림사를 피로 씻어 나갔다.

"마종의 명이었다! 으핫핫!"

"마지막 하나가 남을 때까지 죽이리라!"

오백 은면고수들의 발호가 극에 달할 때,

"우!"

"한 놈도 남기지 마라!"

"이놈들, 신동의맹이 태실봉에 있다는 사실을 몰랐겠지?"

"여기에 온 놈은 모두 시신으로 남게 되리라!"

우레와 같은 함성이 터지며 사방에서 백의인영들이 날아들기 시작했다. 거의 일천 명에 달하는 고수들이 대거 소림사 안으로 물밀 듯 들이닥쳤다. 그들 중에서도 특히 눈에 띄는 사람들이 있었다.

"우핫핫! 천룡십구웅(天龍十九雄)을 아느냐?"

"이놈들, 지옥에 온 것을 환영한다!"

외침과 함께 맹렬한 공격을 퍼붓는 열아홉 명의 속도가 가장 빨랐다. 그들의 손속이 휘둘러지자 퍼퍼퍽! 사방에서 핏물이 튀었다.

그리고 처절한 단말마의 비명이 뒤따랐다.

"으아악!"

"캐액!"

적포은면인들은 졸지에 수세로 돌아섰다. 그들은 어느새 신동의맹 무사들에 포위되어 한곳으로 내몰렸다.

"아직도 백도가 이렇게 강하단 말인가?"

"으으, 마종께서는 어이해 퇴각 명령을 내리지 않는가!"

"명이 없이는 물러날 수 없다! 죽더라도 혼자 죽지는 않는다! 끝까지 싸워라!"

은면인들이 악에 받친 듯 달려들었으나 이미 전세는 기울어졌다. 이름도 없고 다만 사자(使者)라 불리는 천외신궁의 결사대들은 피투성이가 되어 하나둘 나뒹굴었다.

반 시진도 되기 전, 남아 있는 은면인들의 수는 채 백 명도 되지 않았다. 그들이 전멸하는 건 시간문제였다.

그 광경을 대웅전 위에서 죽립을 쓴 흑의인이 서서 바라보고 있었다.

'혈수광마옹이 정녕 자신의 오백 정예를 포기할 작정이란 말인가?'

그는 자신을 부르는 폭죽 소리에 달려온 능설비였다.

'그가 소림사가 보다 강해졌다는 것을 모르고 결사대를 밀어붙였을 가능성은 희박하다.'

그는 은면인들이 처단되는 것을 보고도 그리 즐거워하지 않았다. 그들 뒤에는 고금에서 가장 악랄한 마수(魔手)가 있음을 그는 아는 것이었다.

불길한 예감이 능설비의 뇌리를 엄습했다.

'무엇 때문에 이런 대자살극을?'

능설비가 인상을 찡그릴 때였다.

피이이잉!

날카로운 파공성을 내며 향전(響箭) 하나가 먼 곳에서 날아올랐다.

"태, 태실봉!"

능설비는 향전이 날아온 방향을 가늠하며 몸을 휘청했다.
"성동격서(聲東擊西)!"
그는 문득 그것을 깨달은 것이었다. 능설비는 지체하지 않고 어기비행(馭氣飛行)으로 날아올랐다. 그는 방금 전 자신이 지나온 거리를 올 때의 반 정도 시간에 지나쳤다.

신동의맹(新同義盟).
태실봉에 비밀리에 세워진 신동의맹에는 침울한 분위기가 가득했다.
"오오, 하늘이시여!"
"이, 이럴 수가! 실명대협이 고수들과 함께 소림사로 간 사이 이런 일이……!"
차디찬 바닥에 꿇어앉은 고수들은 넋을 잃고 있었다.
띠집 한 채가 파괴된 채 을씨년스런 모습을 드러내고 있었다. 그곳은 바로 천자가 기거하던 곳이다.
"으으, 모두 공자를 끌어내기 위한 계략이었다."
작고 뚱뚱한 노인 하나가 피를 흘리고 나뒹굴고 있었다.
"천자를 납치하기 위한 계략이었다. 크으윽!"
그가 땅을 치며 통곡할 때, 장소성과 함께 흑영 하나가 바람같이 날아들었다. 그는 허공에서 방향을 틀며 노인의 머리맡에 떨어져 내렸다.
그는 방금 전 소림사로부터 날아온 능설비였다.
"나를 유인해 내자는 계략인 것도 모르고… 아아, 과연 그자다. 그자는 내가 가장 아끼는 사람을 훔쳐 간 것이다. 내가 나의 몸보다 아끼는 나의 백부, 나의 장인을!"

능설비는 혈수광마옹의 계략에 넘어간 것을 분해하며 주먹을 불끈 쥐고 이를 갈았다.
 무너진 집 앞,
 금색의 배첩 한 장이 열려진 채 바람에 뒹굴고 있었다. 배첩에는 다음과 같은 글귀가 적혀 있었다.

 〈나의 수하 오백과 천자를 바꾸는 장사는 서로 간에 득실이 공평한 거래가 아니겠는가? 곧 소식을 보내겠다. 몸값을 준비하고 있으라.〉

 혈수광마옹 그는 오백 고수를 이용해 성동격서지계를 멋들어지게 성공시킨 것이다.
 능설비는 오랫동안 충격에서 벗어나지 못했다.
 '그가 이겼다. 그는 나의 목젖을 쥐게 된 것이다.'
 능설비의 얼굴은 참담하게 일그러졌다.
 '천자 때문이라면 나는 자결이라도 해야 하는 것이고, 그놈은 내가 능설비임은 모르나… 내가 그 정도로 천자에게 충성한다는 것만은 알고 있는 것이니 놈이 이기고 만 것이다.'
 그는 지독한 허탈감을 맛보았다. 사람들이 다가서는 기척도 느껴지지 않았다.
 "모두가 노부의 죄로다! 주인을 지키지 못했으니 이 죄를 어떻게 씻는단 말인가!"
 무상인마가 통탄하는 소리도 들리지 않았다.
 그러나 능설비의 눈빛만은 아주 강했다. 바위라도 그 앞에서 녹아버릴 정도였다.
 "하지만 그는 한 가지를 몰랐다. 그래서 나는 지더라도 백도는 마도와의 싸움에서 이기게 될 것이다."
 능설비의 말, 거기에는 정말 많은 뜻이 담겨 있었다.
 혈수광마옹이 모른 것, 그것은 실명대협이 바로 능설비라는 사실이었다.

 금조 한 마리가 검은 하늘 위를 빠르게 날고 있었다.
 새 등에는 체구가 작은 노인이 포대자루 하나를 움켜쥐고 만면에 미소를 짓고 있었다.
 "실명대협… 그놈이 바로 능 공자란 놈이고 천룡십구옹의 두목이라……. 훗훗, 둘이 하나가 됐으니 일이 조금은 쉬워진 건가."
 붉은빛이 완연한 핏빛으로 타올랐다.
 그는 회심의 미소를 거듭 지었다.
 "놈이 바로 백도 전부나 다름없지 않은가. 죽은 쌍뇌천기자보다도 놈이 차지한 위치가 더 크다. 결국 놈이 쓰러지면 백도도 쓰러지고 만다. 푸하핫! 과거 구마령주가 쌍뇌천기자를 처단해 백도를 무너뜨렸듯, 구마령주를 만든 노부가 그놈 실명대협을 쓰러뜨려 백도를 영원히 멸망케 할 것이다."
 새 등의 인물은 혈수광마옹이었다. 그는 통쾌한 웃음을 터뜨리며 금조를 몰아 하늘 높이 사라져 갔다.

 동굴 안,
 능설비와 천룡십군옹이 한자리에 모여 있었다.
 천룡십구옹은 침묵했다. 소림사에서 승리를 거두고 돌아왔으나 천자가 납치당했다는 소식에 할 말을 잃은 것이다.
 "너희들에게 보여줄 것이 있다. 혈수광마옹이 내게 전한 편지를 너희들도 알아야 할 것 같기에 부른 것이다."
 능설비의 음성은 의외로 차분했다. 그는 품 안에서 편지 한 장을 꺼냈다. 그것은 조금 전 사자의 편에 능설비에게 전해진 것이었다. 서찰 겉봉에는 실명대협에게 전한다는 글이 적혀 있었다.
 능설비는 그것을 후란에게 전했다.
 "꺼내 읽어라."
 "예, 상공."
 후란은 조심스레 건네받았다. 손끝이 닿을 때 그녀는 괜히 몸을 떨었다. 그녀는 천천히 서찰을 읽어 내려갔다.
 "실명대협에게 전한다. 천자를 구하려거든 허창 백마보로 오너라. 오지 않으면 천자의 목을 받게 될 것이다."
 후란은 서찰 내용을 모두 읽고 난 다음 굳은 표정으로 능설비를 보며 말했다.
 "이상합니다, 상공. 백마보라면 얼마 전에 팔웅과 구웅이 쓸어버린 곳인데… 폐허나 다름없는 곳으로 오라는 게 납득이 가지 않아요."
 능설비는 고개를 끄덕였다.
 "진짜 목적지는 따로 있을 거라는 건 안다. 그자가 어찌 나만을 두려워하겠느냐. 십구웅도 두려워하긴 마찬가지지. 너희들을 내게서 떼어놓기 위해 백마보로 부른 거겠지."
 "저희들이 먼저 가서 살피겠습니다."
 이웅이 조심스럽게 말했다.
 "함정임을 알면서 공자를 혼자 보낼 수는 없습니다. 저희들이 힘을 합친다면 어떠한 함정이라도 무력화시킬 수 있을 겁니다."

평소 과묵하던 십삼웅의 말에 나머지 사람들도 동조의 뜻을 보낸다. 그러나 능설비는 단호했다.

"아니다. 놈이 나 혼자만을 초대했으니 나 혼자 가겠다."

"고집 부리실 일이 아닙니다, 상공. 천자가 비록 귀하다 하지만 우리에게는 상공이 더 소중합니다."

명에만 순응하던 후란의 태도가 강경해졌다. 능설비를 바라보는 그녀의 눈빛이 너무도 간절하다.

"상공께서 그곳에 가셔서 함정에 빠진다면 전 백도가 죽습니다."

"다른 방법을 찾아야 합니다. 무작정 가시면 안 됩니다."

천룡십구웅은 이구동성으로 만류했다.

능설비는 잠시 침묵하며 천룡십구웅을 바라봤다.

천룡십구웅은 그의 얼굴에 여릿한 미소가 만들어지는 걸 보았다. 오래전 구마루에서 보았던 그 신비한 미소가.

잠시 정적이 흐른 후, 능설비가 말문을 열어갔다.

"그분이 천자이기 때문에 구하러 가는 것은 아니야. 내가 가야만 하는 까닭은 그분이 소로가 낳을 아이의 할아버지인 동시에 사실 나의 먼 백부이시기 때문이지."

능설비는 처음으로 자신이 난유향 옹주의 아들임을 밝혔다. 그것은 정말 충격적인 일이었다. 능설비에게 그런 사연이 있을 줄이야!

모두 마른침만 거듭 삼키는데, 능설비의 말투가 강경해졌다.

"그리고 죽더라도 나만 죽는 것이지 백도가 나와 더불어 사라지지는 않아. 아니, 백도는 더 강해지고 마도는 사기를 잃을 뿐이지."

"……!"

천룡십구웅은 언뜻 이해가 가지 않는 듯 그를 바라보았다.

능설비의 입가에 드리워진 신비한 미소는 여전했다.

"혈수광마웅은 내가 백도의 전부라 여기고 있지만 어찌 내가 백도의 전부가 될 수 있겠는가? 백도는 여전히 강해. 예전에도 그랬고 앞으로 더욱 강해질 수밖에 없지. 일천 탕마금강대가 무섭게 자라고 있고, 십구웅이 백도의 수호신으로 있는 한 백도가 무너질 일은 없다."

천룡십구웅은 여전히 입을 다물었다.

능설비의 말이 계속되었다.

"후후, 지금쯤 혈수광마웅은 나의 목을 움켜쥐었다고 즐거워하겠지. 원수 같은 놈을 없앨 기회를 잡았다고 여기겠지만, 제 발목이 잡힌 건 생각지도 못할 것이다. 내가 혼자 오는 것을 감시하기 위해 백마보에 수천의 부하를 불러 모았을 것이고, 나를 죽일 또 다른 곳에도 고수 급 수하들을 대거 운집시켜 놓았겠지. 다시 말해 놈에게 구멍이 뚫려 버린 것이지."

그의 시선이 후란에게 향한다.

"후란, 네가 놈이라면 어찌하겠느냐?"

"아마도… 상공이 떠난 것을 확인한 다음 이곳을 치겠지요. 능히 그러고도 남을 인간이니까요."

"어떤 자가 오건 철저히 궤멸시켜야 한다. 이곳에서 놈의 날개 하나를 부러뜨리는 것이지. 그 일은 복 노인과 각파의 장문인들이 알아서 준비하고 있을 테니 너희들은 힘만 보태면 된다. 여기 일이 끝나는 대로 탕마금강대를 이끌고 천외신궁으로 가거라. 쌍총관의 도움을 받으면 쉽게 돌파할 수 있을 것이다. 사실… 혈수광마웅 정도는 내가 없어도 너희들이라면 쉽게 해치울 수 있지 않느냐?"

위기를 역공의 기회로 삼는 능설비의 대범함에 천룡십구웅은 감복했다.

'어쩜 그렇게 남의 말 하듯 하시나요. 그자가 함정을 팠다면 대라신선이라도 빠져나오지 못할 터인데… 아, 상공을 믿지만 정녕 보내 드리고 싶지 않습니다.'

후란의 눈에 습막이 만들어졌다.

능설비는 모르는 척 시선을 돌렸다.

"그리고 떠나기 전… 나를 드러낼 것이다."

능설비의 말이 끝나자마자 후란이 되물었다.

"드러내다니요? 무엇을 드러낸단 말입니까, 상공?"

"천자가 납치되어 백도인의 사기가 떨어질 대로 떨어져 있다. 그런 상태로 천외신궁에 갈 수는 없는 일. 그래서 백도의 사기를 올려줄 방도를 찾게 되었다. 만악의 근원 구마령주를 처단한다면 복수가 달성되었다 여기고 백도인의 사기가 충천할 것이다."

"설마 정체를 밝히시렵니까?"

"아니 되오, 공자!"

모두 질겁하는데 능설비는 개의치 않고 말을 계속했다.

"그것이 유일한 방법이다. 백도계는 실명대협이라는 영웅 하나를 잃는 것이 아니라 원수 구마령주를 처단하게 되는 것이다."

아침 햇살이 동굴로 비스듬히 들어오며 그의 얼굴을 비추었다. 그의 표정은 햇살에 눈부실 정도로 도도해 보였다.

"너희에게 부탁할 것은 소로 공주가 낳을 나의 아이에게 내게 행한 것과 같은 충절을 보여달라는 것뿐이다."

능설비는 손을 품에 넣어 두툼한 봉서 하나를 꺼냈다. 그 안에는 섭선 하나가 끼워져 있었고, 두루마리가 남아 있었다.
"여기 있는 것은 내가 너희들에게 주는 선물이다. 자, 이것을 갖거라. 그리고 내가 생각날 때마다 보거라."
능설비는 봉투를 후란에게 전했다.
후란은 받기를 거절했다.
"이별이란 있을 수 없습니다. 상공은 꼭 돌아오실 것인데 어이해 이별의 예물이 필요하단 말씀이십니까?"
"고집 부리지 마라, 후란."
"고집이 아닙니다. 상공은 불사신입니다. 상공은 꼭 돌아오십니다. 저희들은 영원히 그날을 기다릴 것이고, 그러기에 예물을 받을 필요가 없는 것입니다."
후란은 아주 밝게 웃어 보였다. 한데 그녀의 속눈썹 끝에서 맑고 둥그런 이슬방울이 뚝뚝 떨어져 내리고 있었다.
"너답지 않구나. 눈물을 보이다니……."
능설비는 봉투를 두 발 사이에 조용히 떨어뜨린 다음 죽립을 들고 밖으로 나갔다.
"상공!"
눈물이 가득한 후란의 시선이 능설비의 뒷모습을 쫓았다.
"따라올 생각 마라."
그는 간단히 말한 다음 밖으로 나갔다.

석실 안,
아름다운 여인 하나가 돌 침상 위에 누워 눈을 말똥말똥 뜨고 있었다.
'왜 여기서 기다리라 하실까? 아아, 어젯밤 내가 못된 짓을 했

기 때문일까?'

여인은 이런저런 생각으로 몹시 초조해했다. 그녀는 바로 눈꽃이라 불리는 설화였다. 그녀가 걱정스러운 얼굴을 하고 있을 때, 문이 열리며 검은 그림자 하나가 들어섰다.

설화가 침상에서 얼른 몸을 일으켰다.

"가가, 왜 이제야 오십니까?"

설화는 능설비를 보자마자 눈물을 흘렸다.

"하핫, 네가 많이 기다린 모양이구나?"

능설비는 우선 침상 머리맡을 살폈다. 세 개의 약병이 놓여 있었다. 모두 소림사에서 내려진 물건이었다.

천년학정홍(千年鶴精紅) 십 량(十兩).

만년자패분(萬年紫貝粉) 삼 량(三兩).

천재속단선유(千載續斷仙萸) 반 뿌리.

능설비는 약병을 확인한 다음 고개를 끄덕였다.

"소림사 장문인이 고맙게도 내가 부탁한 것을 모두 다 갖다 놓았군."

그는 팔소매를 천천히 걷었다. 천하의 마도와 백도를 번갈아 정복한 대풍운아의 손이라고 보기에는 너무나도 곱고 부드럽기만 한 팔이 드러났다.

"가가, 왜 그러시나요?"

설화가 눈을 동그랗게 떴다.

"두려워할 거 없다. 네 병을 낫게 해줄 작정이니까."

능설비가 환하게 웃어 보이자,

"그, 그럴 필요 없다고 누누이 말하지 않았습니까?"

설화는 고개를 저었다.

"고집 부리지 말거라. 이제는 네가 누군지 알아야 하지 않겠느냐?"

"싫습니다. 저는 이대로가 좋습니다. 저는 더 이상 행복할 수 없을 정도로 행복한 상태입니다."

"……!"

능설비는 잠시 말없이 설화를 바라보았다. 그녀의 가련한 어깨가 떨리고 있었다.

"병에서 깨어나 가가를 잃는다면 나는 조롱을 받더라도 평생을 바보로 지내며 가가의 곁에 있겠습니다. 제발……!"

설화의 애절한 눈망울이 눈물로 그득했다.

"그래도 나는 할 수밖에 없단다."

능설비는 손을 멈추지 않았다.

"흐흑, 왜인가요? 나 때문은 아닐 텐데… 내가 이렇게 간절히 바라는데 왜 굳이……?"

"너 때문은 아니다. 사실은 나 때문이다."

"가가 때문에요?"

"그렇다. 내가 원하고 있다."

능설비가 그윽한 시선으로 바라보자 그녀는 말없이 바라보았다. 설화는 능설비의 진심을 알았는지 고개를 떨어뜨렸다.

"아아, 그럼 마음대로 하십시오. 가가께서 바라시는 일이시라면."

설화는 눈을 조용히 감았다.

'사랑스런 여인… 비록 너를 잃더라도 지금 이 모습은 영원히 간직하마.'

이미 광음공공의 진기를 끌어올린 듯 능설비의 손에서 금무(金

霧)가 일어났다. 찬란한 빛을 발하는 금무가 설화의 몸을 휘감았다. 금무는 뱀이 똬리를 틀 듯 설화의 몸을 맴돌다가 모공 속으로 빨려들어 갔다.

"아아, 시원합니다."

설화는 쾌감을 느끼며 스르르 정신을 잃었다.

'광음공공의 비결이 구마루의 마공을 능가하니 곧 네 모습을 찾을 수 있을 거다.'

능설비는 물끄러미 설화를 내려다보더니 빠르게 손길을 움직였다.

파파팟—

그녀의 전신 요혈에 금빛 지력이 빗발치듯 떨어져 내린다. 그는 잇따라 일천여지를 발휘했다. 설화의 얼굴이 대춧빛으로 타올랐다.

얼마 후 그는 세 개의 약병 안에 든 것을 모조리 설화에게 먹여 주었다. 그리고는 우장을 빳빳이 내밀어 설화의 아랫배에 댔다. 조금 볼록한 아랫배는 너무 부드러워 능설비는 잠깐 자신의 마음이 흔들리는 것을 느꼈다. 물론 그것은 잠시 잠깐의 현상이었다. 그는 냉정을 회복하고 진기를 전수하기 시작했다.

'네게 줄 것이 이것밖에 없구나. 이것으로 나를 용서하기를 바라지는 않는다. 부디 네가 다시는 무너지지 않을 여인이 되어 행복하기를 바랄 뿐이다.'

그의 단해에는 무궁무진한 진력이 머물러 있었다. 능설비의 장심을 타고 하해(河海)보다도 거창한 진기의 힘이 설화의 몸 안으로 흘러들었다.

한 시진이 지났다.

능설비는 땀을 촉촉이 흘렸다. 반면에 설화는 아주 편한 표정이 되어 눈꺼풀을 꿈틀거렸다.

'곧 정신을 되찾겠지.'

능설비는 그녀의 하복부에서 손을 뗐다.

"이제는 작별을 할 때가 되었구나, 설화."

그는 부드럽게 말하며 입술을 설화의 얼굴에 갖다 댔다. 그의 입술이 설화의 입술에 포개졌다.

"으으음……."

설화는 혼미한 상태에서도 낮은 신음 소리를 내었다.

입맞춤은 꽤 길게 이어졌다.

한순간, 능설비는 설화를 안고 위로 날아올랐다.

휘휙!

그는 아주 빠른 속도로 치달렸다. 바람이 그의 옷자락을 펄럭이게 했다. 모질게 스쳐 가는 바람에 죽립이 바람에 벗겨져 뒤쪽으로 떨어졌지만 그는 개의치 않고 달렸다.

"우우!"

능설비는 장소성을 발하며 몸을 더욱 높이 뽑아 올렸다.

"우우우, 나를 봐라!"

그가 소리치며 날아오르자 근처의 이목이 그에게 집중되었다. 분지 안에는 천여 명의 젊은이들이 웃통을 벗고 연무에 열중하다가 능설비로 인해 연무를 중단하고 눈길을 들었다.

단애의 꼭대기에 미남자 하나가 서 있었다. 그는 품에 여인 하나를 안고 세상을 조롱하는 눈빛을 던지고 있었다.

"핫핫, 나를 아느냐? 나는 태상마종이라는 사람이다. 내가 바로 구마령주이니라. 으핫핫핫!"

능설비는 앙천광소하며 설화의 몸을 번쩍 쳐들었다. 설화는 그 순간 정신을 되찾았다.
"으음, 여기는?"
그녀는 눈을 뜨다가,
"으핫핫, 설옥경을 집어던지겠다!"
능설비의 광포한 목소리를 듣고 그녀는 자지러지게 놀랐다.
"너, 너는 나를 망친 자! 으으, 내가 너의 품에 안겨 있다니……!"
설옥경의 눈알이 시뻘게졌다. 그녀는 살기를 이기지 못하고 몸을 뒤틀었다. 능설비는 그녀를 슬쩍 쳐들고 있는 상태였다. 설옥경은 간단히 그의 손에서 벗어나 훌쩍 날아올랐다.
이어 공중제비 돌 듯 그녀의 몸이 아래로 방향을 바꾸더니,
"죽어랏!"
설옥경은 다짜고짜 쌍권을 흔들어댔다.
무산신녀권식(巫山神女拳式)과 대천강권법의 두 가지 수법이 동시에 시전되었다. 엄청난 암경이 능설비를 향해 엄습해 들었다. 그러나 그는 피할 생각을 하지 않았다.
콰앙!
직후, 벼락 치는 소리가 나며 능설비의 몸이 실 끊어진 연처럼 훌훌 날아올랐다.
"크으으, 내가 당하다니……!"
능설비는 날아가며 신음 소리를 토했다.
"와아!"
"죽었다던 구마령주가 귀신이 되어 나타나 다시 죽은 것이다!"
"이것은 정말 길조다!"
"와아! 백도는 이길 것이다! 만세!"

분지에서는 엄청난 함성이 터져 나왔다. 그러나 설옥경은 멍한 표정을 짓고 있었다.
"나, 나는 누구이지? 으으, 그리고 그는?"
그녀는 능설비가 떨어진 곳을 바라보았다. 하지만 단애 아래로 떨어진 능설비의 모습은 보이지 않았다. 다만 구름바다가 보일 뿐이었다.
산을 허물어뜨릴 듯한 함성만이 그녀의 고막을 아프게 울렸다. 태실봉은 홍엽으로 절경을 구가하며 모든 것을 지켜보는 듯했다.

허창의 백마보는 삼십 년간 두 번의 무너짐을 거듭한 비운의 장소였다. 허창 인근 오백 리 안에서 제왕 노릇을 하던 탁탑마왕 섭무광이 중원에 이름을 날리기 위해 잘못된 결정을 내린 건 삼십 년 전의 일. 당시 마도 최고의 방파였던 혈루회에 가담한 것이 첫 번째 실수였다. 혈루회에 가담한 지 채 반년도 되지 않아 백마보는 무너졌다. 동의맹 고수들의 공격을 받아 아무것도 건지지 못하고 빈손으로 허창을 떠나야만 했다. 삼십 년 후 그가 허창으로 돌아왔을 때 그의 뒤에는 천외신궁이 버티고 있었다.
섭무광은 한 달 만에 예전의 백마보보다 거대한 자신의 성채를 구축했다. 하지만 이번에는 채 보름을 견디지 못했다.
백도의 무사들과 더불어 온 천룡십구웅의 공세는 너무도 가혹했다. 백마보는 초삭조차 남기지 못하고 무너졌고, 섭무광은 머리 잘린 시체가 되어 폐허 속에 버려졌으니까.
백마보는 그날 이후 귀역이 되었다. 대낮에도 사람의 발길이 닿지 않는 곳이 되었다.
그러나 지금 폐허로 변한 백마보 일대는 살기에 휘감겨 있었다.

얼굴을 면구로 가린 자들이 하룻밤 사이 대거 몰려들었으며, 일대를 차단하고 거대한 매복을 설치하였다.

천하를 굴복시킨 천외신궁의 무사들이었다.

이들은 백마보로 통하는 세 군데 통로를 철저히 차단하였으며, 정해진 구역을 지키느라 눈에 불을 켰다.

보통은 귀면을 쓴 자들이 태반이었으나 백마보 인근에 머물러 있는 자들 가운데에는 은면구를 쓴 자들도 꽤 많이 보였다.

"놈이 과연 혼자 올까요?"

"천자와 각별하단 소문이니 오겠지. 자신의 무공을 과신하는 자이니 틀림없이 혼자 올 거야."

"명심들 해. 놈과 싸울 필요는 없으니까. 백마보는 놈과 수하들을 차단시키는 장소에 불과하다. 놈이 혼자 오는 걸 확인하면 그걸로 되는 거야."

"크크, 여부가 있겠소이까. 숭산에서 허창에 이르는 요소요소에 감시자를 붙여놨으니 놈이 꼬리를 달고 오는지 금방 확인할 수 있을 것이오."

강호에서 제왕 행세를 하는 은면의 괴인들은 소리 죽여 속삭이듯 말했다.

"놈이 금조를 타고 떠나면 태실봉으로 가 백도의 떨거지들을 처단하라는 마종의 명이시다. 그러니 준비들 하거라."

"천룡십구웅이 쉽게 상대할 자들이 아니라고 하던데……."

은면괴인 중 누군가 조심스럽게 입을 열었고,

"크크, 소문은 늘 과장되게 마련, 실명대협 같은 놈이 열아홉이나 된다는 게 말이 되는가? 우리가 조심할 자는 무상인마 하나밖에 없어. 그 늙어 죽지 못하는 괴물만 처단하면 되는 거야."

우두머리의 말에 모두들 수긍하듯 고개를 끄덕였다.
그리고 정오가 조금 지날 무렵,
피잉—!
한 발의 향전이 허공을 꿰뚫으며 날아올랐다.
"놈이 오고 있다. 그것도 단신으로!"
우두머리 은면괴인의 눈빛이 무섭도록 차갑게 침잠되었다.

허름한 흑의에 죽립을 눌러쓴 모습으로 능설비는 산책하는 한가롭게 폐허로 화한 백마보로 다가섰다.
그가 한 걸음 움직일 때마다 주변의 공기가 요동질한다.
'꽤나 성대하군. 자네들이 없었다면 몹시 실망했을 거야.'
모든 것이 예상한 대로 움직이자 그는 안도했다.
운명의 패를 쥔 쪽은 혈수광마웅이었다. 하지만 그 패를 손바닥 들여다보듯 알고 있는 쪽은 능설비였다.
승리를 확신하는 자와 상대의 움직임을 아는 자.
누가 진정한 승부사인지는 머지않아 드러나리라.
능설비는 천외신궁 무사들의 매복을 읽으며 느릿하게 백마보로 들어섰다.
그가 문득 걸음을 멈췄을 때, 우두머리 은면괴인이 폐허 뒤에서 모습을 나타냈다. 은면괴인은 조심스럽게 다가서더니 이십 장 밖에서 멈췄다.
"실명대협이시오?"
그는 두려운 눈빛을 던졌다.
"천외신궁의 졸개로군."
능설비의 음성은 너무도 차가웠다. 마치 구마령주 시절도 되돌아간 듯.

"그, 그렇소이다. 명을 받고 대협이 오기를 기다리고 있었소이다."

"천자는 어디에 계시느냐?"

"다른 곳에 모셔두었소. 백마보는 단지 대협이 약속을 지키는지 시험하는 장소였을 뿐이오."

"날 시험했다고?"

쿵!

능설비가 돌연 발을 구르자 지반이 들썩거렸다. 그 진동으로 폐허의 돌 더미가 굴러 떨어졌다.

"천한 것들이 감히 날 갖고 놀다니! 천자를 당장 내 앞에 모셔오지 않으면 네놈들을 몽땅 죽여 버릴 것이다!"

음성에 진기가 실리자 은면괴인은 고막이 찢어지는 통증을 느끼며 뒤로 휘청 두 걸음을 물러났다. 그는 목구멍으로 올라오는 울혈을 간신히 삼켜내야 했다.

'마도도부(魔道屠夫)라더니… 소문보다 더한 자다.'

그는 두려운 듯 능설비를 바라보며 아주 공손한 어조로 말했다.

"천자는 해천절도에 있소이다. 그곳이 어딘지는 나도 모르는 일이오. 마종께서 금조 한 마리를 보냈소. 그것이 대협을 해천절도로 안내할 것이오."

"금조라고?"

"그렇소이다, 대협."

말을 하면서도 은면괴인은 손에 땀을 쥐었다. 능설비가 거절한다면 모든 게 틀어지기 때문이었다.

"안내하여라, 금조가 있는 곳으로."

아예 하인을 대하는 말투였으나 은면괴인은 감히 불평하지 못했다.

은면괴인은 아주 공손한 태도를 취하며 능설비를 인내했다.

폐허 뒤쪽으로 보이는 송림이었다. 송림 곳곳에서 천외신궁의 무사들이 숨어 있었다. 여차하면 독침과 화탄을 던질 태세로.

그가 송림 안으로 들어서자 거대한 금조가 꾸우우! 꾸우우! 울음소리를 냈다. 금조는 능설비의 모습이 낯익은 듯했다.

능설비도 금조의 내력을 알고 있었다.

'녀석, 사람보다 낫구나. 그러나 모르는 체해야 한다.'

능설비는 속으로 중얼거리다가 은면괴인을 돌아보았다.

"해천절도라는 곳으로 나를 안내할 것이 바로 저 새인가?"

"그렇소이다."

"천자는 거기에 계시단 말이지?"

능설비가 꼬치꼬치 묻자 은면괴인은 서둘러 말했다.

"모르오. 나는 명령을 받은 대로만 행하는 사람일 뿐이오."

그리고 그는 품 안에서 쪽지 한 장을 꺼내 건넸다. 혈수광마웅 보낸 쪽지였다.

〈실명대협! 천자의 충실한 개[犬], 천자를 구하고 싶으면 당장 새의 등에 올라타라. 새가 너를 해천절도로 안내해 줄 것이다.〉

혈수광마웅은 그렇게 글을 맺었다.

능설비는 역겨움을 느끼며 손에 삼매진화(三昧眞火)를 일으켰다.

팍!

종이는 타서 재가 되었다.

"그곳에 천자가 없다면 제일 먼저 네놈들을 지옥으로 보내줄 것이다. 알겠느냐!"

능설비는 금조의 등에 오르며 느닷없이 사자후를 질러댔다.

군림마후를 능가하는 대사자후가 터지며 솔잎이 우수수 떨어졌고, 숲 곳곳에서 비명 소리가 터져 나왔다.

"크윽!"

"흐윽!"

은잠해 있던 천외신궁의 무사들은 졸지에 내상을 입고 사방으로 나뒹굴었다. 돌더미 뒤에 숨어 피를 토하는 자, 나무에 숨어 있다가 떨어져 팔다리가 부러지는 자, 땅속에 숨어 있던 자들은 자신의 무덤을 파고 들어앉은 꼴이 되었다.

능설비를 안내했던 은면괴인은 칠공에서 피를 토하며 바닥을 뒹굴었다. 그러나 내상을 입었을 뿐 죽은 것은 아니었다.

능설비는 사자후로 백마보에 은잠해 있던 무사들 절반을 쓰러뜨린 후 금조를 타고 날아올랐다.

꾸우우!

금조는 긴 울음소리를 내더니 아주 높이 날아올랐다. 인연일까, 아니면 우연일까? 능설비를 태우고 날아오르는 금조는 바로 능설비를 비조평(飛鳥坪)에서 설산으로 옮긴 바로 그 새였다.

새는 곧 금빛 점 하나가 되어 까마득한 허공으로 사라져 갔다.

"크으! 지독한 놈! 이제야 나의 할 일을 다 했다."

은면괴인은 능설비가 점으로 화해 사라지는 것을 보고서야 간신히 몸을 일으켰다. 송림 곳곳에 나뒹굴고 있는 수하들을 보며 오만상을 찌푸렸다.

'제길! 이 꼴로 어찌 태실봉에 가서 백도의 잔당들을 쳐부순단

말인가.'

하지만 이미 명은 내려졌다.

무엇이든 시키는 대로 해야 하는 것이 바로 마종의 법칙이 아니겠는가.

은면괴인은 서둘러 부하들을 챙겼고, 비틀거리며 숭산 쪽으로 방향을 잡았다.

일생일대의 실수

신령한 금조는 제 갈 길을 알고 망망한 바다 위를 날았다.

비행한다는 것은 그 순간만이라도 자유로워질 수 있어서 좋았다. 능설비는 새 등에서 운기행공을 했다. 시간이 흐를수록 그의 몸은 황홀한 금광에 휩감겼다. 그는 광음공공진결을 더욱 완벽히 익히는 상태였다.

새벽 무렵, 금조는 바다 위 한곳을 선회하기 시작했다. 목적지가 가까워진 것인가?

능설비는 운기행공을 마치고 아래를 유심히 살폈다.

아슬아슬하게 작은 점 하나가 보였다.

'저 섬인가 보군.'

그는 물에 가라앉을 듯 위태롭게 떠 있는 바위섬 하나를 볼 수 있었다. 섬은 꽤 컸다. 하지만 안력을 돋워도 사람의 흔적은 발견되지 않았다.

금조는 어느새 섬 위를 날았다.
꾸이익!
금조는 한 번 울음소리를 내더니 섬을 향해 곤두박질쳤다. 섬이 순식간에 눈앞으로 다가왔다.
능설비가 이상한 낌새를 느끼며 금조에게 속삭이듯 말했다.
"무엇을 신호로 가는 것이냐?"
그러나 금조는 대답이 없다. 더 빠른 속도로 떨어져 내릴 뿐이었다. 한줄기 금빛 낙성(落星)이랄까? 금조는 실로 엄청난 기세로 떨어져 내렸다.
섬은 풀 한 포기 나지 않은 완전한 돌섬이었다.
능설비는 섬의 한곳에 꽂혀 있는 황금 깃발 하나를 볼 수 있었다. 해풍에 날려 펄럭이는 깃발에는 '령(令)'이라는 글씨가 새겨져 있었다.
금조는 바로 그 깃발을 향해 곤두박질쳐 가는 것이었다.
'떨어지는 속도가 너무 빠른데!'
능설비는 미간을 찌푸리며 새의 턱 아래에 손을 댔다.
"왜 이리 서두르느냐. 설마 몸뚱이째 으스러지고 싶단 말이냐?"
그가 묻자 금조는 그렇다는 듯 꾸우욱! 길게 울부짖었다.
"으음, 그런 명을 받았단 말이냐? 나를 태운 채 지면에 추락하라는……?"
능설비는 아연해지고 말았다.
금빛 깃발. 그것은 금조에게 자살을 명하는 깃발이었다. 금조는 더욱 빨리 떨어져 내렸다.
'쳐죽일 놈! 아예 나를 가루로 만들려 하는군.'
능설비는 문득 한 가지 구결을 떠올렸다.

만수만금제령비공(萬獸萬禽制靈秘功).

'어쩔 수 없이 나로 하여금 마공을 쓰게 만드는군.'

그는 구결대로 제령비결을 일으켰다. 그의 눈에서 사라졌던 마광이 일어났다. 능설비는 금조의 목덜미를 어루만지며 말했다.

"속도를 늦추어라. 명령이다."

쇄애액—!

그러나 금조가 떨어지는 속도는 줄어들지 않았다. 오히려 깃발을 향해 더 빨리 떨어져 내렸다.

'정말이지, 지독한 놈이다. 아예 영쇄마금법을 써서 금제를 못 풀게 만들었어.'

그가 마음만 먹는다면 해결하지 못할 마공은 없었으나 문제는 시간이었다. 깃발이 어느새 손에 잡힐 듯 가까이 다가왔다. 이제는 제령비법이 풀려도 어쩔 수 없는 상태였다.

'불쌍한 놈!'

능설비는 중얼거리며 위로 날아올랐다. 그는 어기충소로 몸을 섬전같이 떠올리며 지면을 향해 강기를 발출했다. 그가 반발력으로 허공에 둥실 걸릴 때, 자살 명령을 받은 금조는 돌바닥에 떨어지며 산산조각이 되어버렸다. 금조는 비명도 없이 죽고 말았다.

'정말 철저한 놈이다!'

능설비는 황금 깃발 곁으로 내려섰다.

깃발 아래에는 다섯 치 깊이로 글이 파여 있었다.

〈실명대협! 너의 용기를 쌍수를 들고 환영한다. 네가 이 글을 읽는다면 나의 오른팔이 될 자격이 충분하다. 나와 힘을 합한다면 네게 부마종(副魔宗)의 지위를 주고, 너의 조건이라면 무엇이든지 다 들어주겠다. 그럴 작정이면 취파람을 불어라. 그러면 사람이 마중 나와 너를 즉시 부마종으로 섬길 것이다. 반면, 원래대로 백도의 바쁜 종복 자리에 연연하겠다면 장소성을 울려라. 천자가 있는 곳까지 너를 안내할 사람이 나설 것이다. 천자는 섬 어딘가에 있다. 먼 길을 마다하지 않고 찾아온 귀빈을 그냥 보내기 뭣해서 약간의 대접할 것을 마련해 두었으니 만끽하고 나가거라.〉

그것은 능설비를 조롱하는 글귀였다.
능설비는 이를 갈며 입술을 오므렸다. 무슨 소리가 나올까? 휘파람 소리일까, 아니면 장소성일까?
"우······!"
능설비의 입술 사이에서 내공의 힘을 실은 장소성이 터져 나왔다. 그 바람에 절벽이 장소성으로 우르릉거리며 뒤흔들렸다.
능설비는 꽤 오랫동안 장소성을 토해냈다.
장소성이 길게 여운을 끌 무렵, 검은 해풍이 불 듯 한 무리의 괴영이 나타났다. 바위틈에 숨어 있다 나오는 자들은 한결같은 모습이었다.
숯보다 검은 얼굴에 살모사의 눈알처럼 번들거리는 벽록색의 안광, 피부는 뱀 껍질처럼 번들거렸고 숨소리는 아예 들리지도 않았다.
'무혼독인(無魂毒人)이다!'
능설비는 그들이 핏속에 오독(五毒)을 지니고 있어 피부만 스쳐도 독에 중독된다는 무혼독인임을 한눈에 알아봤다.
"대접 하나만은 확실함을 인정하지."
능설비는 중얼거리며 공력을 끌어올렸다.
독중독문의 금지된 독공으로 만들어지는 무혼독인은 강호에서 오래전에 사라진 존재였다. 만드는 데 시간이 많이 걸리고 그 폐해가 너무 컸기 때문이다.

'무혼독인은 단기간에 만들어지는 게 아니다. 구마루에 있을 때부터 혈수광마옹이 딴 주머니를 찼다는 게 이로써 분명해졌군.'

열이 있으면 하나의 문파를 궤멸시킨다는 무혼독인의 수는 백팔이었다. 혈수광마옹이 얼마나 능설비를 두렵게 여기는지 알 만한 대목이었다.

무혼독인들은 하나의 진세를 이루며 능설비를 포위했다.

백팔나한대진(百八羅漢大陣). 그들은 어처구니없게도 소림사 비전의 진세로 능설비를 포위했다.

"끄으으!"

독인 중 하나가 괴음을 터뜨렸다. 그의 손에는 종이 한 장이 들려 있었다. 독인은 흐느낌 같은 목소리를 또 한 번 내더니 누런 종이를 집어던졌다.

피이잉!

종이는 비수보다도 빨리 허공을 갈랐다.

'후훗, 나의 살가죽이 얼마나 두꺼운지 궁금한 모양이군.'

능설비는 손을 가볍게 내저었다. 그러자 공력에 의해 섬전같이 날아들던 종이는 나비가 꽃잎에 내려앉듯이 아주 사뿐히 능설비의 수중에 쥐어졌다. 순간 능설비는 찌르르 손목이 저려옴을 느껴야 했다.

'치졸한 놈. 그러리라고는 짐작했다만 정말 종이에 독을 바르다니!'

능설비는 손을 펴봤다. 손에는 검은 깨 같은 점 백여 개가 송송 나타나 있었다. 그것은 찰나지간에 만들어진 독반흔(毒班痕)이었다.
 '고독(蠱毒)이군!'
 능설비는 몸을 조금 휘청했다. 그는 입술을 질근 물다가 종이를 활짝 폈다. 그 위에는 다음과 같은 글이 적혀 있었다.

〈실명대협! 죽을 줄 알고 온 용기는 용기가 아니다. 너는 백도의 기대를 한 몸에 받고 있는 자이다. 그런 만큼 네 몸을 보호해야 하거늘 어리석게도 무가의 인물도 아닌 황제 때문에 사경에 들어섰구나. 너는 용감한 자가 아니라 멍청한 자다. 죽음의 의식을 시작하겠다. 네 몸속에 들어간 추혼고(追魂蠱)는 첫 번째 선물이다. 너를 위해 마련한 것은 그 외에도 수없이 많다. 네가 악전고투하다가 죽어가는 사이 중원 천하는 본좌의 손에 쥐어질 것이다. 그리고 천자는 모든 것이 끝난 다음 네 눈에 띨 것이다. 물론 너는 그를 발견하지 못하고 죽을 것이고, 천자는 네가 죽은 다음 서서히 굶어 죽을 것이다.〉

혈수광마웅의 흑심이 여실히 나타난 글귀였다.
 '후훗, 미안하게도 나는 백도의 기대를 한 몸에 받고 있는 사람이 아니니 그것을 몰랐던 것이 네놈 일생일대의 실수인 것이다. 네놈은 이것들은 내가 아니라 백도를 공격하는 데 써야 했다. 그랬다면 내가 상당히 힘들어졌을 테니까.'
 능설비는 종이를 번쩍 쳐들었다.
 무혼독인은 능설비의 주위를 빙글빙글 돌고 있었다.
 대나한진은 수비진이었다. 상대가 공격하기 전에는 절대 먼저 공격하지 않는 진세가 그것이다. 그런데도 대나한진은 강한 암경을 일으켰다.

'어리석은 혈수광마옹… 나를 악전고투시켜 고독이 발작하도록 배려해 두었지만 미안하게도 나는 그것을 깨는 수법을 이미 배운 사람이다.'

능설비는 비웃다가 손을 내려쳤다.

파팟!

날카로운 파공성을 내며 종이가 창졸지간에 팔분(八分)되었다. 그리고 여덟 개의 종이는 지도(紙刀)가 되어 허공을 꿰뚫었다. 직후 독인 여덟의 미간에 구멍이 파이는 섬뜩한 소리가 들렸다. 그로 인해 대나한진의 발동이 잠깐 중단되었다. 찰나지간 진세에 허점이 나타났고, 바로 그때 능설비의 손이 또 한 번 쳐들려졌다. 창! 하는 맑은 검명과 함께 마후마검이 뽑혔다.

"하아앗!"

능설비는 기합과 함께 검신합일하며 위로 날아올랐다. 연대팔품(蓮臺八品)에 이어 장홍관천(長虹貫天)의 수법이 연달아 전개되자 능설비의 몸이 여덟 개, 검이 팔팔(八八) 육십사 자루의 그림자로 화했다.

눈부신 금막(金幕)이 모든 것을 휘감는 듯하더니 검의 그림자가 소나기 퍼부어지듯 독인들을 덮쳐 갔다.

독인들은 검광에 물들며 잠시 움찔했다. 그리고는 그것이 마지막이었다. 독인들은 외마디 괴음을 지르며 푸르스름한 빛의 피를 뿜었다.

대나한진이 거의 동시에 땅에 드러누워 버린 것이다.

능설비는 무림에 나와 두 번째로 대나한진을 격파해 버린 것이다. 그의 파진술이 능숙한 것은 당연한 일이었다.

능설비는 자신의 손바닥을 보고 있었다. 깨알 같던 고독의 흔적이 감쪽같이 사라진 후였다.
 "후훗, 다른 사람은 내공을 쓰면 쓸수록 약해지나 나는 다르다! 게다가 고독 따위에는 쓰러지지 않는 불사지체이다!"
 능설비는 일부러 아주 크게 말했다.
 그가 검을 안고 천천히 떨어져 내릴 때, 둥둥둥! 반대편 벼랑 위에서 그를 부르는 마고성(魔鼓聲)이 들려왔다.
 능설비가 고개를 들어 바라보는 벼랑 위에는 북을 치며 깃발을 흔들어대는 자가 있었다. 키가 아주 큰 자인데, 입고 있는 옷은 천으로 된 옷이 아니라 만년한철(萬年寒鐵)로 된 철갑이었다. 그의 뒤에는 그와 비슷한 자들이 일흔둘이나 있었다.
 그가 흔드는 깃발에는 능설비를 위한 글이 적혀 있었다.

 〈일관 통과를 축하한다. 이제 이관을 시작하겠도다.〉

 혈수광마옹이 남긴 글이었다. 그는 능설비가 그것을 보리라 예견한 모양이었다.

 둥둥둥!
 북소리는 더욱 고조되었다. 육지와는 꽤나 멀리 떨어진 절해고도에 전의를 북돋우는 북소리만이 멀리멀리 울려 퍼졌다.
 "우우, 저놈의 간을 내가 빼내 씹어 먹으리라!"
 "우흐흐, 덤벼라! 그렇지 않으면 우리가 가리라!"
 깃발을 흔들고 북을 치는 자의 뒤쪽에 있는 철갑괴인(鐵甲怪人)들의 눈빛은 아주 괴이했다.
 잿빛, 그것은 삶의 빛이 아니라 죽음의 빛이었다. 그들은 바로 전설상의 철강시들이었다.

피부는 강철보다 질기고 육장은 어떠한 보검보다 단단해 모든 것을 부술 파괴력을 지녔다.

'어디까지 준비했는지 보자.'

능설비는 다시 검을 손에 쥐고는 나직이 중얼거렸다.

"차작수상(次作水想), 견수등청(見水謄淸), 역명명료(亦命明了), 무분산의(無分散意)……."

물이 고요하고 맑게 있는 모습을 보되 생각이 흩어지더니 움직이지 않도록 한다. 바로 광음공공의 운결이었다.

그는 마음을 텅 비게 했다. 공공의 상태는 몸이 느껴지지 않는다. 마음을 비워감에 따라 해천절도를 들썩이는 마고성도 들리지 않았다. 다만 세상에 남아 있을 필요가 없는 마의 기운만이 느껴지고 있었다.

한순간 천 년을 잠잔 저주의 검이 뽑히며 금빛 선으로 화하다가 형상을 감췄다. 능설비는 검과 더불어 날아올랐다. 하늘이 온통 금빛으로 물드는 듯한데 능설비의 몸은 보이지 않았다.

"어엇?"

"이, 이게 무슨?"

믿지 못할 광경에 괴인들의 눈이 휘둥그레지는 순간 능설비의 몸이 그들의 머리 위쪽에 나타났다. 그는 여전히 검을 손에 쥐고 있었다.

마음의 검[心劍], 그는 심검을 시전해 내고 있는 것이다.

이기어검술의 극치, 바로 만리배기잠형어검술(萬里排氣潛形馭劍術)이라는 가공의 최고 검학이 나타난 것이었다.

파팟팟!

비가 뿌려지듯 검우(劍雨)가 부챗살처럼 퍼져 나갔다.
철갑을 걸친 괴인들은 폐부를 쥐어짜는 듯한 비명과 함께 일검 양단되어 드러누웠다.
마후마검에서 뿜어지는 검기의 길이는 이십 장에 달했다. 금빛 부챗살이 모든 것을 휘감아 버리며 북소리도, 철강시들의 괴이한 숨소리도 이제는 없었다.
철강시들의 피는 붉지 않았다. 시퍼런 피가 더욱 섬뜩한 느낌을 주었다.
능설비는 마후마검을 들고 푸른 피가 절벽 위를 축축이 적시는 것을 무심히 바라보았다.
"후훗, 이제 이따위 시시한 관문으로 나를 막지 못한다는 것을 잘 알았겠지."
그가 나지막이 중얼거릴 때였다.
"지존이 배려한 두 가지 관문이 거의 동시에 박살날 줄이야!"
누군가 이가 갈리는 듯한 음성을 토해내는 소리가 능설비의 귀에 들려왔다.
서쪽 벼랑 위, 한 명의 복면인이 서서 능설비를 노려보고 있었다. 그는 옆구리에 축 늘어진 사람 하나를 껴안고 있었다. 바로 천자였다.
복면인이 능설비를 노려보며 이를 갈았다.
"네놈이 이미 입신지경에 달한 줄 몰랐다. 지존이 알았다면 더 많은 관문을 준비했을 것이다."
"노마는 누구지?"
능설비는 천천히 몸의 방향을 틀어 복면인과 마주 바라보았다. 복면인은 능설비와 백 장 떨어진 곳에 있는데도 그의 기도에 제압

당하는 것을 느껴야 했다.

"실명대협, 너는 정말 강한 놈이다. 그러나 너는 시운을 타지 못한 비운의 영웅일 뿐이다."

"때를 못 탔다고?"

"후훗, 너는 마도 사람으로 태어나야 했다. 그랬다면 아마 마도는 너의 장래를 아주 활짝 열어주었을 것이다."

"흠!"

능설비가 말없이 지그시 바라보자 복면인이 말을 이었다.

"백도인이 된 것은 너의 실수다."

"글쎄… 나같이 시시한 사람 하나가 사라진다고 백도가 허물어질까?"

"너를 왜 이곳으로 부른 줄 아느냐? 실명대협이 없다면 백도는 유명무실한 존재이지. 네가 온 사이 태실봉 신동의맹에 무려 삼천의 고수들이 쳐들어갔다. 다시 말해, 네가 이곳을 빠져나간다 해도 네가 있을 곳이 없단 말이지."

"세상일이 어찌 뜻대로만 이루어지겠는가?"

"지존의 뜻이면 이루어지지 않는 일이 없다. 아마도 지금쯤 백도는 초토화되었을 것이다."

복면인이 비웃는 눈빛을 던졌다.

"무혼독인과 철강시, 그리고 천외신궁을 따르는 모든 자들, 이들 전부를 데려갔다면 모를까 고작 삼천으로 어찌 신동의맹을 칠 수 있겠소. 무상인마와 천룡십구웅만으로도 그런 쓰레기들은 남김없이 제거할 수 있을 것이오."

"미친 소리! 그들이 그렇게 세단 말이냐?"

복면인은 어처구니없어했다. 그는 천외신궁의 부궁주인 화혈마존(化血魔尊)이라는 자였다.
 그는 과거 혈루회의 태상장로(太上長老)였던 사람이며 숨어 있던 혈수광마옹의 오른팔이 되는 자이기도 했다.
 "혹시 이것을 아시오? 일천 탕마금강대라는 것을?"
 능설비는 말을 하며 검을 늘어뜨렸다. 그는 싸울 뜻을 버린 듯 보였다.
 "그런 말은 들어본 적 있다. 왕년에 쌍뇌천기자가 암중에 그런 세력을 꾸미려 했었다는 것을 알고 있다. 또한 그것이 무산되었다는 것도 안다."
 "후훗!"
 "왜 웃느냐?"
 "중원에 간다면 그들을 볼 수 있다는 말을 대신하는 웃음이지."
 "뭐라고?"
 화혈마존이 눈을 크게 뜰 때, 능설비가 갑자기 기합 소리를 내며 검을 들어 올렸다.
 "어림없다!"
 화혈마존은 겁을 더럭 집어먹고 뒤쪽으로 움직였다. 그리고는 천자를 번쩍 쳐들었다.
 "다, 다가서지 마라!"
 그가 땀을 흘릴 때, 능설비의 손이 흔들리며 마후마검이 허공으로 날아올랐다. 어검절기가 펼쳐지며 하늘이 또 한 번 금광으로 물들었다.
 화혈마존은 깜짝 놀라 몸을 낮췄다. 그러나 마후마검은 그를 향해 날아드는 것이 아니었다. 창궁에 떠 있는 금조 한 마리. 마후마검은 그곳을 향해 날아오르는 것이었다.

금조는 금빛을 발하는 한 자루 검이 날아들자 기절초풍하며 날개를 푸드득거리며 허공 높이 떠올랐다. 금조가 하늘 높이 날아오르자 마후마검은 허공에서 반원을 그리며 다시 능설비 쪽으로 날아들었다.

마후마검이 다시 그의 손에 들려졌다.

"하핫, 노마를 죽이자는 것이 아니라 퇴로를 봉쇄하자는 뜻이었네."

능설비가 천리전음으로 말하자,

"새를 쫓는 건 무의미한 일이다. 실명대협, 네놈과 천자는 여기서 함께 뼈를 묻을 것이고 이 몸은 중원으로 되돌아간다."

화혈마존은 누런 이를 드러내 보이며 웃었다.

능설비는 눈을 반개하고 있었다. 그는 하늘과 땅의 소리를 듣고 있었다. 그는 천이통과 천시지청(天視地聽), 육심통령대법(六心通靈大法)의 세 가지 수법으로 해천절도 안 구석구석의 동정을 살피는 중이었다. 섬에 머물러 있는 사람은 더 없는 듯했다.

이를 가는 화혈마존과 죽었는지 살았는지 모를 천자, 그리고 앞날에 대해서는 아무것도 보장받지 못하고 있는 자신. 이 셋만이 남아 있는 듯했다.

'무슨 짓을 해서라도 천자를 구해야 한다. 왜냐하면 저분은 나를 낳은 여인을 위해 누각을 짓고 그리움의 눈물을 흘린 나의 외백(外伯)이시기 때문이다.'

화혈마존은 그를 노려보고 있었다.

"실명대협, 너는 굴복하거나 죽을 수밖에 없다. 생각해 보아라. 이렇게 죽는다는 게 얼마나 어리석은 일인지를. 사실 태상마종은 네가 굴복한다고 믿고 계시지. 그러기 때문에 노부는 장고를 해서라도 네가 항복할 꾀를 만들어야 할 처지다."
 "글쎄, 목을 달라고는 할 수 있어도 나의 일편단심을 달라고는 하지는 못할 텐데?"
 "변절하기보다 죽겠단 말이냐?"
 "변절?"
 능설비는 그 말을 되씹었다.
 화혈마존이 은근한 표정을 지으며 능설비를 회유하기 시작했다.
 "후훗, 변절해라. 백도에서 마도로 돌아서라. 그러면 너의 천하가 태상마종의 천하에 이어 활짝 열릴 것이다."
 능설비는 대답하지 않았다. 그저 씁쓰름한 표정을 지을 뿐이다.
 화혈마존은 더욱 끈끈한 유혹을 담은 어조로 설득했다.
 "물론 천자도 돌려받을 것이고 온갖 아름다운 여인을 다 취할 것이다. 그뿐이 아니다. 수백만 명이 너의 명에 따라 죽고 살 것이다. 너는 사람이 아니라 신(神)으로서 살게 될 것이다. 부마종이라는 지위는 정말 엄청난 지위이다."
 능설비는 여전히 대답하지 않았다.
 화혈마존은 잠시 능설비의 태도를 살피다가 말을 이었다.
 "실명대협, 마음을 결정해라. 어차피 마의 세상이니 너도 마로 세상에 남는 것이 현명하지 않겠느냐?"
 화혈마존은 말은 그렇게 하면서도 손은 천자의 등에 대고 한시라도 손을 쓸 자세를 하고 있었다.
 "어떠냐, 부마종으로서 새롭게 생활해 본다는 것이?"
 "부마종?"
 "정말 엄청난 지위다. 일인지하 만인지상이 되는 것이다."
 "……!"

"부마종이 되겠다고 한다면 노부는 당장 너를 향해 구백배(九百拜)를 올릴 것이다."

"흠!"

"빨리 작심해라. 너를 위해 정말 좋은 일이니까."

화혈마존은 능설비가 굴복할 것으로 믿고 있었다.

'네놈 혼자 세상의 흐름을 막을 수는 없는 것이다.'

그는 그렇게 생각하며 능설비의 입이 떨어지며 굴복한다는 말이 나오기를 기다렸다.

꽤 오랜 시간이 지났다. 그때 갑자기 능설비가 왼손을 들었다.

'저놈이 무슨 짓을?'

화혈마존이 멈칫할 때,

"후훗!"

능설비는 전과는 조금 다른 음색으로 웃으며 아주 천천히 죽립의 끈을 풀기 시작했다.

화혈마존은 능설비가 하는 양을 지켜보며 마른침을 삼켰다. 한순간 능설비는 왼손을 위로 쳐들었다. 그와 동시에 모든 사람이 알고 싶어하던 실명대협의 얼굴이 나타났다.

검미가 유난히 아름다운 남자, 세상의 온갖 미를 혼자 갖고 있는 일대의 행운아. 싱긋 웃는 모습이 모든 여인을 울릴 듯한 능설비의 얼굴이 나타나자 화혈마존은 입을 벌리며 몸을 휘청했다.

"설, 설마!"

그가 아연실색한 표정을 지으며 비틀거리자,

"후훗, 이제야 내가 왜 이름을 버렸는지 알겠지? 그리고 내가 왜 부마종이 되라는 권유를 거절하는지도?"

능설비는 느릿느릿 걸음을 옮겼다.

"으으, 이럴 수가! 네, 네가 바로 구마령주의 화신이었단 말이냐?"

화혈마존은 입이 찢어질 듯이 벌어지며 뒤로 주춤 물러났다.

능설비는 더욱 신묘하게 웃었다.

"후훗, 너는 죽는다!"

화혈마존은 능설비의 미소에서 공포를 느꼈다.

부정하려야 부정할 수 없는 얼굴. 모든 마도가 잊어버린 구마령주의 얼굴. 그 얼굴을 해천절도에서 만나게 될 줄 상상이나 했겠는가?

'태상마종의 실수다. 아아, 실명대협이 구마령주의 화신이라는 것을 몰랐다는 것은 그분의 일생일대의 실수다.'

화혈마존은 더 이상 뒤로 물러나지 않았다. 그의 뒤로는 천 길 깎아지른 절벽이 커다란 입을 벌리고 있고, 벼랑 아래서는 파도가 무엇이든 집어삼킬 듯이 길길이 날뛰고 있었다.

능설비는 왜 자신의 얼굴을 보인 것일까?

'내가 천자 때문에 이곳에 오지 않았다고 믿게 해야 한다. 그래야만 길이 열린다.'

능설비는 광포한 표정을 없애지도 않았다.

"이제야 내가 왜 마도의 도살자가 되었는지 알겠느냐?"

그가 이글거리는 시선으로 노려보자,

"으으, 정말 구마령주요?"

화혈마존은 떨리는 목소리로 물었다.

"나는 죽지 않는다. 아니, 죽을 수 없는 몸이지. 마도에서 그렇게 만들어놓고 죽었다고 믿은 것들이 어리석었던 것이지."

"으으, 실명대협이 바로 구마령주라니……!"

화혈마존의 안색이 하얗게 질리고 있었다.

쫘르르릉!

파도 치는 소리가 그렇게 크게 들리는 이유는 무엇일까? 하늘이 높아 보이는 것은 또 무엇 때문인가?

심기(心氣)의 허물어짐. 그것은 내공 수준이 아무리 높다 하더라도 막을 수 없는 가장 무서운 패배였다.

화혈마존은 아주 천천히 무릎을 땅에 댔다. 능설비는 그 순간 그의 앞으로 떨어져 내렸다.

"왜 무릎을 꿇지?"

능설비가 묻자,

"그대가 정녕 구마령주라면 노부는 덤빌 수 없소. 저항할 수조차 없소."

화혈마존의 어조는 전과 달랐다. 그는 목소리뿐만 아니라 전신을 심하게 떨고 있는 것이었다.

"왜지?"

"구, 구마령주는 고금제일마종이오. 그는 마도의 전설이오. 마도인이 승리를 확신하는 이유는 바로 그가 마맹의 창건자이기 때문이오!"

"……!"

"그대가 구마령주시라면 이제 마도는 버림받은 것이오. 혈수광마웅은 마도의 건설자가 아니라 이기심 때문에 마도의 가장 위대한 영웅 하나를 포기한 멍청이일 뿐이오."

화혈마존은 다시 능설비의 얼굴을 바라봤다.

능설비는 아주 느릿느릿 고개를 끄덕였다. 그것은 화혈마존의 말을 인정한다는 뜻이기도 했다.

화혈마존은 그제야 모든 것을 확인할 수 있었다.

'하긴 이러한 기도와 무공은 구마령주만이 할 수 있는 것이지.'

화혈마존은 천자를 땅에 눕히고 몸을 일으켰다. 그는 갑자기 평범한 늙은이처럼 보였다.

화혈마존은 능설비를 향해 장읍을 했다. 그의 배례는 마도의 한 사람으로 마도를 위해 청춘을 불살랐던 일대 마웅을 위한 감사의 뜻이고 존경의 뜻이었다.

"그대를 존경했소. 그리고 지금 그 존경심은 극을 넘었소."

"......!"

"왜냐하면 그대가 마도를 버렸기 때문이오. 구마령주라는 지위마저 간단히 버릴 수 있는 용기가 노부는 부럽고 존경스럽기만 한 것이오."

능설비는 처연한 모습으로 응시할 뿐 말을 하지 못했다.

화혈마존은 옆으로 물러나며 말을 이었다.

"사실 여기 오신 것은 실수였소. 이곳에는 백만 관에 달하는 화약이 묻혀 있소. 노부는 그것을 터뜨려 실명대협을 죽이라는 명을 받았소. 그런데 귀하께서 금조를 쫓았기 때문에 터뜨릴 시간을 잃어버렸던 것이오. 그것도 알고 한 것이리라 믿소. 대답해 주시오."

화혈마존이 진중한 표정이 되어 묻자,

"그렇소."

능설비는 간단히 대답했다.

화혈마존이 새삼 감탄을 금하지 못하자 능설비는 근처를 가리키며 말을 이었다.

"나는 초연을 맡았소. 그래서 화약이 묻혔음을 알았소. 어찌할까 하다가 하늘 위에 금조가 떠 있음을 알게 되었소. 즉, 노인은 금조를 타고 도망가며 화약을 터뜨릴 것이라는 것을 알게 된 것이오."

"그래서 우선 금조를 쫓은 것이구려?"

"그렇소."

"대단하오. 혈수광마웅도 대단하나 나이를 생각한다면, 아아, 그대는 타인이 백 년 동안 이룩할 것을 거의 찰나지간에 이룩한 초인인 것이오."

화혈마존은 능설비의 깊은 지혜에 혀를 내두르지 않을 수 없었다.

"과찬일 뿐이오. 나도 한 사람에 지나지 않소."

능설비의 대답 소리는 아주 부드러웠다.

그러자 화혈마존이 정색을 하고 자못 심각한 어조로 입을 열었다.

"구마령주라 부르고 싶소!"

능설비는 대답을 하지 않았다.

화혈마존은 그가 대답했다고 여기며 말했다.

"영주, 노부는 명받은 대로 화약을 터뜨릴 수밖에 없소. 그러면 이곳은 잇따라 화산 폭발을 일으키며 바다 속으로 가라앉고 말 것이오."

"......!"

"나는 혈수광마웅을 위해, 그리고 무사로서의 나의 신용을 지키기 위해 도화선에 불을 붙일 수밖에 없는 것이오. 그러나 노부가 마음속으로 공경했던 영주를 위해 그 시기를 한 시진 뒤로 늦추겠소."

"한 시진을 늦춘다고?"

"새를 다시 부르시오. 그리고 날아오르시오. 영주라면 금조를 노부보다도 더욱 능숙히 부릴 수 있을 것이오."

그는 아주 잔잔한 어조로 말했다.

능설비는 그에게서 잔잔한 감동을 받았다.

'혈수광마옹이 모든 것을 안심하고 맡길 만한 사람이다. 죽음보다는 명예와 의무를 더 높이 생각하고 있는 진짜 무사다.'

능설비는 애써 한숨을 참았다.

"어서 가시오, 영주."

화혈마존은 웃으며 느릿느릿 걸어갔다. 그의 뒷모습은 아주 쓸쓸해 보였다.

버림받은 마(魔).

그가 남긴 말은 매우 인상적이었다. 능설비는 그가 가는 것을 지켜보다가 입술을 오므렸다.

휘이익!

아주 예리한 휘파람 소리가 시작되었다. 능설비는 휘파람을 잇달아 분 다음 천자를 바라보았다.

천자의 꼴은 말이 아니었다. 온몸이 만신창이이고, 얼마 되지 않는 사이 몰라볼 정도로 수척해졌다. 가히 피골이 상접했다 할 수 있었다.

능설비는 천자를 위해 추궁과혈을 해주었다. 그의 손에서 금무가 일어나 천자의 몸을 휘감았다.

시간이 조금 지나자 천자가 낮은 신음 소리를 내며 몸을 뒤틀었다.

"으으음, 누구인가? 누구의 손이기에 이리도 부드러운가?"

그가 눈을 감은 채 말했다.

"저는……."

능설비는 말끝을 흐렸다. 그는 왠지 어머니 되는 여인의 이름을 밝히고 싶었다.

"난유향의 아들 설비입니다."

천자는 그 말에 퍽이나 놀라는 듯 얼굴을 딱딱하게 굳혔다.

"난, 난유향의 아들이라고? 으으음, 꿈치고는 좋은 꿈이다. 내가 유향의 아들과 만나는 꿈을 꾸다니……."

"푹 주무십시오, 백부."

능설비는 작게 말하며 천자의 혼혈을 찍었다.

"으으음……."

천자는 스르르 잠에 빠져들었다.

그때, 꾸우우! 하늘 위에서 새의 울음이 들리더니 금빛 구름 하나가 쏜살같이 날아 내렸다. 능설비의 어검술에 놀라 도망갔던 금조가 되돌아온 것이다. 금조는 휘파람 소리를 듣고 왔는데, 능설비가 누구인지를 아는 듯 능설비의 등에다가 부리를 비벼댔다.

파도치는 소리만이 요란하다.

그리고 꽤 먼 곳에 석상같이 서서 한 시진이 지나기만을 기다리고 있는 마도 최후의 충신 화혈마존.

시간과 공간이라는 것의 조화로움에 새삼 경배해야 하지 않겠는가?

마궁의 지존

 고금 최대의 건물이며 살아 숨 쉬고 있는 마의 성역 천외신궁은 여전히 밤을 불사르는 위용으로 일관봉 위에 우뚝 서 있다. 실명대협에게 한차례 유린을 당했으나 그 웅자는 여전했다. 하지만 그것도 마종전 지하에서 벌어진 일이기에 마도에서는 백도에서 퍼뜨린 소문으로 치부했다.
 마종전 인근의 호위가 강화되었고, 외성을 지키는 자들이 눈에 띄게 줄었으나 문제 삼는 자들은 없었다.
 얼마 전 삼천의 정예가 대거 성을 떠났다. 그들이 돌아오면 백도는 영원히 마도에 침묵할 것이다.
 마종전 깊숙한 곳.
 그는 황금으로 만든 태사의(太獅椅)에 걸터앉아 전면의 벽에 걸린 중원의 전도를 바라보고 있었다. 붉은 점과 흰 점이 찍혀 있는 전도. 붉은 점은 천외신궁의 영역이고 흰 점은 동의맹의 힘이 미치는 곳이었다. 두 색깔의 점은 엇비슷했다.
 '태실봉의 신동의맹이 무너지면 백도는 더 이상 버틸 곳이 없겠지. 그곳을 친 다음 분타의 고수들과 합류해 오십여 곳만 함락시킨다면 천하는 나의 수중에 떨어지게 된다. 머지않았다, 나 혈수광마웅이 명실상부한 강호의 지존으로 등극하는 그날이.'
 구마령주를 만들어 백도를 굴복시키고, 구마령주를 제거하며 마도의 일인자로 올라선 자. 그는 실로 오랜만에 웃을 수 있었다.
 아직 화혈마존에게 연락이 오지 않았으나 실명대협이 죽었음을 의심하지 않았다. 해천절도가 거대한 폭발과 함께 사라졌다는 보고는 이미 한 시진 전에 전서구 편으로 받은 바 있다.
 '해천절도는 나조차도 빠져나올 수 없는 함정이었지. 다만 화혈마존같이 충직한 수하를 잃은 것이 아쉬울 뿐이다.'
 그는 몹시 만족한 상태였다.
 갑자기 요란한 종소리가 들려오지 않았다면 하루 종일 느긋하게 중원전도를 보며 그렇게 시간을 보냈을지도.
 따당—
 급박하게 울리는 종소리에 혈수광마웅의 눈꼬리가 휘어졌다. 급박한 종소리는 바로 그를 부르는 신호이기 때문이었다.
 "대체 무슨 일로 본좌를 부른단 말인가. 멍청한 녀석들!"
 잠시 후, 혈수광마웅은 대전 안으로 들어섰다. 그 안에는 이미 아주 많은 사람들이 모여 있었다. 한데 분위기가 아주 이상했다. 수하들의 표정이 하나같이 어두웠기 때문이다.
 "태상마종!"
 "큰일입니다!"
 그들은 혈수광마웅이 들어오자 진저리를 치며 이구동성으로 외쳤다.
"천여 명이 쳐들어오고 있습니다!"
"제일 관문이 깨어졌답니다! 제이관이 돌파당하는 것도 시간문제입니다."
혈수광마옹은 기가 막힌다는 표정이 되었다. 그는 어처구니없어 하며 버럭 소리를 질렀다.
"너희들은 모조리 백일몽을 꾸느냐? 멀쩡하던 관문이 왜 깨어진단 말이냐?"
"아닙니다, 태상마종! 놈들이 백 리 가까이 왔다 합니다!"
누군가 아주 크게 말했다. 그는 바로 형당주(刑堂主)가 되는 광혈대제(狂血大帝)란 자였다.
"누가 왔단 말이냐, 형당주?"
혈수광마옹이 눈을 부라리자,
"이, 이것을……!"
광혈대제는 쪽지 한 장을 건넸다. 피 묻은 쪽지였다. 바로 그것이 혈수광마옹을 이 자리에 부른 쪽지였다.
피가 묻은 쪽지에는 다음과 같은 글귀가 적혀 있었다.

〈제일 관문 멸망! 탕마금강대 신궁을 향해 감.〉

누가 썼을까? 너무도 급한지 글을 제대로 맺지도 못했다.
제일 관문은 태산 어귀에 세워진 관문을 말한다. 거대한 패루(牌樓)가 있으며 '천외신궁제일문'이란 편액이 걸려 있는 곳이다. 태산으로 들어오는 무사들의 존경심을 받아내기 위한 곳으로 백 명이 넘는 무사들이 상주했다. 또한 외곽을 지키는 순찰무사들의 호위를 받는 곳이기도 했다.

제일 관문이 무너졌다는 건 순찰무사들까지 전멸했다는 걸 의미했다.

혈수광마옹은 그것을 보다가 고개를 저었다.

"탕마금강대라고? 이건 속임수다. 있지도 않은 자들이 어찌 관문을 멸망시킨단 말이냐?"

쪽지는 그의 손 안에서 재가 되었다.

"흐훗, 우리들을 흩뜨리자는 백도 누군가의 솜씨다. 실명대협이 죽은 복수를 하자는 것이겠지. 어리석은 놈들, 지금쯤 하나하나 죽어갈 것이다."

혈수광마옹이 오만해하는데, 대전 문이 급히 열리며 한 사람이 급히 뛰어들었다.

그는 순찰당주가 되는 마천거패(魔天巨覇)라는 자였다.

"이, 이것을!"

그는 급히 혈수광마옹 앞으로 다가갔다. 그의 손에는 쪽지 한 장이 들려 있었다.

"뭐냐?"

"지, 지존께 전해지는 것입니다."

마천거패는 비지땀을 줄줄 흘리며 쪽지를 내밀었다.

혈수광마옹은 의아한 표정을 지으며 쪽지를 건네받았다. 직후, 무엇을 본 것일까? 그의 얼굴이 시뻘게졌다.

쪽지 위에는 다음과 같은 글이 적혀 있었다.

〈천룡십구웅이 제사 관문을 지키던 백여 명을 죽이고 종적을 감춤. 필히 신궁으로 잠입해 간 듯…….〉

그것은 방금 전에 쓰인 듯했다.

제사 관문은 서쪽으로 난 관문이다. 길이 험해 인적이 드문 곳인데 그곳에도 침입의 발길이 이어졌던 것이다.

혈수광마옹은 더 이상 거만해하지 못했다.

"태실봉으로 간 자들이 일을 어찌 처리했단 말인가. 백도의 그 무엇이 나를……."

그는 땀을 주르르 흘렸다.

그는 손을 움켜쥐었다. 장악했다 여긴 강호, 다 잡았다 여긴 그것이 스르르 손아귀에서 빠져나오는 느낌이었다.

태산의 동쪽.

오백 명의 백의인이 줄을 지어 달리고 있었다. 하나같이 늠름한 모습들이었다. 그들의 옷자락에는 탕마금강대(蕩魔金剛隊)라는 다섯 글자가 선명하게 수실로 적혀 있었다. 오백 명의 신법은 하나같이 정교했다. 백도의 지고무상한 신법들, 그것이 그들에 의해 제 위력을 발휘하는 듯했다.

그런데 그들이 지나쳐 온 뒤쪽으로는 목불인견의 참상이 벌어져 있었다. 수백 구의 시신이 즐비하게 쓰러져 있는 것이었다. 눈을 뜨고 죽은 자, 목이 잘려 죽은 자, 가슴이 박살난 자들…….

그들은 탕마금강대에 유린된 천외신궁의 무리였다.

까아악, 까악!

까마귀 떼가 즐비한 시신 위로 날아 내리고 있었다. 온 천지를 덮는 까마귀 떼다.

그리고 그와 같은 장면은 또 한 곳에서 펼쳐지고 있었다.

태산의 서쪽.

백의인들 대 적포인들의 혼전이 벌어지고 있었다.

"천외신궁 놈들을 모두 쳐죽여라!"

"그분의 복수를 하는 것이다!"

사방에서 함성이 일며 적포인들이 속속 무너져 갔다. 백의인들의 기세는 파죽지세였다.

"너희들의 피로 내 죄를 씻겠다! 내가 머리통을 깨지 않고 살아 있는 이유는 너희들 한 놈이라도 더 죽이기 위해서이니라!"

가장 가공할 공세를 펼치는 사람은 무상인마였다.

그의 쌍수는 이미 피에 물들었다. 그는 더 이상 황궁의 시위장이 아니었다. 피에 물든 그의 모습은 과거 공포의 대상이었던 무상인마였던 것이다.

그가 이끄는 백도인들은 각파에서 엄선한 정예들로서 태실봉을 떠날 때 유서를 작성한 용사들이었다.

그들이 복수의 일검을 펼칠 때마다 적포인들이 스러졌다.

"크으으, 백도에 이런 고수들이……!"

"으으, 신궁이 이렇게 허물어지다니… 이… 이럴 수는 없는데…….'"

피를 낭자하게 흘리며 죽어가는 사람들. 그들의 옷자락에는 천외신궁(天外神宮)이란 글자가 적혀 있는데, 그것은 그들의 몸에서 흘러내리는 피로 인해 형체를 잃어갔다.

싸움이 치열해지며 핏속에 눕는 백도인의 수도 늘어났다.

피의 내가 강이 되어 흐른다.

대혈풍에 의해 삽시간에 모든 것이 핏빛으로 물들어 버렸다. 마(魔)와 정(正)이 도대체 무엇이기에 산하가 연일 피에 젖는 것인지.

 아름다운 여인 하나가 울고 있었다.
 "흐흑, 그분이 돌아가셨다고?"
 그녀는 소복을 하고 있었다. 몸매에 비해 조금 헐렁한 옷을 걸친 그녀는 임신부였다.
 "설옥경이라는 계집이 그분을 죽였다고? 그분이 그런 천한 계집에게 죽다니……."
 여인은 피눈물을 흘렸다. 그녀는 능설비의 아이를 임신한 만삭의 소로 공주였다. 구마령주의 혼령이 돌연 나타나 설옥경의 손에 죽었다는 믿기지 않는 소문에 그녀가 흐느끼고 있는 것이다.
 "잡아들여라! 내 손으로 그 계집의 목을 자르겠다! 어서 잡아들여라!"
 소로 공주는 발작적으로 외치다가 혼절하고 말았다. 그녀의 몸은 땀에 축축이 젖어 있었다. 사랑의 힘은 위대하다. 그러기에 사랑하는 사람을 잃은 충격 또한 그 어떤 충격보다도 엄청난 것이었다.

 천외신궁의 연무장에 무려 오천이 넘는 무사들이 운집했다. 이들은 옷차림부터 달랐다. 천외신궁의 무사들과는 달리 이들의 가슴에는 마종친위(魔宗親衛)라는 글귀가 수놓아져 있었다.
 마종친위대.
 이들이야말로 혈수광마옹의 수족 같은 존재였다.
 관문을 지키던 자들이 외부에서 영입된 자들이었다면 이들은 마도 직계의 무사들이다. 혈루회 소속이거나 그 뿌리가 되는 천외천마문 계열이었다.

연무장이 내려다보이는 단상 위, 황금색 장포를 걸친 혈수광마옹이 수하들을 보며 오만한 표정을 지었다.

'저들이라면 안심할 수 있다. 저들이야말로 진정한 마도의 용자들이 아닌가. 백도의 잡것들을 일시에 도륙 내리라.'

그는 흉흉한 안광을 폭사시키며 수하들을 내려다봤다.

눈에서 핏빛을 흘리는 마의 수족들. 그들은 혈수광마옹의 입에서 명령이 떨어지기만을 기다렸다.

혈수광마옹은 느긋하게 웃었다. 그는 자신이 디디고 있는 곳이 절대 허물어지지 않는 마성(魔城)임을 새삼 확신했다.

그가 평생을 바쳐 이룩한 대사업, 마도천하라는 기업! 그는 웃을 만한 지위에 있다 할 수 있었다.

천하제일인좌(天下第一人座). 혈수광마옹은 지금 거기에 있는 것이 아니겠는가?

그는 손을 천천히 쳐들었다.

만여 쌍의 눈빛이 그의 손끝에 모아졌다.

혈수광마옹은 모든 사람이 들을 수 있게 쩌렁쩌렁한 목소리로 말했다.

"십로(十路)로 나눠 나가라! 십대천마가 각 로를 이끈다! 일천마는 한 자루 마검을 권위의 상징으로 전수받게 된다!"

말이 끝나자 열 명의 미희들이 두 손으로 보검을 받쳐 들며 단상 아래로 다가섰다.

"십대천마! 나서라!"

혈수광마옹이 외치자 열 명의 고수가 거의 동시에 혈수광마옹 앞으로 떨어져 내렸다.

광혈대제, 마천거패, 음수상인, 적양귀혼자.

이들은 천외신궁 내사당(內四堂)의 당주들이다. 그 이외에 다른 사람은 처음 보는 고수들이 있었다.

파옥마존(破玉魔尊).

구지유령마(九指幽靈魔).

귀냉요희(鬼冷妖姬).

이들은 자칭 관외삼마제(關外三魔帝)라 불리는 인물인데, 그들이 나타날 줄은 마도의 인물들조차 꿈에도 생각하지 못했던 일이었다. 그러나 그들이 주는 놀라움은 다른 세 명이 주는 놀라움에는 비할 수 없었다.

척수항세(拓手降世) 일검살(一劍煞).

백 년 전 그렇게 불렸으며, 천외천혈마의 최측근으로 마마제일검사(魔魔第一劍士)라 통했다. 마도의 백종검예에 능통한 자로 일 초에 칠십이 번의 변화를 준다는 쾌검술의 달인이었다. 그는 오래전에 죽었다고 소문이 난 자였다. 그런 그가 천외신궁에 나타날 줄이야.

혈지수혼(血指搜魂) 광혈미인(狂血美人).

인육과 생혈이 없으면 식사를 하지 않는다는 저주 속의 마녀이다. 기련산에 광혈전을 짓고 인간의 도를 넘어선 만행을 일삼다가 쌍뇌천기자가 이끄는 동의맹 고수들에게 죽었다고 알려졌었다. 그녀가 살아 있는 모습을 보았다면 쌍뇌천기자가 무덤을 뚫고 나올지도 모를 일이었다.

진령진인(鎭靈眞人).

과거 오악거마(五嶽巨魔)라 불리던 자. 그는 이제껏 단 한 번 패했을 뿐이다. 정각대선사의 금강수미공 아래 한 번 패했고, 그것이 그를 육십 년간 은거케 한 비밀이었다.

십대천마, 이들은 혈수광마웅이 택한 마도의 호법들이었다.

열 명의 미희는 일제히 십대천마에게 보검을 전했다.

둥둥!

북소리가 쉼없이 울려 퍼졌다. 마종친위대는 전설적인 거마들을 대하자 호기가 솟구친 듯 함성을 질렀다. 피 끓는 북소리는 더욱 힘차게 울렸다.

"자, 이제 나가라!"

혈수광마옹의 일갈이 터져 나왔고,

"예엣!"

"우하핫, 내가 제일 먼저다!"

십대천마는 각기 정해진 곳으로 날아올랐다. 그리고 그 뒤를 마종친위대가 따랐다.

"탕마금강대인지 뭔지 하는 놈들이 코밑에까지 와 있다. 모두 나가 산산조각을 내버리자!"

"우우!"

그들은 오백 명이 일조가 되어 십대천마를 따라 흩어져 갔다. 연무장은 곧 텅 비게 되었다. 워낙 넓기 때문이지 사람이 없어서는 아니었다.

최후의 결전을 벌이기 위해 연무장을 빠져나가는 수하들을 지켜보며 혈수광마옹은 승리를 의심하지 않았다. 고작 몇 개의 관문이 부서졌을 뿐이다. 실명대협이 사라진 이상 십대천마를 막을 세력은 백도에 존재하지 않는 것이다. 이제 태산은 백도의 피로 적셔지리라. 문제는 시간일 뿐이었다. 그가 느긋하게 핏빛 환상에 젖어드는데, 돌연 먼 곳에서 급박하게 종소리가 울려 퍼졌다.

"한 사람이 옵니다! 벌써 일을 마쳤나 봅니다!"

높다란 성루 쪽에 있던 무사가 혈수광마옹을 향해 크게 외쳤다.

'후훗, 누구일까? 진령진인이 아닐까? 그의 진령강살도 강하나 혈수지혼의 혈영기공(血影奇功)도 무시할 수는 없지. 아니지. 일검살의 섬영쾌마검은 번갯불보다 빠르니 그가 가장 먼저 수괴의 목을 잘랐을지도……'

십대천마는 혈수광마옹의 힘을 나타내는 존재들. 그들은 과연 그의 기대를 저버리지 않은 것이다.

그가 시선을 밖으로 돌릴 때, 백색 인영이 한줄기 바람처럼 내성의 담을 타넘어 들어왔다.

흰 옷에 검은 죽립을 쓴 자. 그의 손에는 사람 머리 하나가 들려져 있었다.

눈을 부릅뜨고 죽은 자는 놀랍게도 마마제일검사 일검살이었다. 잘려진 목에서 아직도 더운 피를 흐르고 있었다.

"네, 네놈은 천룡십구웅……!"

상대가 누군지를 알고 혈수광마옹이 치를 떨 때, 일검살의 목이 날아와 발밑에 떨어졌다.

'이런 한심한! 고작 일각도 넘기지 못하고 목만 돌아와!'

혈수광마옹은 일검살의 수급에 저주를 퍼부었다.

그러는 사이 두 명의 백의인이 모습을 나타냈다. 그들의 특징이라면 두 가지, 죽립으로 얼굴을 가렸다는 것과 손에 수급 하나씩을 들고 있다는 것이었다.

수급의 주인은 각기 파옥마존과 귀냉요희였다. 두 사람의 수급은 떠날 때의 속도보다 빨리 돌아온 것이다.

"천룡십구웅… 으으, 너희들이 이리 강했더냐?"

혈수광마옹이 넋을 잃고 신음처럼 중얼거릴 때, 백의인들이 계속 날아들었다. 그들의 손에는 십대천마의 수급이 하나씩 들려 있었다.

'이 거대한 궁전에 내가 믿을 자가 없단 말인가!'
다리에 힘이 풀린 듯 혈수광마옹은 휘청거렸다.
거대한 천외신궁은 갑자기 무덤 안같이 텅 비고 허전하게만 느껴졌다. 혈수광마옹은 고독감을 느꼈다. 그를 받들어 모시는 수많은 무사들, 그들은 대체 지금 무엇을 하고 있단 말인가?

같은 시각, 천외신궁 일대는 대혈풍에 휘감겼다.
사대관문을 일거에 궤멸시키며 올라온 백도무사들이 뭉쳐들더니 더 강한 기세로 천외신궁의 무사들과 피비린내 나는 혈전을 벌이고 있었다. 머리를 잃은 마종친위대는 그들의 기세를 막기엔 역부족이었다.
특히 상대하기 버거운 쪽은 탕마금강대였다.
일천에서 칠백으로 인원이 줄었으나 그들은 싸울수록 강해졌다. 그들은 살기가 강한 백도의 절기를 능란하게 펼치며 천외신궁 무사들을 압박해 들었다. 엄청난 수법들이 연달아 시전되고, 도처에서 피보라가 일었다.
천외신궁 외곽을 따라 설치한 매복도 별무 소용이었다.
탕마금강대를 지휘하는 두 명의 복면인이 귀신같이 그들이 숨어 있는 위치를 파악해 냈기 때문이다.
두 명의 복면인은 만리총관과 만화총관 바로 그들이었다. 두 사람이 없었다면 일이 이렇게 빨리 진전되지는 않았을 것이다. 동의맹 무사들과 탕마금강대는 파죽의 기세로 모든 것을 무찔렀다.
"크아악!"
두 총관은 마도인들이 죽을 때마다 눈물을 흘렸다.
'용서해 다오.'

'아아, 다시 이런 비극은 없을 것이다. 우리는 이런 비극을 후대에 남기지 않기 위해 여기 온 것이다.'

옥석을 가릴 시간이 주어졌다면…….

그러나 더 많은 피로 강호를 적시기 전 모든 것을 끝내야 한다. 두 총관은 비탄을 감추며 손길을 바쁘게 움직였다.

탕마금강대는 그들의 지휘에 맞춰 공수를 조절했다.

물러날 때 물러나고 달려들 때는 폭풍처럼 빠르게 달려들며 백도의 가공할 살인절기들을 구사했다. 씨줄, 날줄이 교차하듯 정교하게 움직이는 그들의 움직임에 마종친위대의 숫자는 눈에 띄게 줄어들었다.

"하나 남김없이 죽여라!"

"그분은 꼭 오신다!"

"으핫핫! 그분이 오실 때 칭찬받으려면 제일 큰 공을 세워야 하는 것이고, 그 장본인은 바로 나다!"

탕마금강대는 그동안 당한 백도의 한을 풀려는 듯 무자비한 공세를 멈추지 않았다.

마풍(魔風)이 오늘 이 자리에서 거둬지는 것일까?

천외신궁 안은 질식할 듯한 침묵에 휘감겨 있었다.

그러나 소리없는 가운데 가공할 살기가 흘렀다.

혈수광마옹은 천룡십구옹이 펼친 진세에 갇힌 형국이었다.

실명대협이 정체를 감추듯 그들 역시 이름이며 얼굴조차 철저한 비밀 속에 가려져 있다. 그들의 목소리를 들어본 사람조차 없다. 그들은 침묵의 수호신이며 실명대협의 그림자일 뿐이다.

"십대천마는 허울뿐인 존재였다! 다시 말해, 네놈들이 치워도 되는 하찮은 쓰레기란 말이지! 알겠느냐? 그것들과 나는 다르지! 나는 태상마종이시다!"

 혈수광마옹의 악에 받친 음성을 허장성세로 여기는 걸까, 천룡십구옹은 여전히 침묵했다. 다만 살기만이 강하게 느껴질 뿐이었다.

 '이놈들이 나를 비웃어!'

 일체의 말이 없는 천룡십구옹의 태도에 혈수광마옹은 더욱 분노했다. 문득 해천절도로 보낸 철강시와 무혼독인들이 그리워진다. 그들만 있었다면 이 난감한 상황을 쉽게 타개했을지도 모르는 일이다.

 '이것들이 벙어리란 소문도 있었는데…….'

 혈수광마옹은 이를 악물며 천룡십구옹을 쏘아봤다. 하나씩 빠짐없이 둘러보던 그의 눈빛이 왼편에 서 있는 후란을 보며 심하게 흔들렸다.

 다른 자들에 비해 작고 섬세한 체구, 헐렁한 장포로 몸을 감추었으나 분명 여자였다. 죽립 사이로 비치는 차가운 눈빛 또한 너무도 익숙했다.

 '저 계집은……!'

 그의 시선이 후란에게 고정되었다.

 '결국 알아챘군. 그러나 소용없는 일이다. 무슨 수작을 부려도 네가 빠져나갈 길은 없어.'

 후란 역시 혈수광마옹의 눈빛이 무얼 말하는지 알았으나 개의치 않았다. 그녀는 여전히 침묵했다.

 말을 하지 말라는 것.

 능설비가 그들을 수하로 다시 받아들이며 한 첫 번째 명이었으며, 이제껏 그들은 단 한 번도 그 명을 어긴 바 없었다.
 "그렇군. 일이 그렇게 된 거였어. 네놈들이었기에 나를 이렇게 골탕 먹인 게야."
 천룡십구옹은 혈수광마옹이 손을 쓰기만을 기다렸다. 그러나 혈수광마옹은 손을 쓰려 하지 않았다.
 "크큭, 노부를 조롱해서는 아니 된다. 노부가 비록 너희들을 몰라 크게 낭패를 당했다만 과거 구마루를 세우는 데 일익을 담당한 혈루대호법이 아니냐. 최소한의 존경하는 맘은 갖춰야지."
 그의 시선은 여전히 후란에게 고정되었다.
 그녀는 여전히 입을 다물고 있었으나, 죽립을 뚫고 나오는 눈빛은 보다 강렬해졌다. 다분히 비웃음을 띤 눈빛에 혈수광마옹은 고개를 끄덕였다.
 '후란, 마지막으로 볼 때보다도 훨씬 강해졌구나. 그렇다면 나는 길을 잘못 택한 것인가?'
 혈수광마옹은 후란의 눈빛 하나로 여러 가지를 느끼고 깨달았다. 그러나 여기서 물러날 수는 더욱 없었다.
 "노부가 마를 택한 이유는 천하제일인이 되기 위함이지 마도의 신이 되기 위함은 아니다."
 그의 목소리는 꽤나 부드러웠지만 천룡십구옹은 반응을 보이지 않았다. 철저한 무시와 무심이었다. 격동하는 눈빛도 급박한 숨소리도 없다는 것은 가장 지독한 모멸감을 주는 것이었다.
 그러나 혈수광마옹 역시 대단한 자였다. 그는 한 수 더해 미소를 지어 보였다.
 "헛헛, 차라리 백도를 택할 것을 그랬구나. 하여간 너희들을 구마루에서 길러낸 사람의 입장에서 오늘의 대면을 지극히 만족스럽게 여긴다."

그는 자상한 할아버지 행세를 했다. 그런 모습에서 한 사람의 얼굴이 문득 떠오르지 않는가?

운리신군(雲裏神君).

백도의 우상이었고 사실은 백도를 전멸케 한 자, 홀연히 강호에서 모습을 감춘 그가 다시 살아나는 것이었다.

"후훗, 너희들은 정말 대단해. 어떻게 해서 천기석부에서 살아 나왔단 말이냐? 노부는 너희들이 그곳을 빠져나왔을 줄은 꿈에도 생각하지 못했다."

그의 음성은 어느새 운리신군의 목소리로 바뀌었다.

문득 후란의 귀가 쫑긋했다. 먼 곳에서 백도의 무사들이 달려오는 소리를 들은 것이다.

'시간을 끌면 우리의 정체가 드러나. 공자도 아니 계신데… 빨리 놈을 처단하고 우리를 감춰야 한다.'

이심전심일까.

심령으로 이미 통하는 천룡십구옹은 그녀의 속마음을 알아차리며 일제히 날아올랐다.

천룡십구진이 발동되며 드넓은 연무장이 한순간 검은 회오리바람 안에 휘감겼다. 일단 진세가 발동되자 지독한 암경이 일어나 혈수광마옹의 옷이 풍선같이 부풀었다.

'몸이 으스러지는 듯하다. 그러나 나도 과거의 내가 아니다. 소녀유혼공(素女誘魂功)으로 전보다 몇 배 강해졌다고 할 수 있지.'

그는 호신강기를 끌어올리며 가까스로 몸을 보호했다. 그러나 그는 여전히 웃는 얼굴이었다.

"후훗, 천룡십구옹이 바로 너희들인 줄 알았다면 진작 다른 수를 썼을 것을……!"
 그의 운신법이 마마무영보(魔魔無影步)에서 용형신보(龍形神步)로 바뀌었다.
 '이놈들이 살아 있으니 마도에서 이룰 것은 없다. 하는 수 없이 변절할 수밖에. 마지막으로 도박을 하는 것이다.'
 그는 무슨 꿍꿍이일까?
 그의 눈빛이 아주 잔혹한 빛을 발했다.
 '나의 짐작이 맞는다면 나는 잃은 모든 것을 보충할 만한 권력을 다시 얻게 될 것이다. 그리고 지금으로서는 그것만이 내가 행할 유일한 방도이다.'
 그는 갑자기 몸을 팽이처럼 돌렸다. 그와 함께 진중(陣中)에서 엄청난 선풍이 일어났다. 구덩이가 파이며 먼지가 구름처럼 일어나 그의 몸을 가렸다.
 그러나 천룡십구웅은 눈썹 하나 까딱하지 않고 진세를 압축시켜 나갔다.
 '달아날 구멍은 없다.'
 후란이 날렵하게 신형을 띄우자 천룡십구웅도 같이 날아올랐으며, 혈수광마웅 보다 빠르게 선회하기 시작했다.
 회오리가 폭풍으로 화했다.
 그리고 한순간, 천룡십구웅이 한 점으로 모여들었다. 광풍이 한 곳으로 모이며 암경이 최고조로 달했다. 그 여파로 지반이 균열을 일으켰다.
 쾅!
 "크으윽!"
 참담한 비명 소리와 함께 하나로 뭉쳐진 천룡십구웅의 공세를 감당해 내지 못하고 피투성이가 된 혈수광마웅이 튕겨져 올랐다. 한데, 그의 얼굴이 변해 있는 것이 아닌가?

 혈수광마웅이 자신의 얼굴을 버리고 운리신군의 얼굴로 탈바꿈해 버린 것이었다.

 "네놈들, 십구비위……!"

 운리신군은 악을 쓰며 소매를 어지럽게 흔들었다. 백도의 산화표묘수라는 수법이었다. 그의 소매가 흔들리자 철주(鐵珠) 백여 개가 뿌려졌다.

 파파팟—!

 철주는 허공에서 불꽃으로 변하며 열류를 뿌렸다. 무시무시한 열풍이 주위의 모든 것을 태웠다.

 "으으윽!"

 가장 강한 후란도 열기에 옷을 태우고 말았다.

 '지독한 놈, 끝까지 암기를 쓰다니……. 그러나 어쨌든 놈을 잡았다!'

 그녀는 얼굴이 시원하다 여겼다. 죽립이 불에 타 얼굴이 드러났으나 그녀는 정말 오랜만에 웃을 수 있었다.

 옷이 타고 죽립이 벗겨졌으나 천룡십구웅은 개의치 않았다. 그들을 지옥으로 던진 만흉의 원인이 입가에 피를 흘린 채 쓰러져 있으니 아무래도 좋았다.

 운리신군의 얼굴을 한 혈수광마웅은 하늘을 보고 누운 채 비통한 듯 말했다.

 "구마령주의 종들, 너희들에게 패한 것이 분하구나! 오오, 하늘이여, 땅이여! 어이해 너희 마도에게 힘을 주시었단 말이냐? 백도가 이대로 끝나야 한단 말이오!"

절규에 가까운 음성이 연무장에 울려 퍼졌다.

천룡십구웅은 비웃음을 흘리며 혈수광마웅에게 다가섰다. 이제 남은 것은 최후의 일수뿐이다. 후란이 손을 빳빳하게 세우는데, 갑자기 뜻하지 않은 함성이 터져 나왔다.

"저들이 바로 십구비위다!"
"모두 잡아라!"
"신군을 보호하라! 놈들의 마수로부터 신군을 지켜야 한다!"

때맞춰 들이닥친 백도의 무사들이 천룡십구웅을 에워싸며 포위망을 구축했다. 마도십구비위의 마수에 문파와 동문 사형제를 잃은 백도의 무사들은 눈에 핏발이 일어났다.

모든 것은 너무도 순간적으로 일어났다. 적이 동지로 변하고 동지가 적으로 변해 버린 일은.

'이런 낭패가 있나? 하필이면 이 순간에……!'

복면을 쓴 만리, 만화총관은 어처구니없는 현실에 할 말을 잃었다. 그들의 노련한 강호 경험도 이 순간만은 어떠한 해결책도 제시하지 못했다.

탕마금강대도 멍한 표정이 되었다. 무공을 전수하며 강호 정의를 알려준 십구웅의 진면목이 그들이 죽여야 할 대상이라는 게 믿어지지 않았다.

죽립이 타버려 정체가 드러난 천룡십구웅. 그들은 다만 죽어야 할 구마령주의 마도십구비위일 뿐이었다.

주춤거리던 탕마금강대는 하나둘씩 동의맹 무사들과 합류하기 시작했다.

'또다시 놈에게 당한 건가?'
'어리석게도 간교한 술책에 놀아나 버렸군.'

'백도인을 베고 놈을 죽일 수는 없는 일이다. 여기까지 왔는데 공자의 뜻을 거역할 수는…….'

천룡십구웅은 허탈한 시선으로 서로를 바라보았다. 그들이 착잡한 표정이 될 때, 백도인들은 운리신군 곁으로 몰려들었다.

"아아, 살아 계셨군요?"

"건재하실 줄 몰랐습니다. 소문과는 달리 무공도 강하시군요?"

운리신군 곁으로 가서 전설적인 이름과 그의 피투성이 모습을 비교해 가며 말을 건네는 사람들이 많았다.

"쉬, 쉬고 싶을 뿐이오. 아아!"

운리신군은 몹시 지친 듯 천천히 눈을 감았다.

"이분을 어서 안전히 모셔라!"

"마도십구비위를 잡고 신궁을 불태워라! 샅샅이 뒤져 도망가는 자들이 없게 해야 한다!"

백도인들은 복수의 칼날을 세우며 천룡십구웅을 압박해 갔다. 천외신궁은 이제 여기에 없었다. 백도의 장한을 푸는 대복수의 장이 있을 뿐이었다.

내 이름은 능설비

객점 안.

그는 햇살이 비스듬히 들어오는 창가에 앉아 있었다. 뒤로 보이는 침상에는 낯빛이 붉은 노인이 가늘게 코를 골며 자고 있었다.

'이제 되었다. 요상대법이 끝났으니 백부는 백수 이상의 천수를 누리실 수 있다. 후후, 이제야 소로를 볼 면목이 서게 됐어.'

능설비는 나흘 전 해천절도에서 돌아왔으나 강호로 돌아가지 않고 작은 고을의 객점에 여장을 풀었다. 황제의 심신이 너무도 쇠약했기 때문이다. 그간 추궁과혈로 혈맥을 타통시키고 요상대법으로 치유한 결과 황제는 건강을 되찾을 수 있었다.

'백부를 연경에 모신 다음 청해로 가자. 그다음 농부나 어부가 되어 산수를 벗하며 살자.'

능설비는 잠정적으로 무림을 떠난 상태였다.

천외신궁이 무너졌다는 사실은 풍문으로 전해 들었다. 일관봉이

시산이 되었고, 그 거대한 건축물이 여전히 불타며 일관봉의 하늘을 검은 연기로 뒤덮고 있다는 것은 객점을 드나드는 행인들의 주된 관심사였다.

'그들이 잘해낼 줄 알았지. 내가 나타나야 좋을 게 뭐가 있겠나. 이대로 사라지는 편이 모두에게 이로운 일이야.'

문득 그의 입가에 씁쓰레한 미소가 걸렸다.

실명대협이 구마령주였다는 사실이 밝혀져 봐야 강호만 시끄러울 뿐이다. 구마령주가 죽었듯 실명대협 역시 소문 속에 사라지면 되는 것이다.

'소로는 지금쯤 무얼 하고 있을까? 백부 편에 소식을 전하면 슬퍼하지 않겠지.'

지금 그를 붙들고 있는 끈은 소로 공주와 그녀의 뱃속에서 자라고 있을 아이였다.

그는 습관처럼 머리에 꽂은 비녀를 뽑아 들었다. 소로의 기억이 날 때마다 바라보던 천뢰잠이라는 비녀였다.

은은한 푸른빛에 서기가 느껴진다.

그는 천뢰잠을 매만지다가 문득 이상한 점을 발견했다. 햇살에 비추는 비녀의 표면에 미세한 흔적이 나 있는 것이 아닌가.

그는 호기심에 안력을 높였다. 천안통 공력을 일으키며 비녀를 이리저리 뒤집어가며 자세히 살폈다. 한참을 살피다가 어느 순간 그의 검미가 꿈틀거렸다.

'여기에 비밀이 있을 줄이야!'

비녀 표면에 새겨진 흠은 맨눈으로 찾기 힘든 미세한 세자(細子)였다. 문양이라 보였던 것도 사실은 글자였다. 비녀 위에는 그렇게 작은 글로 한 권의 경전(經典)이 수록되어 있었던 것이다.

〈삼풍이 최후로 십득을 얻어 남긴다.〉

삼풍이라면 바로 무당 시조인 장삼풍 진인이 아니겠는가!

〈일컬어 천뢰(天雷)라 하는 것이다. 강중강(强中强)이고 극강이다.〉

비녀에 새겨진 경전은 광음공공과 더불어 백도의 이대절기인 천뢰진경(天雷眞經)이었다.
전설로만 남아 있던 천뢰진경을 발견했으나 능설비의 표정은 밝지 않았다.
'나란 놈은 무림계와 인연이 너무 많은 놈이다.'
그는 천뢰잠을 천천히 살펴가며 간간이 한숨을 쉬었다.
'이건 내가 소유할 수 없는 물건이다. 무당파에 돌려준다면 조금이나마 내가 지은 죄를 씻을 수 있겠지.'
천뢰경전 안의 무공을 익힌다면 무당파는 과거의 영화를 되찾을 수 있을 것이다.
'후후, 떠나지 말라는 계시로 알자. 무책임하게 그냥 떠나지 말라는 하늘의 뜻으로.'
우연히 찾아낸 천뢰잠의 비밀이 그를 홀가분하게 만들었다.
능설비는 천뢰잠을 머리 뒤에 꽂으며 자리에서 일어났다. 황제는 두 시진 후에나 깨어날 것이다. 그는 무료함을 달래기 위해 초립을 쓰고 방을 나섰다. 지금 필요한 것은 공허함을 씻어줄 한 잔의 차였다.

객점은 꽤나 분주했다. 객점의 한편으로 머무는 사람들을 위한

다루(茶樓)가 있었다. 능설비는 누구의 주의도 받지 않으며 다루로 들어섰다.

구석진 자리 하나. 그는 텅 빈 자리에 앉아 차를 한 잔 주문했다. 값은 싸나 풍미가 짙은 차종으로.

얼마 후, 그가 차를 홀홀 불어가며 마시는데 누군가 하는 말이 그를 놀라게 했다.

"십구비위(十九臂衛)들이 결국 함구했다더구먼."

능설비가 돌아보자 무사 하나가 말하고 있는 것이 보였다. 그는 표사로 보였다. 자리에는 그의 벗들이 있었다. 그들은 먼 길에서 돌아온 친구의 말을 경청하는 중이었다.

표사는 힘주어 말했다.

"하여간 그들은 참수당할 것이네. 그들이 바로 천룡십구웅이라 말하는 사람이 대다수이나, 그들 자신이 밝히지 않고 마도십구비위로 죽기를 바라고 있으니… 헛헛, 정말 묘한 일이 아닌가?"

"그들이 저항하지 않는단 말인가? 그 무공을 갖고도?"

누군가 이해할 수 없다는 듯 묻자,

"그들이 누군가? 천룡십구웅인지 마도십구비위인지는 헷갈리지만 누가 그들을 막을 수 있단 말인가? 그런데 일이 묘하게 돌아갔다는 거야. 그들이 운리신군을 죽이려 달려들었는데… 그분이 나타나자 대항하지 않고 모조리 굴복했다는 거야."

"그분이라니? 누가 나타났기에 그들을 굴복시켰단 말인가?"

"소로 공주라네. 그분은 바로 실명대협의 부인이시네. 마도십구비위는 그분이 나타나 말하자 아무런 말도 없이 굴복했다네."

"그럴 리가……?"

"실명대협이 죽었다는 소문은 들었네만… 누가 감히 그 권위에

도전할 수 있겠나. 동의맹 고수들도 소로 공주를 뜻을 거역하지 못했지."

"하하, 일이 그렇게 된 거로군. 그들이 소림사로 압송당해 동의맹 장로회의의 처리를 기다린다는 게 그분의 뜻이었어."

황색 장삼을 입은 사람이 고개를 끄덕이며 말했다.

그러자 곁에 있던 사람이 말을 꺼냈다.

"그리고 또 한 가지 놀라운 일이 있었다는군. 설옥경이라는 무림 여협이 소로 공주에 의해 잡혔다는 것이네."

"설옥경은 신녀곡주를 죽인 무림광녀가 아닌가?"

"그 여자로 인해 신녀곡이 풍비박산 났다는데… 아직도 살아 있는 줄은 몰랐네."

"강호의 소문이 다 그런 거 아니겠는가? 죽은 자는 버젓이 살아 있고, 살았다는 자는 이미 오래전에 죽었고. 사실 말이지, 강호의 소문이란 믿을 게 없는 것이야. 암, 그렇고말고."

사람들은 이런저런 소리를 흥미 삼아 말했다. 바로 그것이 세상을 좌지우지하는 일이라는 것을 꿈에서도 알지 못하면서 그들은 그리 심각하지 않게 이야기하는 것이다.

능설비는 차 맛을 잃었다. 그는 소로 공주의 얼굴을 기억했다. 그와 더불어 한 사람의 얼굴이 떠올랐다.

혈수광마옹, 그가 능설비를 향해 비웃고 있는 것이었다.

'그놈이 이겼군. 그러나 아직은 끝나지 않았다.'

능설비는 남은 차를 훌훌 마셨다.

'그놈은 나를 망각한 것이다. 내가 다시 살아날 줄 모른 것이다. 그놈이 감히 세상을 끝까지 조롱하려 하다니……!'

그는 주먹을 불끈 쥐었다. 팍! 하는 아주 가벼운 소리와 함께 찻

잔은 가루가 되었다.
 그는 열아홉 명을 기억했다.
 천룡십구웅, 그들은 그의 말을 너무나도 잘 지키고 있는 것이다.
 '소로의 명에 무조건 복종하라 했더니 그렇게 하는군. 자랑스러운 사람들이다.'
 능설비는 지금 그들이 어떤 심정인지 알 수 있었다.
 '그들은 내가 죽은 줄 알고 속절없이 세상을 하직해 버리려 하는 것이다.'
 능설비는 의자에서 일어났다. 그는 차 값으로 은자 하나를 꺼내 탁자 위에 놓았다.
 '열쇠는 그 여인이다!'
 능설비는 초립을 삐딱하게 쓰며 밖으로 나갔다.

 소림사에 새로운 아침이 밝았다. 이날은 아주 의미있는 날이었다. 세 가지 일이 오늘 벌어질 예정이었다.
 첫째는 천룡십구웅에 대한 처단이었다. 그것은 아직 결정 나지 않았다. 사실 사람들은 그 일 때문에 골머리를 썩는 중이었다. 그들이 과연 마도십구위냐, 천룡십구웅이냐 하는 문제로 논란이 있는 것이다. 그들에 대해서 확실히 아는 사람은 아직 없었다. 하여간 운리신군만은 장로의 자격으로 그들의 참수를 강력히 주장하는 상태였다.
 둘째는 설옥경의 참형이었다. 그것은 소로 공주의 독단적인 결정이었으나 그 이유를 아는 사람은 없었다. 공주는 본시 설옥경을 보는 즉시 죽이려 했었다. 그러나 사람들이 만류하였기 때문에 참형이 늦어진 것이다.

셋째는 동의맹의 복파(復派)였다. 동의맹이 예전의 모습을 회복한다면 평화를 위한 회의가 개최되고 이제 혈풍은 다시없을 것이다.

뇌옥(牢獄) 깊숙한 곳.
여인 하나가 멍한 눈으로 앉아 있었다. 그녀는 실성한 사람처럼 중얼거렸다.
"바보… 나는 바보다. 그분을 내 손으로 죽이다니……."
그녀는 간간이 눈물을 흘리며 자신의 손을 들여다봤다. 섬섬옥수인데도 그녀는 자신의 손이 아름답다 여기지 않는 모양이었다.
"흐흑, 내 손으로 내 목을 조이고 싶다!"
여인이 회한에 차 중얼거릴 때, 뇌옥 문이 열리며 한 사람이 걸어 들어왔다. 그는 금색 가사를 걸치고 있는 노승이었다. 바로 소림사의 방장이 되는 사람이었다.
"아미타불……!"
그는 합장한 다음 여인을 향해 조용히 입을 열었다.
"아직 마음을 정하지 못하셨소, 설 시주?"
"아아, 저는 도망가지 않습니다."
고개 젓는 여인은 설옥경이었다.
"아미타불, 소로 공주가 어이해 설 소저를 꼭 죽이려 하는지 정말 모를 일이오. 설 시주는 구마령주의 귀신을 죽인 분이시거늘……."
"흐흑!"
설옥경은 눈물을 뚝뚝 떨어뜨렸다.
"다시 한 번 생각해 보시오. 참형식은 한 시진 후에 있으니 몸을 피신할 시간은 충분하오."
방장의 노안에 애잔함이 어렸다. 그는 진실로 설옥경의 안위를 걱정했다. 설옥경이 구마령주의 마법에 걸려 신녀곡주를 죽였다는 것은 누구나 다 아는 사실이었다. 사람들은 그녀를 동정했지 비난하지 않았다.

"소저가 죽기를 바라는 사람은 없소. 다만 소로 공주의 명인지라 어쩔 수 없이 따르고 있을 뿐이오."

"제가 어디로 가겠습니까? 모두 다 저 스스로 저지른 업보이거늘. 아아, 저는 이대로 죽겠습니다."

설옥경은 고개를 떨어뜨렸다.

"아미타불… 제행무상(諸行無常)이거늘……."

방장은 설옥경의 결심을 되돌릴 수 없음을 알고 깊이 탄식했다.

"하여간 면회가 있소. 만나보시겠소?"

"누가 왔습니까?"

설옥경이 고개를 들며 묻자,

"실명대협을 따르는 쌍노(雙老)요. 천외신궁에서 슬쩍 사라졌다가 어젯밤 남몰래 담을 넘어 빈승을 찾아와 이제껏 숨어 있었는데… 지금 밖에 와 있소."

"쌍노……?"

설옥경은 기억을 더듬었으나 그런 명호는 처음 듣는 것이었다. 그녀가 고개를 갸우뚱하자, 방장이 넌지시 말을 꺼냈다.

"헛헛, 십구옹이나 마찬가지로 말수가 없는 사람들이오. 상당히 놀라운 신분을 갖고 있는 사람들임이 분명하나 아직까지 밝혀진 게 아무것도 없소이다."

방장은 마도십구비위라 부르지 않고 십구옹이라 불렀다. 그 차이를 아직 설옥경은 알지 못했다.

"들어오게 하십시오."

"알겠소."
방장은 합장 배례한 다음 나갔다.

얼마 후, 두 사람이 뇌옥 안으로 들어왔다. 만리총관과 만화총관이었다. 운리신군이 나타나는 순간 사태를 알고 숨었다가 이제야 모습을 드러낸 것이다. 두 사람은 뇌옥 안으로 들어와서도 오랫동안 이야기하지 않았다. 한참을 설옥경을 바라보다 먼저 입을 연 사람은 만리총관이었다.
"거꾸로 된 천하를 바로잡을 분은 낭자뿐이오."
"제가 어찌……?"
만리총관이 불쑥 던진 말에 설옥경은 아연한 표정을 지었다.
"낭자는 사실 백도인 중 가장 강하오."
"예?"
"훗훗, 능 공자께서 낭자에게 막강한 내공을 심어주었기 때문이오. 그것은 낭자도 알고 있을 것이오."
"아아, 그것을 아시는군요?"
설옥경은 놀란 표정이 된다.
만리총관은 야릇한 웃음소리를 내며 뒤쪽으로 물러났다. 이번에는 만화총관이 나섰다. 그녀는 전음으로 물었다.
"낭자의 마음을 정확히 알아야 하니 숨김없이 말해야 해요. 내가 묻는 말에 답하기 어렵다면 고개만 끄덕여도 돼요."
"무엇인지요?"
"능설비 그분을 사랑하십니까?"
너무도 충격적인 질문이었다.
"……!"

설옥경은 말을 하지 못했다. 그녀는 땀만 주르르 흘렸다. 얼마 후, 마음을 추스른 설옥경이 아주 천천히 고개를 끄덕였다.

다소 굳어 있던 만화총관의 표정이 상기되었다.

"아, 그럼 됐습니다. 이제 낭자는 그분을 위해 복수하는 것입니다."

"복수요?"

"그분을 기르고 그분을 망친 놈이 여기 있습니다. 그놈은 바로 운리신군입니다. 그가 바로 혈수광마옹입니다!"

"예엣?"

설옥경이 자지러지게 놀라자 만화총관은 입가에 엷은 미소를 지으며 말을 이었다.

"놀라지 마십시오. 사실 마도인은 다 알고 있는 일이니까."

"그, 그럴 수가!"

"천룡십구웅도 알고 있는 일입니다."

"그, 그런데 왜 말하지 않습니까?"

설옥경은 황당한 표정을 지었다. 만화총관의 말이 도저히 믿어지지 않는 것이었다.

"운리신군은 약은 놈입니다. 그놈은 천룡십구웅이 마도십구비 위의 자격으로 말하면 백도인들이 믿지 않으리라는 것을 알고 있습니다."

"아아!"

설옥경이 점차 사태의 추이를 알아차리고 탄식하자 만화총관이 격렬한 눈빛을 발하며 덧붙였다.

"그리고 놈은 지금 소로 공주님의 신변을 이용해 천룡십구웅을 협박하고 있습니다."

"도대체 무슨 말인지……."

설옥경의 눈이 동그래질 때였다.

파팍!

두 줄기 암경이 뻗어오며 두 총관의 마혈을 찍었다.

"으으음!"

두 사람은 창졸지간에 당한 일이라 손쓸 틈도 없이 점혈당해 정신을 잃고 말았다.

설옥경이 소스라치게 놀라 바라보자 누군가 이미 뇌옥의 안에 들어서 있었다. 그는 죽립을 깊숙이 눌러쓰고 있어서 자세한 용모는 알아볼 수 없었지만, 죽립 사이로 흘러나오는 눈빛은 몹시 부드러웠다.

"낭자는 하지 못할 일이오. 그는 몹시 강하오. 그리고 뛰어난 지략가요. 낭자가 그자를 암살한다는 것은 백발백중 실패할 수밖에 없소."

"……!"

설옥경은 죽립인의 눈빛을 대하는 순간 뇌리에서 모든 기억이 빠져나가는 듯한 허탈감에 빠졌다.

고아하게 꾸며진 방이다.

거기엔 두 사람이 마주 보고 있었다. 아주 청수하게 생긴 노인과 배가 불룩한 만삭의 궁장미인.

두 사람은 바둑을 즐기는 중이었다.

"수가 강하시군요."

노인은 미소를 지었다. 어떻게 보면 소탈해 보이고, 어떻게 보면 깊이를 알 수 없는 인상이다. 특히 신비한 것은 이상하게도 사람의 마음을 끌어들이는 눈빛이었다.

여인은 그 눈빛에 빨려들어 가는 자신을 발견하며 소스라치게 놀랐다.

"신군… 신군은 어떤 분입니까?"

여인이 문득 입술을 열었다. 그녀는 소로 공주였다.

"저에 대해 알고자 하는 사람은 많습니다만, 허헛, 저는 말할 것이 없는 사람이지요. 보이는 이것이 바로 저의 모습입니다."

인자한 노인의 풍모를 하고 있는 노인은 운리신군으로 역용한 혈수광마옹이었다.

"신군은 그분과 비슷한 데가 많습니다."

소로 공주의 입가에 떠오르는 미소가 매우 고혹적이었다. 그녀의 뱃속에는 능설비의 자식이 자라고 있다. 그녀는 아기의 아버지 되는 사람 때문에 소림사에 온 것이다.

"신군은 뛰어난 분인 줄 압니다. 그리고 신군이라면 제 부탁을 들어주시리라 믿습니다."

"어떤 부탁이신지요?"

운리신군이 능청스레 말하자,

"천룡십구옹을 풀어주십시오. 이유는 묻지 말고."

"으으음."

"신군만 반대하지 않으시면 십구옹은 죗값을 치렀다는 것을 인정받고 자유로운 몸이 될 수 있다는 것을 알고 있습니다. 신군이 장로회의에서 강하게 말씀해 주십시오. 간절한 소망입니다."

소로 공주가 애절한 모습으로 청하자,

"힘든 일이군요."

운리신군은 난색을 지어 보였다.

"아아, 들어주시면 신군을 왕사(王師)로 모시겠습니다."

"허허, 그런 것은 필요없습니다. 대신 다른 한 가지 조건을 들어 주십시오."

"무엇인지요?"

소로 공주의 눈이 반짝 빛났다.

"그것은……."

운리신군은 말끝을 흐리며 손을 들어 한곳을 가리켰다. 바로 소로 공주의 배를.

"실명대협의 아이를 주십시오."

"예?"

정말 어처구니없는 제안에 소로 공주는 아연한 표정이 되었다.

운리신군이 의미심장한 눈빛으로 바라보며 입을 열었다.

"허헛, 그 아기씨는 고금제일인이 될 훌륭한 재목입니다. 저의 문하생으로 주시겠다고 약속해 주신다면 동의맹 내의 고루한 사람들을 잘 설득해 천룡십구웅이 자유롭게 되도록 하겠습니다."

"으음, 힘든 주문이군요."

"하핫, 제게도 그렇습니다."

"……!"

소로 공주는 선뜻 대답을 하지 못하고 잠시 망설이다가 결심이 선 듯,

"아아, 십구웅만 구할 수 있다면 그렇게라도 해야지요."

소로 공주는 탄식하듯 말하며 고개를 끄덕이고 말았다.

운리신군의 눈가에 일순 사악한 빛이 스쳤다.

'흐흐, 이제 십오 년만 기다리면 된다. 나의 천수는 이백 세이고 아직 백 년은 더 살 수 있다. 십오 년만 숨어살며 진짜 마룡(魔龍) 한 마리를 기르면 되는 것이다.'

그는 터져 나오는 웃음을 억지로 참아야 했다.

그는 이미 모든 것을 파악한 후였다. 실명대협이 바로 구마령주 능

설비이고, 십구비위가 그의 충실한 그림자가 될 수밖에 없는 이유를.

'놈을 해천절도에서 폭사시키지 못했다면 나는 지금쯤 지옥에 들었거나 머나먼 서역 땅을 헤매고 있었을 테지.'

혈수광마옹의 눈길은 소로 공주의 불룩한 배에 고정되어 떨어질 줄을 몰랐다.

소림사에서 오십 리 남쪽에 위치한 형장(刑場).

사람들이 모여 있고 두런두런 말하는 소리가 솔바람 소리와 물소리에 섞여 묘한 조화를 만들었다.

참형대 위. 설옥경은 눈보다 흰 옷을 입은 채 무릎을 꿇고 앉아 있었다. 눈을 지그시 감고 있는 모습이 생과 사를 망각한 듯 보였다. 젊은 나이답지 않게 아주 완숙한 모습이었다.

오시(午時).

해가 머리 위에 떴다.

한순간, 데에에엥! 범종(梵鍾) 소리가 나며 사람들이 물살이 갈라지듯 양쪽으로 갈라졌다. 그 사이로 한 떼의 노인들이 걸어왔다. 그들은 백도의 명숙들이며 동의맹의 장로들이었다.

그들의 표정에는 오랜 싸움에서 지친 기색이 역력했다.

범종 소리가 다시 울렸고, 장로들은 참형장 주위에 참석했다. 종소리가 또 한 번 울렸다. 그리고 두 사람이 나타났다.

소로 공주와 운리신군. 두 사람은 과거 주설루와 운리신군이 양부 양녀로 아주 친근했듯이 다정히 어깨를 나란히 하고 다가섰다.

소로 공주는 만감이 교차하는 눈으로 형장 위의 설옥경을 바라보았다.

'저 계집이 해한 것은 귀신이 아니라 바로 그분이었어. 백도의 사기를 높여주려는 그분의 뜻을 헤아릴 수 있지만 용서할 수 없어. 그로 인해 그분이 돌아올 수 없는 길을 떠나신 거야.'

그녀가 걸음을 멈추자 운리신군도 따라 멈춰 섰다.

사람들은 침묵하며 그녀를 주시했다. 소로 공주는 모든 사람들이 자신이 하는 말을 기다린다는 것을 알면서도 말하지 않았다.

소로 공주는 말하고 싶지 않았으나 결국 입을 열었다.

"설옥경, 고개를 들라."

설옥경은 그녀의 말을 듣고는 눈을 뜨며 고개를 천천히 들었다.

"너는 죽어야 한다. 이유는 묻지 마라."

소로 공주는 꽤나 냉정히 말한다고 했지만 목소리가 떨렸다.

"저는 죽을 수 없습니다."

그때까지 모든 것을 체념한 듯 무심한 모습으로 앉아 있던 설옥경이 몸을 천천히 일으키며 거부의 뜻을 표했다.

"아, 아니?"

"어엇?"

모든 사람들이 그녀의 돌연한 태도에 당혹스러워했다.

설옥경은 개의치 않고 소로 공주를 직시했다.

"공주, 제가 죽으면 공주는 그분을 잃을 것입니다. 그래서 저는 공주의 명에 따라 죽을 수 없는 것이지요."

"뭐, 뭐라고?"

소로 공주의 눈꼬리가 휘어졌다. 그녀가 막 설옥경을 향해 호통을 치려 할 때였다.

"아미타불!"

소림사 방장이 묵직한 불호성을 발하며 다가섰다.

"공주, 황제가 오시었다는 것을 아시오? 바로 저기에 계신다오."

그는 한곳을 가리켰다. 모여 있던 사람들이 일제히 놀란 시선으로 방장이 가리키는 곳을 바라보았다.

언제 나타났을까? 곤룡포를 걸친 황제가 노송 아래 서 있었다. 그의 오른쪽에는 무상인마가, 그리고 그의 왼쪽에는 베옷을 입은 청년이 왼손에 장검을 든 채 고개를 푹 숙이고 있었다.

'살아 계셨어. 내 소망이 헛되지 않은 거야.'

황제를 보자 소로 공주는 기쁨의 환희에 젖어들었다. 해천절도가 붕괴됐다는 소문에 뜬눈으로 밤을 지새운 날이 며칠이던지……. 그 소망에 보답하듯 황제가 건재한 모습을 보이자 그녀의 눈은 습막으로 촉촉해졌다.

그리고 흐릿해진 시선이 베옷 입은 청년을 향했을 때,

'돌아오신 거야. 나의 그분이 돌아오신 거야.'

그녀는 심장이 멎는 충격을 느꼈다.

사랑하는 사람은 느낌으로 안다. 멀리 떨어져 있어도, 얼굴을 보이지 않아도 느낌만으로 알 수 있는 것이다.

그녀는 다리에 힘이 풀린 듯 휘청거렸고, 운리신군이 부축하듯 그녀를 얼싸안았다.

'황제가 어찌 살아남았단 말이냐. 놈과 함께 해천절도에서 귀신이 되어야 할 자가 어찌 눈앞에 서 있을 수 있단 말이냐.'

머릿속이 한순간 풀어헤쳐지고, 수만 마리 벌이 뇌리를 헤집고 다니듯 도무지 정신이 한곳에 모이지 않았다.

'황제가 살았다면 놈도 살아 있다는 것인데…….'

머리에서 발끝으로 벼락이 관통하는, 아니, 시뻘건 칼날이 심장이 후벼 파는 공포감에 그는 무엇을 어떻게 해야 할지 집중할 수 없었다. 그는 가까스로 정신을 잡아갔지만 식은땀이 온몸을 흠뻑 적셨다.

"설비야, 이제 네가 나설 차례로구나."

황제가 만면에 가득 웃음을 지으며 말하자 청년이 고개를 쳐들었다.

구마령주의 얼굴, 바로 실명대협 능설비의 얼굴이었다.

"으으, 또 네놈이었군. 또 살아나다니!"

혈수광마옹의 장포가 풍선처럼 부풀어 올랐다. 온몸의 솜털이 곤두서고 입 안이 사막처럼 타들어갔다.

"상공! 살아 계……!"

그 순간 운리신군의 억센 손이 그녀의 목덜미를 움켜쥐었다. 소로 공주는 벌려진 입도 다물지 못하고 파르르 몸을 떨었다.

"정말이지, 네놈은 징그러운 놈이다. 네놈과 무슨 전생의 원한이 있기에 지옥으로 가지 않고 나를 이리도 괴롭힌단 말이냐?"

그의 목소리가 갑자기 달라졌다. 운리신군에서 혈수광마옹의 음성으로 바뀌었으나 그는 그것을 느끼지 못했다.

그는 능설비를 노려보며 이를 빠드득 갈았다.

"네놈이 질긴 놈인 줄 알았다만… 어떻게 해천절도에서 살아남을 수 있었느냐? 누구도 빠져나올 수 없는 함정이었는데."

"나를 죽이려 했다면 네가 직접 왔어야지. 마도의 명예를 아는 화혈마존을 보낸 게 너의 패착이었다."

능설비는 의외로 차분했다.

"화혈마존… 그 갈아 먹어도 시원치 않을 놈이 모든 걸 망쳤구나."

"그래도 너보다 나은 사람이었지. 그렇지 않은가, 혈수광마옹?"

"구마령주에서 실명대협으로 변절한 네놈도 마찬가지야. 큭큭, 말을 바꿔 탔다고 네놈의 추악한 영혼이 고결하게 바뀔 줄 알았더냐?"

"나는 나일 뿐 바뀌는 건 없다. 구마루에 있을 때에도 나는 능설비였을 뿐이다."

"네놈이 일천번으로 불렸을 때 죽여야 했어."

"잘못 생각하고 있었군. 그때도 너는 나를 죽이려 했지. 내가 강했기에 살아남은 것이지. 혈수광마옹, 네 진짜 실수가 무언지 말해줄까? 후후, 네 진짜 실수는… 애당초 죽일 수 없는 상대를 적으로 삼은 거야. 그것밖에 없어."

"이… 놈!"

혈수광마옹은 목이 터져라 소리를 질렀다.

이미 변체환용술이 깨져 운리신군의 모습은 사라졌다. 남은 것은 추악한 몸뚱이를 지닌 늙고 추레한 노마두일 뿐이었다.

그리고 허탈함과 부끄러움, 만감이 교차하는 사람들의 시선이 있었다.

'실명대협이 구마령주라니!'

'운리신군이 바로 혈수광마옹이었단 말인가? 이런 어처구니없는 일이……!'

사람들은 차마 능설비를 바라보지 못했다. 그중에는 삼원신검도 있고 구면신개도 있었다.

무덤 속보다 조용한 침묵이 일대에 내려앉았다.

능설비는 말을 하지 않았다. 그는 꽉 움켜쥔 오른 주먹을 꿈틀거렸다. 그는 착잡해하지도 괴로워하지도 않았다.

황제가 능설비의 어깨를 다독이며 말했다.

"조카, 아니, 부마라 해야 하겠지. 그래, 나의 딸을 구할 재간이 있다고 하지 않았는가? 자아, 해보게."

그는 능설비를 태산같이 믿었다. 그러하기에 혈수광마옹이 소로공주의 목이 움켜쥐고 있음에도 태연할 수 있는 것이었다.

"혈수광마옹, 공주를 놓아다오."
나지막하나 힘있는 음성이 그의 입에서 흘러나오자,
"미친 소리 마라!"
혈수광마옹은 발악하듯 소리쳤다.
"너는 포위당했다. 도망치려면 나의 허락이 있어야 한다."
능설비는 말과 함께 눈짓을 가볍게 했다. 순간, 참형대 위에 있던 설옥경이 날아올랐고, 거의 동시에 열아홉 명이 송림에서 뛰쳐나와 혈수광마옹을 완전히 에워쌌다.
바로 천룡십구웅이었다. 그들은 뇌옥에 있어야 하는데 버젓이 모습을 나타낸 것이다.
"으으!"
혈수광마옹은 볼을 씰룩거리며 이미 정신을 잃은 상태의 소로공주를 힐끗 바라 보았다.
'어떻게든 살아야 한다. 비굴하나 이 계집이 내 손에 있는 한 나는 살아남을 수 있다.'
혈수광마옹은 삶의 집착이 강한 자였다. 그리고 그것을 너무나도 잘 아는 능설비가 그를 지켜보고 있었다.
'바로 그것이 너를 버린 것이다. 삶은 그냥 벗하며 누리는 것인데 당치도 않은 욕심을 부렸다.'
능설비는 광음공공의 비결을 이미 끌어올렸다. 그리고 혈마잔혼애에서 죽은 신품소요객을 떠올렸다.
'이제는 그분을 아버지라 부를 수 있다. 나를 옳은 길로 인도한 아버지.'
그는 조용히 마후마검을 거머쥐었고, 신품소요객도 미처 완성하지 못한 최후의 절기 선무일기검(仙武一氣劍)의 구결을 떠올렸다.

"무공을 버린다면 살려준다."

그가 잔잔히 말하자,

"미친 소리 마라! 이년이 내 손에 있다!"

혈수광마옹은 소로 공주를 번쩍 쳐들었다. 소로 공주의 몸이 허공으로 떠오를 때, 능설비의 신형이 이십 장을 가로질렀고, 어느새 뽑아 든 마후마검에서 한줄기 검기가 작살처럼 뻗어나갔다.

그 동작이 너무도 빨라 운리신군은 미간 사이로 다가오는 검극을 바라볼 뿐 피해야 한다는 생각조차 하지 못했다.

검기가 미간을 파고들었고,

"캐애액!"

혈수광마옹은 눈앞이 캄캄해짐을 느꼈다. 그는 지옥으로 향하는 관문을 본 듯 부릅뜬 눈으로 서서히 무너지기 시작했다.

그의 시체가 바닥으로 나뒹굴 때,

"공주!"

설옥경과 후란이 거의 동시에 몸을 날려 소로 공주를 안전히 받아 들었다. 모든 것은 찰나지간에 벌어진 일이었다.

이제 사람들은 능설비만을 바라보았다.

능설비는 천천히 무릎을 꿇었다. 그는 무엇이든 달게 여기겠다는 자세였다.

천자는 천천히 돌아섰다.

"나의 조카는 바로 구마령주, 그리고 실명대협이오! 나는 나의 조카를 구하라고 명하고 싶으나 하지 않겠소!"

그의 목소리에는 주상의 권위가 실려 있었다.

"이 아이를 심판할 사람은 바로 당신들 무림인이기 때문이오."

그는 천천히 돌아섰다. 능설비의 목숨은 그 누구의 손에도 있지 않았다. 그는 백도인들이 결정하는 대로 되어질 것이다.

죽으라면 죽고 벌 받으라면 받고.

일대 침묵이 장내를 휘감았다. 세차게 불어오는 바람이 침묵을 대신했다.

그리고 오래도록 깨지지 않을 듯한 정적 속에서 절을 하는 사람이 있었다.

"우리들의 맹주가 되어주시오"

한 사람이 절하자 담이 허물어지듯 사람들이 일제히 바닥에 꿇어앉아 절을 했다.

"실명대협, 저희들을 이끌어주시오. 다시는 무림이 마풍에 휘감기지 않게 잘 이끌어주시오!"

"대협!"

지금 이곳에는 구마령주라 하는 사람은 없었다.

능설비는 바람이 차갑다 여겼다. 그는 이제 얼굴을 들 때임을 알았다.

'청해로 가는 길이 다시 늦어지겠군. 무림 세계를 정리하려면 적어도 삼 년은 걸릴 테니까.'

그는 아주 천천히 얼굴을 들었다. 사람들의 환한 얼굴이 눈에 들어왔다. 그리고 바람은 더 이상 차갑지 않았다.

뜨거운 열정이 담긴 바람이 그를 휘감아들었다.

『실명대협』終

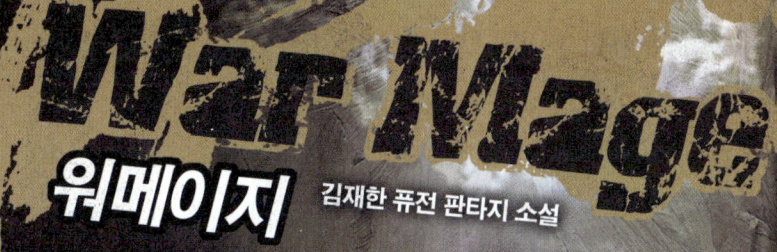

War Mage
워메이지
김재한 퓨전 판타지 소설

사람들이 인식하는 상식의 세계 이면,
짙은 어둠이 드리워진 그곳에 사는 괴물들이 있다.

문명이 드리운 그림자 속에서, 전투기계들과
인간의 사념으로부터 태어난 마물들이 격돌한다.
마법과 주술이 난무하는 초현실적인 전장.
소년은 그곳에 서는 대가로 인생을 잃었다.
운명의 노예가 되어
가족과 인성을 잃어버린 소년, 진유현.

**총염(銃炎)과 검광(劍光)이 뒤얽히는
어둠의 거리에서, 운명의 족쇄를 끊고 나온
소년의 눈이 살의를 발한다.**

유행이 아닌 자유추구 -
WWW.chungeoram.com
BOOK Publishing CHUNGEORAM

참마도 新무협 판타지 소설

鬼弓士 귀궁사

참마도 작가!! 그가 『무사 곽우』에 이어 다섯 번째 강호 이야기를 새롭게 풀어내다!!

"길의 중앙에서 멋지게 서서 당당히 걸어가래.
사람으로 태어난 이상 그 누구도 당당하게 살아갈 권리는 있다고 말이야."

단야의 오른손이 꽉 쥐어졌다. 별것도 아닌 말이다.
하나 이토록 마음에 남는 소리는 없었다.
사람으로 태어나서……

요물, 괴물.
나이를 먹지 않는 월홍과 얼굴이 징그럽게 망가진 단야.
그들 앞에 펼쳐진 강호란……!

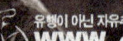 유행이 아닌 자유추구 -
WWW.chungeoram.com
BOOK Publishing CHUNGEORAM

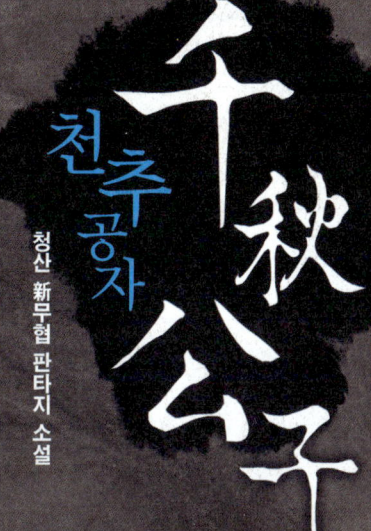

청산 新무협 판타지 소설

운명을 뛰어넘는 담대한 도전!

황제마저 농락한 숭문세가의 공자 문천추(文千秋).
용문에 이르기 전까지 그는 시문과 서화를 즐기며 대하를 누비는
한 마리 커다란 잉어였다.
그러나 운명은 그를 용문(龍門) 앞에 이끌었다.
용문의 드센 물살을 거슬러 올라 용(龍)이 될 것인가,
아니면 용문점액의 상처를 입고 추락할 것인가.

죽음의 하늘 사중천(死重天)!
오로지 파괴와 살육만을 일삼는 사마악(邪魔惡)의 결집체.
사중천의 어둠은 태양마저 가리며 천하를 뒤덮는다.
마침내 죽음의 하늘과 맞서는 용 울음소리.

천추(千秋)에 빛날 문무제일공자의 호쾌한 행보가 시작되었다.

유행이 아닌 자유추구 -
WWW.chungeoram.com
BOOK Publishing CHUNGEORAM

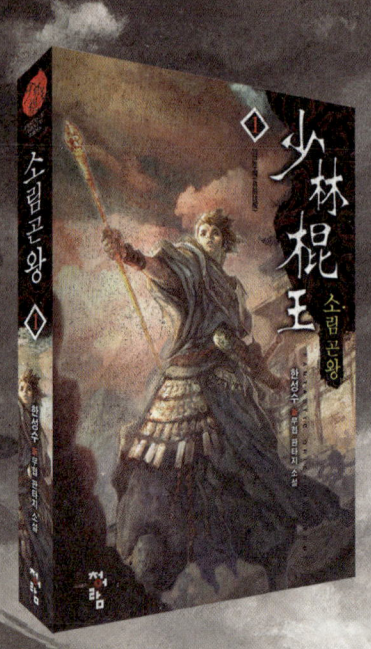

감동의 행진을 멈추지 않는 작가 한성수!

구대문파 시리즈의 두 번째 이야기『소림곤왕』!!
그 화려한 무림행이 펼쳐진다

"너는 지금부터 날 사부님이라 불러야만 하느니라.
소림사의 파문제자인 나, 보종의 제자가 되어서 앞으로 군소리없이 수발을 들고
모진 고통을 이겨내며 무공 수련을 해야만 한다."

잡극계의 천금공자 엽자건!
소림의 파문제자 보종의 제자가 되다!!

역사와 가상.
실존의 천하제일인과 가상의 천하제일인에 도전하는 주인공!
이제부터 들어갑니다. 부디 마음껏 즐겨주시기 바랍니다.
- 작가 서문 中에서 -

 유행이 아닌 자유추구 -
WWW.chungeoram.com
BOOK Publishing CHUNGEORAM